DER EISIGE HERZOG

DIE UNBERÜHRBAREN
BOOK SIEBEN

DARCY BURKE

Translated by
PETRA GORSCHBOTH

Zealous Quill Press

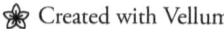

DER EISIGE HERZOG

Jeder Mensch, den Nicholas Bateman je geliebt hatte, war gestorben. Mit Ausnahme von Violet Caulfield, und das musste bedeuten, dass er sie nie geliebt hat. Neun Jahre, nachdem sie ihn abwies, um einen Viscount zu heiraten, ist Nick ein Witwer, der die Isolation bevorzugt. Als ein Freund ihn überredet, seinen Schlupfwinkel selbst auferlegter Einsamkeit zu verlassen, erwägt er, sich eine neue Frau zu nehmen, vorausgesetzt, sie erklärt sich mit seinen Bedingungen einverstanden: es bestünden keine gefühlsmäßigen Bindungen irgendwelcher Art.

Derzeit verwitwet hofft Lady Violet Pendleton auf eine zweite Chance mit dem Mann, den sie schon immer geliebt hat. Jedoch ist sie nicht auf die Verzweiflung gefasst, die seiner Seele innewohnt, oder die Feindseligkeit, die er ihr gegenüber noch immer an den Tag legt. Trotz dieser Widrigkeiten ist ihre Leidenschaft offensichtlich nicht verblasst. Allerdings reicht das Feuer zwischen ihnen nicht aus, um den eisigen Herzog zum Schmelzen zu bringen und dieses Mal könnte Violet sich als der sitzengelassene Teil wiederfinden. Kann eine Liebe, die einmal so tragisch verloren wurde, schließlich wiedergefunden werden?

Für meine wundervolle und talentierte Freundin Christy Carlyle

CHAPTER 1

Oktober, 1817

*D*ie Regenwolken zogen vom Horizont heran und versprachen, in ungefähr der nächsten halben Stunde, alles zu durchnässen. Nicholas Bateman, der zehnte Herzog von Kilve, war froh, dass er seine für heute im Freien anstehenden Aktivitäten erledigt hatte. Er sah auf das weite Meer hinaus, das sich jenseits der Klippen ausdehnte, und nie versäumte er es, die Unermesslichkeit und die Heimtücke der ihn umgebenden Welt zu bewundern. Oder wie gering und unbedeutend er sich angesichts ihrer Größe fühlte.

»Euer Gnaden?«

Der Klang von Markleys mit leiser Stimme gestellten Anfrage lenkte Nick vom Fenster ab. Schweigend sah er den Butler zur Antwort an.

»Euer Gnaden, der Herzog von Romsey ist eingetroffen.«

Ruckartig durchfuhr die Überraschung Nicks Körper. Er hatte nicht damit gerechnet, seinen ältesten – in Wahrheit einzigen – Freund bis zum nächsten Monat zu sehen, wenn sie sich im Norden Englands in Simons Jagdhütte treffen wollten.

Nick lehnte sich in seinen Sessel zurück. »Bitten Sie ihn herein.«

Mit einem Nicken machte Markley auf dem Absatz kehrt und ging davon. Ein paar Augenblicke später marschierte Simon in Nicks Arbeitszimmer, seine Frisur kunstvoll durcheinandergewirbelt – wie es gewöhnlich immer war – und die braunen Augen vor Schalk blitzend. Wenn man Simons Vergangenheit in Betracht zog, war es keine kleine Leistung seinerseits, eine beinahe ständige Quelle von Schlagfertigkeit und Humor zu sein.

Simon ließ sich in einem Sessel mit hoher Rückenlehne nieder und streckte die langen Beine vor sich aus.

»Hast du es bequem?«, erkundigte Nick sich.

»Noch nicht, aber ich komme der Sache näher. Es war ein teuflischer Ritt. Ich habe versucht, vor dem schlechten Wetter anzukommen.«

»Das hast du gut gemacht«, entgegnete Nick. »Welchem Umstand habe ich diese Überraschung zu verdanken?«

Simon schob die Hand in die innere Brusttasche seines Fracks und zog einen Umschlag hervor. Er stand auf und schmetterte das Schreiben auf Nicks Schreibtisch, ehe er sich wieder in die Polster zurücksinken ließ.

Wortlos öffnete Nick das Pergament und las den Inhalt. Die schlechte Laune, die er angestrengt unter Kontrolle zu halten versuchte, stahl sich mit der gleichen Sicherheit in sein Gemüt wie die Sturmwolken eilig an der Küste dahinzogen.

Er ließ den Brief auf den Schreibtisch sinken und fixierte seinen Freund mit einem eisigen Starren. »Und?«

Simon stieß in großer Empörung die Luft aus. »Es ist eine Einladung. Es ist Ewigkeiten her, möchte ich feststellen, seit einer von uns eine erhalten hat, aber sicherlich erinnerst du dich daran, wie sie aussehen.«

»Vage.« Nick machte sich nicht die Mühe, den Versuch zu unternehmen, sich zu erinnern. Was für einen Zweck hätte dies? Er wollte weder an Hauspartys noch Bällen oder an irgendeinem anderen Unfug teilhaben, der für die Holzköpfe der feinen Gesellschaft so wichtig war. Nick hatte nie einer von ihrer Art sein sollen, und das würde er nie vergessen.

»Du bist vorsätzlich griesgrämig.«

»Das ist meine Art.«

Simon verdrehte die Augen. »Ja. Allerdings ist es nicht meine. Ich bin erfreut, endlich zu etwas eingeladen worden zu sein und ich wäre verdammt, wenn du mich davon abhalten würdest.«

Nick zuckte die Schultern, ehe er die Ellbogen auf den Armlehnen seines Sessels abstützte. »Mir würde nicht im Traum einfallen, so etwas zu tun. Du solltest hingehen.«

Simon zog die ausgestreckten Beine zu sich heran und beugte sich vor. »Hast du es nicht gelesen? Ich bin herzlich eingeladen, die Party *in Begleitung* des eisigen Herzogs zu besuchen.«

»Das stand nicht darin.«

»Nein, aber bleiben wir dabei, das Kind beim Namen zu nennen, einverstanden?« Simon blickte ihn mit einem nichtssagenden Lächeln an. »Wie dem auch sei, ist dieser Spitzname nicht annähernd so abwertend wie meiner. Außerdem passt er.« Simon lehnte sich mit einem resignierten Seufzen in seinem Sessel zurück. »Vermutlich ist das mit meinem ebenfalls so.«

Überhaupt nicht, aber das lag daran, dass Nick Simon besser kannte als irgendjemand anderer und sein Freund hatte es nicht verdient, als der ruinierte Herzog bezeichnet zu werden.

Nick hingegen *war* der verdammte eisige Herzog, ob er nun wollte oder nicht. Und um ehrlich zu sein, gefiel es ihm. Oder wenigstens bevorzugte er es. Wenn die Leute glaubten, man sei zu Interaktion nicht imstande, ließen sie einen meist in Ruhe. Und das erfüllte Nick mit beträchtlicher Zufriedenheit.

»Ja, der meine passt. Deiner allerdings nicht und darüber werde ich mit dir nicht streiten.«

Simon schüttelte den Kopf. »Gott verhüte, dass irgendjemand dir widersprechen würde.«

Nick schnaubte. »Du widersprichst mir ständig. Dein Beharren auf meiner Teilnahme an dieser Hausparty ist ein hinlänglicher Beweis dafür.«

»Das stimmt«, entgegnete Simon mit einem Grinsen. »Also, wirst du hingehen?«

»Ich würde mir lieber meine Eingeweide durch die Nase herausnehmen lassen.«

Simon brach in bellendes Gelächter aus. »Was für eine abscheuliche Vorstellung. Aber ich glaube dir, dass du das tatsächlich bevorzugen würdest. Und weil du mein liebster Freund bist, wirst du es trotzdem tun.«

Nick sah auf den Brief in seiner Hand hinab und rief sich die Einzelheiten in Erinnerung. Es handelte sich um eine Hausparty, die von Mr. und Mrs. Linford ausgerichtet wurde.

»Es ist nicht so schrecklich weit – gerade einmal außerhalb von Wells«, erklärte Simon. »Und danach werden wir zu meiner Jagdhütte aufbrechen. Wenn man darüber nachdenkt, liegt es eigentlich auf dem Weg.«

»Das tut es nicht, aber es ist ein netter Versuch«, entgegnete Nick ironisch. »Wenn es schrecklich ist, werden wir früher abreisen.«

»Einverstanden. Das bedeutet, dass du kommen wirst?«

»Nein. Ich will dich nur aufmuntern.« Nick deutete mit

einer Handbewegung zu der Einladung, die auf seinem Schreibtisch lag. »Die Einladung besagt nicht, dass du in meiner Begleitung kommen musst.«

»Ich verstehe ›herzlichst aufgefordert‹ als einen Befehl. Ich glaube nicht, dass es mir irgendwie zugutekommen würde, ohne dich dort aufzukreuzen.«

Nick erzeugte einen gutturalen Laut in seiner Kehle. »Dann hätten sie mich vielleicht einladen sollen.«

Simon sah ihn mit hochgezogenen Augenbrauen an. »Weißt du sicher, ob sie das nicht getan haben? Ich dachte, Markley würde jegliche Einladungen bei ihrem Eintreffen verbrennen.«

Ja, das tat er. Nick rief nach dem Butler, der voller Eifer in das Arbeitszimmer trat. »Ja, Euer Gnaden. Soll ich Euch Tee bringen?«

»Wahrscheinlich schon, aber deshalb habe ich Sie nicht gerufen. Habe ich eine Einladung von den Linfords in Somerset erhalten?«

»Das haben Sie tatsächlich.« Die Farbe wich ein wenig aus dem Gesicht des Mannes mittleren Alters. »Ich fürchte, ich habe sie entsorgt, wie gewöhnlich. War das ein Fehler?«

»Natürlich nicht. Ich werde Ihnen Bescheid geben, wenn ich eine Änderung der Prozedur wünsche. Vielen Dank, das ist alles. Mit Ausnahme des Tees.«

Ein Ausdruck der Erleichterung huschte über Markleys Züge, ehe er hinausging.

»Sie sind immer noch vor Angst gelähmt vor dir«, bemerkte Simon.

»Sie sind ehrerbietig, wie sie es sein sollten.«

Simons Antwort bestand aus einem unartikuliertem Laut, der seinen Widerspruch deutlich machte. »Warum zum Teufel willst du an dieser Party teilnehmen?«, fragte Nick. »Die feine Gesellschaft hat sich dir gegenüber schrecklich verhalten.« Allgemein wurde akzeptiert, dass Simon seine

Frau vor vier Jahren umgebracht hatte, obwohl er dieses Verbrechens nie angeklagt worden war. Der Umstand, dass Simon betrunken und ohne klaren Verstand gewesen war, und er sich an nichts erinnern konnte, hatte die Sache nicht besser gemacht. Er hatte auch nicht das Geringste zu seiner Verteidigung unternommen, doch seitdem hatte er nicht einen Tropfen Alkohol mehr angerührt. In Wahrheit hatte die Aufgabe seiner Trinkgewohnheiten nach Meinung vieler, lediglich dazu beigetragen, noch schuldiger zu wirken. Solche Verurteilungen von Fremden bestärkten Nicks Bedürfnis nach Isolation nur noch.

Simons dunkle Brauen sanken tief über seine Augen, als er die Fingerkuppen aneinanderlegte und an Nick vorbei aus dem Fenster starrte. »Anders als du, fühle ich mich einsam. Man kann nur eine gewisse Anzahl von Büchern lesen oder eine begrenzte Zahl an Orten im Königreich bereisen, ehe man anfängt, verrückt zu werden.« Sein Blick kreuzte sich mit Nicks und für einen flüchtigen Moment erspähte dieser die gähnende Düsternis, die Simon so angestrengt zu verbergen versuchte. In dieser Hinsicht unterschieden sie sich. Simon war bemüht, sich von seiner Vergangenheit nicht in einen Abgrund reißen zu lassen, wohingegen Nick sich weigerte, die Tragödien zu vergessen, die ihn in seine kalte Einsamkeit gedrängt hatten.

»Was hoffst du dabei zu gewinnen?«, fragte Nick sanft.

Simon ließ die Hände auf die Armlehnen des Sessels sinken und unschlüssig hob er eine Schulter. »Ablenkung? Das ist alles, wonach ich mich sehne.«

»Kennen wir dort jemanden? Ich kann nicht behaupten, dass ich mit Mr. oder Mrs. Linford bekannt bin.«

»Linford war zur gleichen Zeit in Oxford wie wir. Er war auf dem New College, wenn meine Erinnerung mich nicht trügt.« Simon schüttelte den Kopf. »Es könnte Hertford gewesen sein.«

»Ich würde das nicht wissen«, erklärte Nick. »Ganz offensichtlich kannten wir ihn kaum. Warum sollte er plötzlich den Versuch unternehmen, unsere Bekanntschaft wieder aufleben zu lassen?«

»Das kann ich nicht sagen.«

Nick kniff die Augen zusammen. »Ich finde das verdächtig.«

»Komm einfach mit mir, bleibe für eine Nacht und reise dann zur Jagdhütte weiter.«

»Wirst du mich nicht begleiten?«

Simon zuckte mit den Schultern. »Das hängt davon ab, ob ich mich amüsiere. Wenn ich mich nicht wohlfühle, werde ich mit dir abreisen.«

»Dann werde ich mir alle Mühe geben, damit du dich nicht wohlfühlst.« Ein seltenes Lächeln umspielte Nicks Lippen und provozierte Simon, laut aufzulachen.

»Da ist er endlich, mein alter Freund.«

»Wenn du schon einmal hier bist, solltest du über Nacht bleiben«, erklärte Nick. »Es sei denn, du musst noch irgendwo anders hin.«

Simons Landsitz lag einen Zweitagesritt in raschem Tempo entfernt, und etwas länger, wenn man nicht in Eile war.

Doch Nick bezweifelte, dass Simon dorthin zurückkehren würde. Die Hausparty fand in etwas mehr als einer Woche statt und Simon würde diese Zeit nutzen, um Cornwall zu erforschen oder vielleicht hatte er auch vor, Wales zu erkunden. Es fiel ihm schwer, an einem Ort zu bleiben.

»Das habe ich nicht, wie du sehr gut weißt. Ich wäre sehr erfreut, wenn ich einen oder zwei Tage bleiben könnte. Vielleicht können wir uns auf die Suche nach diesem geheimnisvollen Drachen in den Höhlen begeben.«

Nick schnaubte bei der Erwähnung der alten Legende

von Blue Ben. »Es ist sehr viel wahrscheinlicher, dass wir einem Schmuggler in die Arme laufen.«

»Tatsächlich?« Simon zog die Augenbrauen hoch.

»Vielleicht. Obwohl ich meinen Teil dazu beigetragen habe, diese Aktivitäten niederzuschlagen.«

»Natürlich hast du das. Da du auch solch ein treuer Patriot bist.« Simon sprach diese Worte mit einem finsteren Tonfall aus, und bezog sich im Stillen auf Nicks Dienst für König und Vaterland und auch das große Opfer, das seine Familie erbracht hatte.

Glücklicherweise trat Markley mit dem Tee ein und bereitete diesem Gesprächsthema auf wirkungsvolle Weise ein Ende. Obwohl Nick es nie vergessen würde, bevorzugte er dennoch, nicht über diese Angelegenheiten zu sprechen. Es reichte, dass sie alle in seiner Erinnerung lebten.

Das Trommeln des Regens setzte ein, als der Sturm über das Haus hinwegfegte. Markley servierte den Tee und zog sich dann zurück.

Simon nippte an seinem Tee und lugte über den Tassenrand zu Nick hinüber.

Nick machte sich auf ein weiteres, unwillkommenes Thema gefasst. Konnte es noch schlimmer kommen, als ihn zu bedrängen, an einer Hausparty teilzunehmen?

»Da wir an der Party bei den Linfords teilnehmen, sollten wir uns einig werden, ob wir auf dem Heiratsmarkt sind?«

Oh ja, es konnte noch viel, viel schlimmer kommen.

»Nein.« Das eine Wort hallte wie zerschellende Eissplitter im Raum.

Simon, der Nicks Gereiztheit wie stets rücksichtslos ignorierte, legte den Kopf schief. »Meinst du: Nein, wir sollten das nicht besprechen oder nein, wir sind nicht auf dem Heiratsmarkt?«

»Ich habe keine Ahnung, worauf zum Teufel du hinaus

willst, obwohl ich vielleicht eine Irrenanstalt vorschlagen könnte.«

Simon grinste, als er sich ein Stück Gebäck vom Teetablett nahm, das Markley auf Nicks Schreibtisch aufgestellt hatte. »Wahrscheinlich ist es unwichtig. Ich kann mir nicht vorstellen, dass irgendjemand uns als heiratsfähige Bewerber betrachtet. Noch nicht, jedenfalls.«

Nick vernahm einen hoffnungsvollen Ton in Simons Stimme. »Willst du wirklich wieder heiraten?«, fragte er leise. Es schien beinahe ein Sakrileg, diese Frage überhaupt nur zu stellen.

»Ich denke, das tue ich«, entgegnete Simon mit ebenso leiser Stimme. Er schüttelte den Kopf. »Ich weiß nicht. Ich *glaube*, das zu tun, aber wenn ich es mir überlege – mir tatsächlich ausmale, wie sich das abspielen würde – glaube ich nicht.« Er schob sich den Rest des Kuchens in den Mund.

»Ich ziehe es nicht einmal in Erwägung.« Wie könnte er auch, ohne das Gedenken an Jacinda und Elias zu beeinträchtigen? Nach einer anderen Frau Ausschau zu halten, ganz zu schweigen davon, sie zu akzeptieren, würde die beiden für immer zur Ruhe betten. Er war nicht sicher, ob er dazu imstande war.

»Nein, ich kann mir nicht vorstellen, dass du das tust.«

Für einige Minuten tranken sie schweigend ihren Tee, ehe Simon bemerkte: »Vielleicht ist es Zeit, einmal darüber nachzudenken. Wir sind Herzöge. Wir haben unserem Titel gegenüber eine Verpflichtung.«

»Ich habe Vettern, die ihn erben können.«

»Tatsächlich?«

Diese Frage ließ Nick zusammenzucken. Er besaß einen oder zwei Vettern, hatte jedoch keine Verbindung zu ihnen aufgebaut, aus Furcht vor dem, was passieren könnte. Ebenso wie er fürchtete, was der Frau passieren könnte, die er aus lauter Eigennutz hofieren würde.

»Entschuldige, natürlich hast du«, sagte Simon.

Nick dirigierte die Unterhaltung zu Simon zurück, da er dieses infernalische Thema aufgebracht hatte. »Das ist dann also dein Ziel? Du nimmst an dieser Hausparty teil, in der Hoffnung, eine Frau zu finden?«

Simon zuckte mit den Schultern. »Ich hege keine Erwartungen. Ich könnte ebenso gut in Linfords Salon treten und von allen Anwesenden direkt geschnitten werden.«

»Und das würdest du riskieren?« Es würde Nick nichts ausmachen, aber bei seinem Freund war er sich nicht sicher.

»Ich ziehe es vor, als allein hier zu sitzen und auf das Meer hinaus zu starren«, entgegnete er ironisch.

Nick grinste bei Simons Scherz. »Wir sind schon ein sonderbares Pärchen. Ich hoffe nur, dass Linford und seine Gäste auf uns vorbereitet sind.«

»In der Tat.« Simons Augen blitzten vor Heiterkeit. »Ich bin erfreut, dich so enthusiastisch zu erleben.«

»Missdeute meine Kapitulation gegenüber deinen kläglichen Bitten nicht als Enthusiasmus. Ich werde dich unterstützen und ich werde bei der frühestmöglichen Gelegenheit abreisen. In diesem Punkt möchte ich sehr deutlich sein.«

»Verstanden.« Simon stand auf und streckte sich. »Ich werde nach oben gehen und mich umziehen und dann werde ich dich im Schach schlagen.«

»Du kannst es versuchen.«

Nick sah seinem Freund nach, als dieser das Zimmer verließ, und sein Verstand war aufgewühlt über die Einwilligung, die er verdammt nochmal gerade gegeben hatte. Eine Hausparty? Wenn er in London war, um seine Geschäfte durchzuführen und seinen Pflichten im House of Lords nachzukommen, blieb er für sich. Er hatte weder eine Vorstellung, wer die anderen waren noch interessierte es ihn. Ja, er musste Simon unterstützen und er würde sein Möglichstes tun, um wie immer für sich zu bleiben.

Markley trat ein, um das Teetablett abzuräumen. Als er das Geschirr zusammensammelte, warf er Nick einen raschen, neugierigen Blick zu. »Dürfte ich bemerken, wie schön es ist, Seine Gnaden hier zu sehen? Seine Besuche hellen die Angelegenheiten immer auf.«

Damit meinte er den Umstand, dass Nick, mit Simon um sich, irgendwie genießbarer war. »Ja.«

Nick wusste, dass er schwierig war. Aber er war auch nachsichtig und großzügig, wenn es um seine Bediensteten und Bewohner seines Hauses ging. Also liebten sie ihn nicht und waren ihm nicht einmal besonders zugetan. Es war nur zum Besten.

Für Nick zu sorgen, bedeutete, sich dem Trübsal zu verschreiben. Nick hatte versucht, Simon vor sich zu warnen, doch dieser hatte lediglich die Augen verdreht und Nick gesagt, er solle sich entspannen.

Und jetzt würde er eine Hausparty besuchen, auf der er heiterer Stimmung sein *sollte*. Allerdings entsprach das nicht seiner Persönlichkeit. Er *war* der eisige Herzog.

Genau das würden die Linfords und ihre Gäste von ihm erhalten.

CHAPTER 2

it voller Absicht war Lady Violet Pendleton die Erste, die zu der Hausparty der Linfords eintraf. Hannah Linford war ihre engste Freundin und stets unterstützte Violet sie bei ihren gesellschaftlichen Unterfangen.

Hannah stürmte in den Salon, nachdem Violet bereits eine Tasse Tee ausgetrunken hatte. Sie setzte ein halbes Lächeln auf, als sie Violet zu einer raschen Umarmung an sich zog. »Ich habe mich natürlich verspätet.«

»Natürlich«, murmelte Violet.

Lachend warf Hannah ihr einen spöttisch empörten Blick zu. »Du musstest mir nicht zustimmen!«

»Du verspätest dich immer. Sollten wir so tun, als ob es anders wäre?«

»Nein.« Hannahs dunkelbraune Augen funkelten vor Heiterkeit. »Hattest du eine angenehme Reise?«

Violet lebte in Bath, nur ein paar Stunden mit der Kutsche entfernt. Sie war früh an diesem Morgen aufgebrochen, um die Erste unter den ankommenden Gästen zu sein. »Ja, obwohl es den Anschein hat, als ob das Wetter umschlagen würde. Hoffentlich wird es bis zum Abend halten, damit deine Gäste sicher hier eintreffen können. Erwartest du sie alle heute?«

Hannah, die stets ein nervöses Energiebündel war, lief vor dem Kamin auf und ab. »Ja, und ich mache mir solche Sorgen. Das wird entweder die erfolgreichste Hausparty aller Zeiten oder das größte Fiasko.« Sie verstummte kurz und blickte Violet an. »So oder so wird es das Gesprächsthema Nummer eins werden.«

»Das ist dein Ziel, oder nicht?« Violet liebte ihre Freundin innig, aber sie hatte ihr Bedürfnis, unter den Führenden der Gesellschaft anerkannt zu werden, nie verstanden.

»Ich habe nichts anderes«, gab sie zurück. »Ich habe keinen Titel, wie du.«

Violet hatte einen Viscount geheiratet, doch mit Freuden hätte sie die Anrede *Lady*, die ihrem Namen vorangestellt war, gegen die wahre Glückseligkeit eingetauscht, wie Hannah sie mit ihrem Ehemann Irving erlebte. Die beiden hatten zwei kleine Kinder, und sie waren der Inbegriff dessen, was Violet sich einst wünschte. Was einst in ihrer Reichweite gewesen war.

»Ich würde ihn dir überlassen, wenn ich könnte«, antwortete Violet.

Hannah stieß die Luft aus und formte die Lippen zu einem herzlichen Lächeln. »Ich weiß, das würdest du, Liebes.«

Violet strich sich glättend über den Rock. »Also, was soll ich für dich tun? Wird Lady Dunn kommen?«

Manchmal wurde sie von Hannah gebeten, bestimmten Gästen besondere Aufmerksamkeit zukommen zu lassen, um ihr Wohlergehen sicherzustellen und Hannah zu informieren, falls ihnen etwas fehlte. Lady Dunn war solch ein Gast. Sie war eine bezaubernde alte Schachtel, dem Klatsch verfallen, aber glücklicherweise nicht der anzüglicheren Sorte. »Das wird sie nicht«, erklärte Hannah. »Was sehr bedauerlich ist, weil ich schon vorausahne, dass die Gerüchteküche auf Hochtouren laufen wird und sie sorgt ziemlich geschickt dafür, dass die Dinge nicht aus dem Ruder geraten.«

»Das ist wahr.« So gern die ältere Dame auch tratschen mochte, so war sie dennoch sehr gewandt darin, die Dinge in die richtige Perspektive zu rücken. »Gibt es außerdem noch jemanden, auf den ich mein Augenmerk richten sollte?«

Hannah kam schwebenden Schrittes zum Sofa herüber und ließ sich neben Violet nieder, wie ein Kolibri, der sich eine kurze, aber notwendige Atempause gönnte. Ihre Augen glühten regelrecht vor Vorfreude. »Ich bin wegen dieser Hausparty besonders nervös, weil zwei Unberührbare hier sein werden.«

Unberührbare ... Edelmänner, die auf dem Heiratsmarkt besonders schwer zu haben waren oder so in etwa, dachte Violet, auf der Grundlage von Hörensagen. Regelmäßig schlugen ihre Bemühungen fehl, sich solche Einzelheiten tief genug in ihrem Gedächtnis einzuprägen. »Ich gratuliere.«

»Oh, das sind keine gewöhnlichen Unberührbaren. Dies sind die Herzöge, die buchstäblich niemand anzurühren wagt – zumindest nicht in der Gesellschaft.«

Violet hatte keine Ahnung, um wen es sich handeln könnte. Sie war das genaue Gegenteil von Lady Dunn – und verabscheute den Klatsch, den sie normalerweise aus ihren Gedanken bannte, sobald er ihr zu Ohren kam. Deshalb war sie sich nicht sicher, was ein Unberührbarer sein könnte, und ganz besonders nicht solche, die nicht *gewöhnlich* waren. »Wenn niemand wagt, sie gesellschaftlich einzubeziehen, warum tust du es dann?«

»Weil es *das* Ereignis in dieser Saison sein wird! Der eisige Herzog nimmt niemals an gesellschaftlichen Veranstaltungen teil, obwohl er gelegentlich eingeladen wird.« Hannah legte den Kopf ein wenig schief. »Vermutlich wäre die Behauptung, dass niemand ihn zu berühren wagt, wohl ungerecht. Die anderen sind einfach nicht erfolgreich. Und er ist offensichtlich ziemlich hochnäsig. Er hat keine Zeit für Partys wie diese oder zumindest sagen die Gerüchte das.«

»Und dennoch kommt er hierher?«

Hannah hob eine Hand zum Mund, als ihr ein Kichern entfuhr. »Ich habe die Bereitschaft seiner Teilnahme wohl manipuliert, indem ich den ruinierten Herzog eingeladen haben. Nun, *er* wird überhaupt *nirgends* eingeladen, aber er und der Eisige sind Freunde. Außerdem nimmt der Ruinierte zumindest die paar armseligen Einladungen an, die er erhält. Ich habe ihn unter der Bedingung eingeladen, den Eisigen mitzubringen.«

»Das hast du nicht.« Violet schürzte die Lippen. Sie hatte ihre Freundin sehr gern, doch solche Machenschaften grenzten an ein ungehobeltes Benehmen.

»Es tut mir leid, aber das habe ich getan.« Ein Ausdruck der Zerknirschung blitzte in Hannahs Augen auf. Rasch erhob sie sich und fing erneut an, herumzulaufen, um die eingetretene Stille zu überwinden. »Es wird alles ganz wunderbar ausgehen. Du wirst sehen.«

»Was soll ich für dich tun?« Zum ersten Mal erwog Violet, die Bitte ihrer Freundin abzulehnen. Sie wollte keinesfalls an irgendeinem Vorhaben teilhaben, die ungewollte Aufmerksamkeit auf diese … Unberührbaren lenken konnte.

»Nicht viel, wirklich. Beobachte einfach die Reaktionen der Leute und halte deine Ohren offen. Den eisigen Herzog hier zu haben, wird mich sicherlich gut dastehen lassen. Und wenn er charmant ist und sich amüsiert? Nun, das könnte mich in die oberen Kreise befördern.« Hannahs Augen leuchteten vor freudiger Aufregung.

Violet wusste, wieviel es ihrer Freundin bedeutete, ihren

Platz in der gesellschaftlichen Elite zu finden, obwohl ihr selbst dies nicht das Geringste bedeutete. »Natürlich. Sei versichert, dass ich immer das Beste für dich will – auch wenn du manchmal nicht davon überzeugt bist.« Hannah war schnell zu begeistern und nie versäumte sie es, Violet dafür zu danken, ihr eine Stimme der Vernunft zu sein. »Also soll ich die Unberührbaren im Auge behalten und dir jeglichen Klatsch berichten?«

»Ja.«

Der Butler trat ein und kündigte das Eintreffen der ersten Gäste an. Eine aufgeregte Röte erhitzte Hannahs Gesicht und sie klatschte in die Hände. »Ich werde Irving holen. Es geht los!« Sie grinste Violet an, ehe sie sich umwandte und mit wehenden Röcken aus dem Salon stürmte.

Eine Bedienstete kam herein und räumte das Teetablett ab. Violet stand auf und schüttelte die Knitterfalten aus ihrem Kleid. Sie trat an die Fenster und sah in den grauen Himmel hinaus. Es würde Regen geben und es war einfach nur eine Frage der Zeit, wann der Himmel beschloss, seine Pforten zu öffnen, um dem Unwetter freien Lauf zu lassen.

Im Laufe der nächsten Stunden begrüßte Violet die Gäste, von denen sie viele bei früheren Veranstaltungen kennengelernt hatte. Sie wappnete sich, als Lady Nixon und Mrs. Law gemeinsam in den Salon traten. Sie waren die beiden schwierigsten Damen der Gesellschaft. Natürlich hatte Hannah sie genau deshalb eingeladen. Es war ein Risiko, aber wenn sie dieser Hausparty ihr Siegel der Zustimmung verliehen, würde Hannah wahrscheinlich überall eingeladen werden.

Allein aus diesem Grund setzte Violet ein warmes Lächeln auf und begrüßte die beiden Frauen herzlich.

Mrs. Law war ein paar Jahre älter als Lady Nixon, mit dunklem Haar, das bereits großzügig mit Grau durchsetzt war und scharfen, stechenden Augen. »Lady Pendleton, wie entzückend, Sie hier zu treffen, aber Sie nehmen doch auch stets an Mrs. Linfords Partys teil, habe ich recht?«

»Das tue ich tatsächlich. Wir sind seit einiger Zeit befreundet.« Die beiden hatten sich vor beinahe siebeneinhalb Jahren als frisch Vermählte in London kennengelernt. Damals war es für sie beide ihre erste Saison in London gewesen und sie hatten sich zusammengeschlossen.

Lady Nixon war großgewachsen, mit hellem Haar und blassblauen Augen. Wenn sie einen anblickte, hatte man das Gefühl, als könne sie jedes noch so wohlgehütete Geheimnis aufdecken. Dazu war sie natürlich nicht imstande, doch Violet war bekannt, dass sie berühmt dafür war, diese in Erfahrung zu bringen. Bei ihr versäumte Violet nie, auf der Hut zu sein. »Mrs. Linford sagt, der eisige Herzog würde ebenfalls hier sein. Das glaube ich erst, wenn er sich präsentiert.« Sie tauschte einen zweifelnden Blick mit Mrs. Law aus.

Oh, meine Güte. Violet hoffte um Hannahs willen, dass dieser Herzog auftauchte. Wenn er das nicht tat, würde Violet ihn aufspüren und ihm körperlichen Schaden zufügen müssen.

Violet zwang sich, die Damen weiterhin anzulächeln. »Hätten Sie gern eine Erfrischung?« Sie zeigte auf ein Büffet, wo für die ankommenden Gäste Speisen und Getränke bereitgestellt worden waren.

»Oh, vielleicht einfach nur ein Stück Kuchen. Oder zwei.« Mrs. Law lachte leise, als sie auf die Erfrischungen zustrebte. Sobald sie einmal dort war, nahm sie *drei* Stück Kuchen.

Violet begrüßte weitere Gäste und am späten Nachmittag entstand eine angespannte Atmosphäre. Eine Atmosphäre der Erwartung.

Violet nahm Hannahs verzweifelten Blick wahr und

entschuldigte sich bei Lady Colton und ihrer Tochter. Hannah traf sie neben der Tür.

»Irving sagt, dass die Männer gehen wollen«, wisperte Hannah drängend.

»Ich weiß. Ich kann ihre Ungeduld spüren. Warum zögerst du?«

»Weil die Herzöge noch nicht hier sind!« Hannah sprach mit leiser Stimme, doch ihre Gesichtszüge spiegelten ihre Ängstlichkeit wider.

Sanft berührte Violet ihre Freundin am Arm und dirigierte sie, sich umzuwenden, damit sie den Blick nicht weiterhin auf ihre Gäste gerichtet hielt. »Bleib ruhig. Alles wird gut werden. Vielleicht haben sie sich einfach nur verspätet.«

Hannah schüttelte den Kopf. »Ich war ein Dummkopf, meine Hoffnungen an ihre Teilnahme zu klammern, nicht wahr?«

Das wäre schon möglich, doch das würde Violet nicht sagen. »Es ist unwichtig, ob sie kommen oder nicht. Deine Party wird ein einschlagender Erfolg. Und sie werden die Verlierer sein, weil sie nicht dabei sind.«

Hannahs Mund formte sich zu einem wackligen Lächeln. »Du bist die Liebste aller Freundinnen.«

Der Klang der Stimme des Butlers, der sich mit jemandem in der Eingangshalle unterhielt, ließ Hannah erstarren. Einen Augenblick später tauchte er auf, und führte einen Gentleman herein. Er war groß, breitschultrig, mit braunem Haar und dichten Brauen, die sich über seinen warmen braunen Augen wölbten. Das konnte nicht der eisige Herzog sein. Er sah viel zu freundlich aus. Außerdem entspannte Hannah sich nicht, was bedeutete, dass dies nicht der Herzog war, auf den sie gehofft hatte. Dies musste der andere sein, derjenige, den sie eingeladen hatte, um sich den Hauptgewinn zu sichern.

Violet unterdrückte ein Schaudern. Sie fühlte sich angesichts der Intrigen ihrer Freundin unbehaglich. Sie sah den Neuankömmling mit einem einladenden Lächeln an.

Hannah und Violet traten nur einen Schritt in den Salon, während der Butler an der Türöffnung stehenblieb. »Der Herzog von Romsey«, verkündete er.

Sämtliche Anwesenden im Raum wandten die Köpfe um und die Gespräche kamen schlagartig zum Stillstand. Einen Augenblick herrschte vollkommene Stille, ehe das Stimmengewirr leise wieder einsetzte.

Hannah knickste. »Herzlich Willkommen, Euer Gnaden.«

Violet tat es ihr gleich, aber durch Irvings hastiges Eintreffen blieb es ihr erspart, etwas zu sagen. Er hieß den Herzog mit einer Verbeugung willkommen.

»Wir sind über Ihr Kommen zutiefst erfreut, Euer Gnaden.«

Der Herzog warf Violet einen Blick zu, aber er konzentrierte sich auf seine Gastgeber, als er antwortete. »Es ist mir ein Vergnügen. Vielen Dank für die freundliche Einladung.«

Hannah sah an ihm vorbei und hielt ganz offensichtlich nach seinem fehlenden Freund Ausschau. »Hat Seine Gnaden Sie nicht begleitet?«, fragte sie mit vor Nervosität angespannter Stimme.

»Nicht ganz, nein. Er sollte in Kürze hier sein.«

Die Art, wie er das Wort *sollte* aussprach, ließ Violet aufmerken. Der Herzog war sich in Bezug auf seinen Freund nicht sicher. Violet betete, dass Hannah die leichte Betonung überhört hatte, die auf diesem Wort lag.

Sie entfernte sich und gewährte Hannah und Irving einen Augenblick, mit dem Herzog zu sprechen. Als sie auf den Kamin zu schlenderte, hörte sie Lady Nixon, die neben Mrs. Law auf einem der Sofas saß.

»Der ruinierte Herzog! Kannst du dir das vorstellen?«

Wenn eine Frage ein Hohngelächter sein könnte, wäre diese eines. Lady Nixons Gesicht war allerdings recht heiter. Nie würde man das Gift vermuten, das aus ihren Worten troff.

»Sie sagte, es wäre der Eisige, doch stattdessen bekommen wir den Ruinierten.« Mrs. Law schnalzte mit der Zunge. »Eine regelrechte Katastrophe. Ich frage mich, ob irgendjemand jetzt abreisen wird, da er angekommen ist.« Sie blinzelte ihrer Freundin zu. »Ich frage mich, ob *wir* abreisen sollten.«

Violet wollte sie anfauchen, dass sie gehen *sollten* und sich als Ziel am besten die Residenz des Teufels aussuchten. Stattdessen begab sie sich auf die gegenüberliegende Seite des Zimmers, von wo aus sie diskrete finstere Blicke in ihre Richtung warf.

Sie sah auch zu ihrer Freundin hinüber, welche glücklicherweise von der empörenden Unterhaltung auf dem Sofa nichts mitbekommen hatte. Hannah wirkte allerdings blass. Das hatte sie nicht so geplant und sich auch nicht so erhofft.

Violet ließ den Blick im Raum umherschweifen und versuchte herauszufinden, was die anderen von der Ankunft des Herzogs hielten. Würde irgendjemand abreisen? Meine Güte, sie hoffte nicht.

In diesem Augenblick zuckte ein Lichtblitz über den Rasen, dem einen Moment später ein lautes Krachen folgte. Dann setzte der Regen ein. Violet lächelte dankbar. Nun mussten alle bleiben.

»Der Duke of Kilve.«

Die Ankündigung des Butlers kam für alle überraschend oder jedenfalls hatte es für Violet den Anschein. Sämtliche Anwesenden hatten sich zu den Fenstern und dem Spektakel des einsetzenden Sturms umgewandt.

Wieder kamen die Unterhaltungen zum Stillstand, doch dieses Mal war es deutlicher. Die Stille zog sich in die Länge, bis man sie buchstäblich schmecken konnte. Sie hätte vielleicht noch einige Zeit angehalten, wäre nicht ein weiterer Blitz aufgezuckt, dicht gefolgt von einem Donnern.

Violet drehte ihren Körper zur Tür und nahm sofort den triumphierenden Blick wahr, der Hannahs Gesicht erstrahlen ließ. *Das* muss der eisige Herzog sein. Sie warf einen Blick zu den alten Schachteln auf dem Sofa hinüber und beinahe hätte sie angesichts des identischen Ausdrucks des Schocks auf ihren Gesichtern gelacht. Hannah hatte es geschafft. Ganz übermütig vor Freude über den Erfolg ihrer Freundin, wandte Violet den Kopf, um diesen enigmatischen Herzog unter die Lupe zu nehmen.

In dem Moment, in dem sie das tat, begriff sie den Ursprung seines Spitznamens, denn ihr wurde eiskalt.

Sie kannte ihn.

Vom Scheitel seines dunklen Schopfes bis zu dem kleinen Grübchen in seinem Kinn, über die langen, athletischen Beine bis hin zu seinen Stiefelspitzen kannte sie ihn. Oh, er sah anders aus – über seinem Nasenrücken hatte sich eine kleine Erhebung gebildet, als ob er sich die Nase gebrochen hatte und seine Schultern waren ausladender, die Brust breiter. Und sein Gesicht … sein geliebtes Gesicht … Es war kaum mehr der Mann, den sie kannte und doch war er es.

Seine Brauen waren grober, als hätte er mehr erduldet, als er für möglich gehalten hatte. Die eingefallenen Wangen und der angespannte Kiefer verliehen ihm ein unbehagliches Aussehen. Sie hatte den deutlichen Eindruck, als wolle er nicht hier sein.

Zum Teufel, *was* tat er hier?

Er ist der eisige Herzog, rief sie sich in Erinnerung.

Ein Herzog! Wie um alles in der Welt ist aus Nicholas Bateman ein Herzog geworden? Und wie hatte er sich den Spitznamen der eisige Herzog verdient?

Violets Körper bebte. Sie trat einen Schritt auf die Tür zu. Er ließ den Blick durch den Raum schweifen und hielt inne, als dieser auf sie fiel. In seinen Augen war ein Aufblitzen des Wiedererkennens zu sehen und dann schweiften sie weiter. Er hatte sie gesehen, erkannt und dann entschieden, dass sie seiner Zeit nicht wert war.

Der gesamte Schmerz von acht Jahren übermannte ihren Körper und zwang sie beinahe in die Knie. Nein, sie wäre seine Zeit nicht wert. Nicht nachdem, was sie getan hatte. Und schon gar nicht, weil er jetzt ein Herzog war.

Er stand im Türrahmen und seine Aufmerksamkeit war auf Hannah und Irving sowie den Herzog von Romsey gerichtet. Er sagte nicht viel, noch schien sein Unbehagen zu schwinden. Seine Haltung war steif, sein Kinn starr. Nein, er sah überhaupt nicht wie der Nicholas Bateman aus, den sie gekannt hatte.

Für einen Augenblick gestattete sie ihren Gedanken, zu der Erinnerung an die beiden idyllischen Wochen in Bath zurückzukehren. Sie hatte gerade erst ihr Debüt in der Gesellschaft gefeiert, und sie beide hatten sich zufällig im Sydney Hotel kennengelernt. Er hatte sie zu einem Spaziergang durch die Gartenanlagen eingeladen. Er war gutaussehend und charmant gewesen und seine Intelligenz und Schlagfertigkeit hatten ihr Herz vollkommen erobert. Für den nächsten Tag hatten sie eine Verabredung in den Pump Räumen getroffen und dann hatten sie am darauffolgenden Abend bei einem schicken Ball in den Oberen Assembly Rooms miteinander getanzt. Am Tag danach waren sie in die Gärten des Sydney Hotels zurückgekehrt, wo er sie im Schatten eines Baumes geküsst hatte und sie war verloren gewesen. Die Liebe hatte ihr Herz gefordert und es seitdem besessen.

CHAPTER 3

*I*hr Anblick auf der gegenüberliegenden Seite des Zimmers ließ Nick das Blut in den Adern gefrieren. Sein Sichtfeld verengte sich, bis er fürchtete, dass es gänzlich schwinden würde. Unverzüglich wandte er seine Aufmerksamkeit den Linfords und Simon zu und beließ sie dort. Gleichwohl war er sich ihrer Präsenz akut bewusst.

Violet Caulfield war jetzt auf quälende Weise ebenso schön wie vor acht Jahren. Doch nein, sie war nicht Violet Caulfield. Sie war Lady Pendleton. Er fragte sich, wo ihr Ehemann geblieben war.

Das Eis, für das er so bekannt war, schlitterte durch seine Adern. Er hätte niemals hierherkommen sollen, und unverzüglich würde er wieder abreisen.

Erneut drang das Licht eines Blitzes in den Salon, als der Sturm wieder aufbrauste. Das Krachen des Donners war ganz in der Nähe zu hören und während der Regen in Strömen an den Fensterscheiben herabrann erkannte er, dass er nirgendwohin gehen würde.

»Hoffentlich hält dieser Sturm nicht an«, bemerkte Mrs. Linford gerade. »Aber wenn dem so ist, haben wir für

Morgen jede Menge Aktivitäten im Haus vorgesehen. Hätte irgendjemand von Ihnen gern eine Erfrischung?« Sie wies mit einer Handbewegung einladend auf den Tisch, der glücklicherweise nicht in Violets Nähe stand.

Violet.

Er durfte sie nicht so nennen, und sollte auch nicht in solch vertrauter Form an sie denken. Ja, sie kannten einander so intim, wie zwei Menschen sich nur kennen konnten, aber das war eine lange Zeit her. Ein ganzes Leben.

Elias Leben.

»Das klingt ausgezeichnet, vielen Dank«, antwortete Simon. Er schubste Nick am Arm und schoss einen unmissverständlichen Blick zu dem Tisch mit den Erfrischungen.

Nick wollte keine verdammten Erfrischungen. Im Grunde genommen wollte er doch. Whiskey, vorzugsweise. Stattdessen strebte er mit Simon auf den Tisch zu, ohne ein Wort zu seinen Gastgebern zu sagen.

»Könntest du ein Lächeln zustande bringen?«, fragte Simon. »Oder zumindest einen weniger finsteren Blick aufsetzen.«

»Ich blicke nicht finster«, murmelte Nick. Auf eindringliche Weise war er sich der ihm zugewandten Blicke bewusst – und der erwartungsvollen Atmosphäre. »Nie hätte ich mich von dir zu dieser Sache überreden lassen sollen.«

»Vielleicht«, murmelte Simon. »Wie auch immer, hier sind wir. Zum Weglaufen ist es zu spät.«

»Nein, das ist es nicht. Genau das werde ich bei der ersten sich bietenden Gelegenheit tun.« Er sah zu den Fenstern hinüber, als sie an dem Tisch angelangt waren. »Ich würde jetzt abreisen, wäre da nicht der Sturm.«

»Ob Sturm oder nicht. Du hast mir versprochen, eine Nacht zu bleiben.«

Nick beäugte die Kuchen und das Gebäck, aber er nahm sich nichts davon.

Simons Blick wurde düster. »Verdammt, jemand kommt in unsere Richtung. Könntest du zumindest so tun, als würdest du gelangweilt aussehen? Oder vielleicht krank?«

Das wäre nicht allzu schwierig, dachte Nick. Der Mittelpunkt der Aufmerksamkeit zu sein, selbst bei dieser relativ kleinen Versammlung von vielleicht dreißig oder vierzig Gästen, verursachte ihm Unwohlsein. Er war nicht als Herzog erzogen worden und obwohl er diesen Titel nun schon seit fünf Jahren trug, fühlte es sich, vor allem in Gegenwart anderer, noch immer sonderbar an.

Der Mann, der gerade auf sie zutrat, räusperte sich. »Ich bin nicht sicher, ob sie sich an mich erinnern, Herzog, aber wir haben uns vor ein paar Jahren in London kennengelernt.« Er sprach Nick direkt an und machte damit deutlich klar, welchen »Herzog« er meinte. »Ich bin Lord Colton.« Er zeigte auf die Frau an seiner Seite. »Das ist meine Frau und erlauben Sie mir, Ihnen meine Tochter, Miss Colton vorzustellen.« Er unternahm die Vorstellung mit klarer Absicht. Miss Colton war auf dem Heiratsmarkt.

Nick verbeugte sich vor der jungen Dame. »Es ist mir ein Vergnügen, Sie kennenzulernen, Miss Colton.« Er bemerkte, dass der Viscount seine Tochter Simon nicht vorstellte, und das vermieste Nick seine bereits düstere Stimmung noch weiter. »Das ist mein lieber Freund, der Herzog von Romsey.«

Simon verbeugte sich und Miss Colton sank in einen Knicks. Lady Colton verkniff das Gesicht und Lord Coltons Wangen verloren ein bisschen von ihrer gesunden Farbe. Nick wollte sich umwenden, von dannen marschieren und sie somit direkt schneiden. Wie konnten sie es wagen, Simon zu beleidigen?

Als könne er Nicks Gedanken lesen – und *wahrscheinlich* war seine Empörung auch in seinem Gesicht zu sehen –

umklammerte Simon kurz Nicks Ellbogen. »Sollen wir weitergehen?«, murmelte er.

»Bitte entschuldigen Sie uns.« Simon bedachte die Coltons mit einem unverdienten Lächeln und führte Nick davon. Als sie außer Hörweite waren, sagte er: »Du musst dir mehr Mühe geben.«

»Warum? Ich will nicht hier sein und schon gar nicht, wenn die Leute unhöflich zu dir sind.«

»Sie waren nicht unhöflich. Sie waren zurückhaltend. Ich *möchte* hier sein und du hast mir eine gottverdammte Nacht versprochen.« Simon holte tief Luft. »Nimm dich zusammen und lass uns weitermachen.«

»Für wie lange? Ich brauche einen Drink.« Er warf Simon einen entschuldigenden Blick zu.

Unmerklich schüttelte Simon den Kopf – ihre Freundschaft bestand lange genug und war innig genug, dass Nick seine Gedanken nicht zensieren musste. Doch dennoch war er manchmal, vor allem in stressvollen Augenblicken wie diesem, bemüht, einfühlsamer zu sein. »Du *brauchst* einen Drink«, erklärte Simon. »Aber zuerst werden wir eine Runde durch den Raum drehen. Ich verspreche dir, dass es nicht lange dauern wird.« Er richtete den Blick nach vorn. »Wir werden mit dieser Frau anfangen. Sie sieht ziemlich harmlos aus.«

Nick hielt in der Bewegung inne und grub die Absätze in den Teppich. »Nein.«

Simon blieb neben ihm stehen. Nick drehte seinen Körper so, dass er Violet nicht sehen konnte. Sie standen in der Nähe der Fenster und ein weiterer Lichtblitz erhellte den Himmel. »Warum nicht?«, fragte Simon.

»Ich möchte nicht mit ihr sprechen. Du kannst mich irgendwo anders hinführen. *Irgendwohin.*«

Simon schoss einen Blick in ihre Richtung und zog verwirrt die Augenbrauen zusammen. »Du kennst sie? Ich glaube nicht, dass ich sie je zuvor gesehen habe. Wie kannst du jemanden kennen, den ich nicht kenne?«

»Vergiss es«, knurrte Nick tief in seiner Kehle. Der Drang, aus dem Zimmer zu marschieren, war beinahe überwältigend.

»Beruhige dich«, entgegnete Simon besänftigend. »Wir werden uns später darüber unterhalten.« Er sah Nick mit einem Blick an, der diesem deutlich zu verstehen gab, dass dieses Thema nicht vergessen würde.

Sie verbrachten etwa eine halbe Stunde – oder vielleicht war es auch ein ganzes Leben – damit, die anderen Gäste im Raum kennenzulernen. Unter den Anwesenden waren mehrere unverheiratete Damen, die allesamt daran interessiert waren, Nicks Bekanntschaft zu machen und nervös, Simon ebenfalls kennenzulernen. Als sie endeten, war Nick bereit, direkt in den Sturm hinauszulaufen und hoffentlich von einem Gewitterblitz getroffen zu werden.

»Sie müssen noch einen weiteren Gast kennenlernen«, flötete Mrs. Linford heiter, als Nick und Simon sich ihren Weg zur Tür bahnten. »Kommen Sie.« Sie berührte Nick leicht am Arm und Simon schloss sich ihnen mit einem Kopfnicken an.

Einen Augenblick später stand Nick weniger als einen Meter von der Frau entfernt, die ihm das Herz gebrochen hatte.

»Violet, darf ich dir die Hoheiten, den Herzog von Kilve und den Herzog von Romsey vorstellen?«

Violet sank vor ihnen in einen recht tiefen Knicks. »Es ist mir ein Vergnügen, Ihre Bekanntschaft zu machen.« Sie sah die beiden mit schiefgelegtem Kopf an und Nick musste einräumen, dass sie die erste und einzige Person im Zimmer war, die Simon die gleiche Ehrerbietung und Höflichkeit gewährte wie ihm. Seltsamerweise verbesserte dies seine Stimmung nicht.

»Violet ist Lady Pendleton«, erklärte Mrs. Linford.

Simon ergriff ihre Hand und verbeugte sich. »Das Vergnügen ist ganz auf meiner Seite, Mylady.«

Nick zwang sich zu einer knappen Verbeugung. Er sagte nichts und vermied es, sie anzusehen. Das, allerdings, brachte er nicht fertig. Sie war noch lieblicher als in ihrer Jugend. Noch immer waren ihre Augen voller Wärme und Intelligenz – ihre moosgrüne Iris, die mit dem satten Braun an den Rändern verschmolz. Jetzt verfügte sie über mehr Rundungen und sie besaß einen Zug um das Kinn, der auf Erfahrung und Selbstbewusstsein schließen ließ. Ihre Lippen in einem tiefen Rosa waren ebenso voll und üppig wie er sie in Erinnerung hatte. Dieser Mund hatte ihn von Beginn an angezogen, vor allem wenn sie lachte. Damals hatte er es mit Musik verglichen.

Er war ein törichter Junge gewesen.

Mr. Linford räusperte sich laut und veranlasste damit alle, sich zur Tür umzuwenden. »Gentlemen, wenn Sie sich mit mir in den Billardraum zurückziehen wollen, sind Sie herzlich willkommen.«

Zum Teufel, ja. »Wenn Sie uns entschuldigen wollen«, sagte Nick, der bereits im Begriff war, sich herumzudrehen. Er wartete nicht auf eine Antwort, bevor er auf seinen Gastgeber zumarschierte.

Ein paar Minuten später betrat er, mit Linford auf den Fersen, den Billardraum. An der Anrichte stand ein Diener und bot alkoholische Getränke an. Nick nahm von ihm ein Glas Whiskey entgegen und trank einen willkommenen Schluck, während er auf eine Ecke zustrebte.

Dort gesellte Simon sich zu ihm, mit finsterem Blick und aufeinandergepressten Lippen. »Du warst unglaublich unhöflich.«

»Nicht *unglaublich.*« Er trank einen weiteren Schluck

seines Whiskeys. »Es ist nicht so, als hätte ich sie direkt geschnitten.«

Simon atmete scharf aus. »Ich weiß, dass du einen Spitznamen hast, dem du gerecht werden musst, aber musst du so ein Ekel sein?«

»Du hast darauf bestanden, mich hierher zu zerren. Du solltest dich vielleicht nicht über mein Benehmen beschweren.«

Tief in Simons Kehle vibrierte ein frustriertes Stöhnen. »Wer ist sie?«

»Ich habe sie vor einigen Jahren kennengelernt. Bevor mein Onkel mir meine Offizierstellung gekauft hatte.« Er und Simon waren während dieser Periode nach Oxford nicht so eng befreundet gewesen. Während Nick, zu jener Zeit bloß ein Mister, nach Bath zurückkehrte, war Simon ein Marquess mit einer Neigung zu Spiel und Trank. Und Frauen. Er hatte sich alle Mühe gegeben, um zum berüchtigsten Wüstling in ganz London aufzusteigen.

»Du hast mir nie von ihr erzählt.« »Da gibt es nichts zu erzählen.« Dies war eine ungeheuerliche Lüge, doch die Geschichte war alte Vergangenheit. Sicher war sie jetzt nicht mehr von Belang.

Außer, dass sie hier war. Und die Vergangenheit brachte sein wohlgeordnetes Leben schrecklich durcheinander. Nein, *Simon* brachte sein wohlgeordnetes Leben entsetzlich durcheinander. »Ich hätte dir nie gestatten sollen, mich zu überzeugen, hierher zu kommen«, antwortete Nick, ehe er einen weiteren Schluck nahm.

»Vielleicht nicht«, gab Simon resigniert zurück. »Aber du *bist* hier. Können wir nicht versuchen, das Beste daraus zu machen? Wenn das Wetter aufklärt, steht für morgen Angeln an. Ich habe gehört, dass Linfords Teich ausgezeichnet sein sollen.«

Nick liebte es, zu angeln. Und es wären keine Frauen

dabei. Wenn er sich vielleicht nur in diesem Raum und in seinem eigenen Zimmer aufhielt, konnte er diese infernalische Party möglicherweise überstehen. »Wie lange wird unsere Anwesenheit hier erwartet?«

»Eine Woche«, antwortete Simon. »Darf ich zu hoffen wagen, dass du deinen Fluchtwunsch erneut überdenkst?«

»Wie du gesagt hast, sind wir hier und es wird Angeln angeboten.«

Simon grinste. »Hier sind auch mehrere heiratsfähige Damen anwesend. Du kannst also auch deine Entscheidung überdenken, einer Heirat aus dem Wege zu gehen.«

Nick grunzte, ehe er an seinem Whiskey nippte.

»Ich denke, es gibt mehrere Kandidatinnen. Und du hast bei jeder von ihnen exzellente Chancen.«

»Ich werde die Brautwerbung dir überlassen«, sagte Nick.

»Oh, nein, alle sind an dir interessiert«, widersprach Simon ausgelassen. »*Du* hast deine Frau nicht umgebracht.«

Nick sah seinen Freund scharf an. Manchmal witzelte er über die Gerüchte und das war das Nächste, dem sie einer Unterhaltung darüber kamen. Es gab einfach einige Dinge, die man niemandem anvertraute, nicht einmal seinem engsten Freund.

Wie die Tatsache, dass Nick seine Frau umgebracht *hatte*. Wäre er nicht gewesen, wäre sie immer noch am Leben. Nick war verflucht. In der Tat, wenn er sich vielleicht von Simon zurückzog, würde sein Freund möglicherweise aus dem Dunst von Furcht und Misstrauen heraustreten, der ihn überall umgab, wohin er auch ging.

Nick schwenkte den Whiskey in seinem Glas, ehe er den Rest der bernsteinfarbenen Flüssigkeit austrank. »Du solltest dir einen besseren Freund suchen.«

Simon schnaubte. »Niemand will mich haben. Also fürchte ich leider, dass du mit mir festhängst.«

»Vielleicht würde sich dein Glück ohne mich bessern.«

»Ist das deine Ansicht?« Simon stieß ein bellendes Lachen aus. »Im Augenblick bist du das einzige Glück, das ich habe. Ohne dich wäre ich nicht einmal hier. Also wirst du mich nicht loswerden. Lass uns einfach versuchen, diese Woche gemeinsam zu genießen und wenn sich die Zukunft präsentiert, solltest du sie mit offenen Armen empfangen.«

Nick fühlte sich plötzlich zerknirscht. Wenn Simon so optimistisch sein konnte, schuldete Nick ihm wenigstens, es zu versuchen. Dennoch gab es Grenzen, was zu schaffen er vermochte. Wozu er fähig war. »Ich werde mich nicht verlieben.«

»Du klingst ziemlich unerbittlich.«

»Wenn es zu einer Heirat käme – und ich sage nicht, dass es so sein wird – müsste sie sich auf ein Arrangement einlassen, bei dem die Liebe keine Rolle spielt.« Das war essenziell. Für ihr eigenes Wohlergehen.

»Wie kalt, aber du bist ja auch –«

Nick starrte ihn an. »Sag es nicht.«

Simon hob eine Hand zu seiner Verteidigung. »Das werde ich nicht.« Er beäugte Nick eingehend. »Wärst du dazu imstande? Dir eine Frau zu nehmen, ohne jegliche Gefühle für sie?«

»Ich tue alles ohne jegliches Gefühl.«

»Meistens, ja.« Simon stieß einen Atemzug aus und wandte sich zu einem Blick aus den Fenstern um. Das Blitzgewitter war abgeklungen, doch plötzlich wurde der Himmel von einem scharfen Lichtstrahl zerrissen. »Manchmal besteht allerdings der Schimmer einer Hoffnung.« Er warf Nick einen Blick zu und sein Mundwinkel zuckte. »Ich werde mich daran klammern. Und das solltest du auch.«

Nein. Schon seit langem hatte Nick dieses besondere Gefühl aufgegeben. Hoffnung war etwas für Menschen, die an einen glücklichen Ausgang der Dinge glaubten.

Das tat Nick ganz bestimmt nicht.

~

Später, nach dem Abendessen, betrat Violet den Salon. Der Großteil der Damen hatte sich zum Kartenspiel gesetzt, doch dieser Zeitvertreib hatte sie nie besonders interessiert. Stattdessen steuerte sie auf den Sitzbereich in der Ecke zu, von wo sie einen guten Überblick über die Geschehnisse haben würde. Außerdem könnte sie auch sehen, wenn Nick den Raum betrat.

Sie sollte nicht so vertraut an ihn denken. Er war jetzt der Herzog von Kilve. Der eisige Herzog. Es war erstaunlich, wie er diesen Spitznamen verkörperte. Die Frigidität in seinem Blick wurde von der klirrenden Kälte seines Tonfalls und seines generell kühlen Gebarens noch unterstrichen. Beim Abendessen hatte er zu Mr. Linfords Rechten gesessen, mit Mrs. Linford, Irvings Mutter, an seiner anderen Seite. Violet hatte ihn während des Mahls heimlich beobachtet, doch nicht einmal hatte er in ihre Richtung gesehen. Er schien in eine Unterhaltung mit Irving und seiner Mutter vertieft zu sein, doch soweit Violet das beurteilen konnte, hatten die beiden den Großteil der Unterhaltung bestritten. Nick hatte steif und aufrecht dort gesessen, wie ein Eiszapfen, der an seinem Platz festgefroren war, und absolut unfähig, aufzutauen.

Das war nicht der Nick, den sie vor acht Jahren kennengelernt hatte. Was war ihm zugestoßen? Die Neugier nagte an ihr, doch sie würde nicht danach fragen. Obwohl sie sicher war, dass Lady Nixon und Mrs. Law ihr alles erzählen würden, was sie wissen wollte. Wenn sie ihr Gehör anstrengte, konnte sie die beiden auf der gegenüberliegenden Seite des Raumes belauschen. Seit sie den Salon betreten hatten, plapperten sie unablässig und waren der Hauptgrund, warum Violet sich entschieden hatte, dem Kartenspiel fernzubleiben.

Die jüngere Gruppe von Frauen, ein Trio aus drei jungen Damen mit leuchtenden Gesichtern, fand ihren Weg zu Violets Sitzbereich. »Macht es Ihnen etwas aus, wenn wir uns zu Ihnen setzen?«, fragte eine von ihnen. Sie war ein zierliches, beinahe feenartiges Geschöpf mit großen blauen Augen, einer schimmernden elfenbeinfarbenen Haut und dunklem, beinahe schwarzem Haar. Ihr Name war Miss Diana Kingman. Ihr Vater war ein Baronet und soweit Violet das beurteilen konnte, ein bisschen ein Angeber. Er hielt seine Tochter für die schönste und charmanteste junge Dame auf dem Heiratsmarkt und sorgte dafür, dass alle das wussten.

»Überhaupt nicht«, entgegnete Violet herzlich. »Bitte setzen Sie sich.«

Miss Kingman nahm im Sessel neben Violet Platz, während die anderen beiden – Lady Lavinia Gillingham und Miss Sarah Colton – sich auf dem kleinen Sofa niederließen.

»Wir hoffen, es macht Ihnen nichts aus, aber wir dachten, dass wir Sie vielleicht um Rat bitten könnten«, bemerkte Miss Colton vorsichtig.

Violet war nicht sicher, ob sie in einer Position war, diesen jungen Damen Rat zu erteilen. »Wenn ich helfen kann, werde ich das bestimmt tun. Was möchten Sie gern wissen?«

Lady Lavinia strich sich glättend über ihr dunkles, rotbraunes Haar am Hinterkopf und ließ den Blick zwischen den anderen beiden hin und her schweifen, als würde sie um Ermunterung heischen. »Es ist unsere erste Hausparty.« Sie blinzelte Violet an und diese fragte sich, ob das Mädchen womöglich eine Brille brauchte. »Was *müssen* wir wissen?«

Violet dachte an ihre erste Hausparty zurück. Sie war beinahe ein Jahr mit Clifford verheiratet gewesen, und gerade schwanger geworden, hatte sie sich ziemlich krank gefühlt. Er hatte die Gelegenheit wahrgenommen und getan, was viele Gentlemen bei solchen Veranstaltungen taten – er war fremdgegangen. Doch *das* würde sie mit diesen jungen Damen sicher nicht besprechen.

»Ich wage zu behaupten, dass Sie nichts wissen *müssen*. Mrs. Linford hat jede Menge Abwechslung für alle vorbereitet, also werden Sie reichlich Gelegenheit haben, sich zu beschäftigen.«

»Ich bin schon ganz gespannt auf den Ausflug zur Besichtigung der St. Andrews Kathedrale in Wells«, antwortete Lady Lavinia.

»Ich habe sie bereits besichtigt und sie ist fantastisch.« Die Vorfreude blitzte in Miss Coltons blauen Augen. »Ich freue mich schon auf das Einkaufen.«

Als Miss Kingman ihre Meinung bezüglich der geplanten Aktivitäten nicht beitrug, drehte Violet sich zu ihr und fragte: »Und Sie, Miss Kingman?«

»Die Kathedrale wird ausgezeichnet sein, denke ich. Aber ich werde nur die Erlaubnis erhalten, sie zu besichtigen, wenn bestimmte andere Gäste ebenfalls an der Besichtigung teilnehmen.« Wie auch immer sie sich tatsächlich diesbezüglich fühlte, wurde durch ihr stilles Verhalten sorgfältig verborgen.

Die anderen beiden Damen sahen Miss Kingman mitfühlend an und Lady Lavinia beugte sich zu Violet. »Ihr Vater ist begierig, sie zu verheiraten.« Sie sprach mit leiser Stimme.

Violet musterte Miss Kingman, um ihre Reaktion zu beobachten, doch deren Züge blieben bemerkenswert unbeteiligt. Die junge Dame war eine Studie der Reserviertheit. Violet verstand das vollkommen. Schnell hatte sie gelernt, die meisten ihrer Gefühle zu unterdrücken, nachdem sie Pendleton geheiratet hatte und obwohl er vor beinahe drei Jahren verschieden war, behielt sie die Dinge immer noch für sich. Oder vielleicht war das auch die Reife, wie ihre Mutter oft bemerkte.

»Ich wäre gern verheiratet«, sagte Miss Kingman gleichmütig. Sie blickte zwischen den anderen beiden jungen Damen hin und her. »Ihr nicht?«

Unschlüssig zuckte Miss Colton mit einer Schulter. »Das nehme ich an. Meine Eltern wollen das ganz bestimmt.«

»Ich *möchte* heiraten«, bemerkte Lady Lavinia. »Aber vielleicht nicht sofort.« Sie zwinkerte Miss Kingman zu, ehe sie den Blick auf Violet richtete. »Wie alt waren Sie, als Sie geheiratet haben, Lady Pendleton?«

»Nicht ganz zwanzig Jahre alt.« Sie hatte nicht einmal eine Saison gehabt. Das war die Absicht gewesen, aber nach Nick hatten ihre Eltern sie bei der ersten sich bietenden Gelegenheit verheiratet.

Lady Lavinia zog die Nase kraus. »Ich bin schon zwei Jahre darüber hinaus und nicht sicher, ob ich schon bereit bin, mich anketten zu lassen.«

Violet war damals auch nicht bereit gewesen, aber das hatte an der Auswahl des Bräutigams gelegen. Wenn ihr erlaubt gewesen wäre, ihrem Herzen zu folgen … Nun das war jetzt kaum von Belang.

Lady Lavinia, die eine kleine Blumenstickerei auf ihrem Rock mit der Fingerspitze nachzog, seufzte auf. »Trotzdem sind mehrere in Frage kommende Junggesellen in dieser Woche hier und mein Vater wird ihre Eignung unzweifelhaft auf den Prüfstand stellen.« Sie warf Miss Kingman einen verschwörerischen Blick zu. »Ich wage zu sagen, dass unsere Väter uns in einen direkten Wettstreit um den eisigen Herzog schicken werden.« Sie lachte, aber es schwang ein Ton von Unsicherheit mit. Oder vielleicht Nervosität.

Miss Colton lächelte glücklich. »Ich bezweifele, dass mein Vater sich die Mühe machen wird, zu versuchen, mich mit einem Unberührbaren zu verbinden, Gott sei Dank. Für mich sind sie tatsächlich unberührbar.«

»Bist du sicher?«, fragte Lady Lavinia. »Niemand würde

es wagen, den ruinierten Herzog zu berühren, und aus diesem Grund wäre er eigentlich verfügbar. Wenn jemand wünscht, das Risiko auf sich zu nehmen.«

Das Lächeln auf Miss Coltons Gesicht verschwand und vor lauter Grauen riss sie die Augen auf. »Das würdest du mir wünschen?«

»Natürlich nicht!« Lady Lavinias Wangen färbten sich in einem leuchtenden Rosa. »Es war ein schlechter Scherz.«

»Was ist so verkehrt am ruinierten – dem Herzog von Romsey?« Violet wollte ihre Spitznamen nicht benutzen.

Alle drei jungen Damen rissen die Köpfe herum und starrten Violet an.

»Wie kann es sein, dass Sie es nicht wissen?«, fragte Miss Kingman.

»Ich gebe nicht viel auf Klatsch, fürchte ich.« Wie oft hatte sie Hannah daran gehindert, den neuesten Tratsch zum Besten zu geben? Zu oft, um es zu zählen.

»Es ist eine ziemliche Schauergeschichte.« Lady Lavinia senkte die Stimme und sah sich verstohlen um, bevor sie ihren Blick auf Violet fixierte. »Es wird behauptet, dass er seine Frau umgebracht hat – indem er sie die Treppe hinunterstieß.«

Violet war sofort für den Mann entrüstet. »Was für ein gräuliches Gerücht.«

»Es ist kein Gerücht«, flüsterte Miss Colton leise. »Er hat selbst gesagt, er könne sich nicht daran erinnern, was passiert ist.«

»Wollen Sie damit sagen, er streitet es nicht ab?«, fragte Violet.

»Das ist das Gerücht«, antwortete Lady Lavinia.

Dies war ein Paradebeispiel, warum Violet Gerüchte verabscheute. »Wurde er für dieses Verbrechen formell beschuldigt? Oder wurde das vor Gericht versucht?«

»Es wurde nie Anklage erhoben«, erklärte Lady Lavinia

und ihre Augen verengten sich leicht. »Aber alle wissen, was wirklich passiert ist. Solch eine Tragödie. Darüber hinaus war sie auch noch schwanger mit ihrem ersten Kind.«

Violets Magen krampfte sich zusammen. Sie hatte mehrere Kinder verloren – drei – aber nicht, weil sie eine Treppe hinuntergefallen war. Nein, ihr Körper war einfach nicht in der Lage, ein Kind auszutragen, und das war ein Defekt, den ihr Ehemann ihr bei jeder Gelegenheit vorgehalten hatte. »Wie entsetzlich.«

»Ich muss zugeben, dass er nicht wie ein Mörder aussieht«, bemerkte Miss Colton schulterzuckend. »Ich dachte, er ist eher gutaussehend, um ehrlich zu sein.« Die Röte stieg ihr in die Wangen und sie sah auf ihren Schoß hinab.

Lady Lavinia kicherte leise und dann streckte sie die Hand aus und tätschelte Miss Coltons. »Das habe ich auch gedacht.«

Miss Colton sah zu ihr auf und stimmte in ihr leises Gelächter ein.

»Es sind seine Augen«, bemerkte Miss Kingman und ihre Lippen formten sich zu einem halben Lächeln. »So ein sattes Braun, wie Samt. Und ein paar goldene Sprenkel, die sie funkeln lassen.«

Lady Lavinia sah sie scharf an. »Hast du ihn dir ins Auge gefasst?«

Miss Kingmans Blick wurde kühl. »Natürlich nicht. Jemanden attraktiv zu finden bedeutet nicht, dass er eine gute Partie sein muss.«

Es war exakt der gleiche Gedanke, den Violets Mutter vor acht Jahren vertreten hatte. Violets »Liebe« zu Nick war nicht real gewesen. Jemanden gutaussehend zu finden und sich körperlich zu ihm hingezogen zu fühlen war nicht annähernd so wichtig für eine Heirat, wie die Stellung in der Gesellschaft. Sie hatte die junge

Violet von jener Wahrheit überzeugt, dass was immer ihr Herz sich wünschte, nicht wichtig war. Es schien, dass Miss Kingman auf die gleiche Weise gedrillt worden war.

»Meine Mutter erzählt mir das die ganze Zeit«, bemerkte Miss Colton mit einem Seufzen. »Ich widerspreche ihr – Liebe *ist* wichtig.«

»Zumindest Kameradschaft«, warf Lady Lavinia ein. »Ich kann mir nicht vorstellen, einen Mann zu heiraten, den ich nicht einmal *mag*.« Sie erzitterte in einem delikaten Schauder.

Miss Kingman zeigte keine äußerliche Reaktion auf das Mitgefühl ihrer Freundin. »Wir müssen darauf vertrauen, dass die Dinge einen guten Ausgang nehmen.«

Violet konnte nicht feststellen, ob die junge Frau das wirklich glaubte oder sie bloß wiederholte, was ihr eingetrichtert worden war. In ihrer eigenen Erfahrung hatten die Dinge keinen guten Ausgang genommen, zumindest nicht in Bezug auf ihre Ehe. Doch jetzt war sie Witwe und glückselig unabhängig.

Violet hüstelte leise. »Also ist der Herzog von Romsey niemand, von dem Sie umworben werden wollen.« Alle drei Frauen schüttelten ablehnend ihre Köpfe. »Nun, es gibt verschiedene andere geeignete Junggesellen. Mr. Adairs Vater ist Baron. Und ich glaube, Mr. Woodward ist der Erbe einer Grafschaft.«

»Mr. Seaver ist sehr charmant«, bemerkte Miss Colton.

Violet kannte ihn nicht. »Ausgezeichnet. Ich denke, Sie alle werden sich sehr gut unterhalten.«

»Ich hoffe, das Wetter klärt auf, sodass wir morgen angeln gehen können.«

Violet wandte sich zu Miss Kingman, die mit überraschender Bestimmtheit gesprochen hatte. »Sie angeln?«

Sie nickte. »Obwohl mir das morgen wahrscheinlich

nicht erlaubt wird, vermute ich. Ich werde wohl leiden müssen und nur zuschauen dürfen.«

»Wie bedauerlich.«, stellte Violet fest und ihr Verstand arbeitete. »Ich kann mit Mrs. Linford sprechen. Ich bin sicher, sie kann etwas arrangieren.«

Miss Kingman wurde ein bisschen blass. »Nein, vielen Dank. Ich möchte keine Umstände verursachen. Wirklich. Ich bin recht zufrieden damit, den Männern beim Angeln zuzuschauen.« Miss Kingman sah sie mit einem heiteren Lächeln an, aber Violet war sich nicht ganz sicher, ob sie dies auch wirklich so meinte.

»Ich habe gehört, dass wir mit den Booten hinausfahren dürfen«, bemerkte Lady Lavinia zu Miss Kingman. »Das wird sicher sehr amüsant werden.«

In Miss Kingmans Augen leuchtete echte Vorfreude auf. »Das wird es bestimmt.«

Aus irgendeinem Grund stimmte es Violet froh, Miss Kingman so enthusiastisch zu sehen. Vielleicht erinnerte die junge Frau sie an ihre eigene Vergangenheit, die sie zu vergessen versuchte … daran, eine junge Frau ohne Wahlmöglichkeit zu sein. Für die Dauer der Party würde Violet ein Auge auf Miss Kingman haben.

Dann gesellten die Gentlemen sich zu ihnen und verteilten sich im Salon. Die Atmosphäre veränderte sich und die Luft wurde schwerer und geladener, als das Stimmengewirr anschwoll. Violet hatte sich nicht nach Nick umsehen wollen, doch dort war er, einer der letzten, die den Raum betraten. Er zögerte an der Tür.

Während er dort für ein paar Minuten mit dem Herzog von Romsey stand, sah er nicht in ihre Richtung. Romsey ließ ihn stehen und bahnte sich seinen Weg zu ein paar anderen Gentlemen. Nick zog sich in eine Ecke zurück, von wo aus er mit schweren Lidern über den Augen und dem zu einem dünnen Strich zusammengepressten Lippen den Salon

überblickte. Es gab nur ein Wort für das, was er dort tat:
brüten.

Wann – und noch wichtiger *warum* – hatte er gelernt zu
brüten?

Die jungen Frauen setzten ihr Geplauder fort, während
Violet die Rolle der Beobachterin übernahm.

»Man sollte gehen und mit ihm reden«, drängte Miss
Colton.

»Wer sollte das tun?«, fragte Violet.

»Eine von ihnen«, antwortete Miss Colton mit einer
Handbewegung. »Lavinia vielleicht. Sie ist die Lebhafteste
unter uns, glaube ich.« Sie sah Miss Kingman an, die immer
wieder verstohlene Blicke in Nicks Richtung warf. »Aber
Diana wirkt so, als wollte sie …« Miss Coltons Stimme
erstarb.

»Ich werde gehen.« Lady Lavinia, mit einem entschlossenen Zug um den Mund und gestrafftem Rückgrat, erhob
sich.

Sie war ein bisschen größer als der Durchschnitt und ihr
hellgelbes Kleid umspielte ihre Figur perfekt. Vielleicht aus
Nervosität strich sie die die Seide glatt, ehe sie sich auf den
Weg zur gegenüberliegenden Seite des Zimmers begab.

»Wir sollten nicht starren«, riet Violet, obwohl sie den
Schritten der jungen Frau mit ihren Blicken folgte. Violet
stockte der Atem, als Lady Lavinia vor Nick stehenblieb. Sein
ausdrucksloser Blick schweifte über sie hinweg doch seine
Züge verrieten nichts, was sein Interesse widerspiegelte.
Tatsächlich verrieten sie überhaupt nichts. Miss Colton
schwenkte ihren Kopf herum zurück zu Violet. »Ich kann
nicht zusehen.« Violet riss ihren Blick los. »Vielleicht sollten
Sie losgehen und sich mit Mr. Seaver unterhalten«, schlug sie
Miss Colton ermunternd vor. Da alle Gäste nach ihrer
Ankunft früher am Tag einander pflichtschuldigst vorgestellt
worden waren, galt dies für sie als absolut angemessen.

Die Aufmerksamkeit der jungen Dame schwenkte zu dem fraglichen Mann herum. Er stand in der Nähe der Fenster und war in eine Unterhaltung mit Mr. Stinnet, einem älteren Zeitgenossen mit vollkommen kahlem Schädel, versunken. »Ich glaube nicht, dass ich mutig genug bin, die beiden zu unterbrechen.«

»Ich könnte Sie begleiten«, bot Violet sich an. Sie konnte sich vorstellen, diese jungen Damen durch die nächste Woche zu begleiten und kam zu dem Schluss, dass es eigentlich recht nett wäre.

»Lavinia kommt zurück«, bemerkte Miss Kingman.

Violet und Miss Colton ließen die Köpfe in ihre Richtung herumfahren. Lady Lavinia kehrte tatsächlich zurück, das Gesicht gerötet und die Augen ein bisschen geweitet. Als sie sich auf ihrem verwaisten Platz niederließ, war es unübersehbar, dass sie verwirrt war.

»Was ist passiert?«, fragte Miss Colton alarmiert.

»Er war eher … abrupt.« Lady Lavinia schien große Mühen auf sich zu nehmen, um nicht in seine Richtung zu blicken.

»Was hat er gesagt?«, erkundigte Violet sich, während die Neugier in ihr brannte. Der Nick, den sie vor acht Jahren in Bath kennengelernt hatte, war charmant und schlagfertig gewesen. Absolut unwiderstehlich.

»Kaum etwas. Ich habe ihn gefragt, ob er gern angelt.«

Violet erinnerte sich, dass dem so war. Sehr sogar.

»Er antwortete, lediglich an der Art von Angeln interessiert zu sein, das morgen am Teich stattfinden würde.« Lady Lavinia blinzelte sie an. »Ich antwortete ›Natürlich. Was für eine andere Art von Angeln gäbe es wohl sonst?‹ Dann schnaubte er und fragte, ob ich nicht gerade angeln würde. Er sagte zu mir, ich solle in seichte Gewässer zurückschwimmen.«

Violet ließ den Kopf in Nicks Richtung herumfahren. Er

starrte sie an und seine hellen Augen waren so vertraut und doch so fremd. Sie lenkte den Blick zu Lady Lavinia zurück. »Geht es Ihnen gut?«

Sie nickte und presste eine Hand an ihre Wange. Sie war immer noch ein bisschen errötet und wahrscheinlich warm. »Ja. Ich wage zu sagen, dass ich *das* nicht wieder tun werde.« Sie lachte nervös. »Was meinte er damit, als er sagte, ich würde angeln?«, fragte sie Violet.

Violet unterdrückte ein Stirnrunzeln. »Ich bin nicht sicher, aber ich glaube, dass er sich damit auf die Jagd nach einem Ehemann bezog.«

Miss Colton zog die Schultern zusammen. »Ich bin so froh, dass ich dich nicht begleitet habe!«

Miss Kingman warf ihm einen Blick zu, der mit Neugier unterlegt war. »Er *ist* der eisige Herzog. Was hast du erwartet?«

Violet war begieriger denn je, zu erfahren, wie er zu seinem Spitznamen gekommen war. Was auch immer der Grund dafür gewesen sein mochte, gab ihm dies nicht die Erlaubnis, sich auf solch ungehobelte Weise zu benehmen. Ohne weiter darüber nachzudenken, erhob sie sich und stolzierte zu seiner Ecke hinüber.

Sein Blick streifte den ihren und sie fragte sich, ob er diesen Beinamen einfach durch die Art erworben hatte, wie sich andere durch seinen Blick fühlten. Sie erschauderte, als sie vor ihm stehen blieb. »Herzog.«

»Lady Pendleton.« Oder vielleicht war es sein Tonfall. Er klirrte regelrecht vor Eiseskälte.

Die Worte verharrten auf ihre Zunge. Was könnte sie diesem Mann nach acht langen, einsamen Jahren wohl sagen?

Er zog eine dunkle Augenbraue hoch. Das war der Anstoß, den sie brauchte.

»Warum waren Sie so unhöflich zu Lady Lavinia?«

»Ich war nicht unhöflich. Ich war offen.«

»Für mich klang es rüde.«

»Und Lady Lavinia wäre die erste junge Dame, die die absolute Wahrheit sagt? Mir ist es unmöglich, das zu glauben.«

Damit bezog er sich auf sie und das Versprechen, das sie ihm gegeben hatte. Das Versprechen, das sie gebrochen hatte.

»Sie sagte, Sie hätten ihr geraten, in seichte Gewässer zurückzuschwimmen. Das ist kaum freundlich.«

»Es ist ehrlich.« Er schaute mit finsterem Blick an Violet vorbei. »Sie ist mir nicht gewachsen.«

Wieder fehlten Violet für einen Moment die Worte, als sie sich mühte, den kalten Mann, der dort vor ihr stand, mit dem Nick in Verbindung zu bringen, den sie kannte. »Was ist Ihnen zugestoßen?«

Sein frigider Blick bohrte sich in ihren. »Haben Sie nicht gehört? Ich bin jetzt der eisige Herzog.«

»Tatsächlich erst heute.« Prüfend betrachtete sie sein Gesicht auf der Suche nach einer Spur des jungen Mannes, in den sie sich damals verliebt hatte. »Ich hatte keine Ahnung, dass Sie ein Herzog sind oder überhaupt einen Titel tragen.«

Er zog die Lippen zu einem humorlosen Lächeln auseinander. »Natürlich hatten Sie das nicht. Dann hätten Sie mich nicht fallen gelassen. Ein Herzog übertrumpft sicherlich einen Viscount.«

Natürlich war er wütend auf sie – er hatte jedes Recht dazu. Was hatte sie erwartet? Acht Jahre hatten ihre Gefühle für ihn nicht ausgelöscht. Sie musste davon ausgehen, dass es für ihn dasselbe war.

»Es tut mir immer noch so leid, was passiert ist, wie ich damals erklärt habe.«

Kurz schossen seine Brauen nach oben. »Erklärt? Ich hatte keine Erklärung von Ihnen.«

»Ich habe Ihnen einen Brief geschrieben.« Panik wallte in ihrer Brust auf, als sie erkannte, dass er ihn nie erhalten hatte.

Sie hatte ihre Zofe gebeten, den Brief zur Post zu bringen … hatten ihre Eltern sich irgendwie eingemischt?

Sein Gesicht nahm wieder diese stoische Maske an. »Hätte das etwas geändert?«

Die Niederlage lastete ebenso schwer auf ihr wie damals. Sie hätte Pendleton trotzdem geheiratet. Sie hatte keine Wahl gehabt. »Nein.«

Ihr graute es und sie teilte die Lippen, als sie zu ihm aufsah. »Ist dies … Sind Sie wegen mir so geworden?«

Er ließ ein scharfes Lachen hören. »Schmeicheln Sie sich nicht, Lady Pendleton. Sie waren eine Enttäuschung unter vielen und ich wage zu sagen, dass Sie nicht die schlimmste waren. Mit Abstand nicht.« Sein Blick wurde hart. »Tun Sie nicht so, als würden Sie mich kennen. Unsere kurze und eine Ewigkeit zurückliegende Beziehung ist lange gestorben. Ich ziehe vor, dass es so bleibt.«

Er wandte sich um und marschierte aus dem Raum, wobei er sich weit schneller als ein Gletscher bewegte, aber mit genau der gleichen Temperatur.

Als Violet herumschwenkte, um zu dem Trio zurückzukehren, das sie zurückgelassen hatte, stellte sie fest, dass der Geräuschpegel der Unterhaltungen um sie herum gesunken war. Die Köpfe waren in ihre Richtung gewandt. Ihr Blick kreuzte sich mit Hannahs, die ein paar Schritte entfernt stand. Es hatte den Anschein, als war sie auf ihrem Weg zu Violet – vielleicht, um in die Unterhaltung mit Nick einzugreifen. Der allgemeinen Aufmerksamkeit nach zu urteilen, die ihr augenblicklich zugewandt war, hatte es den Anschein, als hätten alle Anwesenden diese Unterhaltung bewusst mitverfolgt.

Die Röte stieg ihr am Hals empor und erstreckte sich über ihr Gesicht. Sie wirbelte auf dem Absatz herum und floh aus dem Raum.

CHAPTER 4

ick übergab den fünften Lachs, den er heute Morgen gefangen hatte, dem Diener und bereitete sich auf das erneute Auswerfen der Angel vor. Die Sonne wurde gerade erst über der Baumreihe sichtbar und das bedeutete, dass seine Einsamkeit bald schon gestört werden würde.

»Sie sind sehr geschickt in der Kunst des Angelns, Euer Gnaden«, stellte der Diener fest, während er den Fisch in einem Korb verstaute.

Nick sagte nichts, als er die Angelschnur einmal mehr über dem Teich auswarf. Angeln erlaubte ihm, still dazusitzen, ohne dass jemand ihn belästigte oder irgendetwas von ihm erwartete. Ob er in einem Boot auf dem Meer war oder – so wie heute – an einem Teich oder Fluss saß, genoss er die Stille, die nur vom Geräusch des Wassers und den Geschöpfen um ihn herum unterbrochen wurde. Das Trällern eines Eichelhähers drang ihm an die Ohren und kurz schloss er die Augen, dankbar für die Stille.

»Wie lange bist du schon hier draußen?« Simons Stimme unterbrach seinen Frieden.

Nick schlug die Augen auf. »Seit kurz vor Sonnenaufgang.«

»Zu früh für mich.«

»Ich hatte nicht erwartet, dass du mir Gesellschaft leistest.«

»Und das hättest du dir auch nicht von mir gewünscht.« Simon klopfte Nick kurz auf die Schulter, ehe er sich neben ihm niederließ. Der Diener übergab ihm eine Angelrute.

»Du willst tatsächlich angeln?«, fragte Nick und beäugte die Ausrüstung in Simons Händen.

Simon zog eine Grimasse, als er die Angel auswarf. »Ich dachte, ich würde es *versuchen.*«

»Wie bewundernswert von dir.«

»Ja, nun ich denke, es geziemt sich für mich, an den Aktivitäten der Party teilzunehmen, auch wenn ich derzeit das Amt des Ausgestoßenen innehabe. Obwohl ich mich frage, ob ich vielleicht in Gefahr schwebe, diesen Titel an dich zu verlieren.«

Nick sah zu seinem Freund hinüber, die Lippen geschürzt. »Ich wäre erfreut, ihn von dir zu übernehmen.«

»Nein, das wärst du nicht. Glaub mir.«

»Du vergisst, wie gern ich in Ruhe gelassen werde.«

»Und dennoch scheinst du meine Anwesenheit jedes Mal zu genießen, wenn ich dich besuchen komme«, gab Simon amüsiert zurück. »Du machst dir selbst etwas vor und eines Tages wirst du das erkennen. Ich hoffe nur, dass es dann nicht zu spät ist.«

Nick erduldete die Befürchtungen seines Freundes. »Wann würde das sein?«

»Wenn du alt und klapprig bist und all deine Bekannten schon verschieden sind.« Simon warf ihm einen ernsten Blick zu. »Ich meine *alle.*«

So viele Menschen *waren* bereits gegangen. »Mit diesem Argument wirst du keinen Boden gewinnen.«

Simon stieß die Luft aus. »Ich weiß, aber ich muss es trotzdem hin und wieder anbringen. Ebenso, wie ich dein scheußliches Verhalten von gestern Abend bemängeln muss.«

Nick wandte den Kopf. »Scheußlich?«

»Stell dich nicht dümmer, als du bist. Erst hast du in einer Ecke gestanden und wie ein Junge geschmollt, dem man seine liebste Süßigkeit vorenthalten hat. Und dann hast du nicht nur mit einer sondern gleich zwei Frauen, eine reichlich brüske Konversation geführt. Die erste Dame lief eilig quer durch den Raum zurück, den Schwanz zwischen den Beinen eingeklemmt und ich kann dir sagen, dass ihr Vater, Lord Balcombe *nicht erfreut* war. Und die zweite …«

Nick blickte wieder auf den Teich hinaus und wünschte sich, dass ein Fisch an seinem Köder anbiss, damit dieses infernalische Thema unterbrochen und hoffentlich vermieden werden konnte.

»Es war für alle klar, dass eure Unterhaltung hitzig war – so ein fremdes Wort im Zusammenhang mit dem eisigen Herzog, oder so ähnlich habe ich es gehört – und dass Lady Pendleton ziemlich aus der Fassung gebracht schien. Sie ist praktisch aus dem Zimmer gerannt.«

Nick beobachtete einen Reiher, der herabschwebte und im seichten Gewässer auf der gegenüberliegenden Seite des Teichs Stellung bezog. Der elegante Vogel blickte zu Nick und Simon herüber, doch er schenkte ihnen keine weitere Aufmerksamkeit, als er auf Ausschau nach Beute stockstill dort stand.

»Hast du nichts zu sagen?«, verlangte Simon zu wissen.

Noch einmal drehte Nick ihm den Kopf zu. »Hast du mir eine Frage gestellt?«

Simon schnaubte. »Du bist ein Ekel. Du solltest dich bei beiden Frauen entschuldigen. Du wirst niemals eine Frau finden, wenn du dich auf diese Weise benimmst.«

»Darf ich dich daran erinnern, dass die Suche nach einer

Frau dein Vorhaben ist? Außerdem sind wir Herzöge. Wir können uns benehmen, wie auch immer wir wollen und dennoch Frauen finden.«

»In diesem Punkt irrst du dich, mein Freund«, entgegnete Simon gutmütig. »Wie es scheint, sind die Heiratschancen eher begrenzt, wenn Gerüchte im Umlauf sind, dass man seine Frau umgebracht hat. Wenn sie nicht sogar überhaupt nicht vorhanden sind.«

»Du hast sie nicht umgebracht.«, murmelte Nick, sich der Fruchtlosigkeit dieses Arguments bewusst, die genauso auf Simons hinsichtlich seiner selbstgewählten Einsamkeit zutraf. »Wenn ich da nur ebenso sicher sein könnte, wie du.«

Für einige Minuten saßen die beiden schweigend dort, ehe Simon erneut das Wort ergriff. »Wer ist Lady Pendleton? Gestern, als du ihr vorgestellt wurdest, hatte es den Anschein, als ob du sie kennen würdest.«

Nick wollte nicht über sie sprechen. Oder an sie denken. Oder sich an irgendetwas erinnern, was mit ihr zu tun hatte. Jedoch hatte er vergangene Nacht zum ersten Mal seit Ewigkeiten von ihr geträumt. Allerdings war sie nicht das junge, blauäugige Mädchen gewesen, das er vor acht Jahren kennengelernt hatte. Sie hatte ausgesehen, wie er ihrer gestern Abend ansichtig worden war – die hohen Wangenknochen stärker hervorgehoben, die Lippen in einem intensiveren Rosa. Und ihr Blick, so klar und ehrlich in ihrer Jugend, war scharfsichtiger und erfahrener, wie Steine, die Jahr für Jahr im Flussbett geschliffen wurden.

»Sie ist niemand von Belang.«

»Aber du kennst sie?«, beharrte Simon.

Nick knirschte mit den Zähnen. »Ja.«

»Und offensichtlich trifft sie bei dir einen Nerv.«

Das tat sie tatsächlich. Gestern Abend *hatte* er geschmollt. Oder vielleicht war Brüten ein besseres Wort. Dann war dieses junge Ding herübergekommen, um sich mit ihm zu unterhalten und er hatte sich die größte Mühe gegeben, sie zu verscheuchen. Nicht, weil er ein Ekel war, sondern weil es für jeden besser war – vor allem für die junge Dame.

Dann war Violet auf ihn zugekommen und jeder Zentimeter seines Körpers reagierte mit einer Mischung aus Schmerz, Bedauern, Verärgerung und etwas vollkommen Überraschendem: Sehnsucht. Für einen flüchtigen Augenblick hatte er sich in Erinnerung gerufen, wie es sich anfühlte, sie zu begehren. Dennoch hatte er dann die anderen Gefühle aufgegriffen. Trotzdem ging ihm der Schimmer der Erinnerung, der ihm aufgegangen war, nicht aus dem Sinn. Einer Erinnerung an diese lang zurückliegende Zeit. Es war die Zeit, bevor er in den Krieg gezogen war, bevor er den Rest seiner Familie verloren hatte … vor Jacinda und Elias.

»Ich habe sie vor langer Zeit einmal gekannt«, erklärte Nick leise und sein Blick konzentrierte sich auf den Reiher.

»Bevor wir uns in Oxford kennengelernt haben?«

Kopfschüttelnd antwortete Nick. »Danach.«

»Du hast mir nie von ihr …« Simon sog die Luft ein. »Sie war die Frau. Himmel, ich hatte sie ganz vergessen.«

Nick hatte ihm erzählt, er hätte einmal eine Frau gekannt, die jedoch jemand anderen geheiratet hatte. Damals waren Nicks Gefühle von Trauer in Wut umgeschlagen. »Du warst zu jener Zeit ziemlich beschäftigt.«

»Ich habe Himmel und Hölle in Aufruhr versetzt«, entgegnete Simon mit mehr als nur einem Anflug von Bedauern. Er hatte genau das getan, was die Erben von Herzogtümern in London taten – spielen, Frauen nachstellen und trinken.

Nick war sicher, dass es viele Dinge gab, an die Simon sich nicht erinnerte und das hielt er seinem Freund nicht vor. Simon hatte seine eigenen Prüfungen zu bestehen gehabt und er war in weitaus besserer Verfassung daraus hervorgegangen als Nick.

»Ich bin überzeugt, dass du nicht darüber sprechen möchtest, aber frische bitte mein Gedächtnis auf. Was war passiert, abgesehen von der Tatsache, dass sie dir das Herz gebrochen hat?«

»Ich denke nicht, dass es viel mehr dazu zu sagen gibt, oder?« Was würde es Gutes bezwecken, diese beiden Wochen wieder aufleben zu lassen?

Ihre Eltern waren zum Zeitpunkt ihres Kennenlernens nicht in Bath gewesen, und deshalb hatte er nicht um Erlaubnis bitten können, ihr den Hof zu machen. Sie hatten sich heimlich getroffen und Nick hatte darauf gewartet, ihren Vater um Erlaubnis zu bitten, sie zu umwerben, sobald er in Bath eintreffen würde. Als Nick allerdings beim Stadthaus von Violets Tante ankam und um ihre Hand anhalten wollte, musste er erfahren, dass sie, gleich nach der Ankunft ihrer Eltern am Vortag, die Stadt verlassen hatte. Sein Verstand verschloss sich vor dem, was er an jenem Tag erfahren hatte. Er umklammerte die Angelrute mit festem Griff und die Muskeln an seiner Hand spannten sich an. »Im Nachhinein glaube ich nicht, dass meine Gefühle tatsächlich so stark waren.«

»Wie kannst du das wissen?«, fragte Simon. »Eure Beziehung war zu Ende, ehe sie überhaupt begonnen hatte. Es ist schwer zu sagen, was daraus erblüht wäre, wenn dieser Samen hätte gedeihen dürfen.«

»Hör auf, dich als verdammter Poet zu versuchen.«

Simon ließ ein breites Lächeln aufblitzen. »Tu nicht so, als würde ich dich nicht belustigen.«

Eine lautstarke Kakophonie von Geplauder inmitten raschelnder Büsche kündigte die Ankunft der männlichen Teilnehmer der Hausparty an.

»Seid gegrüßt! Ich habe gehört, dass Sie früh hergekommen sind, Euer Gnaden«, bemerkte Linford mit einem herzlichen Grinsen. Er wandte sein lächelndes Gesicht auch Simon zu. »Und hier sind Sie also, Euer Gnaden. Ich fange an zu glauben, dass ich den einen von Ihnen beiden finden würde, wo auch der andere ist. Wie leicht wird es also für die jungen Damen sein, Sie aufzuspüren.« Er gluckste und dann blickte er sich vergewissernd um, ob die anderen seine Fröhlichkeit teilten. Als er feststellen musste, dass dem nicht so war, wandelte sich sein Gelächter in ein Hüsteln und er räusperte sich. »Sollen wir angeln?«

Diener hatten die Angelausrüstung geschleppt, welche die Männer nun zeternd für sich beanspruchten. Nick widerstand dem Drang, seine Angel einzuholen und zum Haus zurückzukehren. Er bezweifelte, dass es bei all dieser Aufregung viel mehr zu fangen geben würde, doch er befahl sich, um Simons Wohl, zu bleiben.

Es war wahr, dass die meisten Teilnehmer Simon mit einer merkwürdigen Ehrerbietung behandelten, die ein bisschen nach Angst roch. Einige dieser Schwachköpfe glaubten tatsächlich, dass er seine Frau umgebracht *hatte*. Wenn er schon nichts anderes tat, wollte Nick sich die größte Mühe geben, sie über diese Vorstellung aufzuklären und sie zu ermuntern, Simon kennenzulernen, anstatt auf diese grausamen Gerüchte zu hören.

Wie um alles in der Welt sollte er – ein Mann, der die Einsamkeit suchte und pflegte – das anstellen? Bereits vor langer Zeit hatte er vergessen, freundlich oder charmant zu sein.

Beim Blut des Teufels. Seine Stimmung, die bereits durch die Störung seines Friedens und seiner Ruhe beeinträchtigt war, drohte, noch finsterer zu werden.

Er warf einen Blick zu Simon hinüber und bemerkte, dass niemand sich auf seiner anderen Seite niedergelassen hatte. Er holte seine Angelschnur ein und stand auf. »Dies ist eine ausgezeichnete Stelle. Ich habe bereits mehrere Lachse gefangen.«

Lord Colton trat auf ihn zu. »Tatsächlich?«

»Nur keine Scheu, nehmen Sie ihn.«

»Sind Sie sicher?«, fragte der Viscount.

»Ich bestehe darauf.« Nick bot ihm ein nichtssagendes Lächeln, ehe er sich von der Meute entfernte. Er fand einen Felsvorsprung, und es war ein idealer Platz über der tiefsten Wasserstelle. Bereits vorhin hatte er überlegt, sich dort niederzulassen, aber zu jener dunklen Stunde war es dort eher schlüpfrig gewesen. Inzwischen war der Fels dank der Sonne beinahe getrocknet.

Nick setzte sich auf den Felsen und wünschte, eine der Decken genommen zu haben, welche die Diener mitgebracht hatten. Der Stein war ziemlich hart und kalt. Doch nun gut, zumindest war er relativ allein. Er warf seine Angel aus und versuchte, sich zu entspannen. Gerade als er anfing, sich behaglich zu fühlen, entdeckte er am gegenüberliegenden Ufer ein Aufblitzen von Farbe. *Verflucht.* Die Damen der Hausparty waren zum Teich gekommen.

Eine Handvoll Boote dümpelte um einen kleinen Anleger. Offensichtlich waren sie zum Rudern hier. Jetzt wäre es mit dem Angeln absolut aus. Zumindest, wenn man auf einen Fang hoffte. Wer zum Teufel hatte diese Aktivität geplant?

Mehrere der Gentlemen riefen über das Wasser. Die Frauen winkten zur Antwort zurück. Obwohl er versuchte, das nicht zu tun, machte Nick Violet inmitten der Gruppe aus. Sie war größer gewachsen als die meisten und ihre blonden Locken waren von einem hohen grünen Hut bedeckt, der es sogar noch leichter machte, sie zu erkennen. Sie trug ein Kostüm, das ein bisschen an Reitbekleidung erinnerte, mit einem geknöpften Frack und eleganten Samtbesätzen. Sie war atemberaubend.

Er drehte den Kopf in des Reihers Richtung und musste enttäuscht feststellen, dass dieser verschwunden war. *Was für ein glücklicher Vogel,* sinnierte er.

Er bemühte sich, die Frauen zu ignorieren, die in die Boote kletterten, aber der Krach, den sie veranstalteten, war sehr ablenkend. Er beobachtete, wie Violet mit einer der jungen, unverheirateten Damen, die er zu vermeiden versuchte, in eines der Ruderboote stieg. Zum Teufel, versuchte er nicht, jedem aus dem Weg zu gehen?

Sich selbst scheltend wandte er den Blick von den Booten ab. Der Teich war nicht besonders groß und deshalb war es nur eine Frage von Minuten, ehe eine der Damen in sein Sichtfeld ruderte. Er hoffte, dass sie genügend aufgeklärt waren, um den Angelschnüren fern zu bleiben.

Zum Teufel damit. Er würde heute überhaupt nichts mehr fangen. Er stand auf und holte seine Angelschnur ein. Dann hörte er das laute Knacken von zwei kollidierenden Booten. Er sah gerade von seiner Angelrute auf, als eines der Boote kenterte. Sein Blick erfasste einen hohen, dunkelgrünen Hut, gerade bevor das Boot umkippte.

Ohne nachzudenken warf er die Angelrute beiseite. Er sprang mit einem Hechtsprung in den Teich und schwamm wie der Teufel.

~

Das Ruderboot kippte komplett um, und beförderte Violet nicht nur in den Teich, sondern auch in die Dunkelheit, weil das Boot auf ihr landete. Es traf sie allerdings nicht, sondern bildete einen Hohlraum über dem Wasser. Sie hörte einen Schrei – aus einiger Entfernung – und mutmaßte, dass sie allein unter dem Boot war.

Das Wasser war kalt und schwer, und durchtränkte ihre Röcke. Sie hatte Angst, vom Gewicht ihrer nassen Kleider unter Wasser gezogen zu werden. Sie konnte schwimmen – dank Onkel Bertrands Unterrichtsstunden und sehr zum Grauen ihrer Tante.

Violet stieß das Boot an, aber sie war nicht in der Lage, es herumzudrehen. Sie müsste darunter hervortauchen. Sie holte tief Luft und machte sich bereit, abzutauchen. Ehe sie gänzlich untergehen konnte, begriff sie, dass ihr Hut, ein Problem darstellen würde. Sie tauchte wieder auf, zog das Accessoire von ihrem Kopf und warf es beiseite. Nach einem weiteren tiefen Atemzug versuchte sie es noch einmal und dieses Mal tauchte sie ganz unter die Oberfläche.

Sobald sie unter Wasser war, verspürte sie einen Augenblick der Panik. Das Gewicht um ihre Beine schien noch schwerer. Sie bewegte die Arme und versuchte, sich vom Boot zu entfernen.

Plötzlich wurde sie von jemandem am Oberarm gepackt und an die Oberfläche gezogen. Sie holte scharf Luft und öffnete die Augen, während sie geschwind gegen die Nässe anblinkte, die sich an ihren Wimpern gesammelt hatte.

Ihr Sichtfeld füllte sich mit einem vertrauten Antlitz: Nick.

Seine grauen Augen hatten die Farbe von Sturmwolken angenommen und seine Lippen waren zu einem beinahe nicht existierenden Strich zusammengepresst. »Geht es dir gut?«

»Ich denke schon.« Sie versuchte, ihre Fassung wiederzufinden und ihr Blick erhaschte einen dunklen Kopf, der mehrere Meter entfernt unter dem Wasser wippte. »*Miss Kingman.* Du musst ihr helfen.« Sie sah Nick flehend an.

»Ich werde dich nicht loslassen.« Er benutzte seinen freien Arm, um das Boot heranzuziehen – das irgendwie, vielleicht von ihm, wieder umgedreht worden war. »Kannst du dich daran festhalten?«

Violet nickte. »Ja.« Sie griff nach der Kante und klammerte sich mit beiden Händen fest.

»Ziehen Sie nicht daran«, warnte er sie brüsk. »Es wird sonst wieder umkippen. Halten sie sich einfach nur so fest, damit Sie den Kopf oben behalten. Schaffen Sie das?«

Wieder nickte sie, während ihre Zähne vor Kälte zu klappern begannen. Dann verließ er sie und zog mit wunderschönen Schwimmbewegungen los, wobei er das Wasser auf dem Weg zu Miss Kingman mit den Armen teilte. Er zog die Frau über die Wasseroberfläche und begann, mit ihr im Schlepptau, auf den Anleger zuzuhalten. Sie bemühte sich, den Kopf über Wasser zu behalten, während er für sie beide schwamm.

Als die beiden den Anleger fast erreicht hatten und Violet sich fühlte, als ob ihr gesamter Körper von Eis umgeben wäre, kam ein Boot auf sie zu. »Ich bin fast bei Ihnen, Lady Pendleton!«

Der Herzog von Romsey ruderte auf sie zu. Er drehte seitlich an dem Boot bei, an das sie sich klammerte und nun war sie zwischen den beiden Booten eingeschlossen. Er erhob sich von seinem Platz und setzet sich in die Mitte des Ruderbootes. »Wir müssen vorsichtig sein, damit wir nicht kentern. Ich werde Sie hochhieven. Aber ich muss Sie bitten, sich herumzudrehen und das andere Boot loszulassen.«

Violet wusste, dass sie wie ein Stein sinken würde, sobald sie losließ. »Ich werde sinken.«

»Das werden Sie nicht.« Er packte sie am Kragen ihres Kleides und überraschte sie damit. »Ich habe Sie. Bereit?« Auf ihr Nicken hin sagte er: »Lassen Sie los!«

Sie tat, was er ihr sagte und gab ihren Halt auf. Sie versuchte, sich herumzudrehen, doch durch das Gewicht der Röcke war sie kaum imstande, die Beine zu bewegen. Und ihr war so kalt.

Aber dennoch verließ sie das Wasser, als er sie nach oben

über die Reling des Bootes hievte. Er zog sie hinein und sie brach auf ihm zusammen, mit dem Rücken an seiner Brust.

»Bewegen Sie sich nicht«, sagte er schweratmend. Nach einem Moment wand er sich unter ihr hervor. »Wir müssen unser Gewicht über das Ruderboot verteilen. Können Sie sich zu diesem Ende bewegen?« Er zeigte auf die Vorderseite, in deren Richtung sie blickte.

»Ja.« Sie fühlte sich wie in einer Rüstung eingesperrt und tastete sich langsam auf ihrem Weg zur Vorderseite des Bootes voran.

»So ist es richtig. Wunderbar.« Mit seiner Ermunterung schaffte sie das ganze Stück und dann drehte sie den Kopf herum. Er war am hinteren Ende und hatte bereits die Ruder aufgenommen. »Und los geht es«, rief er fröhlich aus, als ob sie nicht gerade gekentert wäre und so schlimm zitterte, dass sie fürchtete, ihr würden die Zähne ausfallen.

Der Herzog ruderte sie zum Anleger zurück, wo ein Diener das Boot an der Längsseite packte und ein anderer Violet beim Aussteigen half. Schnell war sie in eine Decke gehüllt und Hannah lief eilig zu ihr. Das Gesicht ihrer Freundin war angsterfüllt. »Geht es dir gut?«

»E-Es wird s-schon wieder«, brachte Violet gerade so hervor. Als sie vom Anleger auf den Fußpfad trat, entdeckte sie Miss Kingman, in eine Decke gewickelt zwischen ihren Eltern, die eilig mit ihr auf das Haus zustrebten.

»Was für ein Fiasko«, Hannah jammerte leise. »Ich hoffe, du und Miss Kingman erkältet euch nicht.« Sie sah zum strahlenden Himmel auf. »Ich bin dankbar, dass der gestrige Sturm Platz für eine angenehmere Witterung geschaffen hat. Trotzdem müssen wir dich ins Haus bekommen.«

Violet fragte sich, was aus Nick geworden war. Sie drehte den Kopf und entdeckte ihn etwa sechs Meter entfernt stehen, den Blick auf sie gerichtet. Seine Gesichtszüge waren ausdruckslos, aber im Teich hatte sie die Besorgnis in seinen

Augen erkannt. Bestand die Möglichkeit, dass er immer noch etwas für sie empfand? Etwas anderes als Feindseligkeit? Gestern Abend war er so kalt gewesen, aber heute war er zu ihrer Rettung gekommen. Hoffnung flatterte in ihrer Brust und sie lächelte.

Er wandte sich abrupt ab und begab sich auf den Weg zum Haus zurück, wobei seine langen Beine den unebenen Boden zu verschlingen schienen, als er den Pfad entlang lief. Eine weitere Welle der Kälte überkam Violet und sie erschauderte.

»Komm, bringen wir dich ins Haus«, forderte Hannah sie auf.

»Du s-solltest bei deinen G-gästen bleiben«, entgegnete Violet mit einem schwachen Lächeln. »Ich finde den Weg schon.«

»Ich werde Sie sehr gern begleiten«, bot der Herzog von Romsey an. »Ich würde Ihnen meinen Arm anbieten, aber ich wage vorzuschlagen, dass Sie so gut wie nur möglich in der Decke eingehüllt bleiben sollten.«

»Ja, wahrscheinlich.« Violet nahm den gequälten Ausdruck ihrer Freundin zur Kenntnis. Sie sah wahrhaftig aus, als würde sie zu weinen beginnen. »Alles wird gut werden, Hannah. »Das wird eine lustige Geschichte werden. Du wirst schon sehen.«

Hannah nickte, doch sie schien nicht gänzlich überzeugt.

Violet setzte sich auf dem Pfad neben dem Herzog in Bewegung. »Vielen Dank, dass Sie mich g-g-gerettet haben.«

»Es war mir ein Vergnügen. Tatsächlich wird dies vielleicht endlich meinen Ruf verbessern.«

Sie blickte ihn misstrauisch an und bemerkte, dass er grinste. Außerdem hatte sie die Selbstironie in seiner Stimme wahrgenommen, die besagte, das er daran gewöhnt war geschmäht zu werden. »Das hoffe ich. Ich kann die Gerüchte über Sie leider nicht glauben. Sie scheinen viel zu nett.«

»Gerüchte basieren, wie ich herausgefunden habe, zumindest auf einem Körnchen Wahrheit.«

Das war eine enigmatische Behauptung, aber sie war nicht sicher, ob sie den Mut hatte, zu fragen, was er meinte. Versuchte er zu sagen, irgendwie am Tode seiner Frau beteiligt gewesen zu sein? Als er weiterredete, wurde Violet jede Form der Antwort erspart.

»Nehmen Sie Nick – Kilve meine ich. Er ist der eisige Herzog und diese Beschreibung ist nicht falsch. Er ist so kalt und emotionslos, wie es nur geht.«

Jetzt. Violet kannte diesen Nick kaum.

»Er war nicht immer so – ich kenne ihn, seit wir zusammen in Oxford waren. Länger als Sie, glaube ich.«

Ruckartig drehte sie den Kopf zu ihm und blickte ihn an. »Er hat Ihnen von mir erzählt?«

»Ein wenig.«

Diese beiden in die Länge gezogenen Worte deuteten Dinge an, die sie nicht wieder aufleben lassen wollte – nicht nur jetzt nicht. »Nein, er war nicht immer so. Und er war auch kein Herzog. Wie hat sich das zugetragen?«

»Eine Pechsträhne hat seine Familie ereilt. Er hat von seinem Onkel geerbt.«

»Ich schließe daraus, dass sein Bruder verstorben ist?« Obwohl ihre Affäre nur zwei Wochen angedauert hatte, hatte Violet in dieser Zeit viele Dinge über ihn erfahren. Dennoch gab es so vieles, was sie nicht wusste. Und wahrscheinlich nie erfahren würde.

»In Badajoz, als er tatsächlich neben Nick kämpfte.«

Sie sah zu dem Herzog hinüber. »Nick hat in der Armee gedient?« Sie hatte nicht gewusst, was aus ihm geworden war, nachdem sie ihn verlassen hatte. Ihre Eltern waren mit ihr so rasch wie möglich aus Bath verschwunden und sie hatten sie beinahe ebenso rasch mit Pendleton verheiratet. Sie hatte nicht zurückgeblickt, obwohl sie sich gefragt hatte, was aus

Nick geworden war. Sie war zu dem Schluss gekommen, dass es zu schmerzhaft war, an etwas – jemandem – festzuhalten, den sie nicht haben konnte.

»Sein Onkel kaufte ihm eine Offiziersstellung.«

Sie stellte sich ihn vor, wie er in den Krieg zog. Hätte er das getan, wenn sie ihn nicht verlassen hätte? Sie rief sich in Erinnerung, dass sein älterer Bruder Soldat gewesen war. »Ist er wegen seines Bruders gegangen?«

»Das nehme ich an. Und er … brauchte eine Veränderung. So sagte er wenigstens. Ich räume ein, dass wir zu jener Zeit nicht so enge Freunde waren. Ich war zu beschäftigt, mich durch ganz London zu trinken.«

»Ich verstehe«, murmelte sie, ohne zu wissen, was sie sagen sollte. »Aber Sie stehen sich jetzt nahe?«

»So nahe, wie er gestattet. Nach Badajoz war er anders und … es gab andere Dinge, die zu besprechen mir nicht zusteht.«

Die Neugier brannte lichterloh in ihr, aber sie würde ihn nicht bitten, Nicks Geheimnisse zu verraten. »Ich hatte ihn ziemlich gern. Es schmerzt mich, zu sehen, dass er so zurückgezogen ist. So kalt.«

»Mich schmerzt es auch, das muss ich zugeben.« Die Schritte des Herzogs wurden langsamer, als sie sich dem Haus näherten. »Besteht die Chance, dass Sie ihn immer noch mögen?«

Obwohl ihr ziemlich kalt war, hielt Violet inne und drehte zu ihm. »Ich werde ihn immer gern haben.«

Es war mehr als das, aber das würde sie nicht zugeben. Sie liebte ihn immer noch und ihn wiederzusehen hatte sie lediglich an diese Tatsache erinnert. Sie dachte, sie könnte ihn im hinteren Winkel ihres Gedächtnisses zu bewahren, als eine entfernte Erinnerung, die ihr, wenn sie sorgsam behandelt würde, Freude bescheren könnte.

»Das ist schön zu hören. Nick braucht Menschen, die ihn

gern haben. Er arbeitet verdammt hart, um dafür zu sorgen, dass sie es nicht tun.«

»Warum sollte er das tun?«

»Ich bin nicht sicher, ob ich die Antwort darauf kenne. Es ist kompliziert. *Er ist* kompliziert. Er hat jede Menge schwierige Zeiten durchgemacht und ich glaube, dass er vielleicht vergessen hat, wie man lebt. Wenn es überhaupt irgendeine Chance gibt, dass Sie ihn daran erinnern können, würde ich Sie gern auffordern, genau das zu tun.«

»Was genau wollen Sie damit sagen, Herzog?«

»Ich denke, Sie sollten mich Simon nennen. Schließlich habe ich Sie gerettet.« Er grinste sie an und sie beschloss, ihn unter allen Umständen zu mögen. »Ich will sagen, dass Nick *etwas* braucht. Oder jemanden. Ich habe es fertiggebracht, ihn zu dieser Party zu überreden – was kein geringes Unterfangen war – aber ich fürchte, dass er nach Hause zurückkehren wird und direkt wieder in seine Einsamkeit versinkt.«

»Ich weiß nicht, ob ich das verhindern kann.« Abgesehen davon, dass er ihr im Teich zur Rettung gekommen war, hatte Nick ihr keinerlei Zeichen gegeben, dass er an einer Unterhaltung mit ihr interessiert sei, ganz zu schweigen von einer Beziehung.

»Ich weiß auch nicht, ob Sie das schaffen. Aber wenn Sie es versuchen wollen, wäre ich Ihnen dankbar.«

Eine kühle Brise kam auf und sie zitterte erneut.

Simon verdrehte die Augen. »Ich bin der armseligste Retter überhaupt und halte Sie in der kalten Herbstluft hier auf. Kommen Sie, lassen Sie uns hineingehen.« Er führte sie zum Haus, wo eine Zofe sie informierte, dass in ihrem Zimmer ein heißes Bad für sie vorbereitet wurde.

Als Violet die Treppe hinaufstieg, freute sie sich auf die Wärme. Mehr als das freute sie sich darauf, herauszufinden, ob sie Nick auftauen und ihm ebenfalls Wärme spenden konnte.

CHAPTER 5

*N*ick runzelte die Stirn, als er sein Abbild im Spiegel betrachtete. Nicht, weil sein Aussehen zu bemängeln wäre, sondern weil er verflucht *war*. Kaum verbrachte er einen Tag mit anderen Menschen, gab es bereits eine Katastrophe. Er hoffte nur, dass es Miss Kingman und Violet gut ging.

Die beiden waren blass und bis auf die Knochen nass gewesen, die Augen vor Angst geweitet. In Wahrheit traf das Letztere auf Miss Kingman zu. Violets Blick hatte mehr Überraschung als alles andere ausgedrückt. Überraschung, sich in einem Teich wiederzufinden, oder weil er zu ihrer Rettung gekommen war?

Er war überrascht.

Er sagte sich, er sei zuerst zu ihr geschwommen, weil sie ein bisschen näher als Miss Kingman gewesen ist. Allerdings wusste er, dass Violet schwimmen konnte. Das war eine der *vielen* Kleinigkeiten, die er über sie wusste.

Zusammen mit ihrer Vorliebe für Eiskrem, ihre Leidenschaft dafür Poesie zu lesen und der Art, wie ihre Zehen sich krümmten, wenn sie geküsst wurde.

In sich hineinfluchend wandte er sich vom Spiegel ab.

»Ist etwas nicht in Ordnung, Euer Gnaden?«, fragte Rand, sein Kammerdiener.

Nick warf einen Blick zu dem jungen Mann hinüber und schüttelte den Kopf. »Nein.«

»Wünscht Ihr vielleicht noch etwas?«

»Meine Kutsche, damit wir abreisen können?«

Rand blinzelte ihn an. »Bittet Ihr mich, zu packen?«

Nick stieß die Luft aus. »Nein«, log er. Er *wollte* abreisen. Er hatte Simon eine Nacht versprochen und diesen Handel hatte er erfüllt. Und dennoch war er hier, zum Abendessen umgekleidet.

Weil er sich vergewissern wollte, dass beide Frauen nach ihrem ungeplanten Bad wohlauf waren. Wenn eine der beiden krank würde …

Der Gedanken war nicht auszuhalten.

Ein Klopfen an der Tür riss seine Aufmerksamkeit aus diesen düsteren Gedankengängen. Rand kam der Aufforderung um Einlass nach, doch als Nick Simons Stimme hörte, musste er den Ankömmling nicht ankündigen. »Guten Abend Rand. Ich bin gekommen, um den Herzog abzuholen.«

Rand trat zur Seite und hielt die Tür weit auf, damit Simon eintreten konnte. Er blieb abrupt stehen und betrachtete Nick von Kopf bis Fuß. »Meine Güte, du siehst aus, als hättest du verdorbene Suppe gegessen. Hast du das? Ich habe dich beim Mittagessen nicht gesehen.«

»Ich habe keine Suppe gegessen.« Er hatte kaum etwas gegessen, abgesehen von ein paar Stück Kuchen von dem Teetablett, das am Nachmittag hinaufgeschickt worden war.

Simon warf Rand einen Blick zu. »Was ist mit ihm los?«

Rand trat leicht alarmiert vor, den Kiefer angespannt und die Augen leicht geweitet. »Nichts.« Er sah Nick fragend an – und entschuldigend.

Nick blickte Simon drohend an. »Erschrecke meinen Kammerdiener nicht.«

»Ich bezweifle, dass das möglich ist. Er steht in *deinen* Diensten«, witzelte Simon. »Bist du für das Abendessen bereit oder bist du wirklich krank?«

Nein, und er hoffte, dass Miss Kingman und Violet es auch nicht waren. Die einzige Möglichkeit, sich dessen zu vergewissern, bestand darin, zum Abendessen zu gehen. »Ich bin bereit und ich bin nicht krank.« Er wandte sich um und kontrollierte sein Aussehen im Spiegel. Er sah gut aus. Oder zumindest nicht angeschlagen. »Weißt du, ob Lady Pendleton oder Miss Kingman sich von heute Morgen erholt haben?« Als er die Frage stellte, vermied er, Simon direkt anzuschauen.

Nach einem Augenblick antwortete Simon langsam. »Nein. Aber mir dämmert langsam, warum du aussiehst, wie du aussiehst.«

Nick rieb über einen nicht vorhandenen Fleck auf seinem Frack und fuhr vor dem Spiegel herum. »Ich sehe wie gar nichts aus.«

»Du machst dir Sorgen um sie – das kann ich an deiner Stimme hören. Ich habe keine Ahnung, wie es ihnen ergangen ist. Keine der beiden ist zum Mittagessen erschienen.«

Nick war nicht imstande, ein Zusammenzucken zu unterdrücken.

»Du *bist* besorgt.«

»Du findest es nicht merkwürdig, das zwei Frauen in Gefahr geraten, sobald ich mich in die Gesellschaft hinauswage?« Sobald er seine Befürchtung ausgesprochen hatte, wollte er sie auch schon wieder zurücknehmen.

Simon starrte ihn für einen Augenblick an und dann tat er das Undenkbare. Er lachte.

Nick machte ein böses Gesicht.

»Das ist eine Frage, die *ich* stellen sollte. *Ich bin* derjenige, der eine Bedrohung ist.« Simons Lachen verebbte. »Oder so etwas.«

»Und *ich* bin verflucht. Muss ich betonen, dass jeder, den ich liebte, gestorben ist?«

Simon legte sich die Hand an die Brust. »Ich bin tief verletzt. Und ich dachte, du hättest mich gern.«

»Ich sollte klarstellen – jeder in meiner Familie. Du bist kein Familienmitglied.«

Ein lautes Schniefen durchbrach die Luft, als Simon die Nase kraus zog. »Ich verstehe.« Er schüttelte die Schultern und blickte Nick direkt in die Augen. »Das ist alles Unsinn.«

Das war es nicht, aber darüber würde Nick nicht mit ihm streiten. »Ich habe vor, morgen früh abzureisen.«

»Das *kannst* du nicht machen.« Simon kniff die Augen zusammen. »Du hast mir ein Versprechen gegeben.«

»Das ich mehr als erfüllt habe. Mit heute werden es zwei Nächte sein und ich habe nur eine versprochen.«

»Du kannst nicht abreisen … nicht, wenn ich am Rande eines wirklichen Durchbruchs stehe. Nach meiner Rettung von Lady Pendleton heute Morgen genieße ich endlich ein bisschen positive Beachtung.«

Verdammt. Wie könnte er seinen Freund jetzt im Stich lassen? »Ich bin natürlich hocherfreut für dich. Allerdings bist du nicht auf mein Bleiben angewiesen.«

»Wahrscheinlich nicht, aber ich möchte, dass du bleibst. Einen weiteren Tag.« Simon legte den Kopf schief. »Da du ja jetzt schon hier bist. Der liebe Herrgott allein weiß, wann du wieder so eine Sache wagen wirst.«

Er hatte ein Argument. »Einen einzigen weiteren Tag. Können wir bitte nach unten gehen, damit ich mir dein Gejammer nicht länger anhören muss?«

Simon grinste, während er ihm auf die Schulter schlug. »Was immer du sagst.«

Sie verließen Nicks Schlafzimmer und begaben sich nach unten in den Salon, wo sich alle vor dem Abendessen versammeln sollten.

Sobald sie in der Tür erschienen, klatschte Linford in die Hände. »Da sind unsere amtierenden Helden!«

Alle fielen in den Applaus ein und drehten die Köpfe zur Tür. Nick wollte im Boden versinken. Er warf einen misstrauischen Blick zu Simon und bemerkte eine leichte Röte, die sich oben am Nacken seines Freundes abzeichnete. Ja, er genoss es und das sollte er auch.

Mit einem kunstvollen Schlenker knickte Simon das Handgelenk und verbeugte sich tief. Nick kopierte ihn mit einiger Verspätung, wenn auch mit einer etwas steifen Verbeugung.

Als er sich aufrichtete, suchte er das Zimmer mit Blicken ab. Miss Kingman thronte zwischen ihren beiden jungen Freundinnen auf dem Sofa. Ein Teil der Spannung wich aus seinem Körper. Sobald er erkannte, das Violet nicht anwesend war, kehrte diese zurück. War sie krank?

Einige der Damen fingen ihn und Simon, lächelnd und sich hervortuend, ab. Sie ignorierten Simon nicht, doch ihre Aufmerksamkeit galt in erster Linie Nick.

Lady Balcombe sah mit flatternden Wimpern zu Nick auf. »Wo haben Sie nur so schwimmen gelernt, Herzog?«

»Im Meer«, antwortete Nick und sah sich noch einmal im Zimmer um, als könnte er Violet mit seiner Willenskraft erscheinen lassen.

»Meine Güte«, bemerkte Lady Adair. »Das muss furchtbar schwierig gewesen sein. Wie kräftig Ihr gewesen sein müsst, selbst als Kind. Ich gehe davon aus, Ihr habt es als Kind gelernt. Ich hingegen niemals. Ich meine, ich habe niemals schwimmen gelernt.«

Nick konzentrierte sich für einen kurzen irritierenden Moment auf sie. »Ich lebe an der Küste. Im Meer schwimmen zu lernen ist dort eher eine Notwendigkeit. Wenn Sie mich entschuldigen wollen.« Er stolzierte zur gegenüberliegenden Zimmerecke, wo er eine günstige Stellung einnehmen konnte, um die Tür im Auge zu behalten. Auf diese Weise würde er Violets Eintreten nicht versäumen.

Er nahm den beunruhigten Blick wahr, den Simon schnell in seine Richtung warf und hob zur Antwort die Schulter. Er wusste, er war kurz angebunden gewesen, aber er wollte kein hirnloses Geplauder betreiben, vor allem nicht über seine eigene Person.

Der Gesichtsausdruck, den er aufsetzte, war für jeden klar genug, sich ihm nicht zu nähern. Ein paar Mal sah es so aus, als wolle jemand herüberkommen, um sich mit ihm zu unterhalten, doch dann überlegte es sich der Betreffende noch einmal. Mrs. Linford lächelte ihm zu und tat ein paar Schritte in seine Richtung, doch abrupt hielt sie inne, und wandte sich einer anderen Gruppe von Gästen zu. Und Lord Adair hatte den Kopf geneigt und den Körper vorgebeugt, als ob er in Nicks Richtung hatte kommen wollen. Seine Frau hatte ihn jedoch abgefangen und einen vorsichtigen Blick in seine Richtung geworfen.

Gut, er zog es vor, dass sich alle von ihm fernhielten.

Mit jeder Minute, die Violets Abwesenheit anhielt, krampfte sich sein Magen mehr zusammen. Ein eisiges Gefühl breitete sich zwischen seinen Schulterblättern aus und zog sich seine Wirbelsäule entlang. Als er kurz davor war, den Raum zu verlassen, erschien sie in der Tür. Ihr honigblondes Haar war mit einem juwelenbesetzten Kamm auf ihrem Haupt aufgetürmt, während vereinzelte Locken ihre Wangenknochen umspielten. Ihr rubinrotes Kleid umschmeichelte ihren Körper, es betonte die Rundung ihrer Brüste und die Weichheit ihrer Haut. Ihr Blick schweifte, wie auch seiner durch den Raum, doch anstatt festzustellen, dass etwas fehlte, ließ sie ihren Blick auf ihm ruhen. Als ihre Blicke sich trafen, durchfuhr ihn ein Schock.

Im Teich hatte er etwas Ähnliches gespürt, während er sie aus dem Wasser gezogen und mit aller Verzweiflung dafür gesorgt hatte, dass sie nicht unter dem Boot unterging. Sie zurückzulassen, um Miss Kingman zu retten, war schwierig – nahezu qualvoll – gewesen, aber er hatte getan, was er tun musste. Er hatte für Violets Sicherheit gesorgt, und war der um sich schlagenden jungen Frau zur Hilfe geeilt. Doch mit jedem Schwimmzug hatte er an Violets haselnussbraune Augen gedacht – eine verführerische Mischung aus Stärke, Entschlossenheit und Verletzlichkeit.

Die letzte Eigenschaft erschreckte ihn zu Tode.

Er mochte Verletzlichkeit nicht. Davon hatte er viel zu viel gehabt.

Ihre Lippen formten einen aufwärtsgerichteten Bogen und sie begann, auf ihn zuzugehen. Er wollte sich nicht mit ihr unterhalten. Deshalb drehte er sich so abrupt herum, dass er beinahe direkt mit Mrs. Padmore, eine Matrone mit scharfem Blick und einer ebenso scharfen Zunge, zusammen-gestoßen wäre. Sie geriet ins Schwanken, doch dann fand sie ihr Gleichgewicht wieder. »Meine Güte.« Sie bedachte ihn mit einem gründlichen, jedoch kritisch prüfenden Blick. »Sind Sie in Eile?«

Sie war nicht allein. Mrs. Stinnet, eine weitere Matrone mit weitaus gütigeren Augen und einem zurückhaltenden Wesen, stand neben ihr. »Natürlich ist er das nicht«, bemerkte die andere Frau. »Er hat uns einfach nicht gesehen.«

»Nein, das habe ich nicht.« Aber er *war* in Eile, um Violet zu entkommen. »Ich bitte um Entschuldigung.« Er verbeugte sich ungelenk vor ihnen und versuchte, an ihnen vorbeizugehen, aber Mrs. Padmore stellte sich ihm in den

Weg, sodass er wieder mit ihr zusammentreffen würde, wenn er weitergehen wollte.

»Das war sehr mutig, was Sie heute Morgen da getan haben, als Sie in den Teich gesprungen sind«, erklärte sie. »Ich habe es nicht gesehen, aber ich habe gehört, dass es großartig gewesen sein soll.«

»Ja, es war ziemlich verwegen«, ergänzte Mrs. Stinnet mit einem breiten Lächeln. »Es tut mir so leid, die Sache verpasst zu haben.«

Ihm gefiel diese Aufmerksamkeit nicht. Oder die Anerkennung. »Es war nicht als Spektakel gedacht.«

Perplex starrten die beiden Frauen ihn an. *Gut.*

Ehe sie ihn mit weiterem Unsinn belästigen konnten, kündigte der Butler das Abendessen an. Erleichterung durchfuhr Nick und er wandte sich mit Elan von den Damen ab.

Er strebte direkt auf Lord Linfords Mutter zu, die ihn gestern auf Linfords Geheiß eskortiert hatte. Nick hatte auch neben ihr am Tisch gesessen. Sie war eher reserviert und bildete einen ausgezeichneten Puffer zwischen ihm und dem Rest der Gäste. Hoffentlich würde er wieder neben ihr platziert werden.

Als er neben sie trat, bot er ihr seinen Arm und freute sich auf seine für morgen geplante Abreise.

~

»*E*r ruiniert meine Hausparty!«, klagte Hannah, als sie und Violet eng zusammen in einer Ecke des Salons kauerten. »Er sollte die Party bereichern. Sie *krönen*.«

Violet tätschelte ihrer Freundin kurz den Unterarm. »Du musst nicht so ein Aufheben machen. Oder die Aufmerksamkeit auf dich ziehen«, murmelte sie.

Sobald das Abendessen beendet war, hatte Hannah Violet in die Ecke dirigiert, wo sie relativ privat sprechen konnten.

Dennoch war Hannahs Anspannung offensichtlich und Lady Nixon und Mrs. Law warfen argwöhnische Blicke in ihre Richtung.

Hannah richtete sich auf. »Du hast natürlich recht. Ich weigere mich, ihm zu gestatten, alles zu ruinieren.« Ihr Blick wurde härter und ihr Kiefer spannte sich vor Entschlossenheit an.

»Das ist die richtige Einstellung. Wer braucht ihn überhaupt, wenn der Herzog von Romsey so charmant zu sein scheint?«

»Ist er das?« Hannah klang unsicher. »Vermutlich hat sein Einsatz heute Morgen bei dem Bootsdebakel die Meinung der Leute über ihn gebessert.« Sie stöhnte leise. »Zwischen diesem Desaster und dem Benehmen des eisigen Herzogs, werde ich wahrscheinlich nie wieder eine Hausparty geben können.«

Violet hatte Mitleid mit ihrer Freundin. Sie war grundsätzlich jemand, der es den Menschen recht machen wollte und nahm große Mühen auf sich, damit alle um sie herum glücklich und zufrieden waren. Das stimmte *sie* im Gegenzug glücklich und zufrieden. »Ich glaube nicht, dass irgendjemand eine schlechte Zeit hat.«

Mit Ausnahme von Nick. Er war vor dem Abendessen widerwärtig gewesen. Die Geschichten über seine Ungeschliffenheit hatten am Ende der Tafel, die seinem Platz – wieder zwischen Irving und seiner Mutter – gegenüberlag, die Runde gemacht. Simons Ratschlag von heute früh durchzog ihre Gedanken. Vielleicht sollte sie versuchen, mit Nick zu sprechen.

»Ich werde mit dem Herzog sprechen«, bot Violet an.

»Kilve?«, fragte Hannah. Bei Violets Nicken ließ sie die Schultern erleichtert sinken. »Ich wäre dir so dankbar. Jetzt muss ich mit Lady Nixon und Mrs. Law sprechen, um sicherzustellen, dass sie sich wirklich amüsieren.«

»Machst du Scherze? Natürlich tun sie das. Was du als
Desaster betrachtest, ist für sie Klatsch erster Güte. Ich bin
sicher, dass sie ganz aus dem Häuschen sind.« Violet machte
sich nicht die Mühe, den Anflug von Hohn aus ihrer Stimme
zu halten.

Hannah lächelte und Violet war froh, das zu sehen. »Du
hast natürlich recht. Trotzdem würde ich *netteren* Klatsch
bevorzugen. Und ich weiß, dass du das auch würdest.« Sie
tätschelte Violets Hand. »Vielen Dank. Ich weiß nicht, was
ich ohne dich tun sollte.«

Violet sah zu, wie Hannah sich erhob und sich auf die
Stelle zubewegte, an der sich die Klatschmäuler niedergelassen hatten. Ihr Blick schweifte zu dem Trio der drei jungen
Frauen ab, die im gleichen Bereich wie gestern Abend saßen,
als sie sich zu Violet gesellt hatten. Sie erhob sich und ging
hinüber, um zu erfahren, wie es Miss Kingman ging.

Die drei Frauen lächelten zu ihr auf, und hießen sie beim
Näherkommen willkommen. Lady Lavinia klopfte auf den
leeren Sessel neben sich. »Kommen Sie, setzen Sie sich zu
uns, Lady Pendleton.«

Guten Abend, die Damen«, begrüßte Violet sie, ehe sie
ihre Aufmerksamkeit auf Miss Kingman lenkte. »Ich vertraue
darauf, dass Sie sich nach diesem morgendlichen Bad erholt
haben?«

Die junge Dame erbebte in einem gezierten Schauder.
»Ich gebe zu, ich hatte panische Angst. Ich wünschte, ich
könnte schwimmen. Als ich jünger war, bat ich darum, es zu
lernen, aber mein Vater war schon unglücklich genug
darüber, dass mein Großvater mir das Angeln beigebracht
hatte.«

»Es klingt, als sei Ihr Großvater wundervoll«, bemerkte
Violet in Gedanken an Onkel Bertrand, der sie auf eine
Weise ermunterte, wie ihre Eltern es nicht getan hatten. »Ich

empfehle das Schwimmen sehr. Mein Onkel hat mich mit dem Wasser bekannt gemacht, als ich zehn Jahre alt war.«

»Haben Sie heute Morgen deshalb so gelassen ausgesehen?«, fragte Miss Colton. »Sie haben überhaupt nicht verängstigt gewirkt, nachdem sie aus dem Teich gekommen sind.«

»Ich räume ein, ich war es – nur ein bisschen«, gab Violet zu. »Hauptsächlich, weil ich nicht von so schweren Röcken nach unten gezogen wurde, als ich schwimmen lernte.«

Alle drei Frauen wandten sich Violet zu. »Was um alles in der Welt haben Sie getragen?«, fragte Lady Lavinia ein wenig schockiert.

Violet sah sich unter den dreien um, ehe sie die Stimme senkte. »Das Hemd eines Jungen und eine Hose. Die drei Augenpaare weiteten sich und dann kicherte Miss Colton. Die anderen stimmten ein.

»Wie skandalös!«, sagte Miss Colton hinter vorgehaltener Hand, während sie sich bemühte, ihre Heiterkeit unter Kontrolle zu behalten.

»Wahrscheinlich, aber da waren nur mein Onkel, mein älterer Bruder und ich.« Onkel Bertrand hatte versprochen, Henry zu unterrichten und als Violet gebeten hatte, teilnehmen zu dürfen, war ihm kein Grund eingefallen, der dagegensprach. Wie sie ihren Onkel vermisste.

Inzwischen hatte sich Miss Kingman gefasst und bemerkte: »Seine Gnaden ist auf jeden Fall ein ausgezeichneter Schwimmer. Er hat mich das ganze Stück bis zum Anleger geschleppt und schien kaum erschöpft.«

»Es ist zu dumm, dass er ein Dämlack ist«, erwiderte Lady Lavinia und rümpfte die Nase.

Miss Kingman verengte die Augen ein wenig. »Er ist kein Dämlack. Er ist nur einfach nicht an Veranstaltungen wie diese gewöhnt.«

Violet beäugte Miss Kingman, neugierig über ihre Verteidigung von Nick.

Lady Lavinia sah ihre Freundin an und verdrehte die Augen. »Vermutlich musst du ihn in Schutz nehmen. Wenn dein Vater seinen Willen durchsetzt, wirst du wohl die nächste eisige Herzogin sein.«

Miss Kingman wandte den Blick ab und ihr Hals zeigte eine leichte Röte.

»Es ist ein Jammer, dass du deinen Vater stattdessen nicht zu dem Herzog von Romsey überreden kannst. Er scheint weitaus umgänglicher zu sein.« Miss Colton wandte sich eifrig zu Violet um. »Er hat Sie aus dem Wasser gerettet und zum Haus eskortiert. Vielleicht hat der Herzog sein Auge bereits auf jemanden geworfen.« Sie blickte Violet mit einem schüchternen Lächeln an.

»Ich bin nicht auf einen Ehemann aus«, versicherte Violet ihr. »Ich kann allerdings sagen, dass er recht charmant war und wen immer er auch ins Auge fasst, wird sehr glücklich sein.

»Sie zu überzeugen wird schwer werden.« Lady Lavinia neigte den Kopf und deutete damit zu der gegenüberliegenden Seite des Raumes, wo Lady Nixon und Mrs. Law Hof hielten. »Meine Mutter hängt an jedem einzelnen ihrer Worte und sie haben behauptet, vom Auftritt des ruinierten Herzogs heute Morgen nicht überzeugt gewesen zu sein.«

Auftritt? »Ich glaube kaum, dass es sich dabei um ein Theaterstück gehandelt hat.« Violet schlug die Augen nieder, um nicht einen giftigen Blick quer durch den Raum zu werfen.

Lady Lavinia erhob sich von ihrem Stuhl. »Es tut mir leid, aber ich muss den Ruheraum aufsuchen und ich möchte mich beeilen, ehe die Gentlemen zurückkehren.«

Miss Colton sprang auf. »Ich werde dich begleiten.«

Sie entschuldigten sich und gingen davon, womit sie Violet mit Miss Kingman allein ließen.

»Ich bin froh, dass es Ihnen gut geht«, bemerkte Violet. »Das Wasser war ziemlich kalt.«

Miss Kingmann erzitterte. »Der alleinige Gedanke daran bringt meine Haut zum Prickeln. Ich bin unglaublich dankbar, dass der Herzog mich gerettet hat. Und meine Eltern sind das ebenfalls.«

»Ist es wahr, dass Ihr Vater sich eine Verbindung mit ihm erhofft?« Violet war überrascht, dass ihr die Frage ihr so gleichmütig über die Lippen kam. Ihr Herz pochte und ihre Kehle war ausgedörrt. Der Gedanke, er könnte eine andere heiraten, weckte in ihr den Wunsch, zu kapitulieren und die Segel zu streichen. Und dennoch hatte sie ihm genau das angetan – sie hatte jemand anderen geheiratet. Hatte er wohl das gleiche Gefühl von Ohnmacht verspürt? Ihr Herz krampfte sich zusammen.

Miss Kingman nickte. »Ja. Er sagte, ich sei eines Herzogs mehr als würdig. Was immer das bedeutet.«

Violet fragte sich, welche wahren Gefühle die junge Frau in dieser Sache wohl hegte. »Und was wünschen Sie sich?«

Die junge Frau blinzelte Violet an und ihre tintenschwarzen Wimpern senkten sich kurz über den lebhaften, blauen Augen. »Ich möchte, was immer das Beste ist. Meine Eltern sagen, er sei das Beste.«

Sie klang so sehr wie Violet vor acht Jahren. Es war unglaublich, wie man sich selbst belügen konnte, sogar während einem das Herz brach. *Besonders* wenn einem das Herz zerbrach. »Vergewissern Sie sich, dass es das ist, was sie wirklich glücklich macht. Die Ehe wird Ihr Leben verändern.«

Für immer. *Es sei denn, dein verabscheuungswürdiger Ehemann hat die Güte zu sterben.* Obwohl Violet jetzt weit glücklicher war, hatte sie keine Freude über Cliffords Tod empfunden.

Lange hatte sie sich gefragt, wie anders die Dinge wohl gewesen wären, wenn ihr erlaubt worden wäre, Nick zu heiraten. Oder wenn sie getan hätten, was sie besprochen hatten, und in dem Fall einer Ablehnung seitens ihrer Eltern durchgebrannt wären.

In diesem Augenblick traten die Gentlemen in den Salon. Violet rechnete halb mit Nicks Abwesenheit. Er *hatte* sich vor dem Abendessen ziemlich widerwärtig verhalten. Vielleicht würde er sich für den restlichen Abend entschuldigen, besonders, weil Hannah anschließend eine Tanzveranstaltung geplant hatte.

Aber nein, er trat neben Simon in den Raum, wobei er sich allerdings rasch nach rechts drehte und seine übliche brütende Haltung in der Ecke einnahm. Ehe sie sich eines Besseren besinnen konnte, stand Violet auf. »Bitte entschuldigen Sie mich, Miss Kingman.«

Kurz ergriff die junge Frau Violets Hand und brachte diese dazu, sie besorgt anzuschauen.

»Sie werden doch nicht über mich mit ihm sprechen, oder?«

»Das wollte ich nicht. Wünschen Sie sich das?« Violet konnte nicht glauben, dass sie diese Frage stellte. Sie wollte nicht Ehestifterin spielen, und schon gar nicht, wenn sie ihn für sich selbst wollte.

Meine Güte, das klang selbstsüchtig. Und dennoch ehrlich. Vor acht Jahren hatte sie einen Fehler gemacht und es hatte den Anschein, als würde das Schicksal ihr eine zweite Chance gewähren. Sie wäre ein Dummkopf, würde sie diese Gelegenheit verstreichen lassen.

»Nur, wenn Sie das möchten.« Ihr Tonfall war gar nicht begeistert und wieder musste Violet sich wundern, ob sie wirklich daran interessiert war, Nick zu heiraten. Oder ob sie überhaupt daran interessiert war, zu heiraten.

Violet sah sie mit einem bedeutungsvollen Blick an, den die junge Frau, wie sie hoffte, verstehen würde. »Wenn Sie jemanden brauchen, um sich auszusprechen – über irgendetwas –, wissen Sie hoffentlich, dass ich Ihnen zuhören werde. Und was immer Sie mir erzählen, wird vertraulich bleiben.« Violet sah sie mit einem herzlichen Lächeln an, ehe sie sich in die Höhle des Löwen wagte.

Nun, war er ein Löwe?

So wie er in der Ecke stand, die Arme verschränkt und die Lippen beinahe zu einem Schmollmund geschürzt, wirkte er bis ins Kleinste wie eine einschüchternde Persönlichkeit. Violet weigerte sich, sich einschüchtern zu lassen.

Als sie auf ihn zukam, ließ er die Hände sinken und sah zu ihr hinüber – ziemlich durchdringend. Seine Beachtung heizte sie an, denn sie erinnerte sie daran, wie er sie früher anzusehen pflegte. Seine Augen würden aufleuchten und seine Lippen würden sich zu einem ausgesprochen verheerenden Lächeln formen. Was würde sie nicht darum geben, diesen Ausdruck wieder auf seinem Gesicht zu sehen.

»Ich wollte Ihnen dafür danken, mich heute Morgen aus meiner misslichen Situation unter dem Boot gerettet zu haben.«

»Sie scheinen wohlauf zu sein, Lady Pendleton. Ich bin erfreut, das zu sehen.« Er *konnte* freundlich sein.

Sie fasste Mut. »Miss Kingman ist ebenfalls für Ihre Hilfe dankbar.«

»Ich sehe, das sie ebenfalls in gutem gesundheitlichen Zustand ist.«

»Das ist sie«, antwortete Violet, die sich plötzlich nervös fühlte. Sie versuchte, sich in Erinnerung zu rufen, was Simon ihr erzählt hatte … dass Nick etwas brauchte. Oder jemanden. »Sie scheinen ein bisschen entspannter. Ist Ihre Anwesenheit hier eine Umstellung für Sie gewesen? Ich verstehe, dass Sie nicht viel Zeit in gesellschaftlichen Kreisen verbringen.«

Er starrte sie für einen Moment an und es war lange genug, dass ihr ein Gefühl der Unbehaglichkeit unter die Haut kroch. »Nein, das tue ich nicht. Ich finde es zeitraubend.«

Da war er, der eisige Herzog – oh, wie sie den Namen hasste! –, der Hannah enttäuscht hatte. »Warum sind Sie dann gekommen?«

»Als eine Art Gefallen für Simon – Romsey.«

»Also wollen Sie gar nicht hier sein?«

»Ganz und gar nicht. In Wahrheit habe ich meine Abreise für morgen geplant.«

Hannah wäre am Boden zerstört. So grauenhaft sein Benehmen auch war, würde sie seine Abreise als Zeichen ihres Scheiterns nehmen. »Ich wünschte, das würden Sie nicht. Meine Freundin, Mrs. Linford, hat eine wundervolle Party vorbereitet. Wenn Sie vielleicht ihren Schutzwall oder was immer Sie auch im Laufe der vergangenen acht Jahre errichtet haben, fallen lassen würde, könnten Sie sich möglicherweise amüsieren.«

Sie standen vielleicht dreißig Zentimeter auseinander, doch er beugte sich noch ein wenig näher. Sie nahm seinen Duft nach Leder und Nelken wahr. »Sprechen Sie nicht zu mir, als wären wir befreundet. Sprechen Sie nicht einmal zu mir, als wären wir bekannt.«

Als Antwort auf seinen Zorn schlug ihr Herz schneller. »Aber das sind wir.«

»Der Mann, den Sie kannten, existiert nicht mehr.«

Wut und Traurigkeit wallten in ihr auf und suchten nach einem Ventil. »Allmählich fange ich an, das zu erkennen. Als ich festgestellt habe, dass *Sie* der eisige Herzog sind, war ich erstaunt. Doch jetzt stelle ich fest, wie kalt Sie tatsächlich sind.« Sie rückte noch näher und ihre Sehnsucht nach ihm übermannte die anderen Gefühle, die er hervorrief. »Was ist Ihnen passiert, Nick?«

Als sie seinen Namen aussprach, zuckte er zurück. Sein Kiefer verkrampfte sich, doch er sagte nichts.

Es war eine Qual, ihn so zu sehen, aber vielleicht hatte er recht. Vielleicht *war* der Mann, den sie geliebt hatte, tatsächlich verschwunden, und sie würde dies akzeptieren müssen. Simon hatte allerdings behauptet, dass er Menschen brauchte, die ihn gernhatten und dass er möglicherweise vergessen hatte, wie man lebte. Vielleicht war sein Kommen ein erster Schritt dahin, wieder zu leben – ob er das nun wusste oder nicht.

Violet zog sich ein wenig zurück und straffte das Rückgrat. Sie blickte ihm direkt in die Augen. »Sie sind aus einem bestimmten Grund hierhergekommen. Ob es nun darum geht, Ihren Freund zu unterstützen oder um irgendetwas anderes, spielt keine Rolle. Sie sind hier und Sie haben sich verpflichtet, an der Party teilzunehmen. Wenn Sie abreisen, werden Sie meine liebe Freundin, Mrs. Linford, am Boden zerstören. Das hat sie nicht verdient. Ich möchte nicht, dass Sie wegen mir abreisen. Ich werde Ihnen fernbleiben, wenn Sie mir versprechen, zu bleiben.« Es war das Gegenteil dessen, worum Simon sie gebeten hatte, aber Nick hatte ihr gerade eröffnet, dass sie keine Freunde sein konnten.

In seinem Blick flackerte etwas auf, aber sie konnte nicht sagen, was es war. Sie *konnte* jedoch sagen, was es *nicht war*. Seit seiner Ankunft gestern hatte er ein finsteres, frigides und eher eingeübtes Starren aufgesetzt. Dieser Blick war etwas anderes.

»Ich werde darüber nachdenken«, antwortete er endlich. Dann drehte er sich auf dem Absatz herum und marschierte aus dem Zimmer.

Violet bemerkte, dass sie die Luft angehalten hatte, und stieß sie mit einem großen Seufzer aus. Simon trat zu ihr.

»Das hat ziemlich angespannt gewirkt«, bemerkte er leise. »Geht es Ihnen gut?«

Sie war ihm für seine Besorgnis dankbar und wieder fragte sie sich, wie irgendjemand glauben konnte, dass er seine Frau vorsätzlich umgebracht hatte. »Mir geht es gut. Ihr Freund ist allerdings schrecklich. Wie können Sie weiterhin zu ihm halten?«

Simon zuckte die Schultern. »Weil er mich braucht. Und ich brauche ihn. In mancherlei Hinsicht sind wir füreinander alles, was wir haben.«

»Nun, jetzt haben Sie mich – als eine Freundin.«

Ein Lächeln überzog sein Gesicht und hellte seinen gesamten Ausdruck auf. »Ich habe wirklich Glück. Vielen Dank.«

Irritiert über ihre Unterhaltung mit Nick, war Violet erfreut, mit jemand anderem zu sprechen. Sie warf einen Blick zu den verschiedenen Grüppchen, die sich im Raum verteilten. »Ich wage zu behaupten, dass Ihr Glück sich gewandelt hat, und ich bin erfreut, das zu sehen. Hannah hat für heute Abend eine Tanzveranstaltung geplant. Werden Sie bleiben?«

»Mit Sicherheit, obwohl ich mich frage, ob ich Nick überzeugen sollte, zurückzukehren. Er reist morgen ab, also sollte er zum Tanz kommen, ehe er sich abermals in seine Selbstverbannung zurückzieht.«

»Er reist vielleicht nicht ab«, entgegnete Violet. »Ich bin zuversichtlich, dass ich ihn überzeugt habe, zu bleiben. Nachdem ich versprach, ihn in Ruhe zu lassen.« Ruckartig wandte sie den Blick zu Simon. »Was meinen Sie mit ›Selbstverbannung‹?«

Simon zuckte kaum merklich zusammen, aber Violet bemerkte es. »Er zieht einfach seine Einsamkeit vor, das ist alles.« Er legte den Kopf schief und für einen Augenblick betrachtete er sie eingehend. »Ich freue mich, dass Sie ihn zum Bleiben überredet haben. Ich weiß, Sie haben versprochen, ihn in Ruhe zu lassen, aber noch einmal würde ich Sie gern auffordern, das nicht zu tun. Die Tatsache, dass Sie seine Meinung geändert haben, ist ein erheblicher Umschwung.«

»Er hat seine Feindseligkeit ziemlich klar gezeigt. Er sagte, wir wären keine Freunde. Oder nicht einmal Bekannte.«

Simon winkte ab. »Er genießt die Rolle des Scheusals.«

»Ich kenne ihn nicht so gut, wie Sie.« Dieses Eingeständnis schmerzte sie, aber es war wahr. Sie sollte ihn besser kennen als irgendjemand anderer, doch sie hatte vor sehr langer Zeit auf diese Gelegenheit verzichtet. »Er scheint seine Einsamkeit und Frigidität zu genießen. Wir können ihm nicht helfen, wenn er sich nicht helfen lassen will.«

»Und das ist genau das, was ich sage. Ich denke, er *möchte* sich helfen lassen, obwohl er das vielleicht noch nicht weiß. Vor Jahren habe ich ihn zu überzeugen versucht, sich gemeinsam mit mir wieder gesellschaftlich zu engagieren. Stets hat er mich abgewiesen.« In Simons Augen glomm Zielstrebigkeit auf. »Bis jetzt.«

Violet blickte ihn eindringlich an und hoffte, dass sie Nick helfen konnten. »Was hat sich Ihrer Meinung nach geändert?«

»Ich habe keine Ahnung und es ist mir auch egal. Er ist hier und er bleibt. Irgendwo im tiefsten Inneren ist er der Nick, den wir beide gekannt haben. Wir müssen ihn bloß finden und hervorholen.«

CHAPTER 6

ls Nick zu Linfords Ställen zurückritt, war er vom Wind durchgepustet und ganz klamm, und ihm war kalt genug, um seinem Spitznamen alle Ehre zu machen. Es fühlte sich gut an. Es fühlte sich wie zuhause an, denn er verbrachte viele Tage, dem Wetter zum Trotz, mit einem Ritt an der windgepeitschten Küste entlang. Im Freien zu sein, erlaubte ihm, sich losgelassen zu fühlen, die Gedanken ebenso sorglos wie der Wind.

Mit Ausnahme von heute, da er nachdachte. Gestern Nacht hatte er sich von einer Seite auf die andere gewälzt und war nach seiner Konfrontation mit Violet kaum in der Lage gewesen, zu schlafen. Er rief sich ihre gemeinsame Zeit in Erinnerung, ihr Glück und ihre Vorfreude, als sie sich das Leben und ihre Ehe ausgemalt hatten, die vor ihnen zu liegen schien. Seit damals war alles zum Teufel gegangen und er begriff jetzt, dass ein Teil von ihm sie dafür verantwortlich machte. Als ob *sie* all sein Unglück verursacht hätte.

Doch er wusste, dass das nicht stimmte. Der Fluch lag auf ihm. Sie schien zufrieden und hatte ihren Charme bewahrt, obwohl sie etwas verhaltener war, als acht Jahre zuvor. Er erinnerte sich an eine Frau, die schnell auflachte, mit Augen, die vor ständiger freudiger Erregung und Glück strahlten – als wäre jeder Tag ein neues Abenteuer. Und vermutlich war es das damals auch. Für diese glückselige kurze Zeit.

War das die glücklichste Periode seines Lebens gewesen? Er war nicht sicher. Er würde gern sagen, dass es seine Ehe mit Jacinda war, aber er hatte sie aus Pflichtgefühl geheiratet. Ja, er hatte gelernt, sie zu mögen, doch nie hatte er für sie das Gleiche empfunden, wie für Violet. Und darin lag ein Teil seiner Schuld.

Er schüttelte den Kopf, als er im Hof absaß und die Zügel einem Knecht übergab. Seit sehr langer Zeit hatte er nicht mehr über solche Dinge nachgedacht, wenn er sie überhaupt je so eingehend betrachtet hatte. Normalerweise tat er sein Bestes, solche Gedanken von sich zu weisen. Es schien allerdings, dass er in Violets Gegenwart nicht in der Lage war, das zu tun.

Und wenn sie ihn irgendwie aus dem Gefängnis erretten könnte, das er um sich errichtet hatte – und ja, es war ein Gefängnis –, sollte er sie dann nicht gewähren lassen?

Er blieb abrupt stehen, als er auf das Haus zuging und der Wind riss ihm beinahe den Hut vom Kopf. Was dachte er da? Überlegte er, ihre Affäre wieder neu anzufachen?

Wäre das so schrecklich, wisperte eine kleine Stimme in seinem Hinterkopf.

Er hatte seit Ewigkeiten keine Liebhaberin mehr gehabt und Hauspartys schienen voller Gelegenheiten für genau dieses Unterfangen. Sie war, wie er jetzt wusste, Witwe, was ebenfalls von Vorteil war. Er erlaubte sich, seine Neugier in Bezug auf sie aufleben zu lassen. Wie war sie zur Witwe geworden? Hatte sie Kinder? War sie glücklich?

Es fühlte sich falsch an, sich für solche Dinge – für sie – zu interessieren, in Anbetracht dessen, was er erlitten hatte, aber vielleicht war es höchste Zeit, seinen Gefühlen freien Lauf zu lassen. Zumindest ein bisschen.

Wie Simon und Violet betont hatten, befand er sich hier auf dieser Party. Vielleicht konnte er versuchen, das Beste daraus zu machen … für Simon, wenn nicht für sich selbst. Er freute sich für Simon, denn dieser war bereit, nach vorn zu schauen, selbst wenn Nick das nicht war. Und wenn Nick ihm dabei helfen konnte, sollte er das tun.

Abermals setzte Nick sich in Richtung des Hauses in Bewegung, mit einem Schwung im Schritt, der seit viel zu langer Zeit nicht mehr vorhanden gewesen war.

Die Mittagszeit war vorüber – absichtlich war er während dieser Zeit ausgeritten, um der Versammlung der Gäste aus dem Wege zu gehen, ebenso, wie er sein Frühstück aus diesem Grund in seinem Zimmer anstatt unten eingenommen hatte. Das Haus schien still und er fragte sich, ob die anderen sich zu einer Ruhepause zurückgezogen hatten oder vielleicht zu einem Ausflug aufgebrochen waren. Wenn es Letzteres war, mussten sie zu Fuß unterwegs sein, denn die Ställe hatten auf keinerlei Aktivitäten schließen lassen, die auf den Transport von Gästen zurückzuführen wäre. Vermutlich sollte er darauf achten, was zum Teufel sich auf dieser Party abspielte, wenn er schon vorhatte, zu bleiben. Und weil er noch nicht abgereist war, musste er einräumen, dass er diese Entscheidung wohl getroffen hatte.

Rasch trat er in Linfords Bibliothek, die nicht gerade schrecklich eindrucksvoll war, um sich für den Nachmittag ein Buch auszusuchen. Als er Violet auf einem gepolsterten Stuhl unter dem Bogenfenster sitzen sah, versteifte er sich und grub die Absätze in den Teppich. Sie sah auf und als sie ihn erblickte, stieg ihr sofort die Röte ins Gesicht. Er wollte sich umwenden und den Raum verlassen, doch das tat er nicht. Er würde das schon schaffen. Tief sog er die Luft durch die Nase ein und schlenderte vorwärts, bis er ein paar

Schritte vor ihr zum Stehen kam. Sie klappte das Buch zu und markierte die Stelle mit dem Zeigefinger. »Guten Tag. Wir haben Sie beim Mittagessen vermisst.«

»Ich war ausreiten.«

»Und Sie sind zurückgekehrt.« Ein Lächeln umspielte ihren Mund, aber nur für einen Augenblick.

Es tat ihm leid, es nicht aufblühen zu sehen. »Offensichtlich«, meinte er trocken. »Ich habe mich entschlossen, zu bleiben. Es hat den Anschein, als würde es regnen.«

Sie sah zum Fenster hinaus in den sich verdunkelnden Himmel. »Ja, das fürchte ich. Hannah hatte vorher einen Spaziergang geplant, aber wir haben befürchtet, durchnässt zu werden, also haben sie stattdessen Karten gespielt.«

»*Die anderen* haben Karten gespielt«, entgegnete er wissend. »Während Sie auf der Suche nach etwas Poesie hierhergekommen sind.« Er sah auf das Buch in ihrer Hand hinab.

»Sie erinnern sich daran.« Leicht errötend drehte sie das Gesicht wieder dem Fenster zu. »Wir werden den Spaziergang morgen unternehmen – wenn das Wetter es erlaubt.«

Ein großer, dicker Tropfen traf auf die Scheibe und rann am Glas hinab. »Da haben Sie es.«

Mit ihrer freien Hand zog sie den Verlauf des Wassers nach. Nick überkam ein Erinnerungsblitz, wie ihr Zeigefinger sich an seiner Brust herabbewegte. Der Gedanke schreckte ihn auf.

Sie drehte den Kopf und sah zu ihm auf. »Ich bin froh, dass Sie bleiben. Nach gestern Abend war ich nicht sicher. Ich werde Ihnen aus dem Weg gehen.«

Das wäre wahrscheinlich das Beste. Sie rührte alle Arten von Erinnerungen und Gefühlen auf, denen er sich ganz und gar nicht stellen wollte. Diese Stimme in seinem Hinterkopf meldete sich erneut. *Sie ist nicht deine Feindin.*

Nein, aber er hatte sie so lange als Bösewicht angeklagt,

dass er nicht sicher war, ob er auf irgendeine andere Weise an sie denken konnte. Hatte sie das wirklich verdient?

»Sie … wühlen mich auf.« Er überraschte sich selbst, mit seinem Eingeständnis.

Sie erhob sich von ihrem Fensterplatz, was sie näher zusammenführte. Sie war ihm so vertraut und doch so fremd. Es war eine sonderbare Erfahrung. »Das kann ich sehen. Bin ich der Grund, warum Sie der eisige Herzog sind?«

»Zum Teil.« Er hatte den Drang, sie zu berühren, nur ein kurzes Streicheln seiner Finger entlang ihres Kiefers, um herauszufinden, ob die Verbindung zwischen ihnen immer noch vorhanden war.

Aber er tat es nicht. Das reichte. Für den Augenblick.

»Haben Sie wirklich nicht gewusst, dass ich ein Herzog bin?«, fragte er. »Mrs. Linford ist Ihre Freundin. Sie hätten sie bitten können, mich einzuladen. Jetzt, da ich ein Herzog *bin,* könnte ich mir vorstellen, dass ich Ihrer Aufmerksamkeit wert bin.«

Ihre Gesichtsfarbe wurde ein bisschen gräulich und er bedauerte, sie provoziert zu haben. »Das habe ich verdient«, sagte sie leise, während sie ihm in die Augen sah. »Sie waren meine Aufmerksamkeit immer wert.« Sie schlug den Blick nieder und sah zu Boden. »Ich bin diejenige, die es nicht wert ist. Ich wusste ehrlich nicht, dass Sie ein Herzog sind. Vorsätzlich habe ich alles ignoriert, was mit Ihnen zu tu hatte – mit Nicholas Bateman. Und ich schenke den Vorgängen in der Gesellschaft nur wenig Beachtung.«

»Nun, das ist etwas, das wir gemeinsam haben.« Irgendetwas in seinem Inneren löste sich und kam wie ein eingesperrter Schmetterling frei.

Erneut sah sie zu ihm auf und ihre Augen hatten die Farbe von Gras und Erde, grundlegend und elementar. »Ich war froh, Sie zu sehen. Ich habe mich immer gefragt, wie es Ihnen ergangen ist. Simon – der Herzog von Romsey – sagte,

Sie hätten in der Armee gedient. Es tat mir leid, von der Sache mit Ihrem Bruder zu hören.«

Bei diesem Gefühlsausdruck zog er ruckartig zurück in sein übliches Selbst. Das Eis kroch erneut in ihm auf. Er suchte in einem sicheren Thema Halt. »Sie reden Simon mit dem Vornamen an?«

»Er hat mich darum gebeten. Er scheint ein guter Mann zu sein.«

»Das ist er. Und weil ich schon auf dieser infernalischen Party bin, habe ich beschlossen, dass ich das Beste daraus machen sollte – zu seinem Wohl. Er hat mich überredet, mitzukommen, damit er teilnehmen konnte. Er würde gern einen Schritt nach vorn in seinem Leben machen und eine andere Frau finden. Wenn das überhaupt möglich ist.«

»Das würde ich eigentlich annehmen.« Die Muskulatur um ihre Augen zuckte und sie wandte den Blick ab. »Eigentlich bin ich nicht sicher. Seit seiner Ankunft ist er mit Reserviertheit behandelt worden, obwohl sich die Dinge nach dem gestrigen Ereignis gebessert haben.«

»So viel hat er gesagt.«

»Es geht größtenteils um die jüngeren Frauen. Ihre Eltern zu überzeugen, dass er eine gute Partie ist, könnte sich als schwierig erweisen.« Sie unterbrach sich einen kurzen Moment, um über ihn nachzudenken. »Sie sind, andererseits, sehr gefragt.«

Er grunzte und seine Lippen teilten sich vor Missbilligung.

»Sie sind nicht daran interessiert, zu heiraten?«, fragte sie.

»Ich *bin* verheiratet *gewesen*«, entgegnete er. »Ich hege nicht gerade den besonderen Wunsch, das noch einmal zu tun. Schnell sah er zur Seite und richtete den Blick auf den, am Fenster herabströmenden Regen. »Aber Simon tut das, also werde ich ihm auf jede Weise helfen, die mir möglich ist.«

Sie nahm sich einen Moment Zeit für ihre Antwort und er war sicher, dass sie ihn nach seiner Frau fragen wollte. Als sie das nicht tat, atmete er leise erleichtert auf. Er hätte das Thema nie aufbringen sollen. Die Bilder von Jacinda und seinem Sohn Elias blitzten durch seine Gedanken. Kurz schloss er die Augen und verbannte sie für den Augenblick.

»Ich möchte gern helfen«, sagte sie. »Wenn ich darf.«

Überrascht, eine Allianz mit ihr zu schmieden, sah er auf sie herab. »Ich hatte gehofft, dass Sie das sagen. Was können wir tun?«

»Es könnte vielleicht das Beste sein, wenn Sie klarstellen, dass Sie nicht auf der Suche nach einer Frau sind. Dann werden sich die Eltern, die an einer Verbindung interessiert sind, woanders umschauen.«

»Ich verabscheue es, meine Angelegenheiten publik zu machen.«

Ein Lächeln umspielte ihre Lippen. »Das ist noch etwas, was wir gemeinsam haben. Nun, ich habe gute Nachrichten. Wenn Sie sich weiterhin wie ein Stoffel benehmen, bezweifele ich, dass irgendjemand Sie haben will.« Ihr stockte der Atem. »Außer … ich glaube, Sir Barnard hat trotz Ihres Temperaments, für eine Verbindung mit seiner Tochter, Miss Kingman, ein Auge auf Sie.«

»Ich glaube, Sie haben recht. Er hat mich an den vergangenen beiden Abenden nach dem Essen in eine Unterhaltung gedrängt, bei der er die Attribute seiner Tochter in aller Ausführlichkeit hervorgehoben hat.«

»Ich habe mich mit Miss Kingman angefreundet. Ich kann sie wissen lassen, dass Sie nicht interessiert sind, und sie ihr Interesse vielleicht Simon zuwenden sollte.«

Er erwog diesen Vorschlag, doch er kam zu dem Schluss, dass er seinem Freund den Baronet nicht aufbürden wollte. »Ich bin nicht sicher, ob Simon verdient hat, Kingman als

Schwiegervater zu tolerieren. Was sind in dieser Sache seine anderen Möglichkeiten?«

»Da bietet sich nur weniges, fürchte ich. Lady Lavinia und Miss Colton sind von einer Heirat nicht besonders begeistert. Dennoch. Das heißt nicht, dass sie es nicht sein könnten. Die beiden scheinen sich verlieben zu wollen.« Ihre Wangen färbten sich rosa und geschäftig nahm sie ihr Buch von einer Hand in die andere, wobei sie sorgfältig ihre Seite bewahrte.

Oh, jung zu sein und wieder voller Träume. Nick bedauerte sie, weil es sehr wahrscheinlich war, dass diese Träume zerstört werden würden. »Selbst, wenn Simon hier keine Frau findet, sollte unser Ziel darin bestehen, dafür zu sorgen, dass alle Teilnehmer mit einer besseren Meinung von ihm abreisen.«

Sie nickte und blickte erneut zu ihm auf, mit entschlossenem Kinn und etwas von dem Funkeln in den Augen, das er nach so langer Zeit wiedererkannte. »Einverstanden.«

»Ich fürchte, Sie werden mir sagen müssen, was ich zu tun habe. Meine gesellschaftliche Ungeschicklichkeit ist nach so langer Zeit epischer Natur.«

Die Musik ihres Gelächters beruhigte seinen Geist und beinahe lächelte er. »Sie kümmern sich um die Gentlemen – tun Sie, was Sie können, um ihnen zu zeigen, dass Simon von guter Natur ist. Überlassen Sie die Frauen mir.«

Sie zog die Nase kraus. »Vermutlich werde ich mit Lady Nixon und Mrs. Law sprechen müssen. Wenn ich ihre Unterstützung gewinnen kann, hat er beinahe einen Freibrief in der Gesellschaft.«

»Wenn Sie das tun könnten, wäre er – ich – bis in alle Ewigkeit dankbar.«

Sie sah zu ihm auf, die Lippen leicht geteilt. Er verspürte eine Hingezogenheit zu ihr, die der einer Biene gleichkam, die von einer leuchtenden, wunderschönen Blüte angezogen wurde.

»Das ist das Mindeste, was ich tun kann«, murmelte sie. Ihre Fingerspitzen streiften seine Brust und er hatte seine Antwort – die Verbindung bestand immer noch. »Ich würde alles tun, um Ihnen zu helfen. Oder ihrem Freund. Ich sehe Sie beim Abendessen.«

Sie wandte sich von ihm ab und verließ den Raum.

Er sah ihr hinterher, als sie davonging und in seinem Körper pochte es von einer lang unterdrückten Erregung. Nun, das war unerwartet. Und das galt auch für die Empfindung, die ihn im Augenblick beschlich – sein Interesse an Morgen.

~

*E*r war verheiratet gewesen.

Diese Information hatte Violet schockiert und traurig gestimmt, weil er eine andere als sie geheiratet hatte, aber vor allem, weil er, wie sie, seine Gattin verloren hatte. War seine Verbindung glücklicher als ihre gewesen? Das hoffte sie.

Gedanken dieser Art hatten ihren Verstand übernommen, seit sie ihm heute Nachmittag begegnet war. Während des Abendessens hatte sie verstohlen zu ihm hinübergesehen, wo er neben Simon saß. Violet hatte Hannah gebeten, die beiden nebeneinander zu setzen, in der Hoffnung, dass Nick in der Lage wäre, ihre Anstrengungen voranzutreiben, Simons Ruf zu heben. Es schien zu funktionieren, denn dieser Teil der Tafel war die Quelle von Gelächter und allgemein guter Laune gewesen.

Violet schlenderte langsam auf den Salon zu. Um zu Simons Ruf beizutragen sollte sie in seinem Namen mit Lady Nixon und Mrs. Law sprechen. Sie freute sich nicht darauf.

Hannah holte sie gerade ein, bevor sie die Tür zum Salon erreichte. Ihr Lächeln war breit und in ihren Augen blitzte Freude. »Ich danke dir so sehr, Violet. Ich weiß nicht, wie du die Stimmung seiner Gnaden verbessert hast, aber ich wage zu sagen, dass er beim Abendessen ein anderer Mensch war.«

Violet hatte ihrer Freundin erzählt, sich kurz mit Nick unterhalten zu haben. Über ihre vergangene Beziehung hatte sie sich allerdings nicht ausgelassen.

Die Gewohnheit, diesen Teil ihrer Lebensgeschichte für sich zu behalten war alt und offensichtlich schwer zu brechen. »Ich denke, er hat lediglich versucht, sich zurechtzufinden. Es ist lange her, seit er an einer Hausparty teilgenommen hat.«

»Das ist vollkommen verständlich«, antwortete Hannah. »Nun, wenn sich hoffentlich nur das Wetter morgen halten wird, damit wir unseren Wettbewerb im Bogenschießen abhalten können.«

»Ich dachte, für Morgen sei Boccia geplant.«

»Am Nachmittag. Natürlich nur, wenn das Wetter mitspielt.« Sie seufzte. »Das kommt davon, wenn man eine Hausparty im Oktober veranstaltet.«

»Oktober ist ein absolut wunderbarer Monat und du musst nicht mit anderen Partys konkurrieren.«

Hannah blinzelte sie an. »Wie du weißt, war das mein Hauptanliegen. Es scheint, als ob sich die Dinge gut entwickeln. Der Eisige taut auf.« Sie lachte über ihr nicht gerade subtiles Wortspiel. »Und der Ruinierte scheint weit charmanter, als sein finsterer Ruf uns hatte vermuten lassen.«

»Da stimme ich zu. Ich könnte nicht erfreuter sein, ihn aus seiner Rolle erlöst zu sehen.«

Hannahs Mutter kam auf sie zu. »Wenn ihr vom Herzog von Romsey sprecht, solltet ihr nicht zu optimistisch sein. Lady Nixon und Mrs. Law sind nicht überzeugt.«

Verdammt. Violet drehte sich zum Salon um und unterdrückte ein Grimasse. »Ich werde mit ihnen reden.«

»Ich bezweifele, dass Sie dabei viel Boden gewinnen werden«, sagte Mrs. Parker kopfschüttelnd. Resigniert sah sie Hannah an. »Tochter, ich weiß, warum du die beiden eingeladen hast, aber ich hoffe, du kommst nach diesem hier zu dem Entschluss, dass der Ärger sich nicht lohnt.«

Hannah verzog den Mund und nickte zaghaft. »Ja, Mutter.«

So wie Violet Hannah kannte, hegte ihre Freundin nicht die Absicht, Damen wie Lady Nixon und Mrs. Law von zukünftigen Einladungen auszunehmen – vor allem nicht, wenn sie ihr das Siegel ihrer Zustimmung verliehen. Dementsprechend sollte Violet dafür sorgen, dass genau das passierte. »Bitte entschuldigen Sie mich«, sagte sie, ehe sie sich in den Salon begab.

Bei einem kurzen Rundblick stellte sie fest, dass die Damen an ihrem üblichen Standort Hof hielten. Die beiden erhoben das Monopol auf den größten Sitzbereich und jede hielt einen hochlehnigen, gepolsterten Sessel besetzt. Sie waren sie von den meisten Damen der Party umgeben, mit Ausnahme des jüngeren Trios, das an seinem üblichen Platz saß. Lady Lavinia sah Violet mit offenkundiger Einladung an und Miss Colton ging sogar so weit, Violet mit der Hand zu ihnen zu winken. Sie lächelte ihnen zu, doch dann schüttelte sie ganz leicht den Kopf.

Gerüstet mit Mut – und Gelassenheit – schlenderte sie auf die Höhle des Löwen zu.

»Lady Pendleton, wie unerwartet, dass Sie uns heute Abend Gesellschaft leisten«, bemerkte Mrs. Law. »Wir dachten, Sie hätten die Aufgabe der Anstandsdame für die drei jungen Damen übernommen.«

Ich würde alles tun, um zu verhindern, mit euch hier herumzusitzen. Violet lächelte verbindlich und sah dann Lady

Colton, Balcombe und Kingman direkt an. »Sie sind entzückende Mädchen.«

»Wir wissen Ihre Fürsorge zu schätzen«, erklärte Lady Balcombe. »Man kann nie genügend Vorbilder für Würde und Schicklichkeit haben.«

Schicklichkeit. Violet dachte an ihre eigene Jugend zurück, vor allem an die Zeit vor acht Jahren. Wenn sie wüssten, wie sie sich mit Nick benommen hatte, würde es einen außerordentlichen Skandal geben.

»In der Tat«, stimmte Lady Nixon mit einem Schniefen zu. Der Blick aus ihren blassblauen Augen schwenkte zu Mrs. Law herum. »Vor allem, wenn fragwürdige Individuen in der Nähe sind.«

»Sie beziehen sich auf den Herzog von Romsey?«, fragte Violet eher unschuldig, und hoffte, den scharfen Unterton erfolgreich aus ihrer Stimme gebannt zu haben.

»Der Ruinierte, ja, natürlich«, antwortete Mrs. Law und schürzte die Lippen. »Ich verstehe, warum Mrs. Linford ihn eingeladen hat, und weil er den Eisigen aus seinem Versteck gelockt hat, müssen wir dankbar sein, vermute ich.«

»Ja, aber war es das wirklich wert?«, fragte Lady Nixon. Sie beugte sich leicht nach vorn. »Ich wage zu sagen, dass der Eisige vergessen hat, wie man sich benimmt.«

»Heute war er beim Abendessen ziemlich charmant«, entgegnete Lady Kingman eilig. »Ich habe ihn sogar lächeln sehen.«

Lady Nixon hob eine blasse Augenbraue. »Tatsächlich? Das muss ich überraschenderweise verpasst haben.« Die Andeutung – wie genau sie ihn beobachtete – war klar. Doch andererseits musste man Lady Nixon nur anschauen, um zu wissen, dass ihre Beobachtungsgabe scharf und aufdringlich war.

Auch Violet hatte sein Lächeln verpasst und war unbeschreiblich enttäuscht darüber. »Ich habe ihn als recht angenehm empfunden«, meinte sie gleichmütig.

Mrs. Law blickte Violet aus schmalen Augen an. »Ich finde das schwierig zu glauben, angesichts der Interaktion, die Sie neulich Abend mit ihm hatten. Es wirkte eher … angespannt.«

»Das war es nicht«, log Violet. »Das ist das Problem damit, wenn man eine Vermutung über etwas anstellt, obwohl man nicht wirklich dabei gewesen ist.« Sie lächelte ruhig, doch sie unterlegte ihren Ausdruck mit etwas von Nicks Eis.

»Das Gleiche kann vom Herzog von *Romsey* gesagt werden.« Absichtlich legte sie eine besondere Betonung auf seinen Namen.

»Da irren Sie sich«, erklärte Lady Nixon finster. »Es hat einen Augenzeugen beim Verbrechen des Herzogs gegeben. Er hat seine schwangere Frau die Treppe hinuntergestoßen.«

Einige der Damen schnappten nach Luft.

»Das habe ich nicht gehört«, meinte Lady Colton mit kummervoll gerunzelter Stirn. »Er wirkt wirklich wie ein umgänglicher Gentleman.«

»Das ist er.« Violet glaubte immer noch nicht, dass er zu solch einem Akt fähig wäre. Es musste eine Erklärung geben. Sie blinzelte Lady Nixon an. »Das scheint für viele eine Neuigkeit zu sein. Wer ist der Augenzeuge?«

Lady Nixons Blick gefror. »Eine seiner Bediensteten. Danach gaben alle ihre Stellung bei ihm auf. Was müssen Sie sonst noch hören, um zu wissen, dass er schuldig ist?«

»Wenn er so schuldig ist, warum ist er dann nicht angeklagt worden?«, fragte Violet. Sie ließ ihren Blick über all den Frauen schweifen, und die meisten hatten ihre Augen auf ihren Schoß gerichtet.

Mrs. Law hob ihr Kinn und ließ die Augen von einer Seite der Gruppe zur anderen wandern, ehe sie ihren Blick auf Violet ruhen ließ. »Weil diese Dienerin verschwunden ist und nie wieder jemand etwas von ihr gehört hat. Leider gab es nicht genügend Beweise.«

Violet setzte sich in ihrem Sessel auf. »Nun, ich für meinen Teil weigere mich, ihn eines Verbrechens für schuldig zu befinden, dessen er nicht einmal angeklagt war oder dies auch nur versucht wurde. Ich glaube, er ist charmant und freundlich, und für seine Hilfe gestern im Teich bin ich ihm überaus dankbar.«

»Oh ja, es war ausgezeichnet von ihm, dem Herzog von Kilve bei seiner Rettungsaktion beizustehen«, bemerkte Lady Kingman.

Violet erfasste, dass sie es so klingen ließ, als ob es Nicks Rettungsaktion war, und obwohl Nick der einzige Gentleman war, der als Retter in den Teich gesprungen war, gestand Violet Simon volle Anerkennung für seine Geistesgegenwart zu. Er musste – schneller als alle anderen – um den Teich herumgerast sein und rasch eines der Ruderboote ins Wasser gelassen haben, um zu ihr zu gelangen. »Er war äußerst fürsorglich, als er mich zum Haus begleitet hat«, fügte Violet hinzu.

»Waren Sie nervös, als Sie sich von ihm eskortieren ließen?« Die Frage stammte von Mrs. Stinnet, deren verbales Arsenal weit weniger boshafte Bemerkungen enthielt als das von Lady Nixon oder Mrs. Law.

»Meine Güte nein. Ich würde es tatsächlich wieder tun.« Violet ergriff die Gelegenheit, ihre Befürwortung offen auszudrücken. »Und hätte ich eine Tochter, würde ich nichts daran auszusetzen haben, wenn er ihr den Hof machte.«

»Sie sind noch immer jung, Lady Pendleton«, bemerkte Lady Nixon schlau. »Vielleicht wird er *Ihnen* den Hof machen.«

Violet konnte dem nicht zustimmen, ohne es aussehen zu lassen, als ob sie an ihm interessiert sei – und das war sie nicht. Stattdessen fädelte sie ein ausgeklügeltes Manöver ein. »Ich bin über das Alter der Brautwerbung hinaus, aber wenn ich jünger wäre und auf dem Heiratsmarkt, wäre ich von seiner Beachtung geschmeichelt.«

»Sie müssen zugeben, dass er ziemlich gutaussehend ist.« Dieser Kommentar war als ein Flüstern von Lady Balcombe zu ihrer Nachbarin, Lady Colton zu hören. Als diese erkannte, dass die anderen sie gehört hatten, färbten sich ihre Wangen im Ton von Violets bevorzugten Pfingstrosen – einem leuchtenden Rosa.

»Nun, ich würde nicht wollen, dass er meinen Töchtern den Hof macht«, entgegnete Mrs. Law hochmütig. »Wenn sie nicht schon verheiratet wären, natürlich.« Sie tauschte einen überlegenen Blick mit Lady Nixon aus, und Violet konnte ihre Verärgerung keinen weiteren Moment unter Kontrolle behalten.

»Das ist lächerlich. *Sie sind* lächerlich.« Abrupt stand sie genau in dem Moment auf, in dem einige der Herren in den Salon traten.

Als sie herumwirbelte, stieß sie beinahe mit Nick zusammen. Er packte sie am Arm, noch ehe sie auf ihn prallte. Seine Berührung durchfuhr sie wie einer der Gewitterblitze, die am ersten Tag der Party am Himmel zu sehen gewesen waren – heiß und elektrisierend.

»In Eile?«, murmelte er. »Gehen Sie ein Stück mit mir.« Er bot ihr seinen Arm und geleitete sie aus dem Raum. »Nebenan werden die Tische zum Kartenspielen aufgestellt.«

»Ich möchte nicht Karten spielen.«

»Ich weiß. Aber angesichts der boshaften Blicke, die von Lady Nixon und Mrs. Law in Ihre Richtung geworfen werden, dachte ich, es sei das Beste, Sie aus dem Salon zu führen.« Er dirigierte sie an einem Wohnzimmer vorbei, in dem Kartentische aufgestellt wurden.

Sie legte den Kopf in den Nacken, um ihn anzusehen

und nahm sein schönes Profil in sich auf. Seine elfenbeinfarbene Krawatte stand in scharfen Kontrast zur seinem dunkleren Teint. »Boshaft?«

»Vielleicht ist das ein bisschen übertrieben, aber nicht sehr. Sie sind gefährlich – nach allem, was ich gehört habe. Was haben Sie gesagt, um sie in Rage zu bringen?«

»Ich habe sie als lächerlich bezeichnet.« Sie zuckte zusammen. »Das war nicht besonders geschickt von mir. Aber sie haben sich unglaublich beleidigend über Simon geäußert.« Sie sah sich um. »Wo ist er?«

Er drehte den Kopf zur Seite und nach hinten zu dem Raum, an dem sie gerade vorbei gegangen waren. »Im Kartenzimmer, wo er beim Aufbauen hilft, was meiner Meinung nach ein glücklicher Zufall ist.«

»Ja, sein Eintreffen im Salon hätte möglicherweise eine Szene verursachen können.« Ihre Schultern sackten zusammen. »Ich habe versucht, ihm zu helfen. Allerdings habe ich die Sache schlimmer gemacht, fürchte ich.«

Als sie in der Eingangshalle angekommen waren, schwenkte er herum und führte sie den gleichen Weg zurück, den sie gekommen waren. »Ich bezweifele, dass das möglich ist. Was ist schlimmer als die Überzeugung, dass er ein Mörder ist? Das glaubt man bereits.«

»Lady Nixon behauptet, dass es einen Augenzeugen für das Verbrechen gegeben hat. Ich kann das nicht glauben. Er ist nie angeklagt worden.«

Nick hielt sie fest, damit sie stehenblieb und drehte sich ein Stück zu ihr, während sie ihre Hand auf seinem Arm behielt. »Es hat tatsächlich eine Zeugin gegeben, aber sie ist verschwunden.«

Besorgnis wallte in Violets Brust auf. »Das haben die Damen gesagt. Ich kann es immer noch nicht glauben.«

»Und ich auch nicht, aber er erinnert sich nicht, was

passiert ist. Er hadert mit sich selbst, ob er sie gestoßen hat oder nicht.«

»Aber das sollte er nicht. Nicht, wenn es ein Unfall war.«

»Das wäre nicht von Belang.« Er wandte sich ab und nahm seine Schritte wieder auf, den Blick direkt nach vorn gerichtet. »Vertrauen Sie mir.«

Etwas in seinem Ton sagte ihr, dass sich eine Fülle von Weisheit – und Gefühlen – hinter dieser Beschwörung verbarg. Sie sah zu ihm auf und antworte einfach: »Das tue ich.«

Er warf ihr einen Blick zu und möglicherweise erspähte sie den Anflug von Überraschung in seinen Augen. Sie erwartete von ihm nicht, dieses Gefühl zu erwidern – sein Vertrauen würde sie sich aufs Neue verdienen müssen. Wenn sie es überhaupt schaffte.

»Ich glaube allerdings, dass Simon Fortschritte macht«, bemerkte sie, als sie sich dem Kartenzimmer näherten. »Lady Balcombe hat ihn als gutaussehend bezeichnet. Und Lady Kingman fand seine Aktion zu meiner Rettung exzellent. Ich spüre immer noch ein gewisses Zögern, aber sie verleumden seine Person nicht so, wie Lady Nixon und Mrs. Law.«

Wieder blieb er stehen, ehe sie den Kartenraum betraten. »Hmm. Wir werden einen Schlachtplan brauchen, um sie für uns zu gewinnen.«

Widerstrebend nahm sie die Hand von seinem Arm. Es fühlte sich so gut an, ihn zu berühren. Es war vertraut und auch aufregend. Ihr Körper wollte sich an seinen schmiegen, aber sie verschleierte ihre Reaktion. »Was für eine Art Plan?«

»Ich bin noch nicht sicher. Für den Augenblick sollte ich vermutlich versuchen, meinen Charme spielen zu lassen.« Sein Gesicht nahm einen absichtlich säuerlichen Ausdruck an, der dem sehr ähnlich war, wenn er brütend in der Ecke stand.

Sie lachte leise. »Vorsicht. Das ist der hochmütige eisige

Herzog. Ich glaube, Sie müssen wohl den charmanten Nicholas Batemann hervorzaubern, den ich einst kannte.«

Seine Augen zogen sich leicht zusammen, und sie fürchtete schon, eine Grenze überschritten zu haben. Sie hatten so einen schönen Frieden gefunden. Es widerstrebte ihr, ihn wieder in seinen Abscheu ihr gegenüber versinken zu sehen. Oder vielleicht hasste er sie immer noch und schob dieses Gefühl einfach beiseite, damit sie seinem Freund helfen konnten.

»Das wird ihnen egal sein.«

»Wie können Sie so sicher sein?«

Er sah sie mit hochgezogener Augenbraue an. »Ich bin ein Herzog – aus Eis bestehend oder nicht.«

Sein Tonfall war so amüsant, sein Ausdruck so ironisch, dass sie nicht anders konnte, als zu lachen. Sie konnte auch den Eindruck nicht verhindern, dass *dies* der Nick war, den sie damals kennengelernt hatte. Der Nick, von dem sie träumte. Ihr Herz machte einen Satz und drohte, aus ihrer Brust zu sprengen.

»Sind Herzöge magisch?«

»Für Menschen wie Lady Nixon und Mrs. Law schon.« Er schwenkte zum Kartenraum herum. »Ich werde spielen. Wollen Sie zuschauen?«

Ob seine Frage freundlich gemeint war, oder ob er sich ihre Gesellschaft wünschte, konnte sie nicht sagen. Sie hoffte, dass es sich um Letzteres handelte und dann entschied sie, dass es ihr egal war. Sie würde diese Geselligkeit mit ihm solange genießen, wie sie konnte.

CHAPTER 7

*D*er Morgen dämmerte wolkig, aber trocken und der Wettbewerb im Bogenschießen sollte wie geplant stattfinden. Wie das Glück es beschied, oder auch nicht – abhängig davon, wie man sich fühlte – trat Nick genau in dem Augenblick aus dem Haus, als Lady Nixon und Mrs. Law sich auf den Weg zum Schießfeld machten. Obwohl er sich mit ihnen unterhalten musste, kam er zu dem Schluss, dennoch Pech zu haben, weil er sie jetzt den gesamten Weg bis zum Schießfeld begleiten musste, anstatt sich aus der Unterhaltung zurückziehen zu können, falls es unerträglich wurde.

Er wünschte, Violet hätte stattdessen das Haus verlassen. Er hatte ihre gemeinsame Zeit gestern Abend genossen, obwohl sie kurz war. Sie hatte ihm für eine Weile im Karten-zimmer Gesellschaft geleistet, doch dann war sie gegangen und er hatte sie nicht wiedergesehen. Ganz besonders hatte er ihre abermalige Rettung genossen – dieses Mal vor einer möglichen Szene im Salon. Er hatte den schockierten Ausdruck auf Lady Nixons und Mrs. Laws verkniffenen

Gesichtern geliebt, als Violet sie lächerlich genannt hatte. Selbst, wenn es nicht klug war.

»Wenn das nicht der eisige Herzog ist«, rief Lady Nixon aus, als sie auf dem Pfad entlang gingen, der zum Schießfeld führte, das etwa einhundert Meter entfernt lag.

Mrs. Law sah ihre Freundin mit geschürzten Lippen an. »Du solltest ihn nicht direkt ins Gesicht so nennen.« Weil sie dies laut genug ausgesprochen hatte, sodass er sie hören konnte, wusste er, dass sie in Wahrheit keinen Fehler darin sah.

Lady Nixon sah ihn mit einem verschmitzten Lächeln an. »Er ist sich sehr bewusst, wie alle ihn nennen. Und ich denke, es *gefällt* ihm. Tatsächlich glaube ich, dass er dieses Bild kultiviert hat. Es erfordert Mühe, so viel Kälte auszustrahlen.« Sie sah Mrs. Law mit einem wissenden Blick an. »Wir sollten das wissen, meine Liebe.«

Nun, zumindest waren sie bezüglich ihres Benehmens ehrlich, selbst wenn sie über ihn redeten, als ob er nicht anwesend wäre. »Sie bemerken nicht, dass ich Sie hören kann«, sagte er.

Mrs. Law lächelte breit. »Natürlich, Euer Gnaden. Nun, werden Sie sich erbieten, uns zum Feld zu eskortieren?«

»Es wäre mir ein Vergnügen.« Er bot den beiden Damen jeweils einen Arm und versuchte, nicht zusammenzuzucken, als sie ihn berührten. Allein dadurch, ihnen diese Nähe zu erlauben, fühlte er sich ein bisschen besudelt. Er war vielleicht kalt, aber er legte es nicht darauf an, irgendjemanden zu beleidigen. Es war ihm einfach lieber, wenn die anderen ihm fernblieben. Im Gegenzug gefiel es diesen beiden Hexen, im Mittelpunkt der Aufmerksamkeit zu stehen.

»Wir müssen ehrlich zu Ihnen sein, Herzog«, setzte Lady Nixon forsch an. »Gestern Abend sind wir nicht umhingekommen, die Aufmerksamkeit zu bemerken, die Sie Lady Pendleton entgegengebracht haben. Wir können nicht davon ausgehen, Ihre Pläne zu kennen; wenn Sie allerdings unseren Rat erbitten wollen – und wir würden so ein Unterfangen befürworten – würden wir Sie in eine andere Richtung ermuntern.«

Nick wollte sie auf die gleiche Weise rügen, wie Violet es am Vorabend getan hatte, doch das wäre seinen Absichten nicht zuträglich. »Ich habe es gestern Abend für das Beste gehalten, Lady Pendleton aus der Situation zu eskortieren. Sie schien aufgebracht.«

»Oh, das haben Sie sehr gut gemacht«, lobte Mrs. Law und drückte seinen Arm. »Sie kann sich glücklich schätzen, dass Sie so geistesgegenwärtig waren.«

Lady Nixon reckte den Hals, um zu ihm aufzusehen. »Es scheint, als ob Sie es nicht lassen können, in dieser Woche den Helden zu spielen. Wie überaus charmant.«

»Sicherlich werden Sie einer Meinung mit mir sein, dass mein guter Freund, der Herzog von Romsey, das Gleiche getan hat. Ich bin zuversichtlich, dass er ebenso gehandelt hätte, wäre er gestern Abend im Salon gewesen.«

Mrs. Law krauste die Nase. »Ihre Freundschaft mit ihm ist ein bisschen merkwürdig, finden Sie nicht?«

Diese Frauen hatten wirklich keine Scham. Oder einen Sinn für Schicklichkeit, was Unterhaltungen anbelangte. Glaubten sie, gegen die gesellschaftlichen Regeln immun zu sein? »Wir sind seit Oxford befreundet. Ich finde nichts Merkwürdiges daran. Er war mir immer eine loyale Stütze und ich schätze seine Freundschaft.«

»Ich denke, ich verstehe, was Sie zu tun versuchen«, bemerkte Lady Nixon. »Sie müssen wissen, dass unsere Vorbehalte in Bezug auf den Herzog nicht unbegründet sind.«

»Niemand weiß, was sich in jener tragischen Nacht zugetragen hat und *niemand* ist deshalb verzweifelter als Romsey.« Er verlangsamte seine Schritte, bis er stillstand und dann bedachte er jede der beiden auf unmissverständliche Weise mit seinem eisigsten Blick. »Ich würde Ihnen raten, diese Sache dort zu belassen, wo sie hingehört – in der Vergangenheit.«

Lady Nixon schnaufte. »Sogar vor diesem … *Vorfall* war er ein schrecklicher Wüstling.«

Nick verabscheute Klatsch, aber er erinnerte sich an ein paar Schlüsselereignisse und in diesem Fall kam ihm die Rückbesinnung ganz recht. Er senkte die Augenlider und musterte sie mit einem abschätzenden Blick. »Wenn meine Erinnerung etwas taugt, wären Sie diejenige, die das wissen müsste.« Bei ihrem schockierten Ausdruck setzte er ein zufriedenes Lächeln auf, und ging allmählich weiter. Glücklicherweise waren sie beinahe auf dem Feld angekommen. »Ich denke, ich sollte Sie daran erinnern, dass er ein Herzog *ist*. Und nicht der ruinierte Herzog, wie Sie ihn so gern nennen. Er hat Ihre Ehrerbietung, wenn nicht Ihren Respekt verdient.«

Beiden Frauen hatte es offensichtlich die Sprache verschlagen. *Gut.*

»Oh, hier ist Miss Kingman«, rief Mrs. Law aus, als sie das Feld erreichten und brach die glückselige Stille damit viel zu schnell. Sie zog ihre Hand von Nicks Arm fort. »Kommen Sie und gesellen Sie sich zu uns, meine Liebe. Werden Sie schießen?«

Lady Nixon zog ihre Hand ebenfalls fort und trat zwei Schritte von Nick zurück.

Miss Kingman, eine zierliche, dunkelhaarige junge Frau mit enigmatischen Augen, kam schwerelosen Schrittes auf sie zu, und ihr luftiger Wollrock streifte über das Gras. »Ja, ich freue mich sehr darauf.«

Mrs. Law wandte sich mit einem Lächeln zu Nick um, als ob er sie nicht gerade ins Gebet genommen hätte. »Vielleicht wird Seine Gnaden Ihnen behilflich sein.«

Zur Hölle und zum Teufel nochmal. Er hatte versäumt, die beiden zu informieren, dass er nicht auf dem Heiratsmarkt war.

»Oh ja, das ist eine tolle Idee«, stimmte Lady Nixon zu. Ihr Blick verengte sich ein wenig, als sie ihn betrachtete. »Sie müssen ihr einfach helfen.«

Alles in ihm schrie danach, sich zu entschuldigen und davonzugehen. Und gestern hätte er das wohl auch getan. Doch heute verfolgte er die Mission, seinem Freund zu helfen. »Es wäre mir ein Vergnügen, Ihnen beim Üben zu helfen, Miss Kingman. Sollen wir?« Er gestikulierte zu den Dienern hinüber, die mit der Vorbereitung der Bögen für das Schießen beschäftigt waren.

Sie schlenderten auf den Schießbereich zu, wo eine Reihe von Zielscheiben in unterschiedlichen Abständen aufgebaut war. Einige standen relativ nahe, vielleicht fünf Meter weit weg. Ein paar andere waren ein wenig weiter weg, und waren mindestens acht Meter entfernt. Zwei Zielscheiben waren in großer Distanz aufgebaut und standen etwa in fünfundsechzig Meter Entfernung. »Welche Zielscheibe werden Sie anvisieren?«, fragte er.

Miss Kingman war sehr jung. Er vermutete, dass sie etwa zwanzig Jahre alt war. »Ich habe nur ein paarmal geschossen, also werde ich mit der am nächsten stehenden beginnen.« Sie nahm einen Bogen, den ein Diener ihr reichte.

»Sie haben früher schon geschossen?«, fragte Nick, während er sich umsah. Es waren bereits andere Menschen um sie versammelt, die ihre Ziele anvisierten, aber nicht Violet. Simon war auch nicht hier.

»Ja, aber nicht in den letzten Jahren.« Sie nahm ihre Position vor der am nächsten stehenden Zielscheibe ein und hob den Bogen. Tief Luft holend zog sie die Sehne zurück und ließ den Pfeil fliegen. Er landete etwa einen halben Meter vor der Zielscheibe auf dem Boden. Sie lachte nervös. »Nun, das war schrecklich.«

»Das war es eigentlich nicht. Wollen Sie einen Rat?«

Sie wandte sich zu ihm um. »Ja, bitte.«

»Halten Sie nicht so fest. Lockern Sie die Hand am Bogen, ehe Sie loslassen. Sie können auch überlegen, sich etwas breiter hinzustellen.«

Der Diener reichte ihr einen weiteren Pfeil und sie nahm sich die Zeit, ehe sie den Bogen spannte. Sie tat, was er ihr geraten hatte und lockerte ihren Griff genau in dem Augenblick, bevor sie den Pfeil fliegen ließ. Er traf auf die Zielscheibe, aber er blieb nicht stecken.

Mit leuchtendem Blick, die Lippen geteilt, drehte sie sich zu ihm um. »Fast wäre er gelandet.«

»Das haben Sie sehr gut gemacht.«

Sie errötete leicht. »Sie sind sehr gütig, mir zu helfen.«

»Wie ich vorhin schon sagte, ist es mir ein Vergnügen.« Genau in diesem Augenblick sah er Simon ankommen – mit Violet am Arm. Er spürte kurzzeitig, wie Verärgerung an seinem Rückgrat emporkroch.

»Soll ich es noch einmal versuchen?«, fragte sie.

Nick riss den Blick von seinem Freund und seiner ehemaligen Geliebten los. »Sicher.« Er widerstand dem Drang, den Kopf zu wenden und konzentrierte sich darauf, Miss Kingman zur Seite zu stehen.

Dieses Mal machte sie ihre Sache sehr viel besser und ihr Pfeil traf das Ziel, wenn auch die äußere Kante. »Ich habe es geschafft«, rief sie aus.

»Nach ein paar weiteren Versuchen werden Sie für die nächste Distanz bereit sein.«

Ihr freudiger Ausdruck verblasste und er bemerkte, dass ihr Blick an ihm vorbei gerichtet war. Er wandte sich um und entdeckte ihren Vater, der sie beobachtete. Der Baronet lächelte und winkte.

Miss Kingman berührte Nick am Jackenärmel und zog seine Aufmerksamkeit auf sie. »Vielen Dank noch einmal.« Ihr Blick war weich und ernst. »Ich weiß es sehr zu würdigen, dass Sie Ihre Zeit mit mir verbringen. Aber haben Sie bitte nicht das Gefühl, als ob sie bleiben müssten.«

Versuchte sie, ihm durch die Hintertür zu verstehen zu geben, dass er gehen sollte? Irgendetwas an ihrem Gebaren reflektierte Unbehagen, trotz des Umstands, dass sie ihn berührte. Er könnte es als kokette Geste auslegen, doch er war sich nicht im Klaren, ob das ihre Absicht war.

Unabhängig davon wollte er gehen. Dies war die längste Zeit, die er im Gespräch mit Menschen verbracht hatte, die er kaum kannte – zuerst Lady Nixon und Mrs. Law und anschließend Miss Kingman. »Dann überlasse ich Sie sich selbst«, antwortete er. »Ich werde Sie im Auge behalten, falls Sie meinen Beistand brauchen.« Er hatte offensichtlich nicht vergessen, wie man höflich miteinander umging. Das war eine überraschende Erleichterung.

»Danke.« Sie wandte sich zu dem Diener, um sich einen weiteren Pfeil geben zu lassen, und Nick entfernte sich.

Er blickte in Simons Richtung, doch er konnte Violet nicht mehr bei ihm sehen. Ein schneller Rundblick über das Feld zeigte ihm, dass sie mit ihrer Gastgeberin zusammenstand, die Köpfe im Gespräch gesenkt.

Nick schlenderte zu Simon hinüber, der ihm auf mehr als dem halben Weg entgegenkam und den Tonfall festlegte, indem er ihn mit einem gerissenen Grinsen ansah. »Dem Himmel sei Dank, taut unser eisiger Herzog *etwa auf?*«

Finster grunzte Nick zur Antwort.

»Das ist ganz sicher der Freund, den ich kenne.« Simons Lächeln schwand nicht. »Du hast recht freundlich im Umgang mit Miss Kingman gewirkt. Besteht etwa die Möglichkeit, dass du deine Meinung, in Bezug darauf, dir eine Frau zu suchen, geändert hast?«

»Ich habe ihr beim Bogenschießen geholfen. Oder vielleicht bin ich ihrem Interesse an dir auf den Grund gegangen. Du bist derjenige, der sich wieder verheiraten möchte.«

Kurz riss Simon die Augen auf. »Mein Gott, nein. Sie ist viel zu jung. Ich bevorzuge eine Lady mit Erfahrung. Vielleicht eine Witwe.«

Nicks Blick schweifte zu Violet. Sie war eine Witwe. Auf gar keinen Falle würde er Simon in *diese* Richtung dirigieren. »Du solltest eine Frau nicht abwerten, nur weil sie jung ist. Du könntest vielleicht überrascht sein. Ich glaube, die anderen teilnehmenden, unverheirateten Damen sind ein bisschen älter.«

»Vielleicht ein klein wenig.« Simon starrte Nick an. »Guter Gott, du versuchst, Ehestifter zu spielen.«

»Schau nicht so verdammt überrascht drein. Du hast gesagt, dass du dich wieder verheiraten möchtest.«

»Ja, aber ich muss sie nicht unbedingt hier finden.« Er kniff die Augen ein wenig zusammen und dann drehte er den Kopf in Violets Richtung. »Lady Pendleton ist älter. Und eine Witwe. Und ziemlich attraktiv.« Er sah zu Nick zurück und sein Ausdruck war unverfroren. »Würde es dich quälen, angesichts eurer gemeinsamen Vergangenheit?«

Zum Teufel ja, es wäre sehr quälend. Die Vorstellung von ihr mit ihrem verdammten Viscount hatte Nick bereits geplagt. Aber ein Freund?

Sie ist deine Vergangenheit, nicht deine Zukunft.

Wie gewöhnlich hielt er seine Gefühle so im Verborgenen, wie nur möglich. »Ich weiß nicht. Es könnte ... merkwürdig sein.« Was für eine gottverdammte Untertreibung. Sie hier auf dieser Party zu sehen, hatte ihn erschüttert. Zum ersten Mal seit Jahren hatte er mit Menschen zu tun und er *fühlte*. Je schneller er von ihr fortkommen könnte, desto besser. Wenn sie Simon heiratete – Gott, der Gedanke daran versengte sein Inneres wie ein heißer Schürhaken – wäre sie für immer ein Teil seines Lebens. Er glaubte nicht, das ertragen zu können.

»Nun, merkwürdig ist ja nicht allzu schrecklich«, antwortete Simon freundlich.

Versuchte er, provozierend zu sein? Nick hielt einen weiteren finsteren Blick zurück und stählte seine Züge zu einer undurchdringlichen Maske. »Wirst du beim Wettbewerb schießen?«

»Ja, du kannst mich vielleicht beim Angeln übertreffen, aber ich wage zu behaupten, dich beim Bogenschießen zu schlagen.«

Nicks Blick schweifte wieder einmal zu Violet. Dieses Mal schaute sie ihn direkt an. Sie lächelte, und schnell drehte er das Gesicht von ihr weg. Er war grausam. Der Aufruhr toste in seinem Inneren, als er Simon betrachtete. »Das wirst du nicht«, entgegnete Nick leise als Antwort auf seine Herausforderung. »Bereite dich auf deine Niederlage vor.«

◡

Der Bogenschießwettbewerb nahm seinen Anfang mit den Frauen, und die Entfernungen zu den Zielscheiben waren etwas kürzer als bei den Männern. Violet trat gegen Miss Kingman, Lady Lavinia, Hannah und Lady Adair an, der einzigen Frau unter den Teilnehmerinnen, die über dreißig Jahre alt war.

Sie losten die Plätze mit dem Ziehen von Strohhalmen aus und Violet, die den kürzesten zog, war die Letzte. In der ersten Runde zielten sie alle auf die nächstgelegenen Zielscheibe. Alle außer Hannah trafen das Ziel und kamen in die nächste Runde. Sie lachte und lehnte sich zu Violet hinüber. »Du wirst sowieso gewinnen.«

Violet war sich nicht sicher – Miss Kingman bewies, obschon Anfängerin, einige Geschicklichkeit. Und Lady

Adair war dem Mittelpunkt der Zielscheibe ziemlich nahe gekommen. Es blieb abzuwarten, ob sie einfach Glück gehabt hatte, oder ob sie tatsächlich eine gute Bogenschützin war.

In der zweiten Runde, als sie zur nächsten, weiter entfernten Zielscheibe übergingen, schoss Lady Adair als Erste. Ihr Pfeil landete dieses Mal weiter außen auf der Zielscheibe. Als Nächste war Lady Lavinia dran, deren Pfeil für einen kurzen Moment gerade so im unteren Bereich der Zielscheibe steckenblieb, bevor er zu Boden fiel. Ein hörbares Gemurmel kam auf, das die Enttäuschung der Zuschauer zum Ausdruck brachte. Lady Lavinia grinste und antwortete mit einem Achselzucken, als sie dem Diener ihren Bogen übergab.

Miss Kingman nahm ihren Platz an der Startlinie ein, die mit einem breiten roten Band markiert war, das mit jeweils einem großen Stein an beiden Enden gehalten wurde, und hob ihren Bogen an. Tief einatmend zielte sie mit intensiver Konzentration und zwischen ihren Brauen pulsierte es. Violet wollte ihr sagen, die Sehne weiter hinten in ihren Fingern zu halten. Die junge Frau ließ ihren Pfeil fliegen, und er landete gut platziert im Ziel in einer besseren Position als der von Lady Adair. Ihre Leistung wurde herzlich bejubelt.

Ein Diener reichte Violet Pfeil und Bogen. Sie ging mit einem Lächeln an Miss Kingman vorbei. »Gut gemacht.«

»Viel Glück«, wünschte Miss Kingman ihr.

Violet nahm ihre Position ein und visierte das Ziel für einen Moment an. Sie versuchte, nicht zu viel zu denken, sondern nur zu fühlen. Auf diese Art und Weise hatte Onkel Bertrand es ihr beigebracht. Sie hob den Bogen, zog die Sehne zurück und atmete aus, als sie den Pfeil losließ. Er landete direkt neben Miss Kingmans.

Violet fühlte einen Rausch von Genugtuung über den Applaus und die Jubelrufe, die sie empfingen, als sie sich von der Zielscheibe abwandte. Sie suchte nach Nick und sah ihn an der Seite stehen. Er klatschte, aber nur kurz. Seine Gesichtszüge waren ebenso stoisch wie vor Beginn des Wettkampfes. Er schien wieder der Nick zu sein, der er vor zwei Tagen war, anstatt der Mann, mit dem sie gestern Abend ihre Zeit verbracht hatte. Dieser kurze Spaziergang hatte sie mit Glück erfüllt – und Hoffnung.

»Die letzte Zielscheibe«, verkündete Irving lautstark. »Wer dem Mittelpunkt am nächsten kommt, hat gewonnen!«

Lady Adair knickste vor den Gästen, bevor sie ihren Bogen nahm und zur Startlinie schritt. Sie hob ihre Waffe und visierte das Ziel für eine lange Minute an. Dann zog sie den Bogen und ließ den Pfeil los. Sie erreichte das fünfundvierzig Meter entfernte Ziel nicht.

Sie drehte sich mit einem schwachen Lächeln um und knickste noch einmal, bevor sie den Bogen an den Diener zurückgab.

Miss Kingman ging als Nächste an den Start. Als sie an Violet vorbeiging, lehnte diese sich zu ihr hin und flüsterte: »Versuchen Sie, die Sehne weiter hinten an Ihren Fingerknöcheln zu halten, anstatt vorn an Ihren Fingerspitzen. Das ist viel bequemer und wird Ihnen beim Zielen helfen.«

Mit einem überraschten Blick nickte Miss Kingman. »Danke.« Sie knickste vor den Gästen, dann nahm sie ihren Bogen und begab sie sich zu der Linie, wo sie noch länger als Lady Adair brauchte, um sich vorzubereiten. Sie hob ihren Bogen einmal an, um ihn erneut sinken zu lassen und ihre Haltung zu ändern. Beim zweiten Mal zögerte sie, doch nachdem sie die Augen zusammenkniff, gab sie, Violets Rat beherzigend, den Pfeil frei. Sie landete gefährlich nahe am Mittelpunkt der Zielscheibe.

Miss Kingman drehte den Kopf in Violets Richtung, die Augen vor Schreck geweitet und die Lippen zu einem Lächeln geformt. »Danke«, murmelte sie.

Violet dehnte die Hände, während die Besorgnis wie eine Spirale in ihr aufstieg. Vielleicht hätte sie Miss Kingman nicht helfen sollen. Als sie und Miss Kingman aneinander vorbeigingen, sagte Violet: »*Sehr* gut gemacht.«

Die junge Frau blinzelte mit dunklen, flatternden Wimpern. »Ich bin ziemlich schockiert. Es wäre nicht gerecht, wenn ich gewinne. Sie haben mir geholfen.«

»Ich habe Ihnen einen Rat gegeben. Der Schuss war allein Ihrer.« Violet warf Miss Kingman einen aufmunternden Blick zu, als diese eine Position mehrere Schritte zu ihrer Rechten einnahm.

Violet knickste vor den Zuschauern, ehe sie Pfeil und Bogen ergriff und sich zur Startlinie umdrehte. Sie richtete den Blick auf das Ziel und dachte bei sich, dass sie schon weiter geschossen hatte. Doch das war bereits eine Weile her.

Sie hob den Bogen an, atmete tief ein und stellte sich vor, wie der Pfeil genau den Punkt in der Mitte der Zielscheibe traf. Eine aufkommende Brise zauste die Bänder, mit der ihre Haube unter dem Kinn gehalten wurde und verspätet wünschte sie, dieses Ding abgenommen zu haben. Mit festem, aber entspanntem Griff zog sie die Sehne zurück und ließ ihren Pfeil fliegen.

Er landete in der absoluten Mitte. Sie hatte gewonnen.

Alle jubelten, als Violet sich umdrehte. Sie vollführte einen noch tieferen Knicks und ihr Mund formte sich zu einem breiten, unkontrollierbaren Grinsen. Sie konnte nicht anders, als Nick anzuschauen, doch die Menge hatte sich verschoben, und sie konnte ihn nicht gut sehen.

»Lady Pendleton hat als Siegerin einen Wunsch frei, den sie während der restlichen Dauer der Party einfordern kann«, verkündete Irving laut. »Gut gemacht, Lady Pendleton!«

Wieder applaudierten alle und Violet sank erneut in einen Knicks. Hannah eilte herbei und schloss sie schnell in die Arme. »Ich bin so stolz auf dich! Ich muss die

Herrenrunde überwachen.« Und schon stürmte sie wieder davon.

Die Zielscheiben wurden angepasst, und die gegeneinander antretenden Männer sammelten sich in der Nähe der Startlinie. Es würde ein weites Feld werden, das Simon, Nick und alle anderen anwesenden Junggesellen einschloss und dazu noch Sir Barnard, Lord Adair, Lord Colton und natürlich Irving Linford. Offenbar hatte Lord Balcombe Beschwerden mit seiner Schulter und konnte nicht teilnehmen.

Nachdem alle Strohhalme gezogen hatten, ging Mr. Seaver als Erster an den Start. Alle überstanden die erste Runde, da sie das Ziel getroffen hatten. Simons Pfeil war dem Mittelpunkt am nächsten und Violet freute sich, zu sehen, wie er dafür bejubelt wurde. Sie hoffte auf seinen Sieg, weil sie der Annahme war, dass dies zur Wiederherstellung seines Rufes nur förderlich sein konnte.

Doch das Pech ereilte ihn in der zweiten Runde, als sein Pfeil im äußeren Umfeld der Zielscheibe landete. Die drei Männer, deren Pfeile am weitesten im Außenfeld waren, wurden ausgeschlossen.

Er schüttelte den Kopf und stellte sich neben Violet. »Ich gebe dem Wind die Schuld. Seit Ihrem Schuss hat er sich verstärkt.«

Er hatte recht, denn die Bänder ihrer Haube flatterten nun ganz frei. Sie blickte zum Himmel und stellte fest, dass dunkle Wolken aufgezogen waren. »Ich denke, unsere Pläne für den Nachmittag zum Boccia sind möglicherweise ruiniert.«

Er sah ebenfalls auf. »Leider ja. Wir müssen uns wohl drinnen amüsieren.«

In Wahrheit war Violets Verstand bereits mit diesem Gedanken beschäftigt. Sie hatte einen Wunsch frei und sie wusste genau, was sie wollte. Heute Nachmittag musste sie nur das jüngere Grüppchen zusammenbringen.

Nick wartete, bis er an der Reihe war, und das war als Vorletzter. Mit unbewegten Gesichtszügen blickte er starr geradeaus.

»Nick scheint heute wieder ganz der Alte zu sein«, sagte Violet leise. »Ist etwas passiert, oder irre ich mich?«

»Ich bin mir nicht sicher«, antwortete Simon mit einem leichten Stirnrunzeln. »Er ist mit Lady Nixon und Mrs. Law zum Feld spaziert und dann hat er Miss Kingman beim Schießen zur Seite gestanden.« Er verstummte, als Lord Adair schoss. Dann drehte er sich Violet zu. »Es mag einfach anstrengend für ihn sein. Es muss schon Ewigkeiten her sein, seit er das letzte Mal in Gesellschaft gewesen ist.«

Ja, das könnte es sein. Zumal er Lady Nixons und Mrs. Laws Gesellschaft genossen hatte. Sie waren der Inbegriff von strapaziös. »Warum ist er so ein Eigenbrötler?«

»Er war in tiefer Trauer und ich glaube, er hat vergessen, wieder daraus aufzutauchen.«

Trauer. Ihre Gedanken schweiften unmittelbar zu seinem Bruder, doch dann fiel ihr ein, dass er auch Witwer war. »Wegen seiner Frau?«

Simon nickte grimmig. »Und seinem Sohn.«

Oh Gott, er hatte einen Sohn? »Das wusste ich nicht.«

»Das ist nicht überraschend«, gab Simon zurück. »Es steht mir nicht zu, diese Geschichte zu erzählen, aber Jacinda bei der Geburt zu verlieren und Elias so kurz darauf, war verheerend.« Seine Stimme war immer angespannter geworden und sein Gesicht immer blasser.

»Es quält auch Sie«, stellte sie leise fest und wollte ihn trösten. »Sie sind wirklich ein guter Freund.«

»Wir alle haben Schmerzen, oder etwa nicht?«

Ja, aber manche Menschen litten unter einer unglaublichen Tragödie, und allmählich ging ihr auf, wie Nick zum eisigen Herzog geworden war. Sie erkannte, dass Simon ein ähnliches Unglück erduldet hatte. Kein Wunder, dass er mit solch einem Mitgefühl über Nick sprach. Vielleicht waren sie deshalb so enge Freunde. Sie war froh, dass sie einander hatten.

»Das haben wir«, sagte sie.

»Worin bestehen die Ihren?«, fragte er.

Von dieser Frage aufgeschreckt, konzentrierte sie sich einen Moment lang auf den Wettbewerb. Lord Colton schoss, und sie applaudierte zusammen mit den anderen. Nick war als Nächster dran. Sie antwortete nicht, während sie zusah, wie er seine Position einnahm.

Seine Haltung war ausgezeichnet, die langen Beine gespreizt, die Muskeln unter der enganliegenden Reithose deutlich sichtbar. Er hob den Bogen, und sein Frack spannte sich um die Schultern, was bewies, dass er von Kopf bis Fuß gut gebaut war. Doch andererseits wusste sie das. Sie erinnerte sich, wie er sich unter ihren Händen anfühlte, so glatt und warm und hart.

Den Kopf geradeaus gerichtet, spannte er mit lockerem Griff den Pfeil und er segelte geradewegs ins Herz der Zielscheibe. Genau wie Amor, der sie vor acht Jahren ins Visier genommen hatte. Sein Pfeil hatte direkt eingeschlagen, und sie war ihm ganz und gar verfallen.

»Er ist es«, sagte Simon leise. »Ihr Schmerz.«

Sie drehte ihren Kopf ein wenig, doch sie konnte ihn nicht ansehen, als sie antwortete. »Ja.« Wie Nick hatte sie sich nach der Heirat mit Clifford verschlossen. Es war eine Art von Trauer, vermutete sie, da sie die einzige Liebe hatte vernichten müssen, die sie je gekannt hatte.

Die drei Herren, deren Pfeile am dichtesten ins Ziel getroffen hatten, gingen nun zur letzten Zielscheibe weiter. Neben Nick handelte es sich dabei um Mr. Seaver und Sir Barnard. Neben Simon stehend sah sie schweigend zu, als

Mr. Seaver zuerst schoss – sein Pfeil landete ziemlich nah am Mittelpunkt – und dann traf Sir Barnard in die Mitte. Die Menge jubelte und hielt kollektiv den Atem an, als Nick seinen Platz an der Startlinie einnahm.

»Wie kann er bloß gewinnen?«, fragte Violet, wobei sie angestrengt die Luft anhielt.

»Schauen Sie zu.« Simons Stimme war so warm wie ein Lächeln.

Genau das tat sie und als Nicks Pfeil Sir Barnards in zwei Teile spaltete, war sie schockiert und erstaunt.

Sie schnappte nach Luft.

»Ich glaube, wir haben einen Patt«, verkündete Irving.

Lord Colton schüttelte den Kopf. »Der Herzog sollte zum Sieger erkoren werden. Ganz sicher löst seine außergewöhnliche Fähigkeit, den Pfeil zu spalten, das Unentschieden auf.«

Während im Publikum angeregte Worte unter Nachbarn gewechselt wurde, nickte Simon. »Ich würde dieser Einschätzung zustimmen.«

Violet ebenfalls.

Und es schien, dass auch die Mehrheit dieser Meinung war, denn mehrere Zuschauer taten ihre Befürwortung mit Worten kund.

Irving warf Sir Barnard einen Blick zu, der eine Grimasse zog, jedoch mit einem subtilen Nicken anscheinend den Verzicht eines gemeinsamen Sieges andeutete. Mit einem breiten Grinsen ließ Irving den Blick suchend über die Menge schweifen, bis dieser bei Nick angelangte, und verkündete: »Es scheint, dass der Herzog von Kilve siegreich ist!«

Jubelschreie und Applaus waren zu hören. Mr. Seaver schüttelte Nick die Hand und grinste breit. Sir Barnard schüttelte auch seine Hand, doch er wirkte weit weniger begeistert.

»Man kann Sir Barnard seine Enttäuschung nicht zur Last legen. Das war ein seltener Treffer.«

»Was Nick anscheinend früher schon getan hat.« Sie drehte sich zu Simon um. »Sie haben damit gerechnet.«

Simon nickte. »Nick ist mit einem Bogen wie verhext. Nach der Party reisen wir zu meiner Jagdhütte weiter. Sie haben sein wahres Können noch nicht miterlebt, bis Sie nicht mit eigenen Augen erlebt haben, wie er einen Hirsch mit einem einzigen Pfeil zwischen die Augen niederstreckt. Schnell und schmerzlos. Gehen wir ihm gratulieren, einverstanden?«

Bevor sie protestieren konnte – sie fühlte sich aufgrund seines heutigen Gebarens unbehaglich – hatte Simon sie schon mit sich gezogen. Es dauerte einen Moment, bis sich die Menge um ihn herum so weit verstreute, dass sie zu ihm vordringen konnten.

»Gut gemacht«, lobte Simon und klopfte ihm auf die Schulter.

»Danke.« Nick wirkte nicht wie jemand, der gerade einen hart umkämpften Wettbewerb im Bogenschießen mit einem spektakulären Treffer gewonnen hatte.

Sie sah ihn zögernd an, skeptisch, wegen des Eises, das seinen Ausdruck verhing. »Das war unglaublich.«

»Herzlichen Glückwunsch zu Ihrem Sieg«, gab er ohne große Bewegtheit zurück. Das sagte jemand aus Höflichkeit und nicht, weil er sich wirklich für einen freute.

Violets Inneres krampfte sich zu einem Knoten zusammen. Sie war eine Närrin, wenn sie glaubte, dass es zwischen ihnen wieder so werden könnte, wie früher. Aber waren sie nicht einer Meinung, was Simon anbelangte? Sie hatte einen Plan für später und hoffte, dass Nick ihr bei der Ausführung helfen würde. Mit Simon neben sich konnte und wollte sie dieses Thema jetzt nicht erwähnen. Nicht, wenn Nick den Anschein erweckte, als wäre er aus Eis gemacht.

Dann trat Irving zu ihnen und packte Nick am Bizeps. »Zeit für das Siegesmahl!« Er drehte sich mit Nick um und sagte: »Das war ein brillanter Treffer. Wie machen Sie das nur?«

Nick wurde fortgerissen, und Simon setzte sich in Bewegung, um ihm zu folgen. Er bot Violet seinen Arm. »Kommen Sie mit?«

Sie sah Hannah ein paar Meter entfernt stehen und mit den Dienern sprechen. »Ich komme gleich nach. Ich möchte Hannah helfen.« Sie drehte sich um und schlenderte zu ihrer Freundin, denn sie brauchte ein paar Augenblicke zum Nachdenken.

In Hannahs Blick flackerte Überraschung auf, als sie Violet erblickte. »Gehst du nicht zum Haus?«

»Gemeinsam mit dir. Kann ich dir irgendwie helfen?«

»Nein, ich dirigiere nur die Aufräumarbeiten. Sie werden von hier übernehmen.« Lächelnd sah sie die Diener an und nahm Violet am Arm. »Lass uns gehen.«

Sie bildeten das Schlusslicht, als alle auf das Haus zugingen.

»Was für eine aufregende Veranstaltung!«, bemerkte Hannah eindeutig beschwingt. »Lady Nixon hat behauptet, dass es der aufregendste Bogenschießwettbewerb war, den sie je erlebt hat. Alle sind von dem letzten Treffer Seiner Gnaden tief beeindruckt.«

Violet wünschte, es wäre Simon gewesen. Es hätte ihm nicht nur geholfen, sondern sie war sich sicher, dass Simon glücklicher darüber gewesen wäre. Nick hatte so distanziert gewirkt wie immer. Doch nun wusste sie, warum – oder zumindest teilweise. Er hatte seinen Bruder verloren und seine Frau und sein Kind. Das würde jeden dazu bringen, sich wie eine leere Hülle zu fühlen, wo wahrscheinlich nicht einmal ein spektakulärer Sieg im Bogenschießen zur Verbesserung der Stimmung ausreichte. Was würde das schon bewirken können?

»Er schien nicht gerade überaus erfreut«, bemerkte Violet.

Hannah winkte ab. »Oh, das ist nur seine Veranlagung, so viel ist mir klar geworden. Man fragt sich, was in seiner Vergangenheit vorgefallen sein muss, um so etwas herbeizuführen.«

»Ich.«

Hannah wäre beinahe gestolpert, doch sie fing sich gerade noch. Ihr Kopf fuhr in Violets Richtung herum. »Wie bitte?«

»Nicht *nur* ich, aber ich war nicht hilfreich. Er hat eine große Tragödie erlitten.« Mehr würde sie nicht sagen, zumindest nicht über Dinge, die zu erzählen ihr nicht zustand.

»Was meinst du damit? Willst du damit sagen, du kennst ihn?«

Violet nickte. »Wir haben uns in dem September getroffen, bevor wir beide uns kennenlernten.«

»Du hast mir nie erzählt, dass du einen Herzog kennengelernt hast! Wir waren so nervös in der ersten Saison, obwohl du bereits eine Viscountess warst.«

»Damals war er noch kein Herzog.«

Hannah sah sie prüfend an, während sie weitergingen, ihr Arm tröstend mit Violets verschlungen. »Du glaubst, du bist der Grund dafür, warum er ist, wie er ist? Wie gut wart ihr bekannt?«

Violet verlangsamte ihre Schritte, bis sich ein gehöriger Abstand zwischen ihnen und den anderen gebildet hatte, die vor ihnen gingen. »Wie du weißt, haben mich meine Eltern zur Vorbereitung auf meine erste Saison nach Bath geschickt. Ich habe bei meiner Tante und meinem Onkel gewohnt.« Im Verlauf ihrer gesamten Kindheit hatte Violet die Sommer bei ihnen verbracht. Ohne eigene Kinder waren sie ganz vernarrt in Violet und ihren Bruder. »Ich habe Nick im Sydney Hotel getroffen. Er war damals Mr. Nicholas Bateman. Er war so gut aussehend und so geistreich. Ich war sofort verliebt.«

Und das war er ebenfalls. »Im Laufe von zwei Wochen verabredeten wir uns so oft wie möglich.«

»Du warst verliebt«, stellte Hannah leise fest und ihre Stimme war von Ehrfurcht unterlegt.

»Unsterblich. Er hielt um meine Hand an.«

Hannah schnappt nach Luft. »Was ist passiert?«

»Meine Eltern trafen ein und als ich ihnen erklärte, dass ich mich in Nick verliebt hätte, nahmen sie mich sofort mit. Ein Mister war nicht gut genug, nicht wenn ich hübsch und mit einer ausreichenden Mitgift ausgestattet war, um einen Adelstitel zu ergattern. In Wahrheit hatten sie schon einen Interessenten.«

»Clifford?«

Violet nickte. »Anstatt bis zum nächsten Frühjahr abzuwarten, arrangierte mein Vater unsere Verbindung und wir heirateten einen Monat später.«

»Du hast Nick nie wieder gesehen?«

»Nein.« Ihr Magen krampfte sich zusammen, und sie fühlte sich elend, wie so oft in den letzten Jahren. »Wir wollten uns an jenem Abend treffen. Es sollte ein Fest im Park stattfinden. Wir hatten über die bevorstehende Ankunft meiner Eltern gesprochen, und ich hatte ihn gewarnt, dass sie möglicherweise nicht mit unserer Eheschließung einverstanden seien. Er versicherte mir, dass er sie für sich gewinnen könnte. Ich zweifelte nicht daran, denn er war so charmant.« Für einen Moment rief sie sich in Erinnerung, wie er damals war – fröhlich und voller Hoffnung für die Zukunft. Der Herzog, den sie in dieser Woche getroffen hatte, war ein Fremder, ein Schatten jenes jungen Mannes. Wie sie sich wünschte, die Zeit zurückdrehen zu können und zu tun, was er ihr vorgeschlagen hatte. »Er scherzte, dass wir immer noch durchbrennen könnten, falls er versagte. Das hätten wir tun sollen.«

»Oh, Violet.« Mit ihrer freien Hand umschloss Hannah Violets und drückte sie mitfühlend. »Ich weiß, eure Ehe war nicht glücklich – wie konnte sie das auch, wenn man mit so einem Schürzenjäger verheiratet ist – aber jemanden geliebt und ihn verloren zu haben ... Ich wünschte, ich hätte es gewusst.« Kopfschüttelnd nahm sie die Hand von Violets, um mit einem Finger unter ihrem Auge entlang zu wischen.

»Ich habe meinen Eltern versprochen, es nie zu erzählen.«

Außerdem hatte Clifford ihr verboten, darüber zu reden. Nach ihrer Hochzeitsnacht, nachdem er erfahren hatte, dass sie keine Jungfrau mehr war, war er außer sich. Es war das einzige Mal, dass er sie im Zorn berührte und sie so heftig schubste, dass sie gegen den Schrank fiel. Sie hatte sich eine Beule und einen Tag lang Schwindel und Kopfschmerzen eingehandelt. Der Vorfall hatte einen Präzedenzfall für die Düsternis ihrer Ehe geschaffen. Bis er sicher war, dass sie nicht Nicks Bastard trug, hatte er sie nicht mehr angefasst. Dann hatte er sie wie eine Zuchtstute missbraucht, ohne Fürsorge oder Rücksicht. Als sie kein Kind bekam, erklärte er sie für vollkommen wertlos. Allerdings bedeutete das, dass er sie im letzten Jahr vor seinem Tod in Ruhe gelassen hatte.

»Es war auch einfacher, die Vergangenheit einfach zu verbannen«, fuhr sie fort und hasste es, wie die gräuliche Erinnerung an Clifford sie dazu brachte, aus ihrer Haut kriechen zu wollen. »Lange Zeit tat ich so, als wäre Nick nur ein Traum gewesen. Ich war in dem Glauben, mich selbst davon überzeugt zu haben, bis ich ihn hier sah.«

»Ich hatte keine Ahnung. Nie hätte ich ihn eingeladen, wenn ich gewusst hätte, dass dir dies Kummer bereiten würde.«

»Das tut es nicht.« Im Gegenteil, sie begrüßte die Möglichkeit, sich daran zu erinnern, dass er echt war. Sie war sich allerdings sicher, dass er genau das Gegenteil fühlte. »Ich bin mir nicht sicher, ob er gekommen wäre, wenn er gewusst hätte, dass ich hier bin. Er hasst mich – und das zu Recht – da ich ihn ohne ein Wort im Stich gelassen habe.« Sie erwähnte den Brief nicht, den sie geschrieben hatte. Da er ihre Erklärung nicht erhalten hatte, war es so als hätte sie ihn nie verfasst.

»Du liebst ihn immer noch.«

»Immer.«

»Hast du ihm das gesagt?«

Sie waren fast am Haus angelangt. Violet blieb stehen und drehte sich zu Hannah. »Nein, und das darfst du auch nicht. Niemand darf es wissen. Es ist ferne Vergangenheit.«

»Das ist es nicht. Nicht, wenn du ihn jetzt liebst … und er ist hier.«

Er wollte auch nichts mit ihr zu tun haben, abgesehen davon, Simon zu helfen. Das galt unter der Voraussetzung, dass er das immer noch tun wollte. Nach seinem Benehmen heute Morgen war sie sich nicht so sicher. »Versprich mir, diese Sache ruhen zu lassen. Es geht mir gut. Ich habe meinen Frieden damit gemacht, ihn zu lieben.«

Hannah runzelte die Stirn. »Ich glaube, es ist ein Fehler. Das Schicksal hat euch zusammengeführt.«

Violet lachte, aber es klang ein wenig hohl. »*Du* hast uns zusammengebracht.«

»Ich helfe dem Schicksal mit Freuden«, erklärte Hannah mit einem Lächeln. »Ich möchte nur, dass du glücklich bist, Violet. Du verdienst es mehr als irgendjemand sonst.«

»Ich bin glücklich«, versicherte Violet ihr. Sie drehte sich zum Haus um, und war bereit, dieses Gespräch und all die unangenehmen Erinnerungen, die es aufgewühlt hatte, hinter sich zu lassen. »Ich möchte sicher sein, dass Nick ebenfalls glücklich ist, wobei ich allerdings ziemlich überzeugt davon bin, keine Rolle dabei zu spielen.

CHAPTER 8

ick durchlitt das Siegesmahl, und bei jeder Gelegenheit, wenn seine Aufmerksamkeit zu Violet abschweifte, stählte er sich und trank einen Schluck Wein. Als Folge fühlte er sich weitaus entspannter – und wohler – als noch auf dem Bogenschießplatz.

Was allerdings nicht heißen sollte, dass er den Grund für seine miserable Stimmung vergessen hatte. Er machte die Zeit dafür verantwortlich, die er mit der giftigen Lady Nixon und Mrs. Law verbracht hatte. Aber er konnte Violets Rolle nicht ignorieren. Oder eher seine Reaktion auf Violet.

Simon saß neben ihr, was seiner Laune nicht gerade förderlich war. Sein Freund konnte doch nicht in romantischer Hinsicht an ihr interessiert sein, oder? Wenn ja, würde Nick vielleicht etwas sagen müssen. Er konnte nicht ertragen, die beiden zusammen zu sehen.

Aber was war, wenn es sie glücklich machte? Würde er dem ein Ende bereiten wollen?

Er griff nach seinem Glas, um einen weiteren Schluck Wein zu trinken und enttäuscht stellte er fest, dass es leer war. Glücklicherweise war das Mittagessen fast vorüber.

Danach würden sich die Gäste zerstreuen und Nick würde sich in sein Zimmer zurückziehen. Vielleicht würde er dort auch während des Abendessens bleiben.

Als sie sich erhoben, beugte sich seine Gastgeberin, die zu seiner Linken gesessen hatte, näher zu ihm. »Die Gruppe der jüngeren Gäste trifft sich heute Nachmittag im Ballsaal zu einigen Spielen. Sie *müssen* einfach teilnehmen.« Mrs. Linford sah flehend zu ihm auf.

Er wollte ihr sagen, gar nichts tun zu *müssen*, worauf er keine Lust verspürte, doch sie wirkte so eifrig, so erwartungsvoll, dass ihm die Widerworte auf der Zunge erstarben. Seit wann machte er sich Gedanken darüber, wenn er andere Menschen beleidigte?

Stattdessen forderte er sie heraus. »Warum?«

Von seiner Frage überrascht, zuckte sie leicht zurück und blinzelte. »Weil ... Es wird unglaublich unterhaltsam sein. Und Sie haben einen freien Wunsch beim Wettbewerb gewonnen. Das wird Ihre Chance sein, ihn einzufordern.« Sie lächelte breit. »Sehen Sie? Sie müssen kommen.«

Alle anderen Gäste hatten sich inzwischen aus dem Speisezimmer zurückgezogen und ihn mit Mrs. Linford allein gelassen. Möglicherweise, weil sie seine Unentschlossenheit erkannte, legte sie den Kopf schief. »Ich bin eine gute Freundin von Violet, wie Sie vielleicht wissen. Sie hat heute Morgen auch einen freien Wunsch gewonnen und es war ihre Idee, die Spiele zu veranstalten, weil wir nicht zum Boccia ins Freie gehen können.« Der Regen hatte kurz nach dem Bogenschießwettbewerb eingesetzt und seitdem nicht nachgelassen. »Es würde mir so viel bedeuten, wenn Sie ihr Vorhaben unterstützen könnten. Sie hatte so ein Pech gehabt, wissen Sie.« Sie hob die Hand zum Mund, während ihre Augen sich leicht weiteten. »Verzeihen Sie mir. Ich hätte das nicht sagen sollen.«

Die Neugierde gewann die Oberhand über sein Urteilsvermögen. Er sollte, wie geplant, auf sein Zimmer gehen, doch plötzlich konnte er sich nicht mehr rühren. »Was für ein Pech?«

»Ich hätte nichts sagen sollen.« Sie winkte ab, aber gleichzeitig senkte sie die Stimme verschwörerisch. »Das bleibt aber unter uns?« Auf sein Nicken hin fuhr sie fort. »Sie hatte eine ziemlich unglückliche Ehe – war mehrere Male schwanger und hat die Babys nicht austragen können – und solche Partys bringen etwas Freude in ihr einsames Leben.«

Sie war einsam?

Was für eine törichte Frage. Sie war allein. Das hieß jedoch nicht, dass sie einsam war. *Er* war nicht einsam.

Ihre Einsamkeit war nur ein Teil des Ganzen. Besorgniserregender war allerdings, was sie ertragen hatte. Als sie Bath ohne ein Wort verlassen hatte, war er zu ihrer Tante und ihrem Onkel gegangen, die ihm mitgeteilt hatten, dass sie fort war. Er fragte sie nach ihrer Adresse, aber Violets Tante hatte ihm geboten, sie zu vergessen. Ihr Onkel war viel gütiger gewesen. Es schien ihm aufrichtig leid zu tun, als er Nick informierte, dass sie Viscount Pendleton heiraten würde. Er hatte viel Energie darauf verwendet, ihr Unglück und Pech zu wünschen. Es schien, als hätte sich sein Wunsch erfüllt. Ja, er war verdammt verflucht.

»Es tut mir leid, zu hören, was sie erleiden musste. Ich hatte gehofft, dass ihre Ehe glücklich gewesen wäre.« Das war eine Lüge, aber im Nachhinein betrachtet, wäre es ihm angesichts seiner eigenen Mühsal lieber gewesen, wenn sie Zufriedenheit gefunden hätte.

»Wie ich schon gesagt habe, hätte ich ihre Geheimnisse nicht preisgeben dürfen. Sie werden nichts sagen, oder?«, bat Mrs. Linford händeringend.

»Das werde ich nicht.«

Erleichtert seufzte sie auf, und ihre Züge wurden gelöster. »Und Sie kommen in den Ballsaal?«

Es schien, als müsste er das wohl. »Ja.«

Sie lächelte herzlich und gemeinsam verließen sie den Raum. »Der Ballsaal ist hier entlang. Es ist kein richtiger Ballsaal, aber ein sehr großer Empfangsraum. Wir haben ihn schon für ein oder zwei Bälle benutzt.«

Als sie ankamen, war der Raum bereits von der jüngeren Gruppe, wie Mrs. Linford sie genannt hatte, bevölkert.

»Nun, dann werden wir uns beim Abendessen sehen.« Sie drehte sich zum Gehen um.

»Sie bleiben nicht?«

»Ich wünschte, das könnte ich, aber ich muss mich um die anderen Gäste kümmern. Die Pflichten einer Gastgeberin sind leider unendlich.« Mit einem zarten Winken rauschte sie in einem Wirbel flaschengrüner Röcke davon.

Nick betrat den Raum, und die Unterhaltung kam zum Stillstand.

»Endlich«, bemerkte Simon mit vorgetäuschter Unge-duld. Nick glaubte zumindest, dass sie vorgetäuscht war. »Sagen Sie uns, Lady Pendleton, was Sie geplant haben?«

Violet schaute sich unter allen Versammelten um und ihr Blick strich rasch über Nick hinweg. »Ich dachte, wir könnten ein paar Spiele spielen. Wir können mit ›Küss´ die Nonne‹ anfangen.«

Eine der jungen Frauen schnappte nach Luft und fuhr sich mit der Hand an den Mund, um ein Kichern zu verbergen.

»Da es mein freier Wunsch ist, wähle ich die Nonne und das Gitter.« Die Stirn in Falten gelegt, beäugte sie die ande-ren. »Ich wähle Lady Lavinia als Gitter und Miss Kingman als die Nonne.« Nun starrte sie Nick direkt an.

Zur Hölle und dem Teufel nochmal, sie würde ihn nicht als Sünder auswählen, oder etwa doch? Er hatte dieses Spiel schon ewig nicht mehr gespielt, aber er erinnerte sich verschwommen daran. Der Sünder versuchte, die Wange der

Nonne durch das Gitter zu küssen, welches die Hand von Lady Lavinia sein würde.

»Herzog«, sagte Violet, »da Sie den anderen freien Wunsch gewonnen haben, möchten Sie den Sünder wählen?« Ihr Blick war erwartungsvoll, und sie schien ihm etwas mitteilen zu wollen.

Er zappelte eine Minute lang, während sein Verstand nach einer Antwort suchte, bis er wie ein Dummkopf endlich begriff, was sie zu erreichen versuchte. »Ich wähle Romsey.« Er wandte sich mit einem verbindlichen Lächeln seinem Freund zu.

»Natürlich tust du das«, murmelte Simon. Er schwenkte zu den Damen herum und bot ihnen eine höfische Verbeugung dar. »Es ist mir ein Vergnügen.«

Violet schleppte einen Stuhl in die Mitte des Raumes, und einer der anderen Herren, Mr. Seaver, stellte einen weiteren daneben. Miss Kingman nahm auf einem Stuhl Platz und Lady Lavinia auf dem anderen.

Simon stellte sich ganz in ihre Nähe. »Sollen wir anfangen?«

Lady Lavinia hielt ihre gespreizte Hand vor Miss Kingmans Wange.

»Ach, diese Gitterstäbe, diese grausamen, grausamen Gitterstäbe!«, rief Simon klagend und ließ eine beachtliche gefühlvolle Tiefe in die Rezitation einfließen.

Gelächter erfüllte den Raum, und Simon grinste.

Oh, das war wirklich brillant von Violet. Nick war froh, dass er sich von Mrs. Linford hatte überreden lassen, herzukommen.

Miss Kingman schlug die Augen mit flatternden Wimpern zu Simon auf. »Sie sind nicht so eng, jedoch Sie könnten mir einen Kuss geben – einen Abschiedskuss!«

Sobald sie das Wort »Kuss« aussprach, beugte Simon sich hinab und versuchte, ihre Wange zu küssen. Lady

Lavinia schloss die Finger und stattdessen küsste er diese.

»Nehmen Sie das für Ihre schlechte Ausführung!«, rief sie aus und dann packte sie sein Ohr und zog daran.

»Au!«, muckte Simon auf und rieb sich das Ohr.

Lady Lavinia erbleichte. »Es tut mir leid!«

Simon drückte Miss Kingman einen Kuss auf die Wange. »Ha! Ich habe gewonnen!«

Miss Kingman sah ihn missbilligend an. »Das haben Sie nicht. Sie müssen warten, bis ich nochmals ›Ein Abschiedskuss‹ sage.«

Simon blickte sich unter allen anderen Anwesenden um. »Stimmt das?«

»Ich fürchte, ja«, antwortete Mr. Adair, ein schlaksiger junger Mann mit hellbraunem Haar, und lachte. »Ich schätze, Sie müssen es noch mal versuchen.«

Simon seufzte resigniert. »Also noch mal.«

»Das mit Ihrem Ohr tut mir wirklich leid«, sagte Lady Lavinia.

»Vielleicht habe ich meinen Schmerz übertrieben, um zu gewinnen.«

»Bravo!«, rief der dritte Herr, Mr. Woodward, aus.

Lady Lavinia kniff die Augen zusammen. »Sie haben geschummelt.«

Seine Augen funkelten vor Schadenfreude. »Ich habe meinen Vorteil ausgenutzt.«

Nick konnte nicht anders, als zu lachen. Alle drehten sich überrascht zu ihm um und erinnerten ihn damit daran, wie selten er lachte. Aber es war Violets Aufmerksamkeit, die sich in ihn brannte. Ihr Blick drückte Dankbarkeit aus und ein Lächeln umspielte ihren Mund. Er war gefangen.

»Jedenfalls hat es ein bisschen weh getan«, erklärte Simon und richtete sich auf.

Miss Kingman sah ihn kopfschüttelnd an, aber ihr halbes

Lächeln verriet, dass sie die Situation genauso amüsant fand wie alle anderen. »Ein Abschiedskuss!«

Simon trat ruckartig in Aktion und versuchte, einen Kuss auf ihre Wange zu drücken. Leider wurde sein Vorhaben wieder von Lady Lavinia vereitelt. Sie wiederholte den Satz: »Nehmen Sie das für Ihre schlechte Ausführung!«, doch dieses Mal berührte sie sein Ohr kaum.

Dennoch ließ Simon sich zu Boden fallen und tat so, als würde er sich quälen, indem er seinen Kopf packte und laut stöhnte. Dies wurde mit heftigem Gelächter und Applaus belohnt.

Lady Lavinia brachte ihren Part dieses Mal zu Ende und sah ihn an. »Wie können Sie es wagen, Ihre Küsse an kaltes Eisen zu verschwenden?«

»Sind sie verschwendet, wenn Sie sie genießen?«, fragte er schelmisch, als er sich auf die Seite rollte und dann wieder zum Stehen kam. Die anderen Herren lachten leise, und Nick prustete fast.

Lady Lavinia errötete und Simon überblickte die Szene mit den Händen in die Hüften gestemmt.

»Ich glaube, ich muss eine andere Strategie ausprobieren.« Er kniete neben Miss Kingman. »Gibt es auch eine Regel, die das verbietet?«

Den Kopf drehend zuckte sie zusammen, wahrscheinlich erkannte sie, wie nahe er war. Zu nah, um der Schicklichkeit Genüge zu tun, doch diese Art von Spielen führte zu einer Verschiebung der Grenzen der Akzeptanz. Deshalb waren sie so unterhaltsam.

»Nein«, antwortete Miss Kingman. Sie richtete ihr Rückgrat an der Stuhllehne gerade und sah nach vorn. »Ein Abschiedskuss!«

Obwohl er näher bei ihr war, gelang es Simon auch dieses Mal nicht, die Lippen auf ihre Wange zu drücken und stattdessen küsste er Lady Lavinias Fingerknöchel. Miss

Kingman wiederholt die Worte »Ein Abschiedskuss!« noch einmal.

Frustriert stöhnte er auf. »Wie lange muss ich noch so weitermachen?«

Miss Kingman wandte sich ihm mit einen hochmütigen Blick zu und spielte ihre Rolle in aller Perfektion. »Bis Sie mich küssen.«

»Oh, ich werde Sie küssen. Warten Sie mal ab.« Entschlossen blickte er sie an, bevor er wieder neben ihr kniete. »Noch einmal.«

Sie sah ihn für einen Moment an, ehe sie den Kopf nach vorn drehte. »Ein Abschiedskuss!«

Simon bewegte sich schnell, sein Körper bäumte sich vor ihrem auf. Er beugte sich vor und drückte seinen Mund auf ihren. Miss Kingman riss die Augen auf, doch das war beinahe sofort vorbei. Simon sprang mit einem Siegesschrei auf. »Das war nur gerecht, oder nicht?«

Lady Lavinia schüttelte den Kopf, doch trotz allem lachte sie. »Sie sollten ihre Wange küssen.«

»So hätte es nie funktioniert.« Simon bedachte Lady Lavinia mit einem strengen Blick, aber das Beben seiner Lippen verriet seine Belustigung. »Sie sind eine Plage, Gitter.«

Lady Lavinia vollführte einen Knicks. »Ich glaube, das heißt, ich habe gewonnen. Darf ich jetzt die Nonne sein?« Sie sah zu Violet.

»Ich habe keine Einwände. Miss Colton, wollen Sie ihr Gitter sein?«

Simon räusperte sich. »Und ich wähle Mr. Seaver als den Sünder.« Simon schwenkte zu Violet herum. »Es ist an mir zu wählen, habe ich recht?«

»Ich wüsste keinen Grund, warum nicht.«

Mr. Seaver gab sich sogar noch mehr Mühe bei dem Versuch, Lady Lavinia auf die Wange zu küssen. Nach sechs

Anläufen wies er Miss Colton darauf hin, dass eine Spinne auf ihrem Kopf säße. Sie kreischte und sprang auf, womit sie ihm freie Bahn ließ, um Lady Lavinia zu küssen.

Alle lachten immer noch, als Miss Kingman vorschlug, als Nächstes »Küsse, wenn du kannst« zu spielen.

»Ich bin nicht sicher, ob ich mich an das Spiel erinnere«, bemerkte Simon, der sich die Lachtränen aus den Augen wischte.

Nick war froh über seine Frage, denn er erinnerte sich auch nicht mehr daran.

»Ein Gentleman und eine Lady knien mit den Rücken aneinander«, erklärte Miss Kingman. »Wenn der Ausrufer ›macht euch bereit‹ verkündet, schaut die Lady über ihre linke Schulter und der Gentleman über seine rechte. Bei dem Wort *jetzt,* wird er sich vorbeugen, um ihre Wange zu küssen, und bei der Anweisung *feuern,* wird er sie zu küssen versuchen, aber sie kann sich seinen Bemühungen entziehen.«

»Wie bestimmen wir die Paare?«, wollte Mr. Adair wissen.

Violet trat an einen Tisch. »Ich habe Karten mitgebracht. Die hohen Karten, die von jedem Geschlecht gezogen werden, treten gegeneinander an.«

»Oder auch nicht, je nach Spielverlauf«, scherzte Simon.

»Ein ausgezeichneter Plan«, erklärte Nick und gesellte sich zu ihnen an den Tisch, wo sie das Kartenspiel in die Hand nahm. »Soll ich sie mischen?«

Sie reichte ihm die Karten, und ihre Finger streiften dabei seine Handfläche. Wie ein Tanz durchfuhr ihn diese Berührung und weckte Dinge in ihm, die viel zu lange geschlummert hatten.

Er mischte das Kartenspiel mehrere Male, während Simon und Mr. Adair die Stühle aus dem Weg räumten. Als er fertig war, legte Nick die Karten auf den Tisch.

Violet deutete mit einer Geste darauf. »Wenn sich jeder eine Karte nehmen möchte ...«

Die Damen zogen zuerst. Violet war die Letzte und ihr Blick begegnete Nicks, als sie ihre Karte zog. Ihre Gesichtszüge gaben ihr Los nicht preis. Es war wirklich zu schade, dass sie nicht gern Karten spielte. Sie wäre ein beeindruckender Gegenspieler.

Die Herren waren die Nächsten, und wie Violet zog Nick zuletzt. Einen König, und damit wäre er wahrscheinlich als Erster an der Reihe. Er wartete gespannt darauf, dass jeder seine Karte aufdeckte.

»Ich werde wohl nicht der Erste sein«, meinte Seaver. »Ich habe die Kreuz Zwei.«

Er warf seine Karte auf den Tisch. Alle anderen zeigten die ihren nun offen, und Nicks Blick wandte sich sofort zu Violet – die Königin. Beinahe hätte er gelacht, doch zuerst vergewisserte er sich, ob eine der anderen Frauen eine Königin hatte. Dem war nicht so, und es gab auch keine anderen Könige.

»Es sieht so aus, als ob es dich und Lady Pendleton getroffen hat«, stellte Simon fest. In seiner Stimme schwang der Anflug von etwas Unbestimmtem mit.

Mit einem Ruck drehte Nick den Kopf zu seinem Freund herum und nahm in seinem Blick das Glimmen eines Lächelns wahr. Er genoss diese Sache. *Er* spielte Ehestifter. Und er hatte Nick und Violet im Visier. *Verdammter Mist.*

Nick wollte wütend sein, doch er fühlte sich zu stark zu Violet hingezogen. Er hatte es gestern Abend und heute erneut gespürt, als Simon ihn gefragt hatte, ob es ihn stören würde, wenn er sie umwarb. Nick hatte seine Reaktion unterdrückt, denn er war eifersüchtig gewesen. Auf schockierende, sein Blut in Wallung bringende und verzweifelte Weise war er tatsächlich eifersüchtig.

Die Erkenntnis erschütterte ihn bis ins Mark.

»Wer soll der Ausrufer sein?«, fragte Simon.

»Warum nicht Mr. Seaver, weil er das Spiel ›Küss´ die Nonne‹ gewonnen hat?«, schlug Adair vor.

Als alle zustimmten, begaben Violet und Nick sich in die Zimmermitte.

»Ist Ihnen dies unangenehm?«, flüsterte sie.

»Nein.« Sein Puls beschleunigte sich. Sollte er sie küssen oder mit einem Fehlschlag scheitern?

Seine Vernunft schrie nach Letzterem. Und wirklich, es wäre das Beste. Die Eifersucht einmal beiseitegelassen, hatten Violet und er keine Zukunft, da ihre Vergangenheit so qual-voll gewesen war.

Und dennoch, als sie mit dem Rücken zueinander knie-ten, erschnupperte er ihren Rosenduft und ein erdiges Gewürz. Es war durch und durch weiblich, doch auch ein bisschen wild. Er hatte in den vergangenen acht Jahren keine Rose gerochen, ohne an sie gedacht zu haben. Sein Körper reagierte, indem er sich in ihrer Nähe aufheizte.

»Macht euch bereit«, kündigte Seaver an.

Nick sah über seine rechte Schulter hinweg und spürte eine Luftbewegung, als sie über ihre linke schaute.

»Jetzt.«

Nick beugte sich dicht an ihre Wange. Er konnte ihre Wärme spüren, und seine Haut kribbelte.

»*Feuern.*«

Er kam ihr näher, doch sie sprang auf. Instinktiv griff er nach ihr und schlang einen Arm um ihre Taille. Er zog sie wieder nach unten. Um sie vor einem Aufprall auf den Boden zu schützen, drehte er sich auf den Rücken und spreizte die Glieder, sodass sie auf ihm landete. Er legte die Hand an eine Seite ihres Gesichts und küsste sie, wobei er für einen kurzen, aber köstlichen Moment mit den Lippen über ihre streifte.

»Die Wange«, murmelte sie, den Blick mit seinem verschmolzen.

Er reckte sich höher und ließ den Mund über das weiche Fleisch ihrer Wange wandern. Seine Lippen verharrten vielleicht eine Sekunde zu lang, doch das kümmerte ihn nicht. Die Begierde strömte durch seinen Körper, und zum ersten Mal seit Jahren fühlte er sich *lebendig*.

»Gut gemacht!«, rief Simon, während er Beifall klatschte. Die anderen fielen in seinen Applaus ein. »Sollen wir noch einmal auslosen?«

Nick rollte Violet auf die Seite und schützte sie mit einem Arm davor, den Fußboden direkt zu berühren. Ihr Blick löste sich keinen Moment von seinem, während die Intensität in den Tiefen ihrer braun-grünen Augen seinen Hunger noch weiter schürte.

Er nahm sie bei den Händen und stand widerwillig auf, wobei er sie mit sich zog. Sie löste die Hände aus seinem Griff, doch sie wandte den Blick nicht ab.

»Bei dieser Runde braucht ihr nicht zu ziehen.« Simon kam auf sie zu. »Aber du musst das Feld räumen«, flüsterte er dicht an Nicks Ohr.

Aus seinem verzückten Rausch gerissen schlenderte Nick zum äußeren Bereich des Raumes. Violet folgte ihm, aber sie stand nicht zu nahe bei ihm, als die nächsten Spieler – Miss Colton und Mr. Woodward – ihre Plätze einnahmen.

Nick stahl sich einen Blick auf ihr Profil und fragte sich, ob der Kuss sie genauso beeindruckt hatte wie ihn. Dann fragte er sich, warum das von Bedeutung sein sollte. Wie er vorhin schon geschlussfolgert hatte, gab es für sie beide aufgrund ihrer Vergangenheit keine Zukunft.

Was ist mit der Gegenwart?

Nick wollte die innere Stimme ignorieren, obwohl sein Körper nach Erlösung schrie – nach ihr.

Aber er war verflucht. Und aus diesem Grund würde er sie in Ruhe lassen.

~

*A*m Abend schlug Violet mit Hannah nach dem Essen den Weg in den Salon ein. Das Abendessen war recht unspektakulär verlaufen, wobei der Großteil der Unterhaltung von Lady Nixon und Mrs. Law bestritten worden war. Violet hatte viel zu viel Zeit damit verbracht, Nick zu beobachten und an seinen Kuss zu denken. Immer und immer und immer wieder. Obwohl nur von kurzer Dauer, hatte er ihre acht Jahre zurückliegenden Erinnerungen weit übertroffen.

»Nur noch zwei ganze Tage«, bemerkte Hannah, als sie sich der Tür zum Salon näherten. »An solchen Abenden bin ich froh, dass die Party nur eine Woche dauert und nicht zwei. Ich bin erschöpft.«

»Und deine Mutter ist heute Nachmittag nach Hause zurückgekehrt?«, fragte Violet. Hannahs Mutter, Mrs. Parker, nahm gern an einem Teil der Party teil, aber da Hannahs Kinder in ihrem Haus in der Nähe von Bath weilten, wollte sie unbedingt zu ihnen zurückkehren.

»Ja, aber ich habe ja dich hier zur Unterstützung.« In ihren Augen leuchte es auf, und sie zupfte Violet am Ärmel, ehe sie sie vor der Tür zur Seite zog. »Bevor wir hineingehen, erzähl mir, wie dieser Nachmittag verlaufen ist. Ich habe nur Geraune gehört, aber es scheint, als hätte es großen Spaß gemacht.«

Es war sicherlich unvergesslich. Nach »Küsse, wenn du kannst«, hatten sie noch ein paar weitere Spiele gespielt. Aber nichts hatte ihren Kuss mit Nick in den Schatten stellen können. In Wahrheit konnte sie sich kaum an irgendetwas erinnern, was danach geschehen ist.

»Es war recht amüsant«, antwortete sie.

Hannah sah sie an und zog dabei eine Grimasse. »Was für eine banale Beschreibung. Gibt es nichts Aufregendes zu berichten? Erzähl mir zumindest, was ihr gespielt habt.«

»Bloß alberne Spiele.«

Hannah musterte sie skeptisch. »Das ist verdächtig. Es scheint, als würdest du etwas verheimlichen. Zwinge mich nicht, Lady Nixon und Mrs. Law zu bitten, den Einzelheiten auf die Spur zu kommen.«

Violet verdrehte die Augen. »Das würdest du nicht tun.«

»Nein, aber du bist so sonderbar!« Sie kam näher heran und senkte die Stimme. »Ist etwas Skandalöses vorgefallen?«

»Natürlich nicht. Wie ich schon sagte, gab es bloß alberne Spiele.« Violet verstand nicht, warum sie so geheimnisvoll tat – Nick hatte sie vor aller Augen geküsst, und es war wirklich nur eine Frage der Zeit, bis die Nachricht die Runde machte. In Wahrheit war sie ein wenig überrascht, dass dies nicht bereits geschehen war. Aber andererseits konnte die Sache während der Zusammenkunft nach dem Essen im Salon mit den Damen ans Licht kommen.

»Küss' die Nonne, Küsse, wenn du kannst und diese Art von Spielen«, antwortete Violet.

In Hannahs Blick flackerten Verständnis und Interesse auf. »Ich verstehe. Wer hat wen geküsst? Ich kann an deinem Verhalten sehen, dass etwas passiert ist.«

»Es wurden mehrere Küsse ausgetauscht.« Violet hoffte, dass die Hitze, die sie in ihren Wangen aufsteigen spürte, nicht offensichtlich war, doch dies war eine Wunschvorstellung und sie wusste es. »Ich wurde mit Nick, dem Herzog von Kilve, gepaart – in Küsse, wenn du kannst.«

»Und er war erfolgreich.« Hannah formte die Lippen zu einem breiten Grinsen. »Wie wundervoll.« Sie ernüchterte und in ihre Augen trat ein dunkler Schimmer. »Es war doch wundervoll, oder nicht?«

Mehr als wundervoll. »Der Kuss war auf die Lippen.«

Hannah machte runde Augen und hob eine Hand an ihren geöffneten Mund. »Nun, *jetzt* verstehe ich dein Zögern. Wie hast du es gemeistert?«

Glaubte sie etwa, Violet hatte die Sache eingefädelt? »Ich bin aufgesprungen, um ihm auszuweichen, und er hat mich nach unten gezogen. Wir haben das Gleichgewicht verloren und ich ... bin auf ihm gelandet. *Er* hat *mich* geküsst.« Sie sah Hannah mit schiefem Blick an. »Dieses Spiel wird *so* gespielt, wenn du dich erinnerst.«

»Wie fantastisch.« Sie senkte ihre Stimme, bis sie gerade noch ein Flüstern war. »Soll ich für dich ein Rendezvous vereinbaren? Ich weiß nicht, ob das schon mal jemand auf einer meiner Partys gemacht hat.«

Violet versuchte, sich das Lachen zu verkneifen und scheiterte. »Natürlich haben deine Gäste das getan.«

Hannah blinzelte. »Schätzungsweise waren sie ziemlich geschickt, da ich mir dessen nicht bewusst war.« Sie zuckte die Achseln und lächelte kurz, bevor sie einen Blick zum Salon warf. »Ich denke, ich sollte hineingehen.« Sie hörte sich resigniert an. »Aber wenn du Hilfe bei einer Liaison *brauchst*, musst du mich nur fragen.«

»Das werde ich nicht, aber vielen Dank.«

Hannah sah sie mit einem frechen Blick an. »Das kannst du nie wissen.«

Nein, das konnte sie nicht. Aber sie war sich nicht sicher, ob sie sich das vorstellen konnte. So viele Jahre hatte sie damit verbracht, sich danach zu verzehren, was hätte sein können. Die Vorstellung, dies könne nun in greifbare Nähe für sie gerückt sein, war einfach zu viel.

Violet betrat den Salon und fühlte sich sofort zu den jungen Frauen in ihrer kleinen Sitzecke hingezogen.

»Lady Pendleton, wir haben uns schon Sorgen gemacht, dass Sie nicht kommen würden«, bemerkte Lady Lavinia.

Violet ließ sich in dem freien Sessel zwischen Miss Colton und Lady Lavinia nieder. »Es ist wohl an der Zeit, denke ich, dass Sie alle mich Violet nennen.«

»Dann müssen Sie uns Lavinia, Sarah und Diana nennen.« Sie blickte nacheinander zu Miss Colton und dann Miss Kingman. Die beiden nickten zustimmend.

»Es wäre mir eine Ehre«, antwortete Violet.

Lavinia blickte hinter sich, in die Richtung, wo die älteren Matronen Hof hielten. Das aus dieser Richtung erschallende Stimmengewirr war so beständig wie immer, wie ein Bienenstock an einem heißen Sommertag.

»Wir hatten heute so viel Spaß«, stellte Lavinia, mit leuchtenden Augen überschwänglich fest.

»Oh ja«, pflichtete Sarah bei, deren Wangen ein bezauberndes Rosa angenommen hatten. »Ich gebe zu, mich nicht sehr angestrengt zu haben, Mr. Woodward in ›Küsse, wenn du kannst‹ zu entkommen«, sagte sie leise, aber in berauschter Aufregung.

Lavinia kicherte daraufhin. »Ich wusste es! Ich war mir sicher, dass der Herzog von Romsey mich erwischen würde, aber das hat er nicht getan. Vielleicht war er immer noch wütend auf mich, weil ich ihm ins Ohr gekniffen habe.«

»Er hat geschummelt«, stellte Diana mit einem leichten Schnauben klar.

»Er war nicht so schlimm wie Mr. Seaver, der behauptete, eine Spinne würde in meinem Haar sitzen«, warf Sarah ein und blinzelte sie an. »Ich hatte schreckliche Angst. Ich hasse Spinnen.«

Nach einer Sekunde des Schweigens brachen alle, einschließlich Sarah, in Gelächter aus.

»Oh verdammt«, murmelte Violet. Sie sah die anderen entschuldigend an. »Ich bitte um Entschuldigung. Aber seien Sie gewarnt. Lady Nixon und Mrs. Law sind im Anmarsch.«

Sarahs Augen weiteten sich vor Furcht ein wenig,

während Lavinia wagemutig ihr Kinn reckte. Währenddessen wirkte Diana so gelassen wie immer und ihre Gesichtszüge spiegelten nichts als ihre ruhige Gleichgültigkeit wider. Was die Wahrung des Scheins anbelangte, war sie wirklich beeindruckend.

»Die Damen hier amüsieren sich offensichtlich ausgezeichnet«, bemerkte Lady Nixon. »Erzählen Sie uns doch, was so amüsant ist.« Sie setzte ein breites Lächeln auf, doch in ihren Augen lauerte dunkel ihre boshafte Absicht. Zumindest dachte Violet das. Die Frau war skrupellos.

»Eigentlich ist es nichts«, antwortete Violet. »Bloß leeres Geplauder.« Beim Lächeln entblößte sie die Zähne, obwohl sie wusste, dass manche dies vulgär fanden, doch sie hoffte, Lady Nixon damit zu verstehen zu geben, dass sie sich nicht einschüchtern lassen würde.

Mrs. Law zwang sich, auf eine Weise zu lachen, die nichts mit Humor zu tun hatte, sondern einzig ein Versuch war, eine Situation in den Griff zu bekommen. »Ach, na los, Sie *müssen* es einfach verraten.« Sie richtete den Blick nun direkt auf Sarah, die auf ihrem Platz zusammenschrumpfte. »Unterhalten Sie sich über die Aktivitäten des heutigen Nachmittags? Es klingt, als seien sie sehr unterhaltsam gewesen.«

Violet wollte aufspringen und Mrs. Law von Sarah fortscheuchen. Vielleicht mit einem Schwert, da es so wirkte, als zielte die Frau aus strategischen Gründen auf Sarah ab und als befände sie sich in einer Schlacht.

»Das waren sie«, antwortete Sarah unsicher.

Lady Nixon setzte sich neben Sarah auf das kleinen Sofa. »Was haben Sie unternommen?«

»Wir, ähm, haben Spiele gespielt.«

Mrs. Law quetschte sich auf Sarahs andere Seite, obwohl kaum genügend Platz war. Das brachte sie ziemlich nah an

Violet heran – und wenn sie die Hand ausstreckte, könnte sie der übereifrigen Frau eine Ohrfeige verpassen.

»Was für Spiele?«, fragte Mrs. Law.

Sarah sah zwischen den beiden Frauen hin und her, die sie wie bei einer Belagerung umzingelt hatten. »Küss´ die Nonne.«

Mrs. Law klatschte in die Hände. »Entzückend! Wer hat wen geküsst? Sollten wir bestimmte Eltern aufmerksam machen?« Sie lachte laut auf und daraufhin kamen die übrigen Frauen ihrer Gruppe von der anderen Seite des Raumes herüber und bezogen um die Sessel und das Sofa herum Stellung. Violet kribbelte die Haut am Hals von der ganzen Aufmerksamkeit.

Sie beschloss, etwas Sinnvolles damit anzustellen.

»Alle Herren haben ein nobles Benehmen an den Tag gelegt und einen beneidenswerten Charme spielen lassen. Ich dachte, der Herzog von Romsey hat sich besonders gut eingebracht. Meinen Sie nicht auch, meine Damen?« Sie ließ den Blick über die anderen schweifen und forderte sie stillschweigend auf, sich ihrer Kampagne zur Rehabilitierung von Simon anzuschließen.

»Ohne jeden Vorbehalt«, pflichtete Lavinia bei. »Ich habe ihm bei ›Küss‘ die Nonne‹ etwas zu fest am Ohr gezupft, und er war ziemlich großmütig.«

»Tatsächlich?«, fragte Lady Nixon lachend. »Nun, das ist kaum etwas, was ein Gentleman nicht verdient hätte.« Sie tauschte einen Blick mit Mrs. Law, die, wie auch einige andere, ebenfalls lachte.

Violet begegnete Hannahs verzweifeltem Blick. »Sollen wir zurückkehren und Platz nehmen?«, schlug Hannah nervös vor. »Die Herren werden wahrscheinlich bald eintreffen.«

»Oh, und wir wollen sie doch nicht wissen lassen, dass

wir über sie plaudern«, antwortete Mrs. Law mit einem Glucksen.

»Aber wir tun doch nichts anderes«, gab Mrs. Stinnet hinter Dianas Stuhl zurück. »Meistens.«

Dies wurde mit noch mehr Gelächter aufgenommen. Sogar Lavinia lächelte.

Lady Nixon fixierte Violet mit einem durchdringenden Blick. »Sie scheinen ziemlich auf den Herzog fixiert zu sein. Ist es möglich, dass Sie eine Neigung für den ruinierten – pardon, den Herzog von *Romsey* haben?«

Violet biss die Zähne zusammen. »Das tue ich nicht. Allerdings hat er sich als ein netter und liebenswerter Gentleman erwiesen.«

»Außerdem war es der Eisige, der sie geküsst hat.« Lavinia fuhr im gleichen Moment zusammen, als ihr die Worte über die Lippen kamen. Sie warf Violet einen gequälten, entschuldigenden Blick zu.

»Tatsächlich?«, fragte Mrs. Law mit einer trügerisch melodischen Stimme.

Alle Köpfe schwenkten in Violets Richtung herum und die Erwartung stand ihnen in den Gesichtern.

»Es war bei ›Küsse, wenn du kannst‹, und wir haben die Partner ausgelost.« Violets Tonfall war bar jeder Leidenschaft und das kümmerte sie überhaupt nicht. »Oh, schauen Sie nur! Die Herren sind eingetroffen.« Sie grinste Mrs. Law an.

»Ausgezeichnet!«, erklärte Hannah, vielleicht einen Tick zu laut. »Begeben wir uns in den Ballsaal zum Tanzen!«

Lavinia sprang auf. »Ja, lasst uns gehen!«

Sarah schloss sich ihr an und das Ganze wirkte, als wolle sie den Frauen so schnell wie möglich entfliehen, die sie flankierten.

Die Herren mischten sich unter die Damen, und Violet hörte einen von ihnen fragen, warum alle Frauen sich in einer Gruppe zusammen gefunden hatten. Ehe sie die

Antwort hören konnte, entfernte sie sich bereits. Sie brauchte frische Luft.

Mit der Absicht, das angrenzende Wohnzimmer zu durchqueren, um zu einer Tür zu gelangen, die zum hinteren Garten führte, stahl sie sich von den anderen Gästen fort. Nun, von den meisten Gästen. Als sie sich der Tür näherte, bemerkte sie Nick, der mit verhangenem Blick in der Nähe des Kamins stand. Der heutige Abend war offensichtlich zum Grübeln vorgesehen.

Er drehte den Kopf und sein Blick fing den ihren auf. Sie zeigte mit dem Kinn zum Wohnzimmer und forderte ihn schweigend auf, ihr zu folgen.

Nach einem Moment des Zögerns, der ihre Irritation noch steigerte, löste er sich von seinem Platz am Kaminsims. Im Vertrauen darauf, dass er ihr folgte, setzte sie ihren Weg ins Wohnzimmer fort.

Nahe der Außentür drehte sie sich um. Er schritt auf sie zu, groß und gut aussehend in seinem schwarz-grauen Abendanzug. Die Hitze durchströmte sie und ließ jede Empfindung des nachmittäglichen Kusses zutage treten.

»Ich werde einen Spaziergang draußen machen.«

Er sah sie an. »Es ist kalt.«

»Ich brauche etwas frische Luft. Und ich muss mit Ihnen sprechen.«

»Sie bitten mich, Sie zu begleiten.« Das war keine Frage.

Also antwortete sie nicht darauf. Stattdessen schwenkte sie herum und marschierte ins Freie. Zu seiner Anerkennung, folgte er ihr.

Sobald sie draußen war, fand sie sich in nahezu völlige Dunkelheit getaucht. Die Beleuchtung vom Haus her spendete spärliches Licht, aber nicht genügend, um seine Gesichtszüge zu erkennen. Es sei denn, sie stünden nahe beieinander.

Er kam auf sie zu und streifte seinen Frack ab, den er ihr

wortlos um die Schultern legte. Unmittelbar versank sie in seinem würzigen Nelkenduft. Die Schauder, die ihren Körper wie elektrisiert erbeben ließen, seit er vom Wohnzimmer aus hinter ihr hergegangen war, nahmen an Intensität noch zu.

»Ich fürchte, dass unser Kuss nun allgemeine Bekanntheit genießt, aber deshalb wollte ich nicht mit Ihnen sprechen.« Sie schaute in sein Gesicht, das sie jetzt besser sehen konnte, da er ihr näher war. Dennoch konnte sie seine Gefühle über das gerade Erzählte nicht darin ausmachen. »Ich habe einen Plan für Simon«, erklärte sie.

»Tatsächlich?« Diese Frage rührte zu gleichen Teilen von interessierter Neugierde und Skepsis her.

»Er hat die jüngere Gruppe schon für sich gewonnen, aber Lady Nixon und Mrs. Law erweisen sich als eher grausam.« Sie machte sich nicht die Mühe, den ätzenden Tonfall in ihrer Stimme zu unterdrücken.

»Sie haben Sie ganz schön gründlich gepiesakt«, murmelte er.

»Sie sind von der übelsten Sorte. Ich gedenke, Hannah mitzuteilen, dass ich meine Teilnahme an weiteren Hauspartys verweigere, wenn sie anwesend sein sollten.« Sie schüttelte sich, und das hatte nichts mit der Kälte zu tun, sondern mit ihrem Zorn. Sie fühlte sich in seinen Frack eingehüllt, ehrlich gesagt, weitaus wärmer. Oder vielleicht war es nur seine Nähe, die ihre Körpertemperatur ansteigen ließ.

»Vielleicht verstehen Sie jetzt, warum ich solche Veranstaltungen meide«, sagte er leise und mit mehr als einem Anflug von Ironie.

»Durchaus.« Doch ihr war bewusst, dass er nicht nur deshalb der eisige Herzog war, um Mrs. Law und Lady Nixon aus dem Weg zu gehen.

»Wie lautet Ihr Plan für Simon?«, fragte er.

Violet holte tief Luft. Die kühle Nachtbrise füllte ihre Lungen und klärte ihre Verwirrung, bis sie nur noch dem tosenden Summen ihrer Anziehung zu ihm überlassen war. Sie kämpfte hart, es zu ignorieren.

»Ich würde ihn morgen in Wells gern wieder zu einem Helden machen.«

Verwundert legte er die Stirn in Falten. »Wie?«

»Er wird eine der Damen retten müssen. Ich dachte, eine von ihnen könnte während eines Marschs stolpern oder auf irgendeine Art von Hindernis stoßen.«

»Und er würde ihr helfen?«

Sie nickte.

»Sie müsste in unsere Pläne eingeweiht werden. Wer würde das tun?«

»Ich.«

Jetzt reagierte er. Seine Nasenflügel bebten, und sein Kiefer krampfte sich kurz zusammen, bevor er seinen Gesichtsausdruck wieder unter Kontrolle bekam. Er bemühte sich, seine Reaktion zu verbergen. Warum?

»Was ist daran falsch?«, fragte sie.

»Seine Frau ist durch einen Treppensturz gestorben. Wir müssen vorsichtig sein.«

»Noch ein Grund mehr, dass ich es sein sollte.«

Wieder spannte sich seine Kiefermuskulatur an.

Sie brannte darauf, in Erfahrung zu bringen, warum ihn das so aufwühlte. »Haben Sie einen besseren Vorschlag?«

»Noch nicht, aber ich lasse Sie wissen, wenn mir etwas einfällt.«

»Warum missfällt Ihnen dieser Plan?«

Er hielt den Blick an ihrer Schulter vorbei in die Dunkelheit des Gartens geheftet. »Das tut es nicht.«

Sie glaubte ihm nicht, aber sie war auch überzeugt, dass er ihr nicht die Wahrheit sagen würde. Vielleicht machte er sich bloß um Simon Sorgen. Sie hatte etwaige Ähnlichkeiten mit dem Tod seiner Frau nicht bedacht. »Was ist, wenn ich so tue, als würde ich krank und ohnmächtig werden?«

»Glauben Sie wirklich, das würde seinem Ruf zuträglich sein? Wie Sie schon sagten, scheinen Lady Nixon und Mrs. Law unverrückbar auf ihrer Meinung zu beharren.«

In der Tat, das taten sie. Die Frustration wallte in ihr auf und, die Lippen geschürzt, blickte sie direkt auf sein Halstuch.

»Bitte tun Sie das nicht.« Seine Stimme klang angespannt.

Ihr Blick schnellte zu ihm hoch. »Was?«

»Vergessen Sie es.« Er vermied, sie anzusehen.

Was, wenn er dasselbe Problem hatte wie sie? Was, wenn das Verlangen, das in ihr pulsierte, auch in ihm lebendig war? »Ich habe diesen Nachmittag genossen. Die Spiele«, stellte sie klar, nicht ganz mutig genug, um die ganze Wahrheit zu enthüllen: *Ich habe deinen Kuss genossen.*

»Ich entschuldige mich für das, was geschehen ist.«

Er bereute es? Sie gab nicht vor, als wüsste sie nicht, was er meinte. »Es tut Ihnen leid, mich geküsst zu haben? Nein, mir tut es nicht leid. Es tut mir nur leid, dass es so kurz war.« Sie sah zu ihm auf und mit ihrem Blick verschlang sie das Grübchen an seinem Kinn, den kantigen, verführerischen Winkel seiner Wangenknochen ... und wollte ihn mit ihrem Willen dazu bringen, sie anzusehen.

Endlich sah er ihr tief in die Augen. Eis und Feuer schienen in seinem Blick eine Schlacht auszutragen. »Es wird nicht wieder geschehen. Es gibt keine Zukunft für uns, Violet.«

Das Verlangen in ihrem Inneren schlug in eine anwachsende Wut um. »Gedenken Sie wirklich, den Rest Ihres Lebens allein zu verbringen? Warum sollten Sie sich wohl *entschließen*, der eisige Herzog zu sein?«

Er beugte sich vor, bis sein Gesicht nur wenige Zentimeter von ihrem entfernt war. »Das habe ich nicht. Der Name hat mich erwählt.« Für einen langen Moment verbanden sich ihre Blicke, ehe er die Augen niederschlug. Als er erneut sprach, hatte sich sein Tonfall abgekühlt. »Ob ich allein bin oder nicht, geht Sie nichts an.«

Die Bruchstücke ihres Herzens, seit so langer Zeit zerbrochen, schienen in ihrer Brust aufzuseufzen. »Sie sollten nicht allein sein. Sie haben Glück verdient.«

»Nun ja, wir bekommen nicht immer das, was wir verdient haben, oder? Wenn ich wieder heirate, wird es nicht aus Liebe geschehen. Märchenträume von einem glücklichen Leben bis in alle Ewigkeit sind nicht für mich bestimmt, Violet. Und für Sie auch nicht, vermute ich.«

Es war wie ein Schlag in die Magengrube. Sie schnappte nach Luft. Weil die Wahrheit in seinen Worten steckte. Sie hatte ihm so viel Unrecht zugefügt. »Nein, vermutlich sind sie das nicht.« Sie konnte ihre verhaltene Antwort kaum hören.

Das hätte das Ende bedeuten sollen, doch sie trug seinen Frack um ihre Schultern.

Sie fand den Mut, zu ihm aufzuschauen und war beim Anblick des heftigen Verlangens schockiert, das sie in seinen Augen entdeckte, ehe der Wall aus Eis wieder an Ort und Stelle rückte. »Ist das alles nur gespielt?«, fragte sie und ihre Verzweiflung brodelte an die Oberfläche.

»Was?«

Sie widerstand dem Drang, ihm einen Tritt zu versetzen. »Ihre Frigidität. Ich kann Anzeichen des Nicks sehen, den ich einmal kannte. Gerade wenn ich denke, dass Sie nicht wirklich der kalte Mann sind, für den Sie von allen gehalten werden, sind Sie abermals in Eis gehüllt. Was zum Teufel ist mit Ihnen los?«

Sein Kiefer zuckte und ihm wurde einfach überall heiß. »Alles«, knurrte er. »Mir ging es gut, bis ich zu dieser verdammten Party gekommen bin und *Sie* erblickte.« Wieder neigte er sich näher zu ihr. »Es gefällt mir nicht, wie ich mich wegen Ihnen fühle.«

Er war ihr so nah. Sie verzehrte sich danach, ihn zu berühren. »Wie kommt das?« Sie sprach ihre Frage mit leiser Stimme aus.

»Als ob ich mich nicht unter Kontrolle hätte.« Sein Mund war nur einen Zentimeter von ihrem entfernt.

Wenn sie sich vorbeugte, könnte sie ihn küssen ...

Er drehte sich jedoch von ihr weg und ging auf das Haus zu. Noch immer hatte sie seinen Frack.

Mit ein paar raschen Schritten versperrte sie ihm den Weg. Sie schüttelte das Kleidungsstück von ihren Schultern und hielt es ihm hin. Er nahm es nicht sofort, doch als er es tat, vermied er sorgfältig, ihre Hand zu berühren.

Ohne ein weiteres Wort verschwand er im Inneren des Hauses.

Violet stieß die Luft aus und der Atem rasselte in ihrer Brust. Sie erzitterte und ihr war bewusst, dass dies nicht nur an der Kälte lag. Als sie kurz die Augen schloss, hallten seine Worte in ihr nach, *als ob ich mich nicht unter Kontrolle hätte.*

Das entsprach genau ihren eigenen Gefühlen. Seit Jahren. Darüber hinaus war sie sicher, sich für immer so zu fühlen. Denn wenn sie irgendetwas kontrollieren könnte, würde sie sich dafür entscheiden, ihn nicht mehr zu lieben.

CHAPTER 9

»ier sind wir«, rief Simon aus, als sie am folgenden Nachmittag in Wells eintrafen.

Nick riss sich von seinen Gedankengängen los, die sich den ganzen Vormittag und gestern Abend nur um eines gedreht hatten: um Violet. Sie zu küssen, war ein törichter Fehler gewesen. Wenn er bei klarem Verstand gewesen wäre, hätte er das erkannt. *Wenn* er überhaupt bei Verstand gewesen wäre. Stattdessen hatte sein Körper die Führung übernommen.

Und das hatte dieser auch gestern Abend versucht, als er sie nach draußen begleitet hatte. Er war so nah dran gewesen, sie abermals zu küssen und vielleicht sogar über sie herzufallen.

Er hatte sich abscheulich benommen, aber scheinbar konnte er sich nicht beherrschen. Er begehrte sie. Er wollte sie nicht begehren. Es war eine verdammte Katastrophe.

Als er ins Haus zurückmarschiert war, hatte er sich direkt auf sein Zimmer und zu einer Flasche Whiskey begeben. Sie hatte ihn jedoch begleitet. Oder zumindest schien es so. Als er beim Hineingehen seinen Frack anzog, hatten ihre Wärme und ihr Duft ihn sofort eingehüllt. Diese Tortur war heftig und langwierig gewesen. Selbst jetzt roch er noch wilde Rosen und verzehrte sich nach einer Berührung, die er nicht haben konnte.

Allerdings war es so, dass er sie haben *konnte*. Er war sich ziemlich sicher, dass sie gestern Abend für ihn empfänglich gewesen wäre. Das hatte sie zum Ausdruck gebracht, als sie sagte, dass sie sich einen längeren Kuss gewünscht hätte. Beinahe hätte ihn das bis an die Grenze seiner Beherrschung katapultiert. Und darin lag sein verdammtes Problem. Er weigerte sich, die Kontrolle zu verlieren.

Als die Kathedrale in Sicht kam, zügelten sie ihre Pferde. Die anderen Gäste fuhren mit der Kutsche und würden bald eintreffen.

»Was ist dir gestern Abend passiert?«, fragte Simon.

Nick schnaubte. »Es hat ja lange genug gedauert, bis du endlich fragst.«

»Soll das heißen, dass du es mir unbedingt erzählen möchtest? Ausgezeichnet.«

»Nein, es bedeutet, dass ich dich kenne«, entgegnete Nick. »Dass du mich nicht sofort belagert hast, ist verblüffend.«

Simon dirigierte sein Pferd zum Schritt. »Während man so schnell reitet wie wir, ist es schwierig, eine Unterhaltung zu führen. Und da du den ganzen Morgen für dich geblieben bist, habe ich auf den richtigen Augenblick warten müssen. Hör auf, der Frage auszuweichen. Was ist gestern Abend passiert? Ich sehe, dass du schlechte Laune hast. Oder ist das alles auf den Unfug von gestern Nachmittag im Ballsaal zurückzuführen?«

»Können wir einfach nicht darüber reden?« Nick massierte sich den Nasenrücken.

»Das könnten wir natürlich, aber das wäre verdammt

langweilig. Ich muss einräumen, dass ich schockiert war, als du sie geküsst hast. Hast du dich selbst schockiert?«

»Ja.« Und nun hatte er das mit seiner ehrlichen Antwort gerade wieder getan.

»Wie wundervoll«, meinte Simon. »Und jetzt bist du wieder ins Brüten verfallen. Wütend ... glaube ich. Ich gehe davon aus, dass sie dich zurechtgewiesen hat?«

»Nein.« Sie hatte ihn im Gegenteil fast eingeladen, es noch einmal zu tun. Und genau das hätte er tun sollen.

Nein.

Simon grinste. »Das ist sogar noch besser.«

Missmutig sah Nick ihn an. »Nein, das ist es nicht. Ich habe dir gesagt, nicht darüber reden zu wollen.«

»In Wahrheit hast du gefragt, ob wir das Thema vermeiden könnten, was ziemlich höflich von dir war.«

»Du bist das Gegenteil von höflich.«

»Überhaupt nicht. Ich glaube, dass du dich besser fühlen wirst, wenn du darüber redest. Obwohl ich in Bezug auf die Vorfälle ein wenig verwirrt bin. Sie hat dich anscheinend nicht zurückgewiesen und dennoch scheinst du vollkommen verstört zu sein. Erkläre dich.«

Nick parierte sein Pferd vor der Kathedrale zu einem Halt und stieg ab. Die Frustration, die sich seit gestern Nachmittag in ihm aufgebaut hatte, explodierte wellenartig. »Was zur Hölle verlangst du von mir?«

Simon glitt zu Boden, die Augen für einen Moment geweitet. »Verdammt! Mann, es scheint dich wirklich erwischt zu haben. Was du tun sollst, ist offensichtlich, sollte man meinen. Sie will dich. Du willst sie. Ich denke, du weißt genau, was als Nächstes passiert.«

Ja, das wusste er und verflucht, sein Geschlecht machte sich allein beim Gedanken daran schon zuckend bemerkbar. Vor einer verdammten Kathedrale.

Tief sog er die kühle Herbstluft ein. Der Tag war

bewölkt, aber trocken und die Brise hatte das Laub um sie herum aufgewirbelt, als sie auf die Stadt zugeritten waren. Die Route war durch ländliche Idylle verlaufen, und wäre er nicht in so miserabler Laune, hätte es ein vergnüglicher Ausflug sein können.

Nick band sein Pferd an einen Pfosten. »Wir hatten unseren Moment vor acht Jahren und er ist vorbei.«

Prompt antwortete Simon. »Das ist das Lächerlichste, was mir je zu Ohren gekommen ist. Du hast eine zweite Chance. Was würde ich darum geben —« Mit einem harten Zug um den Kiefer verstummte er.

Zerknirscht stieß Nick die Luft aus. »Das ist nicht zu vergleichen«, gab er leise zu bedenken. »Violet hatte sich für einen anderen Weg entschieden.« Einen Weg, der zu Einsamkeit und Unzufriedenheit geführt hatte. Er konnte sich vorstellen, dass es sein Fehler war und ihre Zeit mit ihm ihr Unglück gebracht hatte. Er war verdammt noch mal verflucht.

Simon kam um sein Pferd herum und drehte sich zu einem Blick auf die Kathedrale um, die sich vor ihnen erhob. »Du wirst es bedauern, denke ich. Das Leben ist zu kurz. Du weißt das.«

Ja, das wusste er. Und ja, was würde er nicht für eine zweite Chance geben, Elias in seinen Armen zu halten. Und Jacinda. Dennoch musste er eingestehen, dass seine Gefühle für sie nie so stark gewesen waren, wie für Violet. Er schob dies auf seine damalige Jugend und Dummheit. Inzwischen war er weder das eine noch das andere, und deshalb würde er sein Herz fest bewachen.

»Ich bedauere einzig, den Menschen zu viel Nähe zu gestatten.« Er warf Simon einen verärgerten Blick zu. »Dich inbegriffen.«

»Unsinn. Ohne mich wärst du ein totales Ungeheuer, so bist du nur ein Scheusal.« Mit einem traurigen Blick näherte er sich Nick. »Ich glaube eigentlich überhaupt nicht, dass du das bedauerst. Du nimmst es dir übel, sie verloren zu haben, und endlich verstehe ich, dass du dir selbst die Schuld daran gibst. Alles ist ein Risiko. Wir lieben, wir verlieren, wir *fühlen*. Selbst wenn der Schmerz uns zum Weinen bringt.«

Nick hatte seit Elias Tod nicht mehr geweint. Er hatte sich geschworen, nie wieder eine weitere Träne zu vergießen. Und das bedeutete, jede Verwundbarkeit zu eliminieren.

»Du kannst nicht alles kontrollieren«, gab Simon zu bedenken. »So sehr wir eine Sache auch wollen, ist am Ende alles ein Chaos.«

Nick konnte ihm nicht widersprechen. Lang unterdrückte Gefühle schnürten ihm die Kehle zu, doch er zwang sich, den Kloß hinunterzuschlucken. »Ich hasse das.« Er war nicht in der Lage gewesen, irgendetwas zu kontrollieren. Alle waren sie gestorben – sein Bruder, sein Onkel, Jacinda, Elias.

»Ich verstehe.« Simon kam auf ihn zu und packte ihn am Bizeps. »Deshalb trinke ich nicht mehr. Ich hatte mich nicht unter Kontrolle … damals.« Er ließ die Hand sinken. »Wäre ich …«

Die unausgesprochenen Worte hingen in der Luft – er hätte Miriam retten können, wäre er nicht betrunken gewesen. Wohingegen Nick keinen der seinen hatte retten können. Mit Ausnahme von Jacinda. Seit sie bei Elias Geburt gestorben war, machte er sich Vorwürfe.

»Ich kann nicht zurückgehen und die Dinge ändern«, erklärte Simon und riss Nick in die Gegenwart zurück. »Ich kann nur andere Entscheidungen treffen. Und ich entscheide mich zu *leben*.« Er nagelte Nick mit einem intensiven Blick fest.

Nick blinzelte ihn langsam an. »Ich wähle, nicht zu fühlen.«

Simon warf die Hände in die Luft. »Du bist hoffnungslos.«

»Würde es dich überraschen, zu erfahren, dass ich überlege, wieder zu heiraten?« Vielleicht war es die Hingezogenheit, die er zu Violet fühlte. Oder vielleicht war es die Tatsache, dass er seinen Gefühlen erlaubt hatte, sich wieder zurück zu schleichen, seit er zu dieser verdammten Party gekommen war. Vielleicht war es Violets Forderung, dass er nicht allein sein sollte. Was immer der Grund dafür war, würde er wieder heiraten, vorausgesetzt, seine Braut würde die Bedingungen akzeptieren.

»Zum Teufel ja, das würde mich überraschen.« Skeptisch legte Simon den Kopf schief. »Ehrlich gesagt glaube ich dir nicht. Gerade hast du gesagt, dich entschieden zu haben, nicht zu fühlen.«

»Zum Heiraten muss ich nichts fühlen.«

Simon hustete. »Erzähl das deiner Frau!«

»Das werde ich. Sie wird verstehen, dass ich sie nie lieben werde. Im Gegensatz zu deiner Behauptung bin ich nicht wirklich ein Ungeheuer.«

»Nein, du bist ein unsensibler, selbstsüchtiger Mistkerl. Nichtsdestotrotz wirst du wahrscheinlich keine Schwierigkeiten haben, jemanden zu finden, der deine Bedingungen akzeptiert. Du bist ein Herzog und obendrein ein Unberührbarer. Viele Frauen würden ihre Seele an den Teufel verkaufen, um deine Herzogin zu werden.« Er runzelte die Stirn. »Wenn ich noch einmal darüber nachdenke, könnte ich mich irren. Sonst wäre ich bereits wieder verheiratet.«

Nick wusste, dass Simon versuchte, wieder ein bisschen Lockerheit in die Unterhaltung zu bringen, wenn das überhaupt möglich war. »Es war nicht meine Absicht, so eine gefühlsselige Richtung einzuschlagen«, entgegnete Nick. »Bitte entschuldige.«

»Die hatte ich auch nicht. Ich versuche nur, dein Freund zu sein. Ob du das nun willst oder nicht, mache ich mir Sorgen um dich. Und ich weiß, dass du ebenso empfindest.«

Er sah Nick mit einem schüchternen Lächeln an. »So viel zu deinem Vorhaben, die Gefühle zu ignorieren. Komm schon, die Kutschen kommen an. Wir müssen unsere ›Hausparty-Gesichter‹ aufsetzen.«

Nick nickte. Er mochte Simon. Und wenn Violet ihn irgendwie zum Helden des Tages machen könnte, würden seine Wünsche vielleicht wahr werden. *Das* würde Nick glücklich machen.

Sie strebten genau in dem Moment auf die Kutschen zu, als Violet mit Hilfe eines Knechts ausstieg. Sie trug ein dunkelblaues Tageskleid mit einem reich verzierten, kurzen, braunen Jäckchen. Die blonden Locken umspielten ihre Schläfen unter der Krempe ihres modischen Hutes. Sie war schön und er begehrte sie jetzt ebenso heftig, wie gestern Abend.

Es war verdammt gut, dass diese Party nach morgen vorbei sein würde.

~

*A*ls Violet aus der Kutsche stieg, fiel ihr Blick unmittelbar auf Nick. Er stand neben Simon – die beiden waren vorausgeritten – etwa zwanzig Meter entfernt. Er sah zerzaust aus und machte in seiner Reitkleidung eine sehr gute Figur und ihr Körper reagierte mit einer plötzlich aufwallenden Wärme.

Nein. Sie würde keinen weiteren Tag damit verbringen, nach Nicholas Bateman zu schmachten. Oder besser, dem eisigen Herzog. Er hatte seine Entscheidung klar ausgedrückt – er wollte allein sein. Nun, sie würde ihn gewähren lassen.

Diana, gefolgt von ihrer Mutter und Hannah, tauchte aus der Kutsche hinter der ihren auf. Letztere bogen auf ihrem Weg zu einer anderen Gruppe von Damen ab, die aus einer weiteren Kutsche ausgestiegen war, woraufhin Violet und Diana gemeinsam auf den eindrucksvollen Westeingang zugingen.

Die jüngere Frau lenkte den Blick zur Seite, in die Richtung von Nick und Simon. »Die Herzöge sind hier.«

»Ja.« Violet war nicht gerade interessiert daran, sich über sie zu unterhalten. Stattdessen sah sie zu der eindrucksvollen Fassade auf. »Die Kathedrale ist wundervoll.«

»In der Tat. Ich habe die Kathedrale in Canterbury besucht. Sie ist größer als diese hier, glaube ich.«

»Wo Thomas Becket umgebracht wurde?«, fragte Violet. »Was für ein schauriges Ereignis. Ich glaube nicht, dass Wells irgendetwas derartig Beunruhigendes zu bieten hat.«

»Nein, aber ich habe gehört, dass die Bibliothek ausgezeichnet sein soll und der achteckige Kapitelsaal ist von ganz besonderer Bedeutung.«

»Ich freue mich darauf, ihn zu besichtigen«, antwortete Violet. »Was hoffen Sie, heute zu unternehmen?«

»Nichts Bestimmtes.« Wieder warf Diana den Herzögen einen Blick zu. »Kann ich Sie etwas fragen? Ich fürchte, dass es möglicherweise ein wenig forsch klingt.«

Neugierig geworden betrachtete Violet ihr Profil. Sie schien gelassen wie immer und ihre Miene verriet nichts. Vielleicht würden Nick und sie gut zusammenpassen, dachte sie ein bisschen säuerlich. Auf sich selbst wütend, solch lieblose Gedanken zu hegen, stieß sie heftig die Luft aus. »Ja, Sie können mich alles fragen. Ich werde Ihnen nach meinen besten Möglichkeiten antworten.«

Diana wandte kurz den Kopf. Ihr Blick war leicht besorgt. »Ist da … Ist etwas zwischen Ihnen und dem Herzog von Kilve?«

Ein Schauder ließ Violet erbeben und sie bemühte sich, den gelassenen Ausdruck ihrer Gefährtin nachzuahmen. »Nein.« Das war die absolute Wahrheit. *Jetzt.*

»Oh. Ich habe mich gefragt ... nach Küsse, wenn du kannst. Als er Sie auf den Mund geküsst hat.«

»Ich denke, er hat einfach die Regeln vergessen.« Und sie war unendlich dankbar. Nur diesen einen Kuss zu haben – selbst, wenn es der letzte war – bedeutete ihr alles. »Der Herzog von Romsey hat Sie auf den Mund geküsst, aber da ist nichts dabei, oder?« Violet wollte nicht taktlos sein, aber sie wollte klarstellen, dass der gestrige Kuss *nichts* bedeutet hatte.

»Natürlich nicht«, antwortete Diana eilig. »Ich habe mich nur gewundert, als Sie und der Herzog von Kilve gestern Abend für eine Weile verschwunden waren.«

Verdammt. Violet hatte gehofft, dass niemand etwas bemerkte. Nach ihrem Austausch mit Nick im Freien war sie im Ballsaal erschienen, doch er war nicht mehr aufgetaucht. Es hätte verdächtiger gewirkt, wenn sie beide erschienen wären und sie war über sein Fortbleiben erleichtert gewesen. Zumal sie auch unsicher gewesen war, ob sie es im gleichen Raum mit ihm ausgehalten hätte, nach dem, was er zu ihr gesagt hatte. Die Gewissheit, ihn dazu gebracht zu haben, sich außer Kontrolle zu fühlen, ohne etwas dagegen zu unternehmen, war zum Verrücktwerden. »Ich war für einige Minuten nach draußen gegangen. Ich habe keine Ahnung, wohin der Herzog gegangen ist. Es hat den Anschein, als ob ihm nichts am Tanzen liegt.«

Das war allerdings damals nicht der Fall gewesen. Während ihrer Liebesaffäre hatte er mehrere Male mit ihr getanzt und damals war er ein wundervoller Tänzer gewesen. Sie fragte sich, ob er den Walzer tanzte. Wahrscheinlich nicht.

»Danke für Ihre Aufrichtigkeit«, sagte Diana und veranlasste Violet damit, sich innerlich zu winden. »Meine Eltern würden es sich von ganzem Herzen wünschen, wenn ich eine Verbindung mit ihm einginge. Von mir wird erwartet, heute einige Zeit mit ihm zu verbringen.« Sie warf Violet ein schüchternes Lächeln zu. »Ich bin ganz und gar nicht sicher, wie ich das anstellen soll, fürchte ich. Er scheint an Brautwerbung nicht sonderlich interessiert zu sein.«

Violet hatte ihm versprochen, sein Desinteresse an einer Heirat bekannt zu machen. »Nein, das ist er nicht.«

»Ich habe gehört, seine Frau und sein Kind seien gestorben«, bemerkte Diana. »Das ist so tragisch. Es ist verständlich, dass er so reserviert ist, und sich vielleicht scheut, wieder zu heiraten.«

»Ja, das vermute ich einmal.« Vielleicht verstand Diana ihn besser als sie. Doch andererseits hatte sie den Vorteil, ihn aus der Zeit zu kennen, bevor die Tragödie ihn ereilt hatte. Er war ein anderer Mensch gewesen. Diesen Mann – den eisigen Herzog – mochte sie nicht. Und das war vielleicht überhaupt das Schmerzhafteste. Der Nick, den sie geliebt und von dem sie fantasiert hatte, war nun ein ewiger Traum.

Violet drehte sich zu Diana, als sie sich dem Eingang der Kathedrale näherten. »Würden Sie mit jemandem wie ihm glücklich sein?« Wieder fragte sie sich, ob die beiden mit ihrem distanzierten Benehmen und sorgfältig konstruierten Äußeren nicht perfekt zusammenpassen würden.

»So glücklich, wie ich sein könnte, denke ich.«

Was für eine enigmatische Antwort.

»Guten Tag, Myladys«, begrüßte Simon sie.

So vertieft, wie sie in ihre Unterhaltung mit Diana war, hatte sie sein Näherkommen nicht bemerkt. »Guten Tag.« Sie knickste vor ihm und dann vor Nick, obwohl sie ihn nicht ansah. Sie konnte nicht.

»Darf ich Sie nach drinnen begleiten?« Simon bot Diana seinen Arm.

»Ehrlich gesagt, Herzog«, sagte Violet, und ergriff die Gelegenheit, Diana bei ihrem Vorhaben zu helfen. »Würde es

Ihnen etwas ausmachen, mich zum Kapitelsaal zu begleiten? Ich bin gespannt darauf, ihn zu besichtigen.«

»Es wäre mir ein Vergnügen«, entgegnete Simon galant, und bot Violet seinen Arm dar.

Nun hielt Nick seinen Arm für Diana hin und die beiden traten zuerst in die Kathedrale ein, wo sie die Richtung zu einem Gang auf der rechten Seite des Kirchenschiffs einschlugen.

»Ich glaube, der Kapitelsaal ist hier entlang«, bemerkte Violet, während sie mit dem Kopf nach links deutete.

Simon führte sie in diese Richtung und warf ihr einen verwirrten Blick zu. »Warum haben Sie das getan?«, fragte er.

»Was getan?«

»Miss Kingman mit Nick zusammengebracht. Tun Sie etwa so, als seien Sie begriffsstutzig?«

Violet ignorierte seine Frage. »Ihre Eltern erhoffen sich eine Verbindung.«

Simon schüttelte den Kopf. »Ich verstehe weder Sie noch Nick. Ganz eindeutig begehren Sie beide einander, Sie sind vielleicht sogar ineinander verliebt und dennoch fliehen Sie in die entgegengesetzte Richtung.«

Violet ließ den Blick zu Nick und Diana schnellen. Er schien ... aufmerksam. Die Eifersucht beschlich sie. »Nick hat seine Position klar gemacht. Was wir miteinander hatten, ist Vergangenheit.«

»So sagt er«, entgegnete Simon mit einem Schnauben. »ich habe ihn gestern gesehen, als er Sie im Ballsaal geküsst hat. Das ist nicht die Handlungsweise eines Mannes, der nichts empfindet. Es ist mir egal, was er sagt.«

Sie hatte das Gleiche gedacht, doch hinsichtlich ihrer Zukunft hatte er sich absolut unmissverständlich ausgedrückt – es gab keine. Sie stahl sich einen weiteren Blick auf ihn und dann lenkte sie ihre Aufmerksamkeit ruckartig auf die Stufen zurück, die in den Kapitelsaal führten. »Ich habe ihn acht

Jahre lang geliebt und mich an eine Fantasie geklammert, die ich nie für möglich gehalten habe. Ihn bei dieser Hausparty anzutreffen, erschien mir, als würde das Schicksal mir eine zweite Chance geben, aber dem soll nicht sein. Ich muss ihn loslassen.«

»Nick ist ein Idiot«, murmelte er.

In diesem Punkt konnte sie ihm nicht widersprechen. »Achten Sie auf die Treppenstufen.« Violet war froh, das Thema zu wechseln. »Sollen wir in den Kapitelsaal hinaufsteigen?«

»Ja, gehen wir.«

Als sie die Stufen hinaufstiegen, dachte Violet an ihr Vorhaben, Simon zu helfen. Vielleicht konnte sie im Kapitelsaal in Ohnmacht fallen. Sie schaute sich verstohlen um, ob ihnen jemand gefolgt war, aber enttäuscht musste sie feststellen, dass dem nicht so war.

»Hören Sie auf, sich nach Nick umzuschauen«, gebot Simon brummig. »Er verdient Ihre Aufmerksamkeit nicht.«

»Das habe ich eigentlich nicht getan. Es scheint, als seien wir allein.«

Er warf ihr ein verschmitztes Lächeln zu. »Wie skandalös.«

Sie lachte leise, während sie die letzten Stufen erklommen. Der achteckig geformte Raum lag vor ihnen. Eine Mittelsäule trug die geriffelte, gewölbte Decke. Fenster mit kunstvollen geometrischen Verzierungen zogen sich an den Wänden des Raumes entlang und darunter waren Nischen, die mit einer Reihe von Skulpturen ausgefüllt waren. Es war zauberhaft.

»Ich verstehe, warum Sie herkommen wollten«, meinte Simon.

Sie ließ seinen Arm los und schlenderte zu einer der Nischen. Sie enthielt den Kopf eines lächelnden Kindes. Sie wagte nicht, den antiken Stein zu berühren, doch sie betrach-

tete ihn eingehend, und bewunderte die von den Stein-
metzen geschaffene Schönheit. »Dies muss so viel Zeit
gekostet haben. All diese aufwändigen Skulpturen – und dies
ist nur ein kleiner Teil des Gebäudes.«

»In der Tat.« Simon stand ein paar Nischen weiter. Er
ließ seine behandschuhten Finger über die Figur eines Geist-
lichen gleiten. »Es ist zauberhaft.«

Sie verweilten noch eine Zeitlang und gingen aneinander
vorbei, während sie den achteckigen Raum in ihrem eigenen
Rhythmus umrundeten. Die Erkundung besänftigte Violets
Stimmung. Sich inmitten eines großen Meisterwerks spektakulärer Ingenieurskunst zu befinden, ließ sie demütig werden
und eröffnete willkommene Perspektiven. Sie hatte ohne
Nick überlebt und würde das auch weiterhin tun, ebenso,
wie dieser fünfhundert Jahre alte Raum.

»Sind Sie bereit, weiterzugehen?«, fragte Simon, der nahe
dem oberen Treppenabsatz stand.

»Ja.« Sie trat zu ihm und er bot ihr seinen Arm. Als sie
die Stufen hinabstiegen, hoffte sie, sie würden jemandem im
Kirchenschiff begegnen, damit sie ihren Plan, einen Helden
aus ihm zu machen, in die Tat umsetzen konnte.

Er *war* ein Held, entschied sie. Seine Zuneigung zu Nick
– und zu ihr – machten ihn zu einem außergewöhnlichen
Mann.

Auf der letzten Stufe vor dem Treppenabsatz, von dem
weitere Stufen zum Kreuzgang abzweigten, rutschte ihr
Absatz ab. Sie stolperte und ihre Beine gaben nach, als sie
nach vorne taumelte.

Und Simon hielt sie nicht fest.

Sie fiel auf den Stein und fing mit den Händen den Sturz
ab, sodass sie nicht mit dem Gesicht auf dem Boden landete.

»Mein Gott, *Violet.*« Im Nu war Simon an ihrer Seite
und drehte sie auf den Rücken herum.

Sie blinzelte zu ihm auf und versuchte, ihre Fassung

wiederzuerlangen. Ihr Herz schlug wie wild und sie fühlte sich überall ganz zittrig. Sie schloss die Augen und versuchte, tief Luft zu holen.

Er schob eine Hand unter ihren Rücken und hob sie von den kalten Steinen auf. Dann legte er ihr eine Hand in den Nacken. Sie öffnete die Augen und sah, wie er auf sie herabstarrte.

»Sagen Sie mir, dass Ihnen nichts fehlt«, verlangte er. Sein normalerweise freundlicher Gesichtsausdruck war vor Schreck verzerrt, die Augen dunkel und seine Lippen blass.

»Mir geht es gut. Glaube ich.« Ihre Hände taten weh, jedoch ließ der Schmerz bereits langsam nach. Sie drehte ihr Fußgelenk ein bisschen, aber selbst das wurde besser, als sie allmählich erkannte, dass sie außer Gefahr war. Während sie ausrutschte, hatte sich die restliche Treppe vor ihr erstreckt. Es wäre ein hässlicher Sturz bis hinunter ins Kirchenschiff gewesen.

Mit einem Schaudern drehte sie den Kopf, um sich umzusehen. Und sie erstarrte auf der Stelle. Am Fuße der Treppe, die Blicke auf Violet in Simons Armen gerichtet, standen Lady Nixon, Mrs. Law, Mrs. Stinnet und Mrs. Padmore. Die vier schlimmsten Personen, um Zeugen dieses Ereignisses zu werden.

»Simon«, flüsterte Violet drängend.

Sein Blick schwenkte die Treppe hinab und sie konnte spüren, wie er sich unmittelbar darauf versteifte.

»Meine Güte, was ist passiert?«, rief Lady Nixon aus.

»Sind Sie *gestürzt?*«, Mrs. Laws Frage troff nur so vor Anschuldigung. Die Unterstellung war klar. Simon war wieder einmal mit einer Frau allein, die die Treppe hinunterfiel.

»Ich bin ausgerutscht«, erklärte Violet mit lauter Stimme. »Helfen Sie mir auf«, bat sie weitaus leiser, sodass nur Simon sie hören konnte.

Er half ihr auf die Füße. »Sind Sie sicher, dass es Ihnen gut geht?«, murmelte er.

»Ein bisschen zittrig, aber mir fehlt nichts.« Sie sprach mit leiser Stimme und dann sah sie ihr unerwünschtes Publikum mit einem strahlenden Lächeln an. Sie schlang einen Arm um Simons und gemeinsam fingen sie an, die Treppe hinabzuschreiten.

Andere hatten sich zu den Zuschauern gesellt, darunter auch Hannah und ihr Ehemann, Sir Barnard und Lady Kingman, Diana und Nick. Er starrte zu ihnen hinauf, und sein Gesichtsausdruck war weit durchschaubarer als gewöhnlich. Seine Augen waren vor Sorge weit geöffnet und der Kiefer so fest, als würde er die Zähne zusammenbeißen.

Als Violet und Simon noch ein paar Stufen von ebener Erde entfernt waren, flüsterte jemand: »Hat er sie *gestoßen?*« Violet erkannte die schrille Stimme, die zu Lady Nixon gehörte.

Simons gesamter Körper versteifte sich nun vollkommen. Violet konnte das Unbehagen spüren, das von ihm ausstrahlte. Sie drückte seinen Arm und warf der Viscountess einen boshaften Blick zu. »Das hat er *nicht*. Und ich werde solche hässlichen Gerüchte nicht tolerieren.«

Lady Nixon starrte sie gebieterisch an. »Das ist kein Gerücht. Ich habe bloß eine Frage gestellt.«

»Die ich beantwortet habe«, antwortete Violet kühl. »Übrigens hat mich der Herzog vor einem hässlichen Sturz bewahrt. Ich habe großes Glück gehabt, dass er gerade dort war und mich retten konnte.« Sie drehte den Kopf zu Simon um und lächelte. Er blickte sie verwirrt an und wandte dann abrupt das Gesicht ab. Sie sah ihn mit einem strahlenden Lächeln an und fragte: »Sollen wir unseren Rundgang fortsetzen?«

Er nickte, doch er dirigierte sie zum Eingang zurück.

»Ich muss gehen.« Seine Stimme war kleinmütig und klang wie erstickt.

»Nein, wir sollten unseren Rundgang fortsetzen, als sei nichts passiert.« Frustriert stieß sie die Luft aus. »Es ist *nichts* geschehen.«

»Sie wären beinahe die Treppe hinuntergefallen. Und ich habe Sie nicht gerettet.«

Wieder sah sie ihn an und hasste die finstere Schwermütigkeit in seinem Tonfall. »Und Sie haben mich auch nicht geschubst. Ich bin ausgerutscht.«

Sie verstummte und ihre Finger gruben sich in seinen Arm. »Sie dürfen sich keine Vorwürfe machen. Das werde ich nicht zulassen.«

»Sie haben gelogen. Sie haben gesagt, Sie seien ausgerutscht und ich hätte Sie gerettet.«

»Ich werde sagen, was immer ich sagen muss, um diese Harpyien in Schach zu halten. Sie haben ihre Ächtung nicht verdient.« Er setzte seinen Weg fort und sie hielt neben ihm Schritt. »Nick und ich werden dies berichtigen – keine Sorge.«

»Nick?« Er warf ihr einen Blick zu. »Sie und Nick werden dies berichtigen.« Seine Skepsis lag schwer in der Luft. »Sie beide können nicht zueinander finden, aber Sie können sich zusammentun, um vereint für mich zu kämpfen? Ich finde das schwer zu glauben.«

»Wir tun das eigentlich schon die ganze Woche. Die Spiele im Ballsaal waren meine Idee. Ich wollte, dass alle den Mann sehen, den ich sehe.«

Sie hatten das Ende des Kirchenschiffs erreicht und Simon nahm ihre Hand von seinem Arm. Er schenkte ihr ein trauriges Lächeln. »Der Mann, den Sie sehen, ist eine Fassade. Oder eine Hülle. Oder irgendetwas dazwischen. Sie können das nicht berichtigen. Nick kann es nicht richten. Niemand kann das.« Er schwang herum, um davonzugehen und seine langen Beine trugen ihn aus der Kathedrale, als ob der Teufel persönlich ihn hinausjagte.

Violet sah ihm hinterher und ein Kloß der Traurigkeit schnürte ihr die Kehle zu. Das war ein absolutes Desaster. Nichts entwickelte sich, wie sie geplant oder sich erhofft hatte. Sie wünschte, sie könnte aus der Kathedrale rennen und ihm folgen.

Stattdessen beschloss sie, sich ihre Umgebung zunutze zu machen und betete.

CHAPTER 10

*D*as Gemurmel der Unterhaltungen, das aufkam, als Simon und Violet die halbe Strecke durch das Kirchenschiff zurückgelegt hatten, nahm bis zu einem Punkt zu, an dem Nick sich gezwungenermaßen davon entfernen musste. Oder vielleicht wollte er auch einfach nur Simon hinterhergehen.

Was zum Teufel war gerade passiert? Beim Anblick von Simon, wie er sich über Violet beugte, war sein erster Eindruck gewesen, dass die beiden einen intimem Moment miteinander genossen. In Simons Gesicht hatte sich Besorgnis widergespiegelt und er hatte sie auf eine Weise berührt, die Nick nicht gewagt hätte – und in den vergangenen acht Jahren sowieso nicht.

Doch dann musste er einsehen, dass die beiden sich nicht öffentlich, für alle sichtbar, auf dem Treppenabsatz in einer Kathedrale auf irgendetwas Romantisches einlassen würden. Eine dieser klatschenden alten Gänse hatte es richtig erkannt – Violet war gefallen. Allerdings hätte Simon sie auf keinen Fall gestoßen.

Vor allem nicht, wenn man bedachte, wie sie zu seiner

Verteidigung eingesprungen war. Sie hatte seinen Arm umklammert und ihn mit großer Sorgfalt gehalten. Die beiden zusammen zu sehen, ließ die Ranken der Eifersucht wild in ihm wuchern.

Er sah zu, wie Violet und Simon am Ende des Kirchenschiffes stehenblieben. Simon sagte etwas und ging davon. Nick dachte nicht nach, ehe er auf die Stelle zuschritt, an der Violet nun allein stand.

Es war nicht seine Absicht, mit ihr zu reden, sondern er wollte Simon folgen. Nichtsdestotrotz blieb er neben ihr stehen. »Was zum Teufel ist gerade passiert?«

»Sie haben es gesehen. Und gehört.« Ihre Stimme war kühl und unbeteiligt.

»Ja, ich habe es gesehen. Ist da etwas zwischen Ihnen beiden?«

Sie wandte ihm das Gesicht zu und ihre Augen loderten. »Das geht Sie nichts an. Ihr Freund quält sich. Sie haben gehört, was diese grässliche Frau gesagt hat.«

Ja, das hatte er. Er musste Simon folgen. Er marschierte aus der Kathedrale zu seinem Pferd und war nicht überrascht, festzustellen, dass Simons Reittier bereits fort war. Er brach zu seiner Verfolgung auf und ritt geschwind aus der Stadt und auf Linford Manor zu. Als er beinahe auf halbem Wege einen Hügel hinauffritt, entdeckte er Simons Pferd an einem schmalen Bach.

Sein Pferd zügelnd bog Simon von der Straße ab und dirigierte das Tier auf das Wasser zu. Simon saß auf einem Felsbrocken, den Blick auf einen unbestimmten Punkt hinter dem Wasserlauf gerichtet.

Nick saß ab und seine Gedanken wirbelten durcheinander. Er glaubte nicht wirklich, dass sich etwas zwischen Simon und Violet abgespielt hatte, und sie hatte recht – sein Freund brauchte ihn jetzt.

Simon wandte den Kopf nicht um. »Warum bist du mir gefolgt? Mir geht es gut.«

»Das sollte eigentlich offensichtlich sein. Ich bin dein Freund. Ich kann mir nicht vorstellen, dass es dir gut geht.«

»Mir geht es ebenso gut wie dir.« Simon erhob sich von seinem Platz. Er hielt seinen Hut in einer Hand fest, und der Wind zerzauste ihm das Haar. »Du kehrst einer Sache den Rücken, für die die meisten Menschen ihr Leben geben würden.«

Nick wusste, wie sehr Simon seine Frau geliebt hatte, wie sehr er sie vermisste und wie vernichtend ihr Tod für ihn gewesen war. »Du meinst dich«, entgegnete er leise und fürchtete schon, dass der Wind seine Worte davontragen würde.

Simons dunkle Augen glitzerten im Sonnenlicht, das durch die aufgerissene Wolkendecke drang. »Ja, ich würde dafür sterben, wenn es mir Miriam und mein ungeborenes Kind zurückbringen würde. Du hast eine verdammte zweite Chance. Aber du wirfst sie lieber weg. Violet ist eine unglaubliche Frau. Du bist ein Narr.«

»Vielleicht solltest du sie umwerben. Sie ist alles, was du in einer Frau suchst – reif, verwitwet, erfahren. Sie ist intelligent, geistreich und sie mag dich ganz offensichtlich.« Nick konnte nicht verhindern, dass sich die Eifersucht in seine Stimme stahl. Von ihm wurde erwartet, Simon zu helfen und nicht, sich wie ein Mistkerl aufzuführen.

Mit einem leichten Schulterzucken drehte Simon den Kopf zum Bach um. »Vielleicht sollte ich das tun. Sie hat es verdient, glücklich zu sein und ich fühle, dass sie es nicht ist.«

Die Weißglut wallte in Nicks Brust auf, aber er hatte sehr viel Übung darin, mit seinen Gefühlen umzugehen. Er unterdrückte sie, während seine Vernunft ihm sagte, dass

Simon ihn nur zu provozieren versuchte. Oder vom eigentlichen Thema ablenkte.

Nick holte tief Luft und mit seinem Willen zwang er seinen Puls, sich zu beruhigen. »Überlass mir die Sorge um Violet.« Hatte er das wirklich vor? Er konnte sich darüber jetzt keine Gedanken machen. »Du darfst dich nicht von dem Vorfall in der Kathedrale in den Abgrund ziehen lassen.«

»Warum? Dort habe ich deine Gesellschaft.«

Nick konnte seine Frustration nicht länger zurückhalten, jedenfalls nicht ganz. »Gottverdammt, es geht nicht um mich.«

»Nein, das tut es nicht.« Simon sah zu Nick zurück. »Aber vergib mir bitte, wenn ich von jemandem, der sein eigenes Schicksal nicht zu verbessern versucht, keinen Rat annehmen kann.«

»Es gibt nichts, was da getan werden könnte.« Nick rang mit seiner Beherrschung und hielt nur noch mit einem seidenen Faden daran fest. »Ich bin verflucht. Es gibt keine Hoffnung für mich.«

»Und in diesem Punkt unterscheiden wir uns. Ich habe immer noch Hoffnung. Gott helfe mir, aber sogar nach dem heutigen Debakel habe ich immer noch Hoffnung. Wenn nicht, könnte ich ebenso gut aufgeben. Ich weiß ehrlich nicht, was dich in Gang hält.«

Sprachlos starrte Nick ihn an. Was *hielt* ihn in Gang? Jeden Tag wachte er auf und tat, was er tun musste – er verwaltete sein Anwesen, kam seinen herzoglichen Verpflichtungen nach, vergnügte sich mit reiten, fischen … *zum Teufel*. Er *war* einsam. Und es hatte eine infernalische Hausparty gebraucht, um ihm diese Tatsache bewusst zu machen.

Er blickte kurz zu Boden und dann nickte er. »Ich begreife deinen Standpunkt. Endlich.«

Simon schnaubte. »Nun, das ist wenigstens etwas. Ich

hoffe, es bedeutet, dass du die Dinge mit Violet in Ordnung bringst.«

Eine Welle der Furcht schwappte über ihn hinweg. Er war nicht sicher, ob das der richtige Kurs war. Die Erkenntnis, vielleicht bereit zu sein, etwas zu ändern … zu versuchen, wieder etwas in sein Leben hineinzulassen, bedeutete nicht, dass dies Violet sein musste. Er verband sie mit dem Beginn seiner Pechsträhne. Oft hatte er sich gefragt, ob sein Benehmen nicht daran schuld war. Er hatte eine außereheliche Affäre mit einer jungen Frau geführt, obschon er damals jede Absicht hatte, sie zu heiraten …

»Ich weiß nicht.« Etwas anderes konnte er gerade nicht sagen. »Ich würde mich lieber auf dich konzentrieren wollen. Alle werden erfahren, dass Violet *gestürzt* ist. Dafür werde ich sorgen.«

»Es ist egal. Das gesellschaftliche Gericht hat bereits vor langer Zeit ein Urteil über mich gefällt und ich war ein Dummkopf zu glauben, etwas anderes erwarten zu können. Also lebe ich am Rande.« Er zuckte mit den Schultern und tat so, als würde es ihn nicht kümmern, aber Nick wusste es besser. »Ich tue das inzwischen seit einer ganzen Weile.«

»Es wird nicht immer so sein«, prophezeite Nick. »Lady Nixon und ihresgleichen werden vergessen. Oder sterben.«

»Ersteres weiß ich nicht, aber Letzteres ist eine Gewissheit. Für uns alle.« Er setzte seinen Hut wieder auf. »Ich werde zum Haus zurückkehren und dann abreisen.«

»Das kannst du nicht.«

Simon zog eine Augenbraue hoch, als er seinen Handschuh noch straffer um seine linke Hand zog. »Warum nicht?«

»Wir hatten eine Abmachung.«

Der Wind trug Simons Lachen davon. »Die Abmachung war, dass du eine Nacht bleiben würdest.«

»Wir wollten zusammen zu deiner Jagdhütte aufbrechen.«

»Ich werde nicht dorthin reisen. Du bist natürlich weiterhin dazu eingeladen.«

Nick verengte die Augen. »Wohin wirst du dann gehen? Es ist egal. Du solltest bleiben. Zeig diesen Schreckschrauben, dass du dich nicht aus dem Konzept bringen lässt. Wenn die Situation umgekehrt wäre, würdest du mich nicht gehen lassen.«

Simon grunzte. »Ich werde dennoch abreisen. Du musst bleiben und die Dinge mit Violet ausloten. Oder auch nicht. Aber wenn du es nicht tust, verspreche ich, dir wegen diesem Fehler für den Rest deiner Tage im Nacken zu sitzen.« Er ging zu seinem Pferd und stieg auf.

»Das könnte das Ende unserer Freundschaft sein«, rief Nick.

Simon starrte ihn für einen Moment an, dann schüttelte er den Kopf, ehe er sich umdrehte und in nordwestlicher Richtung davonritt.

Nick nahm einen Kiesel in die Hand und schnippte ihn fluchend in die Strömung. Ohne Simon hatte er ganz und gar niemanden mehr, und jetzt, da ihm endlich aufging, dass seinem Leben etwas fehlte, konnte er es sich nicht leisten, den einzigen Freund zu verlieren, den er besaß. Sollte das etwa heißen, dass er versuchen musste, die Angelegenheiten mit Violet zu klären?

Wieder fluchte er. Das hier war nicht Simons verdammtes Leben. Er verstand die Komplexität nicht, die ihre Beziehung umgab – die gebrochenen Versprechen, die Schuld, die unbewältigten Emotionen. Wäre ein Neuanfang für Nick nicht besser?

Miss Kingman war wunderschön und charmant, obwohl reserviert. Und heute in der Kathedrale hatte sie einen messerscharfen Verstand bewiesen, als sie sich über die Refor-

mation und den Bürgerkrieg unterhalten hatten. Wenn er die
Leere aus seinem Leben verbannen wollte, könnte er nichts
Besseres finden, als jemanden wie sie. Wenn sie seinen Bedingungen zustimmte – keine Liebe zu erwarten –, wäre er nicht
in Gefahr, sein Herz zu verlieren. Oder seinen Verstand in
Kummer zu ertränken, wenn die Tragödie zuschlug, wie er
beinahe mit Sicherheit erwartete.

Und dennoch konnte er die ungelösten Gefühle nicht
ignorieren, die er für Violet hegte, das brennende Verlangen, das in ihm pulsierte, wenn sie in der Nähe war.
Verdammt, wann immer er überhaupt an sie *dachte,* so wie
in diesem Augenblick. Er rief sich jenen Abend in Erinnerung, als sie Unwohlsein vortäuschte und sich dann aus
dem Haus ihrer Tante stahl. Nick wartete draußen auf sie
und gemeinsam waren sie zum Stadthaus seines Onkels
gegangen, der allerdings nicht dort war. Nur Nick und eine
Handvoll Bediensteter hielten sich dort auf und es war ein
Leichtes gewesen, sie heimlich die Treppe hinauf in sein
Schlafzimmer zu schmuggeln. Im Mondlicht, das durch das
Fenster in sein Zimmer schien, hatten sie sich zum ersten
Mal geliebt und er hatte die Freude über die Gewissheit
genossen, dass sie für den Rest ihres Lebens beisammen sein
würden.

Er schloss die Lider und sah sie vor seinem inneren Auge,
wie sie damals war – ihr Körper weich und üppig und so
empfänglich für seine Berührung. Wieder und wieder hatte
sie seinen Namen herausgeschrien und ihre Liebe zwischen
herzergreifenden Küssen erklärt. Nie hätte er sich vorstellen
können, dass ihre Pläne in weniger als einer Woche um ihn
herum einstürzen würden.

Der wohlbekannte Zorn war nicht mehr so stark wie
einst, doch das Wiedersehen mit ihr hatte ihn wieder
aufgerührt.

Simon verstand nicht, dass Nick sich in Bezug auf Violet

all diesen widerstreitenden Gefühlen stellen musste. Und er war nicht sicher, ob er dazu imstande war.

Er schlug die Augen auf und ging zu dem Felsbrocken hinüber, den Simon verlassen hatte. Er ließ sich darauf nieder und starrte gedankenverloren in Richtung des Mendip Hügels, ohne den aufkommenden Wind oder die Wolken wahrzunehmen, die sich dunkel über seinem Kopf zusammenzogen.

Als die ersten Regentropfen auf seine Schulter fielen, sah er auf. Ein weiterer Tropfen zerplatzte auf seiner Wange. Er würde durchnässt werden.

Er murmelte einen Fluch, bestieg sein Pferd und sprengte zum Haus zurück. Als er bei den Ställen ankam, war er, wie erwartet, gründlich durchgeweicht. Er blickte sich nach Simons Kutsche um. Da er sie nicht finden konnte, erkundigte er sich, ob der Herzog abgereist sei, woraufhin ihm mitgeteilt wurde, dass dem so war. Verdammt, Simon hatte sich mit einem unglaublichen Tempo aus dem Staub gemacht.

Wahrscheinlich hatte er vermeiden wollen, irgendjemandem in die Arme zu laufen, was ihm auch gelungen war, da die anderen Kutschen gerade erst eintrafen.

Nick ging ins Haus und bat um ein Bad und einen Whiskey. Hoffentlich würde ihm diese Kombination zu einer Einsicht verhelfen, welchen Weg er einschlagen sollte.

*V*iolet stand im oberen Wohnzimmer, das zur vorderen Auffahrt hinausging, und sah den Damen zu, wie sie zu einem nachmittäglichen Einkaufsausflug nach Wells in die Kutschen stiegen. Nach dem gestrigen Desaster in der Kathedrale hatte sie sich für die restliche Dauer der Party in ihrem Zimmer einsperren wollen, doch

Hannah konnte sie überreden, zum Abendessen herunter zu
kommen. Violet hatte eingelenkt und eingesehen, dass es zu
Simons Bestem wäre, wenn sie sich allen bei bester Gesundheit zeigte, um weiterhin zu bekräftigen, dass er sie nicht
gestoßen hatte.

Sie wünschte nur, er wäre nicht abgereist. Alles, was Nick
und sie zur Wiederherstellung seines Rufes erreicht hatten,
war nun wie weggefegt.

Hannah fühlte sich schrecklich. Sie schwor, Lady Nixon
und Mrs. Law nie wieder zu irgendetwas einzuladen. Es war
gut, dass die Hausparty nach dem Ball heute Abend zu Ende
war. Violet freute sich darauf, morgen früh abzureisen.

Sie wollte so viel Abstand wie möglich zwischen sich und
diese Party bringen. Und das nicht nur wegen der Sache mit
Simon. Nein, wenn sie ehrlich war, hatte es zum größten Teil
mit Nick zu tun.

Gestern war er zum Abendessen gekommen und er war
sein übliches unnahbares Selbst gewesen. Und dennoch hatte
sie ihn ertappt, wie er sie verschiedene Male betrachtet hatte.
Nicht, dass sie imstande wäre, den Grund dafür herauszufinden. Sein Gesichtsausdruck war so unbeteiligt wie immer.

Trotzdem war sie sich seiner Anwesenheit und ihrer
unsterblichen Zuneigung zu ihm den gesamten Abend über
bewusst gewesen. Sie konnte es nicht aushalten. Vielleicht
sollte sie sich für den Ball heute Abend entschuldigen und
Unwohlsein vortäuschen. Alle hatten gestern gesehen, dass es
ihr ausgezeichnet ging. Sie würden Simon nicht anklagen.

Natürlich würden sie das. Sie taten es bereits.

Finster drehte sie sich vom Fenster weg und erstarrte auf
der Stelle.

In der Tür, an den Rahmen gelehnt und den Blick direkt
auf sie gerichtet, stand Nick. Er war ebenso gekleidet, wie
beim Mittagessen – in einen dunkelgrünen Frack mit beigen
Hosen und einer Weste in einem warmen Nussbraun. »Sie

sind nicht zum Reiten angezogen«, war alles, was ihr zu sagen einfiel. Die Herren würden ausreiten, während die Damen sich ins Dorf aufmachten.

»Nein, sie sind gerade aufgebrochen.« Er stieß sich vom Türbalken ab und zog die Tür ins Schloss. Dann ging er langsam bis zur Zimmermitte, ehe er stehenblieb.

Warum schloss er die Tür? Sie ignorierte den unsichtbaren Magneten, der sie zu ihm hinzog. »Ich war gerade auf dem Rückweg zu meinem Zimmer.«

»Bleiben Sie.« Er trat einen weiteren Schritt auf sie zu. »Bitte.«

»Das sollte ich nicht.« Und dennoch rührte sie sich nicht.

»Nach morgen bezweifele ich, dass wir einander sehen werden. Es schien …« Er räusperte sich und tat noch einen Schritt. Was zum Teufel hatte er vor?

Er legte die Stirn in Falten und zerstörte damit die sorgfältige äußere Fassung, die er stets zur Schau trug. Hatte er die Absicht, der Nick zu sein, an den sie sich erinnerte? Der Nick, den sie mochte? *Der Nick, den sie liebte?*

Nein, sie liebte ihn nicht mehr. Nicht diesen eisigen Herzog.

Er fuhr sich mit der Hand über den Mund und dies war eine Geste, die er in ihrer Jugend oft benutzt hatte. Es überraschte sie.

»Ich bin hin und her gerissen.« Er durchbohrte sie mit einem aufgewühlten Blick und sie konnte den Kampf deutlich sehen, der in seinen Augen tobte. »Ich … ich will einen Schritt weitergehen, aber ich weiß nicht, ob ich das kann. Nicht, bis ich nicht die Vergangenheit hinter mir gelassen habe. Das habe ich nicht erkannt, bis ich Sie hier wiedersah.«

Und nun loderte der Konflikt in ihrem Inneren auf. Sie war so glücklich gewesen, ihn zu sehen. Plötzlich waren all den Träumen, die sie begraben hatte, Flügel gewachsen und zum ersten Mal hatten sie *echt* gewirkt. Bis sie erkannte, was aus ihm geworden war. Nun musste sie akzeptieren, dass ihre Träume gestorben waren, und zwar vor acht Jahren. Und dennoch war er hier und stand vor ihr – der Mann, der ihr Herz gestohlen hatte, der Mann, für den sie alles gegeben hätte, um ihn zurückzubekommen. Die Vernunft riet ihr, davonzulaufen, aber sie war mit dem Fußboden verwachsen.

»Ich muss mich ebenfalls weiterentwickeln.« Sie erkannte den Klang ihrer Stimme nicht. Sie war dunkel und stahlhart. Kalt.

»Ich hatte gehofft, wir könnten das gemeinsam tun. Einen Weg finden, die Vergangenheit dort zu lassen, wo sie hingehört.«

Für so lange Zeit hatte sie ihre Liebe so innig gehegt, dass sie einfach ein Teil von ihr war. Sie konnte sich nicht im Ansatz vorstellen, wie sie diese Liebe von sich trennen und wieder ein Ganzes werden sollte. »Wie?«

Er schloss die Lücke zwischen ihnen. Seine Augen, so hell und strahlend im Nachmittagslicht, das durch das Fenster in ihrem Rücken hereinfiel, bohrten sich in ihre. »So.«

Er griff nach ihr und schlang eine Hand fest um ihre Taille. Sie sog die Luft ein und die Begierde entflammte in ihr, als er sie eng an seine Brust zog.

Er sah auf sie herab, als hätte er sie seit acht Jahren nicht wirklich gesehen und zeichnete mit dem Zeigefinger eine Spur auf ihre Stirn, die sich über die Schläfe hinab zog und an ihrem Wangenknochen entlangführte, bis er auf ihren Kiefer stieß. Er setzte seinen Weg fort und erreichte ihren Mund. In dem Moment, in dem sein Finger ihre Lippen berührte, öffneten sie sich und sie sog seine Fingerspitze hinein ohne für eine Sekunde den Augenkontakt zu unterbrechen.

Seine Lider senkten sich und unvermittelt wurde sein Blick sinnlich. Sie saugte an seinem Finger, doch er zog ihn fort, und sie dachte, dass er vielleicht gehen wollte.

Stattdessen senkte er den Kopf und küsste sie. Der Kontakt kam dem Anzünden eines hell lodernden Freudenfeuers gleich, das mit seinen heißen, züngelnden Flammen alles um sich herum in Brand steckte.

Er schmeckte nach dieser Hitze und Begierde. Er schmeckte nach Zuhause.

Dies war kein zartes Streifen seiner Lippen wie neulich im Ballsaal. Es war die Leidenschaft, an die sie sich erinnerte, und sein Körper presste sich an ihren, sein Mund öffnete sich und fiel über ihren her, seine Zunge lockte die ihre. Und sie reagierte auf jede Provokation, sie presste sich an ihn, schlang die Arme um seinen Nacken und zog ihn rasch zu sich, falls er sich entscheiden sollte, dass der Kuss ein Fehler war.

Vielleicht war er das. Es war ihr egal. Das war nicht der eisige Herzog. Das war Nick, der Mann, dem sie ihr Herz geschenkt hatte, ihr Liebhaber.

Seine Finger gruben sich in ihren Rücken, während er sie mit wilder Begierde küsste. Sie begegnete seiner Verzweiflung mit der ihren, klammerte an seinem Nacken und bog die Hände um seinen Kragen. Den Kopf in den Nacken geworfen, presste sie sich fester an ihn und das Verlangen pochte zwischen ihren Beinen. Seit so langer Zeit war sie nicht mehr mit einem Mann zusammen gewesen. Und seit ihm hatte sie die Ekstase nicht mehr mit einem Mann erlebt.

Er schob eine Hand unter ihren Arm an ihrem Rippenbogen entlang, bis er auf ihre Brust stieß. Er massierte sie durch die Lagen ihrer Kleider und sie wollte vor Verlangen weinen.

»Immer viel zu viele verdammte Kleider«, murmelte er an ihrem Mund, ohne ihren Kuss gänzlich zu unterbrechen.

Sie schlang die Zunge um seine, und unterband damit weitere Worte. Tief in ihrer Kehle vibrierte ein Laut, den sie mehr spürte, als hörte. Freude erfasste sie. Wie lange hatte sie sich diesen Moment ausgemalt? Und er übertraf ihre Fantasie bei weitem.

Er bewegte den Daumen über dem Saum ihres Mieders und tastete über ihre Haut. Sie wollte sich aus ihren Kleidern winden und mit ihm das Gleiche tun. Sie schob eine Hand von seinem Nacken bis zum Ansatz seines Schlüsselbeins, und zupfte an seiner Krawatte, um den Knoten zu lösen.

Er beendete den Kuss mit einem Stöhnen und sie schlug mit bebendem Körper die Augen auf.

Er wich zurück und wieder fuhr er sich, die Augen wild vor Begierde, mit einer Hand über den Mund. »Ich dachte, ich würde dich küssen und das würde genügen. Dann würden wir als Freunde auseinandergehen.«

Angesichts der Absurdität seiner Worte wollte sie lachen. Nach diesem ersten Mal, konnte ein Kuss niemals genug sein. Während ihrer kurzen, aber glühenden Affäre war es ein echtes Problem gewesen, dass sie die Hände nicht voneinander hatten lassen können. »Und ist es das? Genug, meine ich.«

»Nein«, antwortete er heiser. Doch dann wandte er sich ab und ging zur Tür. Sie sackte vor Enttäuschung in sich zusammen, obwohl jeder einzelne, der ihr innewohnenden Instinkte ihr sagen wollte, dass es zum Besten war.

Dann hörte sie das Klicken des Türschlosses, ehe er herumfuhr und den Rücken gegen die Tür presste. »Soll ich gehen?«, fragte er.

Sie war unfähig zu sprechen und schüttelte zur Antwort den Kopf.

»Es gibt noch zwei Türen.« Er schritt auf eine der beiden zu und sie hörte ihn den Schlüssel drehen, während sie zur anderen eilte.

»An dieser hier ist kein Schloss. « Ehe sie sich umwenden konnte, spürte sie, wie er sich von hinten näherte. »Dann sollten wir leise sein. Und hoffen, dass niemand hereinkommt. Wenn meine Erinnerung etwas taugt, haben wir das früher schon einmal getan.«

Beim dritten – und letzten – Mal, als sie zusammen waren. Sie hatten sich eines selten besuchten Wohnzimmers zunutze gemacht, während sie eines Abends an einer Party teilgenommen hatten. Sie waren jung und töricht gewesen, überwältigt von Gefühlen und körperlichem Verlangen. Jetzt sollten sie klüger sein und Vorsicht und Zurückhaltung walten lassen.

Dennoch glaubte sie nicht, dazu imstande zu sein, und schon gar nicht, während sie in seinen würzigen Duft eingehüllt war und sein Atem sie im Nacken kitzelte.

Als ob er ihre Gedanken lesen konnte, konzentrierte er sich auf diese Stelle, während seine Lippen ihre Haut liebkosten.

Sie schloss die Augen und lehnte den Kopf an die Tür. Im Laufe der nächsten paar Minuten tat er mit Hilfe der Lippen und Zunge Dinge mit ihrem Nacken, die sie mehr erregten, als sie je für möglich gehalten hatte. Die Finger gespreizt stützte sie sich mit einer Hand am Türrahmen ab, während sie mit der anderen hinter sich griff und seinen Oberschenkel umklammerte. Sein Muskel war unter ihrer Handfläche straff gespannt und er drängte seinen Körper näher an ihren, wobei er sie mit der Leiste in die Rückseite stieß.

Sein Atem traf in ruckartigen, schnellen Stößen auf ihre Haut. Sie klammerte sich an ihn, begierig auf mehr. Das raschelnde Geräusch ihres Rockes erfüllte die beinahe absolute Stille, als er ihr Kleid von hinten hob. Kalte Luft strich über die Hinterseite ihrer Beine. Als der Stoff sich zwischen ihnen bauschte, fühlte sie seine Berührung, das sanfte Streicheln seiner Fingerspitzen über die Rückseite ihrer Oberschenkel.

Mit der Zunge fuhr er den Konturen ihrer äußeren Ohrmuschel nach. »Spreize die Beine«, flüsterte er.

Sie tat, worum er sie bat und stellte die Füße weiter auseinander. Er bewegte eine Hand zu ihrer Vorderseite und fand ihre Mitte. Zart neckte er ihr Fleisch und wirbelte um ihren allerempfindlichsten Punkt, während er ihr Ohr mit den Lippen und der Zunge bearbeitete. Sie drehte den Kopf und legte die Wange an das Holz, während der Atem in keuchenden Stößen aus ihrem Mund entwich und ihr Herzschlag sich immer mehr beschleunigte.

»Du bist sehr feucht für mich«, murmelte er und zog eine Spur von Küssen an ihrem Kiefer entlang. »Erinnerst du dich, wie das war?«

Damals hatte er sie immer gepeinigt, bis sie nicht nur feucht war und um Erlösung bettelte, sondern er hatte nicht aufgehört, bis sie kam. Erst dann hatte er sich sein eigenes Vergnügen gegönnt. Es hatte nur eine Episode gegeben, wo seine Erlösung an erster Stelle gekommen war –«

Durch den Druck seines Fingers tief in ihr wurde ihr Gedankengang jäh unterbrochen. Er tastete sich langsam vor und seine Berührung war verführerisch methodisch. Bei seinem willkommenen Eindringen schnappte sie leicht nach Luft und war nicht imstande, das Zurückwölben ihrer Hüften zu verhindern.

»Willst du mehr?«, fragte er und glitt kurz aus ihr heraus, ehe er erneut in sie drang.

Sie hielt die Augen geschlossen und all ihre Aufmerksamkeit konzentrierte sich auf die Ekstase, die sich in ihrem Inneren aufbaute. »Ich will alles.« Sie drehte den Kopf noch weiter um, auf der Suche nach seinem Kuss. Er nahm ihren Mund mit seinem in Besitz, während er mit den Fingern tief in sie drang. Sie hätte aufgeschrien, hätte sein Kuss das nicht wohlweislich verhindert. Ihre Position war ein bisschen unbequem und es dauerte nicht lange, ehe er die Lippen von ihren löste und sein Mund sich erneut ihrem Nacken zuwandte. Wie von selbst bewegten sich ihre Hüften im Takt der Stöße seiner Hand und sie erhob sich auf die Zehenspitzen, als das Verlangen sich in ihrem Inneren ballte. Ihre Lust sammelte sich und ihr Körper spannte sich an.

»Komm für mich, Violet.« Das leise Kommando ertönte dicht an ihrem Ohr und sie hatte nicht mehr als diesen Anstoß gebraucht.

Ihre Muskeln krampften sich zusammen, und sie sog die Luft ein, als der Orgasmus über sie hereinbrach.

»Shhh.« Er küsste ihr Ohr, ihren Nacken und ihren Kiefer während er seinen unbarmherzigen Angriff mit seiner Hand fortsetzte.

Noch ehe die Sinnesempfindungen verblasst waren, hob er sie in seine Arme und trug sie zu einer Chaiselongue, wo er sie auf das Polster bettete. Sie schlug die Augen auf und entdeckte die harsche Beherrschung, die in seine Züge gemeißelt war. Seine Augen waren dunkel und die Lippen geteilt, als er seine Krawatte auszog. Er streifte sich den Frack von den Schultern und ließ ihn zu Boden fallen.

Er blieb stehen und starrte auf sie herab. »War das genug?«, fragte er zögerlich.

Sie streifte sich die Schuhe von den Füßen und streckte die Hand nach ihm aus, wobei sie ihn mit einem Finger an den Knöpfen seiner Weste zog. »Mein Gott, nein.«

»Gut.« Er klang erleichtert, was sie lächeln ließ.

»Mach weiter damit.« Er beugte sich vor und küsste sie heftig und schnell, während seine Zunge über ihre glitt und er ihre Lippe mit den Zähnen packte, als er sich aufrichtete, um sich seiner Weste zu entledigen.

»Lächeln?«, fragte sie. Bei seinem zustimmenden Nicken meinte sie: »Das machst du kaum. Ich vermisse das.«

Er starrte auf sie herab, sein Blick vertraut verführerisch und sehr langsam bogen sich seine Lippen nach oben. Das

Lächeln wurde breiter, bis es seine Wangenknochen erfasste und seine Augen erleuchtete. Ihr Inneres verwandelte sich in Gelee. »Nick«, hauchte sie. Da war er endlich. »Komm her. *Bitte.*«

Sie lehnte sich zurück und öffnete die Beine.

Er riss ihre Röcke hoch und betrachtete ihr Geschlecht. Einst wäre sie vor Scham versunken und hätte die Beine zusammengepresst, doch Nick hatte sie gelehrt, stolz und selbstbewusst zu sein und ihren Körper zu benutzen, um sich selbst Vergnügen zu bereiten und ihm. Als sie ihren neuen Ehemann nackt in ihrem Zimmer erwartete, hatte er sie fürchterlich gerügt. Dann, als er entdeckt hatte, dass sie keine Jungfrau war, hatte er sie eine Hure geschimpft.

Sie schloss die Augen, um diese Erinnerung zu verbannen.

»Was ist?« Nicks sanfte Frage ließ sie aufschrecken, als er die Lippen über ihre Wange wandern ließ.

Sie öffnete die Augen. »Nichts. Ich möchte an nichts anderes denken. Nur dich. Uns. Hier. Jetzt.«

Die Hand um seinen Nacken geschlungen, zog sie seinen Mund zu ihrem und küsste ihn, indem sie mit der Zunge in seinen Mund glitt, wie um ihn zurückzugewinnen, und sei es auch nur für jetzt. Er positionierte sich zwischen ihren Beinen, sie zog daraufhin ihre Röcke hoch und wünschte sich dabei, sie ablegen zu können. Aber sie wagten es nicht. Dies musste genügen. Sie spürte die Länge seines Schaftes an ihrem Geschlecht und seine Bekleidung bildete die einzige Barriere zwischen ihnen.

Da ihre Hand sich ganz in der Nähe befand, setzte sie sie sinnvoll ein und knöpfte seinen Schritt auf. Sie glitt mit der Hand hinein und stieß auf sein warmes Fleisch. Er stöhnte in ihren Mund.

Die Hüften an ihre gedrängt, quetschte er die Hand zwischen ihnen, doch es bescherte ihm einen köstlichen

Kontakt mit ihrem hungrigen Fleisch. Langsam bewegte sie die Hand an seinem Schaft entlang und nach einigen weiteren neckenden Momenten befreite sie ihn mit einem Zug.

Mit den Fingern liebkoste er ihre Klitoris und ließ sie erneut in einen Taumel der Ekstase geraten. Dann teilte er ihre Schamlippen und sie führte ihn in ihr Inneres. Er tastete sich langsam vor und ihr Körper begrüßte jeden Vorstoß mit einem Schaudern. Dann füllte er sie vollständig aus und sie erfuhr eine Freude, von der sie annahm, sie nie wieder zu erleben.

Er fing an, sich zu bewegen und zog sich aus ihr zurück, ehe er mit zunehmendem Tempo wieder in sie stieß. An seinen Rücken geklammert, zog sie ihn tief in sich hinein. Sie hob die Beine und schlang sie um seine Hüften. Er stieß schneller in sie und mit einem Keuchen riss er den Mund von ihrem los.

Sie grub die Finger in ihn und bäumte sich auf, um ihm entgegenzukommen und ihre Körper verbanden sich ein einem vertrauten Rhythmus. Sie passten perfekt zusammen, genau wie sie sich erinnerte.

Das Denkvermögen wich aus ihrem Verstand, als ihr Körper die Führung übernahm. Sie war sich lediglich seiner Hitze bewusst, seiner beharrlichen Stöße und dem heftigen Rhythmus seines Atems. In ihrem Inneren baute sich Druck auf und dann brach er sich Bahn. Licht explodierte hinter ihren Augen und sie gab sich alle Mühe, nicht aufzuschreien.

»*Violet.*«

Sie erkannte die Verzweiflung in seiner Bitte und auch das Anspannen der Muskulatur an seiner Rückseite. Sie küsste ihn und verschlang sein Stöhnen, als er sich in ihr erlöste.

Sie bewegten sich weiter miteinander, und als die Zufriedenheit sie allmählich überkam, wurden sie langsamer. Violet ließ sich entspannt gegen die Polster sinken und löste sich von seinem Mund, um tief Luft zu holen. Er tat das Gleiche und bemühte sich, seinen Herzschlag zu beruhigen. Nach einem weiteren Augenblick zog er sich von ihr zurück, um sich auf die Kante der Chaiselongue zu setzen.

Er sah auf sie herab und griff nach seiner Krawatte, die er ihr dann anbot. »Möchtest du das hier benutzen?«

Sie schüttelte den Kopf. »Unterröcke können mehr als einem Zweck dienen.« Sie setzte sich auf und zog ihre Röcke herab, wobei sie ihre Befleckung unauffällig beseitigte. »Ich bin überrascht, dass du dich nicht erinnerst.«

»Das tue ich allerdings.« Er wandte den Blick ab, doch dann durchbohrte er sie mit einem intensiven Starren. »Ich erinnere mich an alles. Genau, wie ich mich an dies hier erinnern werde.«

Das klang eher endgültig. Er hatte ihre Vergangenheit vergessen wollen und offensichtlich gedacht, dies hiermit zu erreichen. »Ist es dann genug?«, fragte sie leise.

»Das muss wohl so sein, denke ich, oder etwa nicht?« Er fuhr sich mit der Hand über den Mund und zupfte kurz am Kinn. »Wir sind jetzt andere Menschen. Sicherlich hast du das erkannt.«

Ja, das hatte sie. Das war gerade wundervoll gewesen und tatsächlich eine Nachahmung dessen, was sie einmal miteinander hatten. Aber es war auch anders gewesen. Ein Element von Verlangen und Verzweiflung war darin enthalten, von etwas Verlorenem, das nicht wiedergefunden werden konnte. »Wir können nicht umkehren.«

Er schüttelte den Kopf. »Ganz egal, wie sehr wir das vielleicht wollen.«

Sie verstand. Und sie war dankbar dafür. Vielleicht würde sie jetzt nicht mehr mit sengender Reue und bitterer Schuld an ihn denken. Vielleicht konnte sie jetzt an ihn denken und lächeln.

Er nahm ihre Schuhe und streifte sie ihr über die Füße, als sei sie Cinderella. Allerdings war dies kein Märchen. Es würde kein glückliches Ende geben und kein bis in alle Ewigkeit.

Sie erhob sich und schüttelte ihre Röcke aus. Sie sah ihn lächelnd an und sagte: »Ich werde dich immer lieben und ich wünsche Dir alles Gute.«

Dann verließ sie leise das Zimmer und schloss sorgfältig die Tür hinter sich.

CHAPTER 11

Oberons Hufe pflügten durch den feuchten Sand und ließen Salz und Gischt aufspritzen, als Nick mit ihm am Strand entlangjagte. Die vergangenen beiden Tage waren zu stürmisch zum Reiten gewesen. Sowohl der Mann als auch das Tier waren begeistert, wieder im Freien zu sein, obwohl der Himmel in regelmäßigen Abständen einen Schauer herabregnen ließ.

Die letzte Woche war quälend langsam vergangen. Seit seiner Heimkehr von der Hausparty war Nick nicht mehr der Alte gewesen. Die Dinge, mit denen er normalerweise seine Tage herumbrachte – die Arbeit in seinem Büro oder auf seinem Besitz, Angeln und sogar wie jetzt gerade, Reiten, hatten ihn nicht zufrieden stimmen können. Bei seiner Abreise von den Linfords hatte er sich bemerkenswert gut gefühlt und seine sexuelle Begegnung mit Violet hatte ihn auf eine Weise erfüllt, wie seit Jahren nicht mehr. Dieses Gefühl hatte etwa einen Tag angehalten.

Bei seiner Ankunft auf Kilve Hall hatte er begonnen, alles in Frage zu stellen. Verdammt, seit dem Augenblick, als er Violet auf der Party begegnet war, hatte er angefangen, absolut alles in Frage zu stellen. Sie hatte ihn aus einem langen, düsteren Schlaf erweckt und überrascht stellte er fest, dass er sich nicht wieder dorthin zurückversetzt sehen wollte.

Was ihn mit der Frage konfrontierte, was zum Teufel er nun als Nächstes tun wollte.

Simon war in unbekannte Gefilde aufgebrochen, und Nick war nichts anderes übrig geblieben, als bei seinen Bediensteten Rat zu suchen. Und verdammt sollte er sein, wenn sie von seinem Benehmen nicht verblüfft waren. Nick lächelte beinahe angesichts ihrer Verwunderung. Armer Rand. Gestern Abend hatte Nick seinen Kammerdiener gefragt, ob er wieder heiraten sollte. Rand hatte ihn mit offenem Mund angestarrt und dann angenommen, dass er scherzte. Als Nick daraufhin entgegnete, das nicht zu tun, waren Rand die Augen beinahe aus dem Kopf gefallen. Schließlich erklärte er, dass er ganz bestimmt keinen Ratschlag anbieten könnte.

Also suchte Nick heute nach einem besseren Ratgeber. Er ritt den Strand hinauf zu dem kleinen Friedhof, mit Blick über das Meer. Er stieg ab und ließ Oberon an einer vertrauten Stelle grasen. Dann trat er an Jacindas Grab. Neben ihrem fand sich der kleinere Grabstein, der ihrem Sohn gehörte.

»Es tut mir leid, dich eine Zeitlang nicht besucht zu haben. Ich war auf einer Hausparty.« Er beugte sich vor und wischte den Sand von ihrem Namen auf dem Stein. »Es hätte dir gefallen. Es gab Bogenschießen – nein, das hätte dich nicht interessiert. Die albernen Spiele und der Tanz hätten dir allerdings gefallen. Und der Einkaufsausflug.« Bei der Erwähnung des Letzteren konnte er nicht umhin, an Violet zu denken, und wie glücklich er sich schätzen konnte, dass sie nicht an dem Ausflug teilgenommen hatte.

Er war ins Wohnzimmer getreten, um den Frauen bei der Abfahrt zuzusehen und nie hatte er damit gerechnet, dass sie dort sein könnte. Ganz bestimmt hatte er nicht geplant, mit ihr zu schlafen, doch diese Gelegenheit war einfach zu perfekt gewesen. Und er *hatte* gehofft, dass sie vielleicht die Vergangenheit zur Ruhe betten konnten. Stattdessen fürchtete er, dass das Vergessen nun noch schwerer fallen würde.

Zumindest galt das für ihn. Er hatte keine Ahnung, wie sie sich fühlte. Es war absolut möglich, dass sie darüber hinweg war und ein Teil von ihm hoffte das sogar. So war es wesentlich leichter, an sie zu denken, wie sie ihr Leben fortsetzte, anstatt im Gegensatz zu glauben, dass sie in gleicher Weise an ihn dachte wie er an sie.

Er träumte von ihr. Er durchlebte diesen Nachmittag in seinen Gedanken erneut. Er wollte sie.

Er lenkte den Blick auf das Grab seiner Frau und versuchte, Jacindas Bild vor seinem geistigen Auge aufleben zu lassen. Sie war zwei Jahre älter als er gewesen, eine dunkelhaarige, blasse Schönheit mit Augen, von einer Farbe wie das üppige dunkle Erdreich nach einem erfrischenden Frühlingsregen.

Er hatte sie geheiratet, nachdem er aus dem Krieg heimgekehrt war und das Herzogtum geerbt hatte. Er hatte eine Frau gebraucht und sie war unter den ersten Frauen gewesen, die er kennengelernt hatte, als er für die Saison nach London gegangen war. Bestrebt, dem gesellschaftlichen Wirbel zu entgehen, hatte er entschieden, sie recht schnell zur Frau zu nehmen. Sie hatte gute Manieren, stammte aus einer exzellenten Familie und besaß eine scharfe Intelligenz. Er war nicht daran interessiert gewesen, sich zu verlieben, nicht nachdem er Maurice und dann seinen Onkel verloren hatte.

»Rückblickend war ich nicht sehr fair dir gegenüber«, sagte er leise. »Ich weiß, dass du mich geliebt hast und ich fürchte, ich hatte es nicht verdient.« Er hatte sie zwar nicht geliebt, aber er hatte sie gemocht. Seiner Vermutung nach hatte er geübt, zum eisigen Herzog zu werden, einem Mann, der nicht fühlte. Aber es hatte eine weitere grauenhafte Tragödie, den Verlust seines Sohnes gebraucht, bis er ganz und gar zu diesem Mann geworden war. Zu lieben bedeutete zu verletzen und das hatte er für die Dauer seines restlichen Lebens zur Genüge getan.

Und er war bereit gewesen, sich für immer von diesem ungeordneten Gefühl fernzuhalten. Bis er Violet wiedergetroffen hatte. Ebenso wie bei ihrer ersten Begegnung hatte sie alles auf den Kopf gestellt.

Und dennoch war die Erkenntnis, nicht allein sein zu wollen, nicht dasselbe wie sich verlieben zu wollen. Er konnte sich unter genau den gleichen Umständen, unter denen er Jacinda geheiratet hatte, eine andere Herzogin nehmen. »Es war nicht furchtbar, oder?«, fragte er. »Du warst glücklich, glaube ich. Ich habe versucht, dich glücklich zu machen.« So gut, wie er vermochte. Sie war wohlumsorgt und er hatte sie mit Respekt und Zuneigung behandelt. Er konnte dasselbe für eine andere Frau tun, sagen wir, Miss Kingman. Sie würde eine brauchbare Herzogin abgeben.

Brauchbar?

Sogar er wusste, wie furchtbar das klang. Sie würde eine *exzellente* Herzogin sein.

Was wäre mit Violet?

Sein verräterischer Verstand konnte es nicht unterlassen, an sie zu denken und sein gleichermaßen perfider Körper konnte nicht aufhören, sich nach ihr zu verzehren. Anstatt sie in die Vergangenheit zu verbannen, war er von ihr ebenso besessen, wie er es immer gewesen war.

Konnten sie es noch einmal versuchen?

Simons Flehen hallte in Nicks Erinnerung nach. Er war vom Tod seiner Frau so gequält. Simon hätte nicht zweimal nachgedacht, wenn sich ihm die Gelegenheit für eine zweite Chance geboten hätte.

Es war nur so verdammt schwierig, Hoffnung zu haben,

wenn das gesamte Leben mit Tragödien und Unglück ange-
füllt war – angefangen mit dem Verlust von vier jüngeren
Geschwistern und letztendlich seiner Mutter, als sie das letzte
dieser Kinder gebar, bis zu seinem Vater und dann sein
Bruder und sein Onkel und zuletzt seine Frau und sein Kind.
Und ja, er hatte Violet ebenfalls verloren … wenn auch nicht
an den Tod. Was bedeutete, dass er, im Unterschied zu allen
anderen, eine zweite Chance mit ihr haben könnte.

Wenn er den Mut hätte, noch einmal ein Desaster zu
riskieren. Er betrachtete den Namen seines Sohnes auf dem
Stein und dachte an sein perfektes, winziges Gesicht. Wenn
er dieses Gefühl bedingungsloser Liebe und Ergebenheit
spüren könnte, wäre es die Sache wert.

Nick berührte die beiden Steine und ließ die Fingerspitze
über dem Namen seines Sohnes verharren. Dann drehte er
sich um und bestieg Oberon erneut. Der Regen fiel nun in
Strömen, als sie zum Stall zurückkehrten. Als Nick in sein
Zimmer trat, schälte er sich bereits aus seinen durchnässten
Kleidern.

»Lasst Euch von mir helfen, Euer Gnaden«, bot Rand
ihm an und eilte herbei, um Nick von seinem Frack zu
befreien.

»Ich werde ein Bad brauchen«, stellte Nick fest.

»Es wird bereits eingelassen und bis Ihr ausgezogen seid,
wird es fertig sein.« Rand legte den Frack auf den Boden, als
Nick sich auf der Kante eines Stuhls niederließ.

Er streckte ein Bein aus, sodass Rand ihm die Stiefel
ausziehen konnte. »Ausgezeichnet. Dann möchte ich Sie
bitten, für eine ausgedehnte Reise zu packen.«

Überrascht ließ Rand den Kopf emporschnellen und hielt
in seiner Tätigkeit inne, die darin bestand, am zweiten Stiefel
zu ziehen. »So bald?«

»Ich weiß, es ist eine Überraschung. Das ist es für mich
auch.«

Rand zog Nick die Strümpfe aus, während dieser seine Weste abschüttelte. »Wohin reisen wir?«

»Nach Bath. Bitte informieren Sie Mr. Lovell, dass ich mich nach meinem Bad mit ihm treffen muss, um Vorbereitungen zu treffen.« Nicks Sekretär wäre wahrscheinlich ebenso überrascht, wie Rand.

»Umgehend.« Rand sah ihn an, als wolle er etwas sagen, doch dann tat er es nicht.

»Raus mit der Sprache.« Nick erhob sich, um die übrigen Kleidungsstücke abzustreifen.

»Ich hoffe, Ihr werdet mich nicht unverschämt finden, Euer Gnaden, aber Ihr habt Euch seit Eurer Rückkehr von der Hausparty verändert.«

Nick zog sich das Hemd über den Kopf und übergab es seinem Kammerdiener. »So scheint es.«

»Umso besser, wenn ich meine Unverschämtheit noch erweitern darf.«

»Vielen Dank, Rand.« Nick schälte sich die Hose von den Beinen.

»Alle sagen das.«

»Lassen Sie uns die Dinge nicht zu weit treiben.« Nick lächelte den Mann an, woraufhin dieser die Augen aufriss. Nick zog sich fertig aus und dann drehte er sich um und steuerte auf sein Bad zu.

Er konnte nicht anders, als an die Stadt zu denken, wo er Violet kennengelernt hatte. Und er konnte es kaum erwarten, dorthin zu gelangen.

∾

*V*iolet war überraschend zufrieden, als sie aus dem Fenster ihrer Kutsche Bath betrachtete. Acht lange Jahre waren ihre Gedanken von »wenn nur …« überschattet gewesen und obwohl sie immer noch traurig über den Verlauf der Dinge war, fühlte sie, dass sie Nick hinter sich lassen konnte.

Oh, es schmerzte sie noch immer – sie wusste, dass sie ihn ewig lieben würde – doch endlich hatte sie eine glückliche Erinnerung, die sie zum Lächeln brachte.

Nach ihrer Zeit der Zweisamkeit im Wohnzimmer waren sie auf der Hausparty nicht noch einmal allein zusammen gewesen. Doch vor seiner Abreise hatte er ihre Hand ergriffen, sich verbeugt und ihr alles Glück für die Zukunft gewünscht. Es hatte sich wie ein Abschied angefühlt und sie wusste, dass es einer war.

Ja, genau das fühlte sich nun anders an. Vor acht Jahren war sie einfach mit ihren Eltern abgereist und weil er ihren Brief nie erhalten hatte, war dort eine offene Wunde geblieben. Hoffentlich war sie jetzt geschlossen und sie konnten nun beide ihr Leben ohne Bedauern oder Bitterkeit fortsetzen.

Als sie die Great Pulteney Street entlangrollten, fragte sie sich, wie dieser Weg, der vor ihr lag, wohl aussehen mochte. Vielleicht würde Hannah ihr helfen, das auszutüfteln. Violet war über ihren angekündigten Besuch in der Stadt entzückt und freute sich schon darauf, einen zauberhaften Nachmittag mit ihrer Freundin zu verbringen.

Vor dem Sydney Hotel stieg sie aus der Kutsche und rauschte hinein, wo sie sich nach Hannah umsah. Ihr Nacken prickelte, als ob etwas … verkehrt wäre. Sie war schon einhundert Mal – vielleicht öfter – hierhergekommen, aber nie hatte sie diese Empfindung verspürt, als hätte sie genau *dies* schon einmal erlebt. Sie nahm die vertraute Umgebung wahr, die Fenster, die auf den Garten hinausgingen und dann erstarrte sie.

Als er sich von einem Tisch in der Nähe eines Fensters erhob, verschmolz sein Blick mit ihrem. Er war ein bisschen anders gekleidet, aber die Farben waren die gleichen – ein

dunkelblauer Frack, eine braune Hose und die steifste
Krawatte, die sie je gesehen hatte. Er bot ein atemberau-
bendes Bild männlicher Eleganz und schroffem Reiz. Sogar
ehe er Herzog geworden war, hatte er herzoglich ausgesehen,
als könne er die Welt kommandieren.

Für einen Moment konnte Violet sich nicht rühren. Die
Vertrautheit der Situation war so intensiv, dass sie beinahe an
einen Traum glaubte. An jenem Tag vor acht Jahren hatte sie
den Tisch verlassen, an dem sie mit ihrer Tante und deren
Freundin gesessen hatte, und sie ihrem Geplauder über den
neuesten Klatsch überlassen, während sie eine Runde im
Freien drehte. Nie hätte sie sich vorgestellt, dass solch eine
einfache Entscheidung ihr Leben für immer verändern
würde.

Nick hatte sich erhoben und als sie ihn erblickte, waren
sich ihre Blicke kurz begegnet, ehe sie ihren Weg zur Tür in
die Gärten mit ihrer Zofe auf den Fersen fortsetzte. Während
der ganzen Zeit hatte ihr Herz wild gepocht, als der gutausse-
hende Fremde sie angestarrt hatte. Um der Vergangenheit zu
entsprechen, setzte sie einen Fuß vor den anderen und schritt
auf die Tür zu.

Er eilte herbei, um sie für sie zu öffnen, ebenso, wie er es
acht Jahre zuvor getan hatte. Sie trat in den kühlen Nachmittag des Spätoktobers hinaus und hielt die Luft an.

Nick trat zu ihr und verbeugte sich tief. »Darf ich Sie
durch die Gärten begleiten?«

Unwillig – oder vielleicht unfähig – den Zauber zu
brechen, der sich über sie gelegt hatte, blickte sie über ihre
Schulter zurück, als ob sie ihre Tante drinnen sehen könnte.
Damals war sie zu sehr in ihren Klatsch vertieft, um darauf
zu achten, was Violet unternahm, also hatte sie ihre Chance
ergriffen.

Sie knickste vor ihm. »Ja, ich wäre sehr erfreut.«

Er bot ihr seinen Arm und in dem Augenblick, in dem

sie ihre Hand darum legte, war es, als wären sie wie verwandelt. Der Tag schien plötzlich strahlender, mehr Juli als Oktober, die Luft voller verheißungsvoller Düfte des Hochsommers. Alles in ihrem Inneren drehte sich, als der Schwindel sie überkam. Er strahlte Charme und Anziehungskraft aus und er wollte mit *ihr* spazieren gehen!«

Violet konnte ein Lächeln nicht verhindern.

Die Fragen übervölkerten ihren Verstand – was tat er hier? Warum war er gekommen? Worum ging es hier? Aber nur eine schaffte es über ihre Lippen. »Hannah ist nicht hier, oder?«

Er schüttelte den Kopf.

Hannahs Botschaft war nicht in ihrer Handschrift gewesen, die Violet ebenso gut kannte, wie ihre eigene. Als Erklärung hatte sie angegeben, dass der Sekretär ihres Ehemannes sie geschrieben hätte, da sie sich den Finger verbrannt hatte. Nick war scheinbar noch ebenso raffiniert, wie sie ihn in Erinnerung hatte.

»Würden Sie gern den Kanal besichtigen?«, fragte er. »Dort gibt es eine zauberhafte Brücke im chinesischen Stil.«

Er tat alles genau wie vor acht Jahren. Sie wollte das Gleiche tun. »Das klingt wundervoll. Liebend gern würde ich sie anschauen.«

Er führte sie einen Pfad entlang, der zur Brücke führte und sagte: »Wir sind nicht formell miteinander bekannt gemacht worden, womit unser Benehmen hier vermutlich eher skandalös ist.«

Violet unterdrückte ein Lachen. Ja, dieses Abenteuer hatte den Ton für ihre gesamte Beziehung festgelegt. Den Regeln waren sie kaum gefolgt. Sie hatten sich von Erregung und Liebe fortschwemmen lassen und sich nicht um die gesellschaftlichen Prinzipien gekümmert.

»Ich bin Nicholas Bateman«, sagte er.

»Miss Violet Caulfield.«

»Ich bin erfreut, Sie kennenzulernen, Miss Caulfield. Sie stammen nicht aus Bath, oder? Ich sollte es, glaube ich, wissen, wenn dem so wäre.«

»Das tue ich nicht, allerdings leben meine Tante und mein Onkel hier und ich besuche sie jeden Sommer.«

»Ich bin zutiefst betrübt, dass wir uns nicht schon früher begegnet sind. Ich lebe bei meinem Onkel außerhalb der Stadt.«

»Ich mache derzeit mein Debüt, entgegnete sie und betrachtete sein Profil. Sie versuchte, es mit den gleichen Augen zu sehen, wie damals, aber es war schwierig. Weil sie ihn kannte und nicht alles vergessen konnte, was sich zugetragen hatte. Sie konnte aber so tun als ob und das wollte sie auch.

»Bedeutet das etwa, dass Sie zu dem Maskenball am Donnerstag gehen werden?«, fragte er. Der helle, hoffnungsvolle Klang unterlegte seine Frage jetzt ebenso wie vor acht Jahren.

Sie nickte. »Das werde ich. Und mir ist es gestattet, den Pump Room zu besuchen.«

»Sagen Sie mir, wann Sie vorhaben ihn aufzusuchen, und ich werde ebenfalls dort sein.«

Sie erreichten die Brücke und sie rief aus: »Oh, das ist wunderschön! Vielen Dank, dass Sie mich hergeführt haben.«

Sie blickte auf den Kanal hinab und dann drehte sie sich zu ihm um, während ihr Arm noch immer mit seinem verschlungen war. »Sind da Boote?«

Er schwenkte mit ihr herum, sein Gesicht so vertraut, so geliebt. Der eisige Herzog war heute nirgends zu finden. Dieser Nick sah jünger, weicher und entspannter aus. Vielleicht *war* dies ein Traum.

»Ja. Würden Sie gern eines Tages mit einem hinausfahren?«

»Ich sollte meine Tante und meinen Onkel fragen.« Sie
rief sich in Erinnerung, was sie damals gedacht hatte, … dass
sie ihnen nichts von Nick erzählen wollte, da sie fürchtete,
dass sie ihr den Umgang mit ihm verbieten würden. Sie war
jung gewesen, gerade einmal neunzehn und noch nicht ganz
auf dem Heiratsmarkt. »Sie werden nichts einzuwenden
haben«, sagte sie, ebenso wie vor acht Jahren, als sie mit ihm
in einem Boot auf dem Kanal fahren wollte, ob sie nun
zustimmten oder nicht. Damals hatte sie gewusst, dass etwas
Magisches passierte, dass diese zufällige Begegnung den Kurs
ihres Lebens ändern würde.

»Ich werde mich darauf freuen«, erklärte er und blickte
mit solch einer Wärme auf sie herab, dass sie sich an ihn
schmiegen wollte, so wie sie es acht Jahre zuvor beinahe
getan hätte.

Dann hatte sie ihre Zofe etwa fünf Meter weiter erblickt
und erkannt, dass sie vielleicht ins Hotel zurückkehren sollte,
ehe sie noch vermisst würde.

»Ich sollte umkehren.« Sie sah zu ihm auf, doch er rührte
sich nicht. Sie wollte nicht zurückgehen.

Ihr wurde bewusst, dass sie diesen Gedanken auch für die
Vergangenheit meinte. Nachdem sie sich jahrelang
gewünscht hatte, die Zeit zurückdrehen zu können, wollte sie
das nun nicht mehr. Sie wollte ihn in der Gegenwart. Sie
wollte glauben, dass sie füreinander bestimmt *waren,* obwohl
es lange Zeit gedauert hatte, zusammenzukommen.

»Hoffentlich macht es Ihnen nichts aus, Miss Caulfield,
wenn ich Ihnen sage, dass Sie sehr schön sind. Die schönste
Frau, die ich je gesehen habe.«

»Immer noch?« Diese Worte kamen wie ein heiseres Flüstern über ihre Lippen, kaum hörbar, als der Wind die Blätter
an den beinahe kahlen Bäumen rascheln ließ.

»Immer.« Er beugte sich vor und sie erwartete seinen
Kuss.

Doch er drehte sich bloß herum und fing an, zum Hotel zurückzugehen, womit er sie vor Frustration erbeben ließ. Wie hatte sie glauben können, dass sie abgeschlossen hatten. Dass sie voranschreiten könnte, als wäre die Vergangenheit endlich geklärt? Zwischen ihnen würde sie niemals geklärt. Nicht für sie. Sie liebte ihn von ganzem Herzen – den sanften, charmanten Mann aus ihrer Jugend und den dunklen, gequälten eisigen Herzog.

»Erzählen Sie mir, Miss Caulfield, womit Sie sich gern beschäftigen?«

»Sticken, singen, lesen.«

Er blieb stehen, sah sie an und dann lachte er. »Wirklich?«

Sie stimmte in sein Gelächter ein und rief sich diesen Augenblick in Erinnerung, als sei es gestern gewesen. »Lesen, ja. Die anderen Dinge vielleicht nicht so sehr, wie es meiner Mutter gefallen würde. Ich reite für mein Leben gern und ich bin ziemlich gut im Bogenschießen.« Sie erinnerte sich, dass sie rot geworden war und sich gewünscht hatte, weniger angeberisch zu sein.

Doch er hatte nur noch lauter gelacht und seine bewundernswerten Augen hatten vor Heiterkeit geblitzt. »Das würde ich liebend gern sehen. Vielleicht kann ich einen Platz für uns zum Schießen finden.« Er beugte sich bei diesen Worten näher und in ihrer Erinnerung hörte sie das leise Räuspern, das aus der Kehle ihrer Zofe herrührte.

Oh, Letty. Sie war Violets Gouvernante gewesen und hatte dann in dem Frühling, der zur Vorbereitung auf Violets Debüt diente, die Position der Kammerzofe übernommen. Sie liebte Violet wie eine Tochter und hatte gesehen – und mit ihr sympathisiert –, wie heftig diese sich in Nick verliebt hatte. Im Nachhinein hätte Violet den Brief, den sie an Nick geschrieben hatte, ihr anvertrauen sollen. Aber Letty war bei ihrer Abreise aus Bath entlassen worden und eine neue, weitaus ernstere Zofe hatte ihren Platz eingenommen. Ihre Eltern hatten Letty zum Teil für Violets Benehmen verantwortlich gemacht. Später, nach Cliffords Ableben hatte Violet Letty ausfindig gemacht und ihr eine Entschädigung gezahlt, mit der sie sich zur Ruhe setzen konnte. Im vergangenen Jahr war sie gestorben.

Nick runzelte die Stirn, was wahrscheinlich auf ihre Träumerei zurückzuführen war. Violet schüttelte die rührseligen Gedanken ab und sah lächelnd zu ihm auf. »Ich habe gerade an meine Zofe gedacht. Ich denke, sie würde wollen, dass ich zum Hotel zurückkehre.«

Sein Blick schweifte zu einem unbestimmten Punkt hinter ihr. Vielleicht dachte er ebenfalls an Letty. »Ich habe sie gemocht.«, antwortete er und brach damit ihr acht Jahre altes Drehbuch.

»Sie war eine gütige Frau.«

»War?«

Violet nickte verhalten. »Sie ist letztes Jahr gestorben.«

Kurz schloss er die Augen und für einen Moment sah sie den eisigen Herzog vor sich. Nein, sie würde ihm nicht gestatten, diesen perfekten Tag zu ruinieren.

Violet drückte seinen Arm. »Kommen Sie, Letty würde wollen, dass wir unseren Rückweg genießen. Sie fand Sie gutaussehend, wissen Sie. Doch andererseits erinnere ich mich, dass ganz Bath Ihnen zu Füßen lag.« Als sie zu dem Maskenball gegangen war, hatte sie andere von dem spektakulären Mr. Batemann sprechen gehört und sie hatten Vermutungen angestellt, ob er wohl mit ihnen tanzen würde. Sie hatte gefürchtet, dass er sie unter all seinen Bewunderinnen nicht ausmachen würde. Und dieser Gedanke war töricht gewesen. Sie war die erste Dame, die er zum Tanzen aufgefordert hatte.

»Ich habe niemanden außer Ihnen bemerkt«, entgegnete er, während er sie auf dem Pfad entlangführte.

Sie wusste, dass es die Wahrheit war, und dennoch ließ es sie erschaudern.

»Jetzt hören Sie aber auf zu reden, als sei dies die Vergangenheit, Miss Caulfield.« Seine sanfte Ermahnung zauberte ein Lächeln auf ihre Lippen. Er bestand offensichtlich darauf, dass sie diese Verstellung fortsetzten.

Sie versuchte, sich zu erinnern, was als Nächstes passiert war ... Oh! Mit der Hand fuhr sie sich an den Mund und lachte. Sich sammelte sich und ernüchterte. »Meine Güte, wollen Sie sich dies anschauen?« Sie zeigte auf nichts Bestimmtes und fragte sich, ob er sich erinnern würde, was sie gesehen hatten.

Er sog den Atem ein und sie wusste, dass dem so war. »Um Himmels willen, ist das Lady Fairhaven und ... tanzt sie?« Die Countess von Fairhaven war mit ausgebreiteten Händen über den Rasen gewirbelt.

»Ich erinnere mich an keinen Tanz, bei dem es erforderlich wäre, dazu zu schreien«, bemerkte Violet grinsend. Wie sich herausstellte, hatte die Countess eine Spinne entdeckt, die ihr auf den Rock gekrochen war – die Geschichte hatte man sich damals tagelang erzählt. Das erinnerte Violet an die Spiele, die sie auf der Hausparty gespielt hatten und an Mr. Seaver mit seiner Behauptung, dass eine Spinne in Sarahs Haar säße.

»Nein, ich wage zu sagen, dass es keinen gibt. Können Sie sich das vorstellen?« Er hob einen Arm und ließ ihn wie ein Vogel flattern, der zum Flug abhob. »Ergänzt man noch das Gequieke, müssten wir ihr einen ornithologischen Namen geben.«

»Vielleicht die Rohrdommel«, schlug sie vor.

Er legte den Kopf schief, als könne er Lady Fairhaven wirklich bei ihren wilden Bewegungen vor sich sehen. »Tatsächlich. Mit ihrem gereckten Hals und der langen Nase sieht sie ein bisschen aus wie eine Rohrdommel. Vielleicht sollten wir mehrere Namen haben und sie anhand des Tänzers vergeben. Sie zum Beispiel, wären ein Schwan.«

Sie schnappte nach Luft und sah ihn scharf an, doch der Humor zupfte an ihren Lippen. »Schwäne können ziemlich unangenehm sein.«

»Sicher werden Sie mir zustimmen, dass Sie die allerschönste im Vogelschwarm sind.« Er betrachtete sie eingehend und sein Blick war weich, aber verführerisch. »Und ich bin zuversichtlich, dass Sie gar nicht wüssten, sich unangenehm zu verhalten, wenn Sie es versuchten.«

Das sagte er damals, aber glaubte er es jetzt? Für einen Augenblick drang die Realität in ihr charmantes kleines Spiel. So viel hatte sich zugetragen, seit jener Tag tatsächlich stattgefunden hatte. Sie war mehr als unangenehm gewesen. Sie hatte sein Herz gebrochen. War es zu spät für sie, das Verlorene zurückzuerobern? Das hatte sie geglaubt. Sie hatte sich mit den Folgen abgefunden, bereit, nach vorn zu schauen. Doch jetzt war er hier …

Die Fragen, die sie ignoriert hatte, kehrten brausend zurück und sie war sich nicht sicher, ob sie sie alle unter Kontrolle halten konnte. Dies war ein entzückendes Spiel, aber sie konnten es nicht für immer spielen.

Er schüttelte den Kopf, die Augen dunkel, als ob er ihre Gedanken lesen könnte. Er schwenkte herum und eskortierte sie zum Hotel zurück. »Darf ich Sie morgen Nachmittag vielleicht im Pump Room treffen? Natürlich nur, wenn Sie vorhaben, dorthin zu gehen.«

»Das habe ich nun.« Ihr Verstand hatte sich an die Arbeit gemacht, und geplant, wie sie ihre Tante überzeugen könne, sie gehen zu lassen. Es hatte sich als nicht sehr schwierig herausgestellt, da ihr Onkel darauf bestand, dass sie gesehen wurde – denn schließlich sollte sie sich in diesem Sommer Selbstbewusstsein und Haltung aneignen.

Nick begleitete sie nicht hinein, sondern entzog ihr

seinen Arm – so wie er es acht Jahre zuvor getan hatte. »Ich sollte mich verabschieden«, meinte er. »Ich danke Ihnen für den Spaziergang. Ich freue mich darauf, Sie morgen zu treffen.« Nachdem er eine perfekte Verbeugung vollführt hatte, ging er davon.

Violet starrte ihm nach und die zuvor unterdrückten Fragen brannten ihr auf der Zunge. Nun gut, sie würde sie morgen stellen. Morgen würde sie sicherstellen, dass sie in der Gegenwart lebten. So sehr sie es auch liebte, die idyllische Vergangenheit wieder aufleben zu lassen, wusste sie, wie dies endete.

Und sie weigerte sich, eine Wiederholung der Vergangenheit zuzulassen.

CHAPTER 12

*D*ie Musik von der Galerie bot einen lebendigen Hintergrund zum Gemurmel der Unterhaltungen, die den Pump Room erfüllten. Nick war seit acht Jahren nicht mehr dort gewesen. Im Herbst, nachdem er Violet kennengelernt hatte, erwarb sein Onkel ein Offiziersstellung für ihn und er war in den Krieg gezogen, wo er sich seinem Bruder in der Kompanie von Wellington neu gebildeter vierten Infanteriedivision angeschlossen hatte. Schnell verbannte er diese beinahe drei Jahre aus seinen Gedanken.

Stattdessen konzentrierte er sich auf gestern, auf Violet. Sein Plan war so perfekt aufgegangen, wie er sich nur vorstellen konnte. Ein Teil von ihm hatte gefürchtet, dass sie sich von ihm abwenden würde, doch das hatte sie nicht getan. Nein, sie hatte sich auf sein Spiel »so tun, als ob« eingelassen und sie beide hatten einen durch und durch bezaubernden Nachmittag verbracht.

Er stand in der Nähe des Fensters und beobachtete die Frauen beim Promenieren, während andere dort saßen und ihr Wasser tranken. Sein Blick schweifte oft zur Tür in Erwartung von Violets Ankunft.

Und dort war sie.

Sie trug ein bezauberndes Ausgehkleid mit einem hellblauen Jäckchen und einer raffinierten Haube, die ihr Gesicht perfekt umrahmte. So reizend sie auch aussah, würde er ihr alles vom Leib reißen, bis sie nackt wäre. So, stellte er bei sich fest, mochte er sie am liebsten. Und weil er bei der Hausparty nicht in der Lage gewesen war, dieses Vorhaben zu verwirklichen, war er begierig, das endlich zu tun. Vorausgesetzt, sie war daran interessiert, ihre Affäre wieder aufleben zu lassen.

Suchend sah sie sich im Raum um, bis sie ihn fand und ihre Züge leuchteten auf. Er wählte seinen Weg an der Längsseite des Raumes entlang, als sie eintrat.

»Guten Abend, Lady Pendleton.« Er ergriff ihre Hand und verbeugte sich.

Sie sank in einen Knicks und murmelte: »Bin ich heute Lady Pendleton?«

Er antwortete nicht, doch er sah sie mit einem listigen Grinsen an. »Sollen wir Wasser trinken oder promenieren? Oder beides?«

»Beides, denke ich.«

Er bog ihre Finger um seinen Unterarm und führte sie zur gegenüberliegenden Seite des Raumes.

»Herzog«, setzte sie an, und veranlasste ihn damit, in ihre Richtung zu blicken. Das Wort klang so merkwürdig aus ihrem Mund. Es war ihm schwergefallen, sich an seinen Titel zu gewöhnen und dies führte ihn in diese Zeit zurück. »Ich bin überrascht, Sie in Bath zu treffen.«

»Das kann ich mir vorstellen. Nach unserem letzten Treffen schien es, dass es vielleicht … mehr zu sagen gab.« Oder zu tun. Sie blitzte ihn mit einem überraschten Blick an. »Ich würde wohl gern etwas über Ihre Absichten erfahren.«

Er stieß ein leises Lachen aus. »Sie klingen wie eine besorgte Mutter. Wenn es nicht offensichtlich ist, dachte ich, wir könnten vielleicht herausfinden, ob wir zusammenpassen.«

Sie taumelte einen Schritt nach vorn und stolperte, doch er spannte seinen Griff an, ehe sie zu Boden fallen konnte.

»Vorsichtig«, sagte er.

Der Blick, den sie ihm jetzt zuwarf, war von Verzweiflung gezeichnet. »Sie glauben, das ist so einfach?« Die Frage war leise und drängend.

»Nein, aber wir müssen irgendwo anfangen.« Da waren acht Jahre und eine Vielzahl unbekannter Gefühle und Verletzungen, die zwischen ihnen standen. Sie würden sie klären müssen, *wenn* sie sie klären konnten.

Zwei Frauen, die ein paar Jahre älter als Violet waren, blieben vor ihnen stehen. Sie blickten Violet fragend an, ehe sie vor Nick knicksten.

»Gestatten Sie mir, Ihnen den Herzog von Kilve vorzustellen«, sagte Violet. »Wir haben uns kürzlich auf der Hausparty einer gemeinsamen Freundin kennengelernt.« Sie drehte sich zu Nick. »Herzog, das sind Mrs. Dunaway und Mrs. Frye.«

Die Frauen starrten ihn für einen Moment mit offenem Mund an.

Mrs. Frye war die Erste, die ihre Sprache wiederfand. »Es ist ein Vergnügen, Sie kennenzulernen, Euer Gnaden.« Wieder knickste sie.

»Sind Sie in die Stadt gekommen, um die Königin zu sehen?«, fragte Mrs. Dunweavy.

Das war er nicht, doch er griff nach dieser Ausrede, da er ihr ja schlecht sagen konnte, dass er nach Bath gekommen war, um seine ehemalige Geliebte zu verführen. »Ja.«

»Wie fantastisch«, bemerkte Mrs. Frye lächelnd. »Jedermann ist so aufgeregt, dass die Königin in die Stadt kommt. Ich nehme an, dass Sie zu ihrem Empfang gehen werden.«

Nick hatte nicht wirklich darüber nachgedacht, aber

natürlich würde er das tun. Es war ein Teil seines Daseins als Herzog. Wenn die Königin zu Besuch kam, erwies man ihr seine Ehrerbietung. Aufgrund ihres Titels einer Viscountess würde Violet ebenfalls gehen.

»Ich freue mich darauf«, entgegnete Nick.

Sie tauschten noch ein paar weitere Freundlichkeiten aus, ehe sie sich trennten. Nick und Violet setzten ihren Weg zum anderen Ende des Raumes fort.

Als sie an einem Tisch vorüberkamen, beugte sich ein korpulenter Mann, der nicht mehr der Allerjüngste war, mit zusammengekniffenen Augen vor und sagte: »Das ist doch Nicholas Bateman, würde ich sagen?«

Nick erkannte den Mann. Es war ein alter Freund seines Onkels. »Das ist er tatsächlich. Wie geht es Ihnen, Mr. Eames?«

»Mir geht es ganz gut, soweit.« Sein Blick schweifte zu Violet.

»Darf ich Ihnen meine Bekannte, Lady Pendleton, vorstellen?«, fragte Nick.

Mit einem Lächeln, das Nicks Herz unweigerlich immer wieder ins Stolpern geraten ließ, sank sie vor dem älteren Mann in einen Knicks.

Mit einem tiefen Lachen lenkte Mr. Eames den Blick zu Nick zurück. »Ich hatte vergessen, dass Sie ein Herzog sind, Euer Gnaden.« Er verneigte den Kopf vor Violet. »Es ist mir ein Vergnügen, Mylady. Würden Sie sich gern setzen und einem alten Mann etwas Gesellschaft leisten? Ich muss noch einen weiteren Becher Wasser austrinken. Ich will es mir nicht versagen, nicht, wenn es mich jung hält. Aber deshalb kommt auch die Königin hierher, oder nicht? Diese Wasser sind magisch, sage ich Ihnen.« Er nahm einen großen Schluck und hatte seine Portion damit offensichtlich ausgetrunken. Er übergab Nick den geleerten Becher. »Würde es

Ihnen etwas ausmachen, den Becher für mich zu füllen, Euer Gnaden?«

Niemand hätte es gewagt, einen Herzog zu bitten, so etwas zu tun, aber Nick machte es nichts aus. Im Gegenteil. Er mochte das Gefühl, sich nützlich zu machen, vor allem bei Menschen, die er kannte und mochte. Eames war ein lieber Freund seines Onkels gewesen. Nick fühlte sich plötzlich zerknirscht, keine Verbindung mit dem Mann gehalten zu haben.

»Es würde mir überhaupt nichts ausmachen.« Er entfernte sich und begab sich zum Brunnen, um Eames Becher wieder auffüllen zu lassen. Während er schon dort war, ließ er sich zwei weitere Becher für Violet und sich selbst geben. Er sah zu ihr hinüber, wie sie neben Eames saß, und die beiden hatten die Köpfe im Gespräch zusammengesteckt. Sie lachte über etwas, was der Mann ihr erzählte und Nick konnte sich nur vorstellen, welche Geschichte er zum Besten gab.

Ihre drei Becher balancierend machte er sich auf den Rückweg zum Tisch. »Bitte sehr.«

Eames nahm seinen Becher. »Danke, danke. Jetzt setzen Sie sich. Ich erfreue die schöne Lady Pendleton mit Geschichten aus Ihrer Jugend, wie der Begebenheit, als Sie und Ihr Bruder sich in das Cross Bad geschlichen haben.«

Nick stöhnte. »Wir haben so großen Ärger deshalb bekommen.« Sein Onkel hatte Nick und Maurice für eine ganze Woche in den Stall verbannt.

»Ach, aber Ihr Onkel und ich haben darüber gelacht.«

»Das ist schön zu wissen«, bemerkte Nick säuerlich.

Eames sah Violet an, als er seinen Becher hob. »Leben Sie hier in Bath, Lady Pendleton?«

»Das tue ich, ja. Es schien ein netter Ort, um sich niederzulassen, nachdem mein Ehemann verschieden war. In meiner Jugend habe ich viel Zeit hier verbracht und mir viele liebe Erinnerungen bewahrt. Hier zu wohnen, hält sie in meinen Gedanken lebendig.« Ihr Blick schweifte zu Nick und sie sah ihn mit einem schüchternen Lächeln an.

War sie hierhergezogen, um sich ihm näher zu fühlen, oder dem, was sie verband? Er hatte sie jahrelang gehasst und offensichtlich hatte sie das genaue Gegenteil empfunden. Aber was hätte er anders machen können. Sie hatte jemand anderen geheiratet.

Eames sah Nick an. »Der Besitz Ihres Onkels entwickelt sich ausgezeichnet. Mr. Prendergast hat sich als exzellenter Landwirt erwiesen.«

Nick hatte den Hof veräußert, nachdem er das Herzogtum geerbt hatte. Er hatte nichts behalten wollen, was ihn an all das Verlorene erinnerte. »Ich bin froh, das zu hören.«

»Sie sollten ihm einen Besuch abstatten, wenn Sie können«, schlug Eames vor. »Vermutlich sind Sie wegen der Königin hier. Ich kann mir vorstellen, dass es sehr auslastend ist, ein Herzog zu sein. So viele Verpflichtungen und Erfordernisse.«

Als Nick an seinem Becher nippte, bemerkte er Violets gespanntes Interesse. Sie blickte zwischen ihm und Eames mit der gleichen Faszination hin und her, wie bei einem aufregenden Federballturnier.

»Es ist gewiss nichts, was zu erlernen ich vorausgesehen hatte.«

»Und das hatte auch Ihr Onkel nicht geahnt. Er war über das Dahinscheiden seines Cousins und seine Erben verdammt schockiert.«

Nick erinnerte sich an den Brief, den er und Maurice nach jenem Vorfall erhalten hatten. Onkel Gilbert hatte Maurice nach Hause beordert, denn plötzlich war dieser offenbar zum Erben eines Herzogtums aufgestiegen. Doch Maurice war nie heimgekommen. Ein paar Tage später waren sie in die Schlacht von Badajoz gezogen und Maurice war gefallen.

»Dann ist Ihr armer Bruder …« Eames Stimme versagte und Nick war froh, dass der Mann den Gedanken nicht beendete. Die ganze Gesprächsrichtung drängte ihn an einen Ort, von dem er fortkommen wollte.

Eames trank noch etwas von seinem Wasser und stellte dann den Becher geräuschvoll auf den Tisch. Er drehte sich zu Violet. »Wie haben Sie Seine Gnaden kennengelernt?«

Violets Blick schnellte zu seinem und er sah ihre Frage darin. »Wir haben vor kurzem an derselben Hausparty teilgenommen.«

Das war keine reine Lüge.

»Eine Hausparty? Ich habe nie eine besucht. Was tut man dort?«

»Jede Menge Dinge«, antwortete Violet. »Es gab Tanz, einen Ausflug zur St. Andrews Kathedrale in Wells. Und Angeln.«

Eames sah zu Nick und seine Augen leuchteten. »Ich gehe davon aus, dass Sie das genossen haben. Erinnern Sie sich, wie Sie mir Fisch gebracht haben?«

»Das tue ich.« Er und Maurice hatten häufig so viel gefangen, dass sie den Nachbarn etwas abgeben konnten. Eames war immer ihr erster Halt gewesen. »Lady Pendleton hat das Bogenschießen nicht erwähnt, bei dem sie den Damenwettbewerb gewonnen hat.«

Der ältere Gentleman sah sie mit einem bewundernden Blick an. »Wer hätte das gedacht? Exzellent.«

Sie errötete auf entzückende Weise. »Der Herzog hat die Ausscheidung unter den Herren gewonnen.«

Eames gluckste. »Nun, sind Sie dann nicht ein Paar?« Er trank den letzten Rest seines Wassers aus und erhob sich. Nick wollte ebenfalls aufstehen, doch Eames winkte ab. »Setz dich, mein Junge. Ähm, Euer Gnaden. Es war mir ein

Vergnügen, Sie zu treffen. Wenn Sie zu Prendergast hinausfahren, werden Sie hoffentlich bei mir vorbeikommen und
mich besuchen.«

Nick sah ihn mit einem warmen Lächeln an. »Das werde
ich tun.«

Eames verbeugte sich vor Violet. »Es war mir ein Vergnügen, Mylady.«

»Das Vergnügen war ganz meinerseits«, entgegnete sie
leise. Als sie ihm nachsahen, wie er davonging, formten sich
ihre Lippen zu einem Lächeln. »Was für ein charmanter
Gentleman.« Sie wandte sich Nick zu. »Sie haben ihn gut
gekannt?«

»Er war ein guter Freund meines Onkels.«

»Ich erinnere mich, dass Sie von ihm gesprochen haben –
ihrem Onkel. Es tut mir leid, dass ich ihn nicht kennengelernt habe.« Sie nahm einen kleinen Schluck Wasser. »Was ist
passiert? Er hatte das Herzogtum geerbt und es ging dann für
kurze Zeit an Ihren Bruder über?«

»Nein. Mein Bruder war in der Schlacht gefallen, ehe er
nach Hause zurückkehren konnte. Als ich der rechtmäßige
Erbe wurde, hat man mich freigestellt, aber ich habe es nicht
nach England geschafft, ehe Onkel Gilbert gestorben war.«

Über den kleinen Tisch hinweg wollte sie nach seiner
Hand greifen, aber er hielt sie auf, ehe sie sie berühren
konnte. »Es tut mir so leid.«

»Ich würde lieber nicht davon sprechen«, antwortete er.
»Zumindest nicht heute. Nicht hier.«

Sie nickte verständnisvoll und für einen Moment waren
die beiden still, ehe sie bemerkte: »Ich gebe zu, dass ich nicht
sicher bin, wie es weitergehen soll. Sie sagten, Sie wollten
herausfinden, ob wir zusammenpassen.«

»Das tue ich. Aber vermutlich ist das egal, wenn Sie nicht
einverstanden sind.«

»Ich habe acht Jahre damit zugebracht, mich nach einem

Neuanfang zu sehen ... mir zu wünschen, dass die Dinge anders wären.« Abrupt wandte sie den Blick ab. »Ich weiß, dass das nicht wirklich möglich ist.«

Er hasste den Kummer und das Bedauern in ihrem Tonfall, aber er konnte ihr nicht widersprechen. »Nein, das ist es nicht.«

»Vermutlich sollten wir einander kennenlernen – so wie wir jetzt sind. So sehr mir der gestrige Tag auch gefallen hat, können wir nicht in dieser Art weitermachen.«

»Nein, und das war auch nicht meine Absicht.« Er hatte gedacht, sie zu diesen glorreichen Tagen zurückführen zu können, aber er wusste, dass sie klären mussten, was zwischen ihnen lag. Wenn sie es konnten. Es gab so vieles, was er nicht über sie wusste und wonach er sich sehnte. Er fing mit etwas Einfachem an. »Wie haben Sie Mrs. Linford kennengelernt?«

In ihre Augen trat ein Glitzern und sie lachte leise. »Es ist wirklich eine schreckliche Geschichte. Nun, nicht *schrecklich,* aber peinlich. Es war bei meinem ersten Ball in London, nachdem ich verheiratet war.« Sie warf ihm einen nervösen Blick zu und er machte sich insgeheim eine Notiz, ihr zu sagen, dass sie so etwas wirklich nicht zwischen sie kommen lassen sollte, zumindest nicht, wenn sie wirklich mit ihm in die Zukunft blicken wollte.

Sie räusperte sich. »Hannah – Mrs. Linford – war ebenfalls dort. Es war ihr *zweiter* Ball seit ihrer Heirat mit Irving. Mein Ehemann hat mich sofort stehen gelassen und ich habe ihn für den Rest des Abends nicht wiedergesehen. Hannah und Irving waren so freundlich, mich nach Hause zu bringen.«

»Er hat Sie einfach dort allein gelassen?«

Sie nickte. »Ich hatte noch nicht erkannt, dass ich mich auf diese Weise weit besser amüsieren würde. Aber ich habe nicht lange gebraucht, das zu lernen.«

»Er klingt wie ein totaler Nichtsnutz.« Wenn der Mann nicht schon tot wäre, würde Nick ihn liebend gern dafür verprügeln, sie so zu behandeln.

»Das ist eine ausgezeichnete Beschreibung«, erklärte sie. »Glücklicherweise hatte Hannah mich gefunden und ist den ganzen Abend bei mir geblieben. Seitdem sind wir Freundinnen.«

»Sie scheint eine liebenswerte Frau zu sein«, stellte er fest und dachte im Stillen, dass er auf ihrer Hausparty lieber ein besseres Benehmen an den Tag hätte legen sollen. Er erinnerte sich an Violets Rüge, mit seinem Verhalten beinahe die Party ruiniert zu haben und zuckte zusammen.

»Was ist?«, fragte Violet.

»Ich habe nur gerade gedacht, dass ich Mrs. Linford während ihrer Party gern besser kennengelernt hätte. Ich war, ähm, aus der Übung, was die Geselligkeit anbelangt.«

»Das haben Sie gesagt«, antwortete Violet ironisch. »Niemand hätte Sie versehentlich für eine Nervensäge gehalten.«

Er lachte darüber und versuchte, sich vorzustellen wie er herumlief und mit den Leuten plauderte. »Ich bin nicht sicher, ob ich je dafür gehalten worden bin.«

»Das ist zweifelhaft, aber ich erinnere mich, dass Sie recht freundlich waren. Wie ich gestern gesagt habe, die Frauen haben sich Ihnen an den Hals geworfen – und das war, bevor Sie Duke geworden sind. Was ist passiert, nachdem Sie geerbt hatten? Das hätte ich gern erlebt.« Ihre Stimme war mit ihrer Frage und der darauffolgenden Erklärung immer zaghafter geworden. Wieder war sie vorsichtig, und er machte ihr keinen Vorwurf daraus.

Er trank einen Schluck seines Wassers. »Ich bin für die Saison nach London gegangen – das war 1813. Es war schwierig. Ich hatte mich noch nicht daran gewöhnt, Herzog zu sein, aber es schien, als sollte ich einfach damit klarkommen müssen.«

Violet hat keine weitere Saison in London verbracht. Clifford hatte dies als nicht erforderlich deklariert, aber sie wusste, dass er auf diese Weise seinen lüsternen Aktivitäten nachgehen konnte, ohne sie in der Nähe zu haben. »Hatten Sie damals Ihre Frau kennengelernt?«

»Ja.«

»Hatten Sie sich verliebt?« Violet versuchte, ihre Stimme nonchalant klingen zu lassen.

»Violet«, krächzte er. »Wollen Sie wirklich darüber sprechen?«

»Wir müssen einander verstehen. Einander kennenlernen. Ich würde gern alles wissen, was Ihnen widerfahren ist.«

Und er wünschte sich dasselbe von ihr. Er hatte die Qual in ihren Augen aufblitzen sehen, als sie ihren Ehemann erwähnte. Über ihn zu sprechen konnte nicht leicht sein und schon gar nicht zu ihrem ehemaligen Liebhaber.

»Kurz nach meiner Ankunft in London habe ich Jacinda kennengelernt. Sie war der Inbegriff der Anmut und Freundlichkeit und ich wusste, dass sie eine exzellente Herzogin sein würde. Ich hatte mich nicht in sie verliebt.«

»Oh.«

Er ließ ein Lachen entschlüpfen. »Sie klingen erleichtert.«

Sie zuckte zusammen. »Das war nicht meine Absicht. Ich habe keine Absicht, Ihre Frau geringzuschätzen.«

»Sie hat verstanden, dass ich sie nicht geliebt habe. Sie sagte immer, sie hätte genügend Liebe für uns beide.«

Die Brust wurde ihm eng, als die Gewissensbisse ihn ereilten. Sie hatte mehr verdient, als er ihr hatte geben können. Wenn er anfangs ehrlich gewesen wäre, hätte er vielleicht anders empfunden. Doch dann hatte er nicht gewusst, dass er sie nicht lieben würde. Er hatte nicht erkannt, dass sein Herz noch immer Violet gehörte. Und das war wahrscheinlich für immer so.

Er trank sein Wasser aus. »Haben Sie Ihren Ehemann

geliebt?« Er vermutete, dass er die Antwort bereits kannte und war genauso erleichtert, wie sie es gewesen war.

»Überhaupt nicht.« Die Worte kamen ihr schnell und mit Vehemenz über die Lippen. »Meine Eltern haben diese Heirat arrangiert und es war ebenso schrecklich, wie ich vorausgesehen hatte.« Sie holte tief Luft und die Farbe, die ihr in die Wangen gestiegen war, verblasste ein wenig. »Ich habe mich selbst beschuldigt, dachte, ich sei eine erbärmliche Ehefrau, weil ich Sie immer noch liebte. Ich habe versucht, gerecht zu sein, um der Sache – ihm – eine Chance zu geben, aber er war ein grässlicher Mann.«

Sie unterhielten sich sehr leise und zwischen der Musik und den Unterhaltungen um sie herum war er sicher, dass niemand hören konnte, was sagten. Dennoch schien dies zu privat, um sich hier darüber auszutauschen.

»Möchten Sie noch mehr Wasser?«, fragte er.

Infolge des plötzlichen Themenwechsels zwinkerte sie ihn an. »Werden wir die volle empfohlene Menge zu uns nehmen?«

»Ich fühle mich nicht veranlasst, das zu tun und Sie?« Als sie den Kopf verneinend schüttelte, fuhr er fort: »Dann lassen Sie uns gehen.« Er erhob sich und bot ihr seinen Arm.

Sie nahm ihn und gemeinsam strebten sie auf den Ausgang zu. »Habe ich etwas Falsches gesagt?«

»Überhaupt nicht. Ich denke nur, dass unsere Unterhaltung besser an einem anderen Schauplatz stattfinden sollte.« Er eskortierte sie nach draußen. »Haben Sie Ihre Kutsche hier?«

Sie wies mit dem Kopf die Straße entlang. »Dort unten.«

»Ich werde Sie dorthin begleiten.« Als er sich ihre Worte durch den Kopf gehen ließ, und was er von ihrem Benehmen abgeleitet hatte, kam er zu dem Schluss, dass ihr Ehemann wohl jemand war, dem er gern in einem Boxring begegnet wäre – um ihn zu Brei zu schlagen. »Hat er Ihnen je weh getan?« Er hatte nicht fragen wollen, doch die Frage kam ihm einfach in den Sinn und sprudelte ihm über die Lippen.

»Einmal.«

Jeder Muskel in Nicks Körper spannte sich an. Doch wieder rief er sich die Frage in Erinnerung, was er hätte tun können? »Wenn ich das gewusst hätte, hätte ich ihn umgebracht«, sagte er leise, wobei er den Blick starr geradeaus gerichtet hielt.

»Es war nicht mehr, als ich verdiente, nach dem, was ich getan hatte.«

Nick blieb stehen. Er drehte sich um, ohne sich um das Spektakel zu sorgen, dass er vielleicht auslösen könnte, und umklammerte ihre Hand, während sie noch immer seinen anderen Arm umfasst hielt. »Sagen Sie so etwas niemals.« Allerdings hatte er ihr Schlechtes gewünscht – und gedacht, genug für seine rachsüchtigen Gedanken gelitten zu haben. Sie beide hatten in einem verworrenen Durcheinander existiert. »Sie haben das nicht verdient.«

»Ich bin froh, dass Sie das sagen. Vielleicht werde ich es jetzt glauben.« Sie lächelte zu ihm auf und Hoffnung schimmerte in ihrem Blick.

Gott, er wollte sie küssen. Sie berühren. Sie halten. Sie nie wieder gehen lassen.

Doch er hatte bereits eine beachtliche Szene gemacht. Er zog den Arm weg und trat einen Schritt zurück. »Ist das Ihre Kutsche?«

Sie sah über ihre Schulter und nickte. Der Kutscher sprang von seinem Sitz herunter, um ihr die Tür zu öffnen.

»Haben Sie Lust, morgen Abend, auf den Maskenball zu gehen?«, fragte er.

»Ich dachte, wir würden in der Gegenwart leben.«

Er blitzte sie grinsend an und erhaschte die subtile Veränderung in ihrem Blick – eine verführerische Verdunkelung, die sich unmittelbar auf seinen Schaft auswirkte. »Wie es der

Zufall will, findet morgen Abend ein Maskenball statt – in der Gegenwart.«

Sie erwiderte sein Lächeln und es kostete ihn seine gesamte Selbstbeherrschung, ihr nicht in ihre Kutsche zu folgen und sie in die Arme zu nehmen. »Ja, dann werde ich kommen« und sie drehte sich zur Tür um, die der Kutscher gerade für die geöffnet hatte.

Ehe sei einstieg, sah sie Nick über die Schulter hinweg an. »Sind sie wirklich gekommen, um der Königin Ihre Ehre zu erweisen?«

Er fixierte sie mit einem intensiven Blick, der die gesamte Wucht seiner Begierde barg. »Nein, ich bin wegen Ihnen gekommen.«

CHAPTER 13

$\mathcal{A}$ ls Violet am folgenden Abend die Oberen Assembly Rooms betrat, war es genau wie vor acht Jahren – nur schlimmer. Die Frauen – und Männer –, die um Nicks Aufmerksamkeit buhlten, standen Schlange. Sie nahm an, mindestens eine Stunde auf ihn warten zu müssen, ehe er sie überhaupt nur begrüßen konnte.

Sie unterschätzte ihn.

Größer gewachsen als die meisten hatte er sie über die Menge hinweg entdeckt und kaum fünf Minuten später war er an ihrer Seite.

Dann bat er sie prompt um den nächsten Tanz. Er war in der ausgelassensten Stimmung, in der sie ihn seit ihrem Wiedertreffen bei Hannah erlebt hatte. Er tanzte, wie sie sich erinnerte – seine Füße schwerelos, sein Lächeln breit und sein Lachen unbeschwert. Und Violet fühlte sich, als würde sie schweben. Wenn es je eine perfektere Nacht gegeben hatte, konnte sie sich nicht daran erinnern.

Obwohl sie sich *doch* erinnerte.

Vor acht Jahren hatten sie bei einem Maskenball hier getanzt und es war ebenso bewegend gewesen. Der einzige

Unterschied bestand darin, dass sie damals nicht von den Leuten belästigt worden waren, sobald sie den Tanzboden verließen. Nun war er allerdings ein Herzog und den Leuten gefiel es, vor allem jetzt, so kurz vor dem Eintreffen der Königin, mit einem Herzog ins Gespräch zu kommen, denn sie rangen um eine Gelegenheit, an ihrem Empfang teilzunehmen, der am Montag stattfinden sollte.

Violet begab sich in das Speisezimmer zum Abendessen. Sie setzte sich zu einem Geschwisterpaar an den Tisch, die in Sydney Place lebten. Lady Andromeda Spier war ebenso wie Violet verwitwet und ihre jüngere Schwester, Casiopeia Whitfield, die als Bücherwurm galt, war eine überzeugte Jungfer.

Letztere, die etwa im gleichen Alter wie Violet war, rückte ihre goldeingefasste Brille zurecht. »Wie war die Hausparty, Violet?«

»Sehr schön, vielen Dank.«

»Wurde sie von Ihrer Freundin, Mrs. Linfield, ausgerichtet?«, fragte Andy. Sie und ihre Schwester waren eher gelehrt veranlagt und schenkten gesellschaftlichen Ereignissen nicht immer Beachtung. Eigentlich war Violet ein bisschen überrascht, sie heute hier anzutreffen. Allerdings hatten sie nicht getanzt.

»Ja, genau.«

»Wer war der Gentleman, mit dem Sie getanzt haben?« Cassie nahm ein Törtchen in die Hand und biss ein Stück ab, während ihr Blick wohlmeinende Neugier ausdrückte.

Violet unterdrückte ein Lächeln. Es überraschte sie nicht, dass Cassi keine Ahnung hatte, wer Nick war.

»Oh, das war Mr. Bateman«, erklärte Andy. »Ich erinnere mich an ihn aus der Zeit, als er früher hier lebte. Du nicht?« Sie drehte sich zu ihrer Schwester um. Die beiden sahen sich ähnlich – Andy mit blonden Locken, wohingegen Cassies Haar neben dem Gold auch einen leicht rötlichen Schimmer besaß. Doch ihre Augen unterschieden sich, selbst wenn man Cassies Brille außer Acht ließ. Andy besaß ruhige, intelligente graue Augen und Cassies waren von einem kräftigen Haselnussbraun, mit deutlich hervortretenden goldenen Sprenkeln.

Cassie legte den Kopf schief und dachte über die Frage ihrer Schwester nach. »Ich bin nicht sicher. Mr. Bateman …«

»Er ist jetzt der Herzog von Kilve«, erklärte Andy und drehte den Kopf zu Violet um. »Das stimmt doch?« Violet nickte.

»Und wie kommt es, dass Sie ihn kennen?«, fragte Cassie eher abwesend, als sie ein weiteres Törtchen nahm.

»Die beiden kannten sich früher«, antwortete Andy, bevor Violet etwas sagen konnte.

Violet erstarrte. Sie hatte nicht bedacht, dass irgendjemand das wissen könnte. Aber eine Bekanntschaft war unbedeutend, argumentierte sie. Andy hatte gerade zugegeben, ihn damals gekannt zu haben, als er noch Mr. Bateman war. »Ja, ich habe ihn vor acht Jahren hier in Bath kennengelernt – bevor ich verheiratet war. Wir sind uns auf Hannahs Hausparty wieder begegnet.«

Andy sah sie mit einem scharfsinnigen Lächeln an. »Nun, er scheint Gefallen an Ihnen gefunden zu haben. Ich erinnere mich, dass er Sie damals auch gemocht hatte. Oder täusche ich mich?« Kurz tippte sie sich mit dem Finger an die Lippe, bevor sie die Hand in den Schoß sinken ließ. »Nein, ich bin ziemlich sicher, aber ich bin auch eine gute Beobachterin.«

Cassie verdrehte die Augen. »Ja, ja. Das wissen wir.«

Violet zog es vor, das Thema zu wechseln. Sie wollte die Aufmerksamkeit nicht auf sich oder auf Nick lenken. Oder noch schlimmer, auf sie beide. Zusammen.

Warum?

Weil sich dann die Frage stellte, was geschehen würde,

wenn nichts passierte? Was, wenn sie beide entschieden, nicht zusammenzupassen?

Ihre Unterhaltung gestern im Pump Room hatte sich als aufschlussreich erwiesen und obwohl er mit seiner Erklärung, wegen *ihr* nach Bath gekommen zu sein, ihr Verlangen aufgerührt hatte – sie erschauderte noch einmal beim alleinigen Gedanken an den Blick, mit dem er sie angesehen hatte – machte sie sich nicht die geringste Illusion, dass die Dinge perfekt waren. Es gab noch immer eine Menge zu klären. Aber durch seine Worte, ihre unglückliche Ehe nicht verdient zu haben, hatte sie sich ermuntert gefühlt. Vielleicht konnten sie einen Weg zurück … zueinander finden. Sie fürchtete sich beinahe, darauf zu hoffen.

Als wäre er von ihren Gedanken angezogen worden, trat Nick in das Speisezimmer. Suchend sah er sich im Raum um und sein Blick wanderte von Tisch zu Tisch, bis er Violet entdeckte. Nachdem er sie ausfindig gemacht hatte, winkte er in ihre Richtung.

Violet wollte nicht, dass er zu ihr kam. Dies würde lediglich die Spekulationen der Schwestern anfachen. Andererseits waren sie auch keine Klatschbasen. Im Gegenteil, sie waren eher verschwiegen und blieben für sich.

Jedenfalls war es zu spät, denn Nick war bereits an ihrem Tisch.

»Guten Abend, die Damen«, grüßte er.

»Guten Abend, Euer Gnaden«, antwortete Cassie, ehe sie einen Schluck Ratafia aus ihrem Glas trank. »Wir haben gerade von Ihnen gesprochen.«

»Tatsächlich?« Sein Blick schweifte zu Violet und sie machte einen Anflug von Humor darin aus.

»Wir haben versucht, Sie einzuordnen«, erklärte Andy. »Ich erinnere mich an Sie aus der Zeit, als Sie hier lebten. Ehe Sie ein Herzog wurden. Kilve ist nicht so weit – kommen Sie oft her?«

»Nein, eigentlich nicht. Aber ich könnte das berichtigen. Ich habe vergessen, wie sehr ich Bath genieße.« Er schielte zu Violet hinüber und ein Lächeln umspielte seine Lippen. Sie starrte ihn an und versuchte, ihm im Stillen mitzuteilen, solche Dinge nicht zu sagen. Ehrlich gesagt ging es gar nicht darum, was er sagte, sondern wie er es sagte. Er flirtete. Vor allen Leuten. Dafür war sie noch nicht bereit. Und offen gesagt war sie überrascht, dass er es war.

Cassie erhob sich abrupt. »Ich muss den Ruheraum aufsuchen. Bitte entschuldigt mich.«

Auf den unfeinen Kommentar ihrer Schwester hin, zuckte Andys Mund beinahe unmerklich – Cassie war gesellschaftlich nicht gerade versiert – und hastig schloss sie sich ihr an. »Ich werde dich begleiten.« Sie sah beide, Nick und Violet, lächelnd an. »Es war entzückend, Sie beide zu treffen. Sie sollten zum Tee vorbeikommen, Violet.«

»Das werde ich tun, danke.« Obwohl sie mit den Schwestern nicht eng befreundet war, betrachtete sie die beiden als mehr denn nur Bekannte. Sie waren recht intelligent, wenn auch ein bisschen exzentrisch.

Als sie gegangen waren, sackte Violet gegen die Rückenlehne ihres Stuhls.

»Stimmt etwas nicht?« Nick ließ sich neben ihr nieder.

»Die beiden haben sich daran erinnert, dass wir vor acht Jahren bekannt waren.«

»Und?«

»Und sie haben auch bemerkt, dass wir heute Abend getanzt haben.« Sie sah sich um und fragte sich, ob irgendjemand in ihre Richtung schaute. »Wollen wir Aufmerksamkeit auf uns lenken?«

Für einen Augenblick war er still. »Ich habe nicht darüber nachgedacht. Vermutlich müssen wir – es erwägen, meine ich.«

»Es scheint klug, nicht den Eindruck zu erwecken, als würden wir flirten.«

»Die Regeln sind ein bisschen anders, sobald man verwitwet ist, oder?« Er betrachtete sie mit einem reumütigen Lächeln. »Ich muss zugeben, dass ich es wirklich nicht weiß.«

Sie lachte leise. »Ich weiß es auch nicht. Ich weiß nur, dass wir vorsichtig sein müssen. Und damit, denke ich, werde ich nach Hause gehen.«

»Sind Sie zu Fuß gegangen? Ich könnte Sie begleiten.«

»Das bin ich nicht – mein Haus ist nicht nah genug, und das gilt ganz besonders bei diesem miserablen Wetter heute.«

Sie war mitten in einem kalten, anhaltenden Regen eingetroffen.

»Ich weiß, wo Ihr Haus ist. Meines befindet sich fast am Ende der Royal Crescent.«

Sie starrte ihn an. »Das ist überhaupt nicht weit von meinem. Sie haben das geplant.«

Sein allmähliches Lächeln war durch und durch selbstzufrieden. »Ich habe alles geplant.« Er hob eine Schulter. »Fast. Es hängt natürlich von Ihnen ab. Wenn Sie jetzt gehen wollen, würde ich auch gehen, denke ich. Ich könnte tatsächlich vielleicht woanders hin müssen.« Er sah sie fragend an. Nein, *einladend.*

»Ich glaube, ich bin bereit, mich zurückzuziehen.« Sie erhob sich und er machte ein Spektakel daraus, ihre Hand zu ergreifen und sich vor ihr zu verbeugen.

»Bis wir uns wiedersehen, Lady Pendleton.«

Violets Herz raste und ihre Atmung beschleunigte sich. Vorfreude durchfuhr sie und sie musste sich auf ihrem Gang aus dem Speisezimmer zu gemessenen Schritten zwingen. Sie war sich seines Blickes, der sich in ihren Rücken brannte, quälend bewusst.

Sie brauchte eine Ewigkeit, um ihre Kutsche zu erreichen und fürchtete, dass Nick nicht kommen würde, als er ihr

nicht aus den Assembly Räumen folgte. Bei der Abfahrt
erhaschte sie allerdings einen Blick auf ihn, wie er ins Freie
trat.

Sobald sie in ihrem kleinen Stadthaus angekommen war,
informierte sie ihren Butler, dass sie sich zurückziehen würde.

Er würde sich ebenfalls zurückziehen, womit der Nacht-
wächter übrigblieb. Violets Zofe, Chalke, die auch als Haus-
hälterin fungierte, würde nach unten in ihr Schlafzimmer
gehen, sobald sie Violet mit den Vorbereitungen für das
Zubettgehen geholfen hatte.

Sie fragte sich, wie Nick ins Haus gelangen würde, aber
da er behauptet hatte, alles geplant zu haben, musste sie
davon ausgehen, dass er die Dinge in der Hand hatte. Schloss
das auch die Kenntnis der Lage ihres Schlafzimmers ein?

Chalke, eine Frau mittleren Alters mit leuchtend rotem
Haar empfing sie an der Tür zu ihrem Schlafzimmer. »Guten
Abend, Mylady. Hatten Sie eine angenehme Zeit?«

Violet lächelte ihre Zofe an, die sie in ihren Dienst
genommen hatte, als sie vor zweieinhalb Jahren nach Bath
gezogen war. Sie hatte Chalke sofort gemocht. Die Frau hatte
eine mütterliche Art an sich, aber auch einen Sinn für Schalk
und eine Wärme, die Violet in ihrem Leben nach Cliffords
Tod schmerzlich brauchte. »Das habe ich, vielen Dank.« Sie
schlenderte, mit Chalke auf den Fersen, in den
Ankleideraum.

Violet legte ihr Retikül ab und zog die Ohrringe aus,
während Chalke den Verschluss der Perlenkette öffnete, die
Violets Hals zierte. »Haben Sie getanzt?«, fragte die Zofe.

»Das habe ich.« Violet legte den Schmuck auf den
Frisiertisch.

Nachdem Chalke die Halskette zu den Ohrringen gelegt
hatte, machte sie sich daran, die Rückseite von Violets
Abendkleid aufzuschnüren. »Aber Sie sind nicht für die
gesamte Dauer des Balls geblieben. Fühlen Sie sich wohl?«

»Ja, vielen Dank.«

Chalke erzeugte ein Geräusch in ihrer Kehle, das ein bisschen nach Missbilligung klang. »Ich kann fühlen, wie angespannt Sie sind. Wenn Sie mir nicht erzählen, was los ist, werde ich Sie veranlassen, einen meiner Grogs zu trinken. Und es wird nicht einer von der Sorte sein, die Sie mögen.«

Violet sah über ihre Schulter und begegnete Chalkes Blick. »Drohen Sie mir etwa?«

Chalke antwortete ihr mit einem Lächeln, das mehr ein Grinsen war. »Ich bemuttere Sie. Insgeheim glaube ich, dass Sie das mögen.«

»Mir fehlt nichts, wirklich.«

»Sie sind jetzt schon seit einigen Tagen angespannt. Es ist, als würden Sie darauf warten, dass etwas passiert.«

Chalke half ihr aus dem Kleid und trug es zum Kleiderschrank. »Sie können sich mir anvertrauen. Wenn Sie wollen.«

Ja, sie konnte mit ihr reden. Tatsächlich hatte Violet dies im Laufe von Chalkes Anstellung bereits viele Male getan. Chalke wusste alles über den Mann aus Violets Vergangenheit – denjenigen, in den sie sich verliebt hatte und den sie hatte verlassen müssen. Allerdings wusste sie nichts über das neuerliche Aufleben von Violets Bekanntschaft mit diesem Mann. Violet hatte nicht über ihn sprechen wollen, nicht solange es den Anschein hatte, als würde sie allein in die Zukunft schreiten. Als er dann im Sydney Hotel aufgetaucht war, scheute sie sich, ihre Aufregung kundzutun. Sie war so ängstlich gewesen, dass sie sich in Luft auflösen konnte. Ja, sie wartete darauf, dass etwas passierte – ob gut oder schlecht.

Violet streifte ihre Schuhe ab. »Erinnern Sie sich an den Mann aus meiner Vergangenheit?«

»Den Sie hier in Bath kennengelernt hatten?«« Chalke wandte sich wieder der Aufgabe zu, ihr Korsett aufzuschnüren.

»Genau der. Ich habe es Ihnen nicht erzählt, aber er war auf Hannahs Hausparty.«

Chalke machte große Augen, als sie zu Violet aufsah. »Sie haben Geheimnisse gehütet! Wie entzückend.« Sie lachte leise. »Ich kann mir vorstellen, dass es wundervoll war, ihn zu sehen.«

»Es war sicherlich überraschend. Nun, jetzt ist er hier.«

Chalke nahm ihr das Korsett ab und legte es beiseite, ehe sie sich herumdrehte, um Violet zu helfen, den Unterrock über den Kopf zu ziehen. »Hier in Bath? Das ist außerordentlich! War er heute Abend beim Ball?«

»Das war er.«

»Es ist kein Wunder, dass Sie angespannt sind. Besteht Hoffnung, dass sie sich versöhnen werden?«

»Ja.« Aber das war alles, was sie im Augenblick hatte – eine Hoffnung. Sie hatten sich nicht über die Zukunft unterhalten. Und das sollten sie auch nicht tun. Nicht, bis sie entschieden hatten, ob sie zusammenpassen würden. Sie wollte so viele Dinge über ihn wissen. Vielleicht konnte sie ihn heute Abend danach fragen, vorausgesetzt er kam.

Glaubst du etwa, dass geredet wird?

Violet unterdrückte ein Lächeln.

»Ich kann die Freude in Ihnen spüren. Ich hoffe, dass alles gut ausgeht.«

»Danke, Chalke.«

Als Violet bettfertig war, ging sie in ihr Schlafzimmer und lief hin und her. Ihr Fenster ging auf einen winzigen Hintergarten hinaus, der so dunkel war, dass sie nicht imstande wäre, ihn zu sehen – wenn er überhaupt diesen Weg kam.

Wenn er überhaupt kam.

Warum zweifelte sie an ihm? Weil sie immer noch nicht ganz glauben konnte, dass er hier war, dass sie *möglicherweise* eine Chance hatten.

Ganz kribbelig vor nervöser Energie zog sie ihren Morgenrock fester um sich und verließ das Schlafzimmer. Sie lief nach unten in den vorderen Salon. Die Straße war diffus mit Laternen beleuchtet, die in regelmäßigen Abständen Licht spendeten.

Plötzlich vernahm sie von unten einen Tumult. Da war der unverwechselbare Klang einer heulenden Katze zu hören, auf den das Kreischen einer Frau folgte und dann das Zersplittern von Geschirr.

Violet rannte zur hinteren Treppe und flog die Stufen hinab. Der Anblick in der Küche veranlasste sie, die Hand vor den Mund zu schlagen und vor Schock machte sie Glupschaugen.

Auf dem Boden lag Nick. Die Köchin, Mrs. Spindle stand mit bebendem Busen und leuchtend rotem Gesicht über ihm. Sie zeigte mit dem Finger auf ihn. »Dieb!«

Chalke kam, eine Kerze in der Hand, in halb angezogenem Zustand in die Küche geeilt, und über ihrem Nachthemd trug sie einen Morgenrock, den sie aber noch nicht geschlossen hatte. »Was zum Teufel?«

»Ein Dieb!«, wiederholte Mrs. Spindle.

Violet ließ die Hand sinken. »Er ist kein Dieb.«

Für einen Moment begegnete Chalke ihrem Blick und dann perlte das Gelächter über ihre Lippen. »Oh, meine Güte.« Sie wusste genau, wer dieser Gast war.

»Er ist, ähm, ein Freund«, erklärte Violet lahm.

»Ja, ein Freund«, wiederholte Chalke, die versuchte, nicht mehr zu lachen.

In dem Moment kam der Butler in die Küche gerannt, den Frack schräg geknöpft und das Haar zerzaust. »Was —« Mit einem Blick erfasste er die Szene und sah Chalke blinzelnd an.

»Wir haben einen kleinen Vorfall.« Violet setzte ein gelassenes Lächeln auf, das ziemlich im Gegensatz zu ihrem pochenden Herzen stand. »Es handelt sich keineswegs um etwas, womit ich nicht fertig werde, wenn Sie wieder zu Bett gehen wollen, Lavery.«

Der Butler rückte seinen Frack zurecht. »Ich habe Mrs. Spindle ›Dieb‹ rufen hören. Sollte ich die Obrigkeit benachrichtigen?«

»Nein, vielen Dank, Lavery«, antwortete Violet eilig. »Es hat kein Diebstahl stattgefunden. Nur ein bisschen Tumult.« Sie lächelte ihn an und hoffte, er würde sich wieder ins Bett begeben.

»Sehen Sie sich diese Unordnung an.« Mrs. Spindle zeigte auf die Scherben des Geschirrs, die auf dem Boden herumlagen. »Er ist über Gingers Milchschälchen gestolpert und dann ist ihm ein Teil des Geschirrs auf den Boden gefallen. Ob Dieb oder nicht, ist er eine Gefahr.«

Ginger, die rot getigerte Katze kam in die Küche zurückgeschlichen. Sie ging auf Nick zu, der sie mit einem ernsten Blick ansah. Als Antwort schmiegte sie sich in seinen Arm und begann zu schnurren.

»Verräterin«, murmelte Mrs. Spindle.

Nick streichelte der Katze den Kopf, ehe er sich erhob. »Ich bitte vielmals um Entschuldigung, das Geschirr zerbrochen zu haben. Vielleicht ist der Türdurchgang nicht der beste Platz für ein Katzenschälchen.«

»Vielleicht ist das Einschleichen in anderer Leute Häuser nicht die beste Art, einen Abend zu verbringen!«, gab Mrs. Spindle zurück.

»Also *liegt* ein Diebstahl vor?«, fragte Lavery und klang vollkommen verblüfft. Er sah Chalke an, die scheinbar nicht aufhören konnte, zu lachen. Violet musste einräumen, dass die ganze Situation eher lustig war.

»Es ist ein ausgezeichneter Alarm, sollte irgendjemand – wie Sie – beschließen, in Lady Pendletons Haus einzudringen.« Mrs. Spindle drehte sich zu Violet. »Warum schleicht sich Ihr Freund zur Hintertür herein?«

Mit einem Husten hörte Chalke auf zu lachen. Sie berührte die Köchin am Arm, während sie Violet und Nick bedeutete, die Treppe nach oben zu nehmen. »Lassen Sie sich von mir beim Aufräumen helfen, Mrs. Spindle.«

Violet nahm Nick an der Hand und zog ihn die Treppe hinauf ins Erdgeschoss. Sie setzte ihren Weg nach oben fort, doch auf halbem Wege zum ersten Stock drehte sie sich um und unfähig, sich noch länger zu beherrschen, brach sie in Gelächter aus. »Was zum Teufel hast du da getan?«

Das vom Wandleuchter im Treppenaufgang gespendete Licht war gedämpft, doch sie konnte sehen, wie er die Augenbrauen hochzog. »Ist das nicht offensichtlich?«

»Vermutlich, ja, aber hättest du nicht ... diskreter sein können?«

»Ich dachte, sich durch den Dienstboteneingang zu schleichen, wäre ... diskret.«

Sie lachte noch heftiger und schüttelte den Kopf.

»Wird das ein Problem sein?«, fragte er. »Natürlich nicht, denn andererseits hättest du mich gebeten, zu gehen.«

Violet holte tief Luft und wischte sich die Augen trocken. »Meine Zofe wird die Angelegenheit mit Mrs. Spindle klären.«

»Was ist mit dem Butler? Er schien verstört. Wenn nicht durcheinander.«

Wieder fing Violet an zu lachen und Nick legte eine Hand an ihren Ellbogen. Er führte sie die Treppe hinauf. »Lass uns in dein Schlafzimmer gehen.«

Sie pausierte auf dem nächsten Treppenabsatz und schnappte nach Luft. »Weißt du, wo das ist?«

Er zögerte, ehe er antwortete. »Nein.«

»Also, nur damit ich es verstehe«, sagte sie und versuchte vergeblich, nicht wieder zu lachen. »Dein Plan war, dich in meine Küche zu stehlen und durch mein Haus zu schleichen, bis du zufällig auf mein Schlafzimmer triffst?«

»Ich tue das in der Regel nicht ... schleichen.«

Sie winkte mit einer Hand, um ihm das Wort abzuschneiden, und schaffte es, für einen Moment nicht zu lachen. »Oh, ich glaube, du bist auf Hannahs Party ziemlich viel geschlichen.«

»Schleichen ist nicht das Gleiche wie Brüten.«

Er schnappte sie mit einem Arm um die Taille und zog sie eng an seine Brust.

Das Gelächter wich mit einem Mal, aber ihr galoppierender Herzschlag beruhigte sich nicht. Wenn überhaupt legte er noch an Tempo zu. »Das ist es vermutlich nicht.«

»Würdest du mich jetzt gern zu deinem Schlafzimmer führen, oder soll ich meinen *Plan* gleich hier fortsetzen?« Seine Finger bogen sich um ihren Rücken und mit der anderen Hand hielt er sie in der Taille fest an sich gedrückt. Der Stoff ihres Nachthemdes und des Morgenrocks waren weitaus dünner als das Material ihrer normalen Garderobe. Sie konnte ihn – seine Hitze, seine Härte, *alles* – ziemlich deutlich spüren. Ihre Knie drohten nachzugeben und sie konnte sich gut vorstellen, die Treppe mit ihm hinabzustürzen. Das hatte diese Nacht gerade noch gefehlt. Nein, dieser Nacht fehlte, sich von ihm in ihr Schlafzimmer bringen zu lassen. *Jetzt*.

»Bis zum nächsten Treppenabsatz hinauf, nach links und dann die erste Tür auf der linken Seite.« Sie klang atemlos und begierig. Und das ergab auch einen Sinn, denn sie war beides und noch so vieles mehr.

»Ich weiß nicht.« Er senkte den Kopf und streifte mit den Lippen leicht an ihrem Hals entlang, womit er sie zum Erschaudern brachte. »Unsere jetzige Situation hat etwas köstlich Ungezogenes. « Er leckte sich ein Spur zu ihrem Ohr.

»Die Dienstboten könnten jeden Moment heraufkommen.«

»Genau.«

Meine Güte, die Dienstboten. Was um alles in der Welt würden sie sagen? Sie stellte sich Chalke vor, wie sie ihr gratulierte – viele Male hatte sie gesagt, Violet einfach nur glücklich sehen zu wollen. Aber Mrs. Spindle? Oder noch schlimmer, Lavery? Er wäre schockiert. Dies zu wissen, änderte ihre Meinung nicht.

Sie verwob die Finger mit seinem dicken, dunklen Haarschopf. »Es ist mir egal, wo wir uns aufhalten, solange wir zusammen sind.«

Er bewegte eine Hand an ihrem Rücken empor und umfasste ihren Nacken, womit er sie so positionierte, dass er ihren Mund beschlagnahmen konnte. Und genau das tat er. In hemmungsloser Hingabe prallten seine Lippen auf die ihren und seine Zunge drang in ihren Mund, um auf das Anspruch zu erheben, was sie ihm freiwillig gegeben hätte.

Nach gründlicher und sehr angenehmer Erkundung schwang er sie auf seine Arme. Sie legte ihm die Hände um den Hals, als er die Treppe hinaufstieg. Er schaffte es, die Tür zum ersten Stock einhändig zu öffnen und sie dabei sicher festzuhalten. Problemlos fand er ihr Schlafzimmer und sobald sie drinnen waren, trug er sie zu ihrem Bett, wo er sie sanft auf die Bettdecke legte.

»Soll ich die Tür verriegeln?«, fragte er.

»Ich bin nicht sicher, ob das notwendig ist«, meinte sie ironisch. »Alle wissen, dass du hier bist. Ich wage zu sagen, dass wir nicht gestört werden.«

Er stand neben dem Bett und fuhr sich mit der Hand über den Mund. Das Licht der Kerze neben ihrem Bett warf einen flackernden Schein auf seine attraktiven Züge. »Soll ich gehen? Ich habe keinen Wirbel verursachen wollen.«

»Es ist kein Wirbel, den ich nicht klären kann. Und übri-

gens ist es mir egal.« Sie hatte zu viele Jahre damit zugebracht, von ihm zu träumen ... ihn zu wollen. Auf keinen
Fall würde sie ihn fortschicken. Nicht jetzt. Vielleicht
niemals. Sie kniete sich auf das Bett, zog sich den Morgen-
mantel vom Leib und ließ ihn zu Boden fallen. »Komm her.«

Er trat nah an das Bett und sah mit dunklen, stürmisch-
grauen Augen auf sie herab.

»Du hast zu viel an, Herzog.«

»Vielleicht willst du das Problem beheben, Mylady.«

»Mit Vergnügen.« Violet löste den Knoten seiner
Krawatte und zupfte das Kleidungsstück von seinem Nacken.
Sie ließ die Hand über seine Brust hinabgleiten, wobei sie
ihm den Frack von den Schultern schob. Als das Kleidungsstück hinter ihm auf den Boden traf, knöpfte sie seine Weste
auf. Während der gesamten Zeit sah sie ihm in die Augen,
ohne die Verbindung unterbrechen zu wollen, die zwischen
ihnen bestand. Es war so lange her, dass sie sich jemandem so
nah gefühlt hatte. Und nun, da er hier war, wollte sie jeden
Moment auskosten. Er streifte die Weste ab und wich einen
Schritt zurück, womit er sie ruckartig in Alarm versetzte. »Ich
ziehe meine Stiefel aus.«

Sie stieß die Luft aus und beobachtete, wie er sich auf
einen Stuhl in der Ecke setzte, und die Stiefel auszog. Dann
folgten seine Strümpfe und er tappte barfuß zum Bett.

Den Arm nach ihm ausgestreckt, legte sie ihm die Handfläche auf die Brust. Sein Herz schlug kräftig und ruhig unter
seinem Hemd. Sie zog den Saum aus dem Hosenbund und
schob den Stoff an seiner Brust hinauf. Er hob die Arme und
zog sich das Hemd schwungvoll über den Kopf.

Als er ihr seinen entblößten Oberkörper darbot, legte sie
die gespreizten Hände auf seine Muskeln. Er war so anders
als früher – härter, breiter. »Du siehst aus, als hättest du
körperlich gearbeitet.« Sie ließ die Fingerspitzen über seine
Haut wandern und liebte dieses Gefühl.

»Ich arbeite gelegentlich mit meinen Pächtern. Und ich reite. Und angle natürlich.«

Sie strich mit den Händen über sein Schlüsselbein, über die Schultern und an seinem Bizeps entlang. »Du ruderst immer noch.« Sie erinnerte sich an den Tag, als er sie auf den Kanal bei Sydney Gardens hinausgerudert hatte.

»Das tue ich. Es ist ein bisschen schwieriger im Meer.«

Sie sah ihn scharf an. »Ist es ungefährlich?«

»Ist überhaupt irgendetwas ungefährlich?«

Sie wunderte sich über seine Frage, aber nicht für lange, als er ihr das Nachthemd über den Kopf zog. Kühle Luft strich über sie hinweg und ihre Brustwarzen versteiften sich durch die Kälte.

»Dir scheint kalt zu sein. Das können wir nicht zulassen.« Er senkte den Kopf und sog ihr Fleisch in seinen Mund, die Lippen liebkosten ihre Brust, während er die Brustspitze mit der Zunge umspielte.

Das Verlangen erfasste sie heftig und schnell, als die Empfindungen in ihr tobten. Es war so lange her, seit sie auf diese Weise berührt worden war. Sie konnte ihn nicht mit Clifford vergleichen. Es bestand keine Ähnlichkeit, einmal abgesehen davon, dass sie sich in einem Bett befanden.

Er legte die Hände um ihre Brüste und hob sie, als er sich an der ersten ergötzte und dann an der anderen, während er mit den Lippen und der Zunge ein köstliches Chaos in ihren Sinnen anrichtete. Sie schloss die Augen, warf den Kopf in den Nacken und gab sich dieser Berührung hin.

Mit einer Hand in ihrem Nacken ließ er sie zurücksinken, bis sie flach auf dem Bett lag. Sie streckte die Beine aus, die daraufhin über die Kante der Matratze hingen. Er stand dazwischen und der Wollstoff seiner Hose streifte über ihre nackten Oberschenkel.

Während er ihren Brüsten weiterhin verschwenderische Aufmerksamkeit schenkte, führte er eine Hand zu ihrer

Klitoris. Vor acht Jahren hatte er ihr dieses Wort beigebracht, kurz bevor er ihr den ersten Orgasmus bescherte, den sie je erlebt hatte. Dann hatte er ihr erklärt, dass er sie dort mit seinem Mund berühren würde. Entsetzt über seinen Vorschlag hatte sie versucht, ihn daran zu hindern. Doch dann hatte er ihr Fleisch geküsst und sie entfesselt.

Mit den Fingern schob er ihre Schamlippen auseinander, während sein Daumen allmählich den Druck in ihrem Inneren bis zum Siedepunkt aufheizte. Sie schrie auf, als ihre Hüften sich wie von selbst bewegten. Sie hätte ihre körperliche Reaktion nicht aufhalten können, wenn sie gewollt hätte.

Er löste den Mund von ihrer Burst, und mit der Zunge zog er eine Spur von ihrem Brustbein bis zum Schlüsselbein, von wo er über ihren Nacken höher wanderte, bis er über ihren Kiefer leckte. »Violet, erinnerst du dich noch daran, als wir früher zusammen waren?«

»An jeden Moment.« Sie lebte von diesen Erinnerungen.

»Öffne die Augen.«

Sie kam seiner Bitte nach und sah, wie er auf sie herabblickte, sein Blick dunkel und gefährlich verführerisch. Ihr Körper zitterte vor Verlangen.

»Wir haben vorher nicht geredet – beim letzten Mal. Wenn es irgendetwas gibt, was ich tun soll, oder irgendetwas, was du –«

»Küss mich einfach, Nick.« Sie umfasste seinen Hals und zog ihm den Kopf nach unten, damit sie ihm zeigen konnte, wie sehr sie ihn wollte. Sie bäumte sich mit ihrem gesamten Körper auf und drängte ihre Zunge in seinen Mund.

Er hielt den Kopf schräg und seine Finger gruben sich sanft in ihren Nacken, während er sie festhielt. Der Kuss war tief und dunkel, fast erdrückend. Genau das hatte sie sich gewünscht, solange sie sich erinnern konnte.

Seine Hüften verbanden sich mit ihren und durch die

Kleidung konnte sie seinen Schaft spüren. Sie erwiderte den Stoß und schlang ihm die Beine um die Hüften. Seine immer noch zwischen ihnen befindliche Hand knetete ihr Fleisch und quälte sie süß, bis sie mit einem Aufschrei zurückwich, da sie nicht länger imstande war, ihre Leidenschaft zu beherrschen.

»Küss mich überall«, krächzte sie.

Er gehorchte und fuhr mit dem Mund über ihre Wangen zu ihrem Ohr, ehe er dann zu seinem langsamen, verführerischen Abstieg ansetzte. Wieder pausierte er an ihren Brüsten und dieses Mal benutzte er seine Zähne, um zart an ihrem straffen Fleisch zu knabbern. Stöhnend kreiste sie auf der Suche nach Erlösung mit den Hüften.

Dann waren seine Lippen auf ihrem Bauch, und hinterließen eine Spur aus Feuer und Verlangen auf ihrer Haut. Er packte sie an den Hüften und seine Zunge wanderte immer tiefer. »Öffne die Beine.« Er schob ihr die Oberschenkel auseinander und dann tat er das Gleiche mit ihren Schamlippen, wobei er seine Daumen gebrauchte, um sie zu necken. Vor Verlangen besinnungslos bäumte sie sich im Bett auf.

Dann erwiderte er ihr stillschweigendes Flehen und berührte sie mit seinem Mund. Seine Berührung war anfangs zart und er leckte sie sanft mit der Zunge, während sein Daumen über ihr Fleisch streichelte. Sie vergrub die Hände in seinem Haar und zog an den Locken, womit sie ihn drängte, ihr zu geben, was sie sich wünschte ... was sie brauchte.

Er saugte an ihrer Klitoris und heizte ihre Ekstase bis zum Ausbruch an. Als er mit einem Finger in sie glitt, war es um sie geschehen und der Orgasmus überrollte ihren Körper. Sie erbebte unter seiner Wucht, ihre Beine zitterten und ihr Atem ging in schnellen Stößen.

Er bemühte sich um sie, mit dem Mund und den

Fingern begleitete er sie durch ihre Ekstase, bis sie erschöpft und befriedigt wieder daraus auftauchte.

»Bei Gott, Violet, du bist die leidenschaftlichste aller Frauen.« Er rutschte zu ihr hinauf und küsste sei beinahe wüst. »Du bist ein Geschenk«, knurrte er an ihrem Mund.

Befriedigt war vielleicht eine voreilige Einschätzung. Abermals baute sich – schnell und heiß – die Begierde in ihr auf. Sie schob die Hand zwischen ihre Körper und versuchte, seinen Schritt aufzuknöpfen, aber ihre Finger schienen aus Gelee zu bestehen.

Er löste sich von ihr, öffnete seine Hose und dann zog er sie so schnell wie möglich aus. Während er abwesend war, drehte sie sich auf dem Bett. Er kletterte neben sie.

Sie liebkoste seine Schulter und seinen Rücken, wobei sie die Hand immer tiefer gleiten ließ, bis sie an seiner Rückseite angelangt war. »Ich habe so lange von diesem Moment geträumt«, flüsterte sie.

Er schob sich zwischen ihre Beine und sah auf sie herab. »Ich würde lügen, wenn ich behaupten würde, ich hätte das Gleiche getan«, antwortete er heiser. »Ich habe sehr hart daran gearbeitet, dich aus meinen Gedanken zu verbannen.«

»Ich verstehe.« Das tat sie wirklich, aber das hielt die ungeweinten Tränen nicht davon ab, in ihrer Kehle zu brennen. »Ich weiß, dass ich dich verletzt habe, und wenn ich es rückgängig machen könnte, würde ich das tun.«

»Shhh.« Er beugte sich hinab und strich mit den Lippen über ihre. »Es war nicht deine Entscheidung. Ich weiß das.«

»Nein, aber ich *hatte* Wahlmöglichkeiten.« Eine Träne entschlüpfte ihrem Augenwinkel und stahl sich an ihrer Schläfe hinab in ihr Haar.

Er küsste ihre Stirn, ihr Augenlid, ihre tränenbefleckte Schläfe und dann schob er ihr Haar zurück und seine Finger strichen sanft über ihre Locken. »Das hattest du nicht. Nicht wirklich. Und ich hätte das erkennen sollen.«

»Das hättest du, wenn du meinen Brief bekommen hättest«, entgegnete sie bitter.

»Wir sollten nicht mehr zurückblicken. Das möchte ich nicht.«

Sie fühlte, wie er sich verspannte und fragte sich, ob er sich selbst ebenso zu überzeugen versuchte, wie sie. Sie legte die Hand an seine Wange und ertastete die kurzen Stoppeln seines Bartes, zu so später Stunde. »Ich möchte nach vorn schauen. Mit dir.«

Wieder küsste er sie und ihre Münder verschmolzen in perfekter Harmonie. Er glitt mit der Hand zwischen ihren Körpern hinab und streichelte ihr begieriges Fleisch. Sie stöhnte, als er in sie hineinglitt.

Sie schlang die Beine um ihn, doch er bewegte sich nicht. Er verharrte einfach dort und füllte sie aus, während er sie zärtlich küsste. Freude übermannte sie, während die Ekstase sie in einem Wirbel erfasste und sie abermals bereit war, zu explodieren. Sie klammerte sich an ihn, als er sich allmählich in ihr bewegte und sich erst ein wenig zurückzog, ehe er erneut zustieß und ihre Empfindung von Erfüllung auf diese Weise noch steigerte. Es war, als hätte sie ein fehlendes Stück ihrer Selbst gefunden.

Sie drückte seine Rückseite und spannte die Beine fester um ihn an. Dann zog er sich zurück und entfernte sich beinahe ganz aus ihr, ehe er wieder in sie drang. Das tat er dann noch einmal. Und wieder. Und wieder, bis sie von Verlangen überwältigt war. Sie klammerte sich verzweifelt an ihn und ihre harschen Schreie erfüllten das Zimmer. Als sie das Gefühl hatte, keinen weiteren Moment überleben zu können, kam sie. Ihre Seele und ihr Geist zerbarsten in winzige Bruchstücke und sie wusste, dass er sie wieder zusammensetzen konnte. Ihn hier zu haben, bedeutete, vollkommen zu sein.

Sein Körper spannte sich an und sie hielt ihn fest, als sein

Orgasmus ihn zerriss. Er schrie und sie lachte, denn sie war unfähig, ihr Glück zu bezähmen.

Sie streichelte seinen Rücken, bis sein Rhythmus langsamer wurde, obwohl sein Atem noch immer stoßweise und schnell ging. Er küsste sie und berührte ihr Gesicht, ehe er sich zur Seite abrollte. Sie streckte den Arm aus und legte eine Hand auf seine Brust, die sich hob und senkte, bis sie schließlich ruhiger wurde und zu einem fast normalen Takt zurückfand. Seine Haut war warm und sie beugte sich näher, um ihn an seiner Brustwarze zu küssen.

»Ich glaube, mir fehlen die Worte«, sagte er endlich.

»Die habe ich, glaube ich, auch nicht, aber vielleicht sollten wir welche finden.« Sie rollte sich von ihm weg und stand auf, um sich am Waschbecken in der Ecke zu säubern. Mit einem Tuch für ihn kehrte sie zum Bett zurück.

Er nahm das Tuch und sie wandte sich ab, um ihren Morgenrock aufzuheben. Ehe sie ihn allerdings anziehen konnte, meinte er: »Nein. Bitte. Komm zurück zu mir.«

Er zog die Bettdecke zurück, schlüpfte unter die Laken und dann bedeutete er ihr, zu ihm zu kommen.

Das tat sie, und fühlte sich plötzlich schüchtern dabei, was natürlich albern war. Er kannte sie so intim, wie irgendjemand sie nur kennen konnte. Wie irgendjemand sie je kennen würde.

Sie schlüpfte neben ihm in das Bett und er zog sie an sich. Er küsste ihren Haaransatz und seine Lippen verweilten an ihr. »Welche Worte, glaubst du, müssen wir finden?«

Sie sammelte ihren Mut, drehte sich um und sah ihm in die Augen. »Die Worte, die uns wieder zueinander führen werden.«

CHAPTER 14

$\mathcal{N}$ick war verwirrt. »Ich dachte, das hätten wir.«
Sie fuhr mit der Fingerspitze über seine Brust. »Es gibt noch immer Dinge, die wir nicht wissen – acht Jahre sind eine lange Zeit.«

Ihre Berührung war ablenkend und er dachte bereits an die Dinge, die er als Nächstes mit ihr tun wollte. »Wenn du damit nicht aufhörst, wird es keine Worte geben. Zumindest keine außer ›Bitte‹, ›Hör nicht auf‹ oder vielleicht ›fester‹.«

Sie brachte die Hand zum Stillstand, doch ihre Lippen formten sich zu einem sündigen Lächeln. »Du versuchst, einer Unterhaltung auszuweichen.«

»Vielleicht.« Es war nicht so, dass er nicht wollte. Tatsächlich war es genau das. »Es ist schwierig für mich, über die Vergangenheit zu sprechen.« Es war erstaunlich, dass seine Gegenwart solche Freude barg. Er fürchtete, dieses Glück zu ruinieren.

»Möchtest du, dass ich anfange?«, fragte sie leise und formte die Lippen zu einem sanften, süßen Lächeln.

Er zog ihren Kopf herab und küsste sie. Nach einem

Moment zog sie sich zurück und er sah sie mit einem schiefen Lächeln an. »Wenn du das tun musst.«

Sie versetzte ihm einen Klaps auf die Brust und legte sich neben ihn, wobei sie sich mit dem Kopf auf seiner Schulter gebettet in seine Armbeuge schmiegte. »Ich wünschte, wir wären zusammen fortgelaufen. In meiner Fantasie taten wir das. Ich malte mir aus, wie wir nach Schottland durchgebrannt und nie wieder zurückgekehrt sind. Wir haben in einem winzigen Häuschen im Hochland gelebt, wo wir unsere Kinder hatten und unsere Liebe … mehr brauchten wir nicht.«

Es klang idyllisch. »Warum im Hochland?«

Sie zuckte mit den Schultern. »Ich weiß nicht. Weil es weit fort ist, vermutlich.«

»Ich habe mir uns weiter weg vorgestellt als das – in Amerika.«

»Tatsächlich?« Sie setzte sich auf und sah ihn wieder an. »Ich dachte, du hast mich gehasst.«

»Das habe ich, aber ab und zu habe ich mir erlaubt, zu fantasieren, was hätte sein können.« Vor allem, wenn er mit der vierten Kompanie auf einem Feldzug war. »Wenn du nicht –« Er verbat sich, weiterzusprechen, ehe er noch etwas Grobes sagte, was er bedauern würde. Das hatte sie nicht verdient. Er hatte ehrlich gemeint, was er über ihren Mangel an Wahlmöglichkeiten gesagt hatte. Damals war sein zweiundzwanzigjähriges Selbst noch nicht klug genug, das zu wissen. »Vergib mir«, bat er.

Ihr Blick wurde weich. »Es gibt nichts zu vergeben.« Sie küsste ihn auf die Wange und dann schmiegte sie sich wieder an ihn.

Er stellte fest, dass er Genaueres erfahren wollte. Nach all der Zeit konnte er endlich die Wahrheit erfahren. »Wieviel Zeit ist nach deiner Abreise aus Bath vergangen, ehe du Pendleton geheiratet hast?« Ihm fiel ein, darüber gelesen zu haben, aber er erinnerte sich nicht genau – oder vielleicht hatte er es auch absichtlich vergessen.

»Es war fast sofort. Es waren etwa vier Wochen, glaube ich. Gerade lange genug, damit mein Vater die Heiratsvorbereitungen treffen und das Aufgebot bestellen konnte.«

»Du hattest bei dieser Heirat kein Mitspracherecht?«

»Nicht das geringste. Manchmal frage ich mich, ob meine Eltern die denkbar schlimmste Person gewählt hatten, der es vorbestimmt war, mich unglücklich zu machen.«

Wenn er bedachte, was sie ihm bereits über Pendleton erzählt hatte, wollte er den Mann von den Toten erwecken und ihn noch einmal umbringen. Doch vielleicht war sein Zorn fehlgeleitet. Vielleicht sollte er ihn auf die Lebenden richten – nämlich auf ihre Mutter und ihren Vater. »Wären deine Eltern so grausam?«

»Ich hätte das nicht gedacht, aber sie weigerten sich, mich den Mann heiraten zu lassen, den ich liebte.«

Liebte. Sie benutzte dieses Wort in der Vergangenheitsform. Er dachte, dass sie ihn immer noch liebte, aber das hatte sie noch nicht offen gesagt. Liebte er sie? Damals hatte er sie geliebt … genauso, wie er sie zu hassen gelernt hatte, aber er hegte keinen Zweifel, sie zuerst geliebt zu haben.

»Erzähl mir von Pendleton«, forderte er brummig und wollte seinen Hass auf den Mann anstacheln obwohl er sich der Qualen bewusst war, die ihm das Zuhören bereiten würde. Er vermutete, dass sie ihre Geheimnisse offenbaren wollte. Sie war diejenige gewesen, die um diese Unterhaltung gebeten hatte.

Sie zögerte, ehe sie fragte: »Was willst du wissen?«

»Was immer du mir erzählen willst.« Und wenn es zu viel wurde, würde er es sagen.

»Er war ein Schwerenöter. Ich hasste es, mit ihm verheiratet zu sein.«

Ein Schwerenöter … Nick unterdrückte seinen eigenen

Zorn. Wozu wäre das schon gut? »Es tut mir leid zu hören, dass du so eine Ehe hast ertragen müssen. Und es gab keine Kinder?« Er wusste natürlich, dass sie keine austragen konnte, wie Mrs. Linford ihm erzählt hatte. Er dachte an ihren Traum vom Hochland – und darin waren Kinder vorgekommen.

»Ich kann keine austragen.« Ihre Antwort war so leise, dass er Schwierigkeiten hatte, sie zu hören. »Ich bin mehrere Male schwanger geworden. Nach der dritten Fehlgeburt entschied Clifford, dass ich es nicht wert sei, mit mir zu schlafen. So traurig ich auch war, war meine Erleichterung größer.«

Nick drückte sie fest an seine Seite. Es war ein einzigartiger Schmerz mit dem Verlust eines Kindes verbunden und er vermutete, dass die tiefe Verzweiflung gleich sein musste, auch wenn es nicht geboren war. »Das Schicksal war nicht besonders nett zu uns beiden. Wie ist Pendleton gestorben?«

»Es war eine langwierige Krankheit, die durch exzessives Trinken noch verstärkt wurde. Und vielleicht Laudanum. Er hatte angefangen, es wegen seiner Hustenanfälle zu nehmen. Am Ende hat er weit mehr als die verschriebene Menge eingenommen.«

»Ich kann mir nicht vorstellen, dass du bei seinem Ableben traurig warst.«

»Nein, weshalb ich mich ein bisschen schuldig fühlte.«

Wieder küsste er sie auf den Kopf. »Das musst du nicht.«

»War deine Ehe glücklich?«

»Ja.« So glücklich, wie er nach dem Verlust von Maurice und seinem Onkel erwarten konnte.

Sie stützte sich auf den Ellbogen und blickte ihn an. »Einfach ja?«

Seine Muskeln spannten sich an, als das Unbehagen ihn beschlich. »Was sonst kann ich sagen, was du wirklich hören möchtest, Violet?« Er setzte sich mit dem Gedanken auf, dass es vielleicht Zeit für ihn war, zu gehen.

Sie setzte sich ebenfalls auf und rückte nah an ihn heran, wobei sie die Hand auf seine Schulter legte. »Verzeih mir bitte. Ich habe dich nicht drängen wollen. Ich bin sicher, dass sie eine liebenswerte Frau war, denn andererseits hättest du sie nicht erwählt.«

Er drehte ihr den Oberkörper zu. Im schwachen Licht-schein der Kerze hinter ihr war sie so wunderschön. Sie war ein Gemisch aus Hell und Dunkel, aus seinen glücklichsten Momenten und seinen traurigsten. Von Letzteren wollte er keine weiteren.

Er hob eine Locke ihres Haars von ihrer Schulter und befingerte die weiche Strähne. »Ich ziehe es vor, nicht zurück-zuschauen. Das bedeutet nicht, dass ich dir diese Dinge vorenthalten will. Ich möchte einfach nach vorn streben.«

»Ich verstehe.«

»Und jetzt gerade konzentriere ich mich auf die Tatsache, dass wir beide hier sind und ich mich durch dich unbe-schwerter fühle als seit Jahren.« Ein Lächeln umspielte seine Lippen. »Ich habe nun einmal angesichts deiner Beharrlich-keit kapituliert.«

»Meiner Beharrlichkeit?«

»Glaubst du nicht, dass du auf der Hausparty beharrlich warst?«

»Ich bin nicht sicher, was du meinst. Ich hatte nicht versucht, dir hinterherzujagen.«

Er fuhr mit seinem Daumen an ihrem Kiefer entlang. »Wirklich?«

Sie versuchte, ihm in die Augen zu schauen, doch ein Lachen entschlüpfte ihren Lippen. »Ich habe versucht, das nicht zu tun. Deine Abschreckungsstrategie war ziemlich wirkungsvoll.«

»Es ist schwierig, sich nicht von einer Frau einnehmen zu

lassen, die sich behaupten kann, selbst nachdem sie mit einem Boot gekentert ist, die mit Leichtigkeit einen Wettbewerb im Bogenschießen gewinnen kann und die mit Freuden meinem liebsten Freund helfen möchte.«

»Du lässt es klingen, als sei ich weit aufregender, als ich tatsächlich bin«, bemerkte sie leise und wandte verlegen den Blick ab.

Er legte einen Finger unter ihr Kinn und drehte ihren Kopf, sodass sie ihn ansehen musste. Er blickte ihr fest in die Augen und zwang sie mit seinem Willen, ihm zu glauben. »Du bist alles, was ich jetzt gerade möchte.« Er hatte aufgehört, daran zu denken, was genau er wollte, denn diese Dinge schienen immer zu verschwinden. Selbst während er die Worte aussprach, packte ihn die Furcht. Vielleicht sollte er gehen …

Ehe er die Flucht ergreifen konnte, legte sie die Hände um sein Gesicht und küsste ihn. Als sie sich nur ein klein wenig zurückzog, zog sie die Stirn zu einem provokativen Bogen hoch. »*Gleich* jetzt?«

»Das nehme ich an.« Er drückte sie zurück auf die Matratze und beugte sich über sie. »Es sei denn, du glaubst, dass ich gehen sollte. Ich werde sowieso vor dem Morgen gehen müssen.«

Sie schlang die Arme um ihn und streichelte seinen Rücken, wobei sie eine Hand bis zu seiner Rückseite wandern ließ. Ihre Berührung war göttlich und genau, was er brauchte, um die Düsternis aus seinen Gedanken zu bannen. Er hoffte, es wäre für immer, aber er akzeptierte, dass es wahrscheinlich nur für den Moment war.

Die Düsternis hatte eine Art, ihn immer wieder aufzuspüren.

*D*er Gentleman, der ihm aus dem Spiegel entgegensah, war kaum vertraut. Violet hatte darauf bestanden, dass er etwas trug, was einer Hoftracht gleichkam, und da er dies verabscheute, trug er diese Tracht nur zu sehr wenigen Gelegenheiten. Anstatt sich etwas schneidern zu lassen, hatte er nach einer Ausstattung aus seiner Londoner Garderobe schicken lassen. Jetzt war er in einem dunkelgrünen Kostüm mit einer Stickerei von Maiglöckchen auf dem Revers gefangen. Die Königin mochte Blumen.

Er freute sich fast ebenso sehr darauf, Violet in ihrer Hoftracht zu sehen, wie er sich freute, sie ihr auszuziehen. Die vergangenen drei Tage hatten sie in stürmischer Glückseligkeit verbracht. Am Freitag hatte er eine Bootsfahrt mit ihr auf dem Kanal unternommen und an jenem Abend hatten sie sich wie zufällig – mit voller Absicht – bei einer Feier zu Allerheiligen getroffen. Es war eine festliche Angelegenheit, wenngleich Nick große Anstrengungen unternahm, um die verschiedenen Spiele der Weissagungen zu umgehen. Er brauchte solche Dinge nicht, die ihm seine Zukunft prophezeiten, und schon gar nicht, wenn er sicher sein konnte, dass sie schlecht sei.

Er hatte ehrlich gemeint, was er Violet zu gesagt hatte – er wollte in der Gegenwart leben und jeden Moment genießen. Und das war genau, was sie getan hatten. Er hatte sie heute nicht gesehen, da er ausgeritten war, um der Prozession der Königin beizuwohnen. Morgen würden sie wahrscheinlich den Pump Room aufsuchen, wenn die Königin dort war, und am folgenden Tag würden sie den Gunpowder Treason Day mit allen Bewohnern von Bath feiern. Dies war, wie er feststellte, die glücklichste Zeit, die er seit langem erlebte. Vielleicht seines Lebens.

Nick wandte sich vom Spiegel ab. »Wird das so gehen, Rand?«

Der Kammerdiener musterte ihn von Kopf bis Fuß und nickte anerkennend. »Ausgezeichnet.« Er übergab Nick den Dreispitz, den dieser auf den Kopf setzte. »Und jetzt seid Ihr perfekt.«

»Hmm.«

Nick trat aus dem Haus und bestieg seine wartende Kutsche. Der Verkehr würde abscheulich sein, da die Menschen schon den ganzen Tag lang die Straßen verstopft hatten. Die Stadt war derart mit Laternen beleuchtet, dass es beinahe taghell war.

Er wünschte, er hätte Violet auf seinem Weg abholen können, aber sie hatten entschieden, dass sie nicht zusammen ankommen konnten. Dennoch sah er zu ihrem Haus, als er ihre Straße entlangfuhr und entdeckte die Kutsche, die davor wartete. Sie war noch nicht aufgebrochen. Gut, er würde sie bei ihrem Eintritt beobachten können.

Er war einer der Ersten, die in 93 Sydney Place eintrafen, wo er in einen Salon geführt wurde, um die Zeit abzuwarten, bis die Königin ihre Besucher empfing. Kaum eine Viertelstunde später wurde ihm ein Anblick geboten, der ihm den Atem raubte.

Violet erschien im Türrahmen. Sie trug eine Abendrobe aus nachtblauem Samt, die durch die Reifröcke weit und füllig wirkte. Schneeweiße, mit Gold eingefasste Spitze zierte ihre Ärmel und mehrere Pfauenfedern thronten hoch auf ihrem Kopf. Ihr blondes Haar kräuselte sich sanft um ihr Gesicht und funkelnde Saphire zierten ihre Ohren und das Dekolletee. Schwebenden Schrittes bewegte sie sich vorwärts und er konnte den Blick nicht von ihr wenden.

Sie wurde von einigen Gästen abgefangen, doch ihr Blick verband sich mit seinem und sie formte die Lippen zu einem sanften Lächeln. Ungeduldig trat er zu ihr. In dem Augenblick erkannte er, dass die Stickerei auf ihrem Kleid ebenfalls Maiglöckchen aufwies.

Sie tauschten Freundlichkeiten aus, bis die anderen weiterzogen und sie allein ließen, wenn auch nur für einen Moment.

Er schob sich an ihre Seite, beugte sich nahe an ihr Ohr und flüsterte: »Du siehst umwerfend aus.«

»Nicht so gut wie du.« Sie verschlang seinen Körper mit einem anhaltenden Blick, der sein Blut in heiße Wallung versetzte und an sehr unangemessenen Körperstellen eine Versteifung hervorrief.

»Hör auf, mich so zu betrachten. Wir sollen jeden Augenblick von der Königin empfangen werden.«

Violet antwortete ihm mit einem anzüglichen Lächeln, ehe der Zeremonienmeister ankündigte, dass die Königin bereit sei.

Es waren mehrere hohe Adelige anwesend, doch Nick war allen im Rang überlegen, mit Ausnahme des Herzogs von Clarence, dem Sohn der Königin, der bereits bei ihr war. Von den Gästen im Salon war es Nick als Erstem gestattet, zu ihr vorgelassen zu werden.

Königin Charlotte saß auf einem breiten, vergoldeten Stuhl. Sie wirkte ein wenig blass, aber sie war ja auch nach Bath gekommen, um das Wasser einzunehmen, das ihre Gesundheit bessern sollte. Obwohl sie dreiundsiebzig Jahre zählte, waren ihre großen, dunklen Augen immer noch scharf.

Nachdem er sich verbeugte, bedeutete sie ihm mit einer Geste, näher zu kommen und sich neben sie zu stellen. »Sie kommen nicht sehr oft an den Hof, Kilve.«

»Das tue ich nicht, Eure Majestät. Ich bitte um Verzeihung.« Er verneigte sich ein weiteres Mal.

»Mir ist bekannt, dass Sie eine Zeit lang in Trauer waren. Vermutlich trauern Sie nicht mehr.«

»Nein.«

Sie nickte. »Gut.«

Andere wurden hereingeführt, und sie verbeugten sich und knicksten, während sie die Fragen der Königin mit Haltung und Anmut beantworteten. Violet trat vor und fiel in einen tiefen Knicks.

»Sind das Maiglöckchen, Lady Pendleton?«, fragte die Königin, bevor sie den Kopf drehte, um Nick zu mustern. »Und Sie tragen sie ebenfalls«, bemerkte sie. »Sollte ich etwa von einer bevorstehenden Partie erfahren?«, fragte sie ihn.

»Nein, Eure Majestät. Es ist bloß ein Zufall.«

Charlottes volle Lippen wölbten sich zu einem entzückten Lächeln. »Ein bezaubernder allerdings.«

Nachdem alle Gäste Königin Charlotte ihre Ehre erwiesen hatten, bedeutete sie Nick, näher zu kommen. »Es wäre nachlässig, wenn ich mich nicht für Ihre Dienste bedanken würde. Sie haben bei Badajoz gekämpft, nicht wahr?«

»Das habe ich, Eure Majestät.«

»So eine schreckliche Schlacht. Wellington hat mir alles darüber erzählt – soweit ich es ertragen konnte.« Einen Moment lang sah sie ihn aufmerksam an und dann schien ihr etwas einzufallen, denn ihr Blick flackerte kurz auf. »Sie haben an der Seite Ihres Bruders gekämpft. Das sagte mir Wellington ebenfalls. Er stand kurz vor der Entlassung, damit er nach Hause zurückkehren und die Erbschaft antreten konnte.«

Das war nicht ganz richtig – Onkel Gil war zu diesem Zeitpunkt noch am Leben – aber Nick korrigierte sie nicht.

»Es ist so schrecklich, eine solche Tortur durchlebt zu haben und gleichzeitig den Bruder zu verlieren. Ihr Verlust tut mir sehr leid, und wir sind zutiefst dankbar für sein Opfer.«

Nick senkte den Kopf. Elend und Verzweiflung tobten in

ihm, während der alte Anflug des Schreckens ihm sauer aufstieß. Tortur war kein angemessenes Wort. Es war die Hölle auf Erden gewesen, und nachdem Maurice gefallen war, hatte es Nick nicht interessiert, ob er lebte oder starb. Er hatte den Körper seines Bruders beschützt und jeden mit einer Rage bekämpft, die manch einer im Nachhinein als überirdisch bezeichnet hatte. Nick wusste es nicht, da er sich an keine Einzelheiten erinnerte, nachdem Maurice seinen letzten Atemzug getan hatte.

Sein Blick fiel auf Violet, die ihn beobachtete. Sie stand in der Nähe und war wahrscheinlich nahe genug, um die Worte der Königin gehört zu haben. Anhand ihrer gerunzelten Stirn und dem aufgewühlten Zug um den Mund, den er bemerkte, würde er sagen, dass dem so war.

Die Audienz endete kurze Zeit später, und Violet fand Nick im Salon, als die Anwesenden zu ihren Kutschen aufbrachen. Sein Körper vibrierte vor Anspannung – die Unterhaltung mit der Königin hatte ihn aufgewühlt, und durch die Beengtheit des Empfangsraums war er unruhig geworden.

»Bist du …«

Nick schnitt ihr das Wort ab, ehe sie ausgeredet hatte. »Ich muss laufen.« Unvermittelt drehte er sich um und trat aus dem Haus, wo er sich dem Bürgersteig zuwandte, den er mit seinen langen Schritten verschlang.

Wie gewohnt bemühte er sich, die beunruhigenden Gedanken in den Hintergrund seines Verstandes zu drängen, doch aus irgendeinem Grund erschien ihm immer wieder Maurices Gesicht. Wie sie sich als Jungen geneckt hatten … lachend, ehe er seine Offiziersstellung erworben hatte, grau und leblos inmitten der Schlacht.

Die verhängnisvollen Ranken der Verzweiflung umschlangen ihn. Im Gehen ballte er die Hände an den Seiten zu Fäusten und bewegte sich schneller, als ob er vor der Angst fliehen könnte, die ihn in die Knie zu zwingen drohte.

»Nick! Nick!«

Er wusste nicht, wie oft sie seinen Namen gerufen hatte, doch als er innehielt und sich zur Straße umdrehte, wurde ihre Kutsche einige Meter hinter ihm zum Stehen gebracht. Ihr Diener sprang herunter, öffnete die Tür und half ihr dann heraus.

Wegen des unmöglichen Umfangs ihres Kleides war sie gezwungen, langsam auszusteigen. Doch sobald sie auf dem Bürgersteig stand, eilte sie ihm entgegen. »Nick?«

Er reagierte nicht, sondern starrte sie nur an. Ihm fiel nichts ein, was er hätte sagen können. Sein Verstand, überwältigt von Emotionen und Erinnerungen, hatte abgeschaltet. Gut, vielleicht konnte er dann vergessen.

Sie nahm seine Hand. »Komm mit mir.«

Er erhob keine Einwände, als sie ihn zu ihrer Kutsche zog. Er bewegte sich weit langsamer als zuvor und fühlte sich, als sei er mit einer Schicht Blei überzogen. Alles fühlte sich plötzlich so schwer an.

Wieder half der Diener ihr in die Kutsche, und Nick stieg nach ihr ein, wobei er auf der rückwärtigen Sitzbank Platz nahm, da ihre Röcke die andere vollständig belegten.

Einen Moment später waren sie auf dem Weg.

»Was ist passiert?«, erkundigte sie sich.

»Sie hat mich nach Maurice gefragt.«

»Das habe ich gehört.« Ihre Stimme war weich, tröstlich und er beruhigte sich ein wenig. »Willst du mir sagen, warum du außer dir bist?«

»Nicht wirklich.« Er nahm die Enttäuschung in ihrem Blick zur Kenntnis, obwohl sie sie zu verbergen versuchte. »Ich habe mitangesehen wie er gestorben ist. Ich habe versucht, ihn zu retten, aber ich habe es nicht gekonnt.«

Sie rutschte von der Sitzbank und kniete sich auf den

Boden. Den Blick zu ihm aufgerichtet, legte sie die Hände auf seine Oberschenkel. »Nick, es tut mir so leid, was du alles hast ertragen müssen.«

Alles, was ich habe ertragen müssen. Ja, da war so viel Tod gewesen, aber in vielerlei Hinsicht war sein Bruder der schlimmste Verlust. Er und Maurice waren zusammen aufgewachsen. Sie lebten, während ihre Geschwister, ihre Mutter und ihr Vater allesamt gestorben waren. Durch all diese Schicksalsschläge hindurch, einschließlich dem Verlust von Violet, hatte Nick gewusst, dass er überleben würde, dass es ihm gut gehen würde – weil er seinen Bruder an seiner Seite hatte.

»Es ist ... Manchmal ist es zu viel.«

Sanft bewegten sich ihre Hände auf ihm, massierten seine Muskeln und lösten seine Verspannungen. »Ich wünschte, ich hätte ihn kennengelernt. Du hast immer so liebevoll von ihm gesprochen.«

»Ich würde alles geben, um ihn zurückzubekommen.« Wie oft hatte er diese sehnliche Bitte in den finsteren Tagen nach Jacindas Tod geflüstert? Und nach Elias' Tod noch einmal? Wäre Maurice da gewesen, hätte Nick viel besser damit fertig werden können. Vielleicht hätte das Eis dann nicht die Oberhand gewonnen.

Sie kniete zu seinen Füßen nieder, berührte ihn, streichelte ihn, spendete ihm stille Kraft, bis die Kutsche zum Stillstand kam.

»Wo sind wir?«, fragte er.

»Bei mir zu Hause. Komm herein und trink etwas. Dann kannst du nach Hause laufen – wenn du willst. Ich schicke meinen Diener zurück, um deinen Kutscher zu informieren, dass du nach Hause gegangen bist.«

Ein Drink klang gut. Zum Teufel, mehrere Drinks klang sogar noch besser.

Er kletterte aus der Kutsche und half ihr beim Aussteigen. Ihre Röcke stießen an seine Beine, ehe sie sich zu der kurzen Treppe wandte, die zu ihrem Hauseingang führte.

»Ich sollte gehen.« Er war keine gute Gesellschaft.

Ihre Kutsche rollte davon und ließ sie vor ihrem Haus allein zurück.

Sie drehte sich zu ihm um. »Wenn du das tust, folge ich dir. Ich lasse dich nicht allein. Nicht, bis ich mich vergewissert habe, dass es dir gut geht.«

»Violet, mir geht es gut. Ich habe jahrelang Zeit gehabt, um mit seinem Tod fertig zu werden.« Mit allem.

»Ja, und du bist zum eisigen Herzog geworden.« Sie trat auf ihn zu. »Willst du wirklich so sein? Oder möchtest du lieber der Mann sein, mit dem ich die vergangene Woche verlebt habe?«

Er war als eisiger Herzog zufrieden. Sein Leben war geordnet, schlicht und größtenteils frei von Aufregungen. Doch in der vergangenen Woche hatte er wieder Freude empfunden – bis zu einem gewissen Punkt. Ihm war bewusst, dass er immer noch beherrscht war und weiterhin stets dafür sorgte, seine Emotionen im Griff zu haben.

Wieder nahm sie seine Hand und zog ihn zum Haus. Er gestattete ihr, ihn mehrere Schritte weit zu bewegen, ehe er abrupt stehen blieb. Sie schwankte rückwärts, doch rasch fand sie ihr Gleichgewicht wieder.

Er ließ ihre Hand sinken. »Ich muss gehen, Violet.«

»Ich lasse dich nicht.«

Seine Verzweiflung verhärtete sich zu Zorn. »Du hast kein Recht, das zu entscheiden.«

Die Tür zu ihrem Haus wurde geöffnet und der Butler hielt sie weit auf.

»Wir können das hier nicht auf der Straße ausmachen«, erklärte sie und ihre Augen wurden schmal. »*Geh. Hinein. Bitte.*«

Wieder umklammerte sie seine Hand, mit einem eisenharten Griff und er knirschte mit den Zähnen, als sie daran zog.

Er wollte die Absätze in den Boden rammen, aber er konnte sich nicht überwinden, eine Szene zu machen. Er würde hineingehen, ihr sagen, dass sie ihn verdammt noch mal in Ruhe lassen sollte, und dann würde er gehen.

Aber er unterschätzte Violet.

Sie begrüßte ihren Butler mit einem breiten Lächeln, das die zwischen ihnen beiden herrschende Spannung, vollkommen widerlegte. »Wir werden lediglich in den Salon gehen und etwas trinken, Lavery.« Sie rauschte in das Zimmer und Nick folgte ihr nur widerwillig.

Sobald er drinnen war, schloss sie die Tür hinter ihm.

»Was wird dein Butler denken?«, murmelte er.

»Dass wir eine Affäre haben, und das denkt er schon seit Tagen. Und zwar ziemlich zutreffend.« Sie trat an die Anrichte und schenkte ihm ein Glas mit etwas ein, das wie Whisky aussah.

»Trinkst du Whiskey?«, fragte er und nahm das Glas entgegen.

»Zu seltenen Gelegenheiten … Dieser hier steht schon eine ganze Weile dort, fürchte ich.«

Es war ihm egal. Er kippte sich den gesamten Inhalt die Kehle hinunter und reichte ihr das leere Glas.

Sie kehrte zur Anrichte zurück und füllte es wieder auf. Dieses Mal trank sie einen Schluck, bevor sie ihm das Glas übergab.

Er hielt sich zurück, ehe er trank. Er wollte nicht mehr hier sein. Er fühlte, wie ihm die Kontrolle entglitt, und das sollte nicht vor ihr geschehen. »Ich muss gehen.«

»Das sagst du andauernd, aber wenn du mit mir über Maurice oder etwas anderes sprechen möchtest, höre ich dir gerne zu. Ich bin allerdings nicht mehr glücklich damit, dazustehen und dir zuzusehen, wie du zu Eis erstarrst und dich zurückziehst.«

Er blickte sie über den Rand seines Glases an und trank dann einen Schluck.

Sie sah ihn an und verschränkte die Arme. »Du kannst nicht wieder zum eisigen Herzog werden. Das ist nicht gut für dich. In der vergangenen Woche warst du wieder der alte Nick, was, wie ich glaube, deine Absicht war, wenn man bedenkt, dass du das, was wir früher getan haben, wieder hast aufleben lassen. Also lass uns tun, was wir können, damit wir den alten Nick hier behalten.«

Ja, er hatte versucht, zurückzuerobern, was sie einmal gehabt hatten, aber er war nicht mehr derselbe Mensch wie damals. Es war zu vieles geschehen. »Der Nick, den du gekannt hast, existiert nicht mehr. Du konzentrierst dich weiterhin auf die Vergangenheit. Ich habe beschlossen, das nicht zu tun. Ich *kann* das nicht tun.«

Mit gesenkten Armen kam sie auf ihn zu und die Federn auf ihrem Kopf schwangen im Takt ihrer Schritte. »Dann werden wir den neuen Nick aufspüren … der sich nicht hinter einer Mauer aus Eis abschirmen muss.«

Sie blieb vor ihm stehen, ganz nah, aber sie berührte ihn nicht. Er verzehrte sich ebenso sengend nach ihr, wie er darauf brannte, sie zu verlassen. Sie würde ihn zu Plätzen drängen, die er vielleicht nicht aufsuchen wollte.

»Was, wenn ich das nicht kann? All das, was passiert ist, hat mich zu dem gemacht, was ich bin.«

»Und ich bin ein Teil davon«, antwortete sie leise. Ihr Blick wurde traurig. »Wir können nicht umkehren, aber ich hoffe immer noch, dass wir voranschreiten können.«

Er war sich nicht sicher. Selbst jetzt noch übermannten ihn diese alten Gefühle der Bitterkeit. In seinen finstersten Momenten hatte er ihr die Schuld an der Auslösung einer Abfolge von Ungemach angelastet. Obwohl er wusste, dass nichts davon ihre Schuld war, erwies es sich gerade als schwierig, dies inmitten seiner Pein zu unterscheiden. Sein Körper vibrierte von begrabenen Emotionen und unterdrücktem Verlangen. Ehe er sich zwingen konnte, auf dem Absatz kehrt zu machen und zu gehen, legte sie ihm die Hand auf die Brust.

Es war ein schlichter Kontakt, nicht einmal besonders intim, doch er spürte ihn bis ins Mark. Und dies provozierte ihn, sich zu rühren – jedoch nicht, um zu gehen.

Er schob einen Finger unter das goldene Band um ihren Kopf mit dem diese lächerlichen Straußenfedern befestigt waren, und schob es ihr aus dem Haar. Er ergriff eine der Federn und schleuderte die Kopfbedeckung zu Boden. Dann zog er die Haarnadeln aus ihren Locken und ließ eine Strähne nach der anderen dieser blonden Seide durch seine Finger gleiten.

Als ihre Frisur gelöst war, durchkämmte er ihr Haar mit den Händen und drapierte es wie einen Schleier über ihre Schultern. Sie war so wunderschön, die Augen so sinnlich verengt, die Lippen geteilt. Die Zunge zuckte über ihre Unterlippe, und es war um seine Beherrschung geschehen.

Er umklammerte ihren Rücken und zog sie an sich. Sein Mund prallte auf ihren, um sofortigen Zugang zu den Freuden im Inneren zu verlangen. Ihre Zungen trafen sich und stießen aufeinander, während seine Begierde ihn antrieb, ihren Körper fest gegen seinen zu pressen. Aber die verdammten Reifen unter ihrem Rock hinderten ihn, zu spüren, was er sich wünschte.

Er löste den Mund von ihrem und nippte an ihrer Unterlippe. Sie keuchte, doch es war ein derbes, verführerisches Geräusch. »Diese verdammten Reifröcke«, war alles, was er hervorbringen konnte. Sein Körper bebte vor Verlangen.

Sie blickte ihn an und ihre Augen hielten ihn in ihrem Bann, während sie allmählich ihren Rock hob. »Binde sie los.« Sie drehte sich um und präsentierte die Schleifen, welche die Reifröcke um ihre Taille hielten.

Mit zitternden Fingern zog Nick zog an den Bändern. Es dauerte etwas länger als normalerweise erforderlich, aber wahrscheinlich lag das daran, dass er auf die Wölbung ihrer Rückseite fixiert war, die sich unter ihrem dünnen Leinenhemd deutlich sichtbar abzeichnete, doch endlich hatte er sie aufgeschnürt. Er bot ihr seine Hand und half ihr, sich des Kleidungsstücks zu entledigen.

Sie trug immer noch so viel andere Kleidung. Der Umfang war exorbitant. Er wollte nicht warten, bis er sie ausgezogen hatte – er brauchte sie jetzt.

»Violet, ich muss ...«

Er schnitt sich selbst das Wort ab, als sie sich umdrehte und vor ihm auf die Knie fiel. Wortlos knöpfte sie seinen Schritt auf und zog seine Unterwäsche so zurecht, dass sie an seinen steifen Schaft gelangen konnte. Sie befreite ihn und streichelte ihn mit schnellen und sicheren Bewegungen vom Ansatz bis zur Spitze, um ihm genau das zu geben, wonach er sich sehnte.

Dies wiederholte sie noch einige Male und währenddessen schloss er die Augen und entspannte die Schultern, sodass er der Kopf in den Nacken fallen ließ. Als sich ihre feuchte Zungenspitze auf seine empfindlichen Haut legte, stöhnte er auf. Das Blut strömte zu seinen Hoden und seinem Schaft, womit er noch härter wurde. Verzweifelt verlangte es ihn danach, dass sie ihn in sich nahm.

Dann tat sie es. Ihr Mund schloss sich um ihn und bewegte sich langsam, bis sie ihn so tief wie möglich aufnahm. Ihr Rückzug war sogar noch erregender, und das Gefühl, das von ihren Lippen und der Zunge ausging, löste Wellen der Ekstase in seinem Inneren aus. Als sie sich wieder vorwärts bewegte, legte sie an Tempo zu, und mit den Hände umklammerte sie seine Hüften, während ihre Fingerspitzen sich in sein Fleisch gruben.

Seine Begierde wuchs an und er schwang das Becken im Takt mit ihrer Bewegungen. Er bemühte sich, nicht in ihren Mund zu drängen, doch es war überaus schwer, sich zurückzuhalten. Er unternahm einen Versuch, die Kontrolle wiederherzustellen, die er vor einigen Minuten aufgegeben hatte, doch es erwies sich als mehr als nur schwierig – sie war vollkommen verschwunden.

Er öffnete die Augen einen unendlich winzigen Spalt und ließ den Kopf nach vorn kippen. Ihr Haar breitete sich in goldenen Kaskaden um sie herum und die seidigen Locken streiften seine Oberschenkel. Ihre rosafarbenen und perfekt geformten Lippen umschlossen ihn. Es war das Erotischste, was er je gesehen hatte. Und er würde sich in ihrem Mund erlösen.

Irgendwie gelang es ihm, einem seidenen Faden der Kontrolle habhaft zu werden und er zog sich aus ihr zurück. Die Hände nach unten gestreckt, packte er ihre Arme und zog sie auf die Füße.

Steifen Schrittes trat er an das Sofa heran und nahm sie dabei mit sich. Als er sich herumdrehte, wischte sie sich zart den Mund ab. Von Wollust überwältigt, küsste er sie heiß und hart und schnell.

»Ich brauche dich, Violet.« Er drehte sie zum Sofa. »Heb deine Röcke und knie mit dem Gesicht zur die Lehne.«

Sie zögerte, aber nur für eine Sekunde, ehe sie die Röcke hob, auf das Polster kletterte und sich auf die Knie begab. Er packte den Großteil des gebauschten Stoffes und hielt ihn an ihrer Taille hoch. Sie beugte sich vor, und mit seiner freien Hand schob er das Hemd nach oben, das unerbittlich ihren Hintern umhüllte, um ihren Körper zu entblößen.

Sie weitete ihre Stellung noch etwas aus, womit sie sich ihm gegenüber öffnete, und auf diese Einladung hatte er nur gewartet. Mit den Fingern streichelte er über ihre Scham und entlockte ihren Lippen ein leises Stöhnen. Sie war warm und feucht … und mehr als bereit für ihn. Gut, denn er war über die Maßen bereit. Er war beinahe von Sinnen.

Er dirigierte seinen Schaft an ihre Öffnung und als er in sie drang, versuchte er, langsam vorzugehen. Sobald ihre enge Hitze ihn umhüllte, riss der zarte, gerade wiedererlangte Seidenfaden der Kontrolle entzwei. Die Begierde tobte in ihm … und er gab sich ihr besinnungslos hin, als er tief in sie drang.

Sie keuchte und stieß mit den Hüften nach hinten, bis ihr Po sich eng an seine Leiste schmiegte. Er packte ihre Hüften, während er weiterhin die Masse des zusammengebauschten Stoffes umklammert hielt, und, um langsames Vorgehen bemüht, zog er sich zurück, um die Empfindungen auszukosten. Doch als es wieder Zeit war, nach vorn zu stoßen, besaß er solche Geduld nicht. Die Wucht seines Verlangens gewann die Oberhand und er drang kraftvoll in sie.

Sie bewegte sich mit ihm, schaukelte vor und zurück und trieb ihn zu köstlichen Qualen. Mit ihren leidenschaftlichen Schreien drängte sie ihn, immer schneller zu werden. Dann rief sie seinen Namen. Immer und immer wieder. Einesteils war es eine Provokation und andernteils ein Flehen. Und es stahl das Wenige, was von seiner Besinnung noch übrig war.

Er grub die Finger in ihr Fleisch und erhob Anspruch auf sie, als sein Orgasmus sich aufbaute. Die Ekstase stieg spiralförmig in ihm auf, und ihre um seinen Schaft gespannten Muskeln trieben ihn an den Rand des Abgrunds. Er schwankte einen Moment, ehe er in ein Delirium katapultiert wurde.

Er war sich nicht sicher, wie lange er ohne Besinnung war, aber als das Bewusstsein zurückkehrte, erfüllte das Geräusch ihres stoßweisen Atmens das Zimmer, während ihre Bewegungen sich beinahe auf ein Nichts verlangsamt hatten. Sein Griff, mit dem er ihre Kleidung hielt, lockerte sich, der Stoff fiel über ihr Bein herab und drohte, über ihren Hintern zu rutschen. Aber er war noch in ihr. Sie fühlte sich so gut an ... so richtig.

Und er fühlte sich wie ein Ungeheuer.

Er zog sich aus ihr zurück und als er von ihr abrückte, ließ er das Kleid über ihre Rückseite fallen. Er schob den erschlaffenden Schaft in seine Hose und knöpfte den Schritt zu.

Sie drehte sich und lag nun mit dem Rücken auf dem Sofa, während sich ihre Brust weiterhin heftig hob und senkte und sie bemüht war, wieder zu Atem zu kommen. Sie strich ihre zerknitterten Röcke über den Beinen glatt und sah zu ihm auf.

»Es tut mir leid.«

Sie legte die Stirn in Falten. »Weshalb?«

»Ich hätte dich nicht auf diese Weise nehmen sollen.«

»Warum? Ich habe es sehr genossen. Ich freue mich darauf, das noch einmal zu tun, am besten ohne Kleider, die aus dem Weg gehalten werden müssen.«

»Nicht diese Position.« Er suchte nach den richtigen Worten, doch er nahm nicht an, dass es welche gab. »Ich. Ich bin ... Du hast etwas Besseres verdient.« Er besaß zu viel Finsternis, zu viel von dem Eis, das sie nicht haben wollte.

Sie stand auf, trat zu ihm und legte ihm die Arme um die Taille. »Das ist doch Unsinn.«

»Das ist es nicht«, knurrte er buchstäblich und sein Zorn wallte abermals auf. »Du verstehst jetzt, wer ich bin, und musst akzeptieren, dass ich nicht mehr der Mann bin, den du einst gekannt hast, und wahrscheinlich auch nicht mehr der Mann, den du dir wünschst.«

Sie sah ihn stirnrunzelnd an und ihre Augen verengten sich ein wenig aufgrund ihres eigenen Zorns. »Ich brauche dich nicht, um mir zu sagen, was ich zu wollen habe. Ich habe genug von Leuten, die Dinge für mich entscheiden, vielen Dank.«

Ja, das hatte sie, nahm er an. Er wusste, es würde nicht einfach werden – sein Versuch, den Anschein eines glücklichen Lebens wiederherzustellen. Und herauszufinden, ob er das mit ihr schaffen konnte. Er brauchte Luft.

»Ich muss gehen.« Er löste sich aus ihrer Umarmung. »Und dieses Mal lässt du mich verdammt noch mal gewähren.«

Sie hielt die Hände in die Luft. »Ich kann dich nicht kontrollieren«, sagte sie leise. »Und das will ich auch nicht.«

Gut, weil er sich kaum noch selbst kontrollieren konnte.

CHAPTER 15

$\mathcal{D}$ie letzten beiden Tage waren in einem Wirbel gesellschaftlicher Aktivitäten verflogen. Die Königin hatte um Nicks Präsenz ersucht, wofür Violet Verständnis hatte. Auch Violet war von Königin Charlotte um ihre Anwesenheit gebeten worden, insbesondere zu einem Ausflug in die Sydney Gardens. Da Violet in Bath wohnte, war die Königin interessiert, alles über die örtlichen Sehenswürdigkeiten und Aktivitäten von ihr zu erfahren.

Gestern Abend hatten sie den Gunpowder Treason Day mit einer Unmenge an Lagerfeuern und Lichtern, sowie einem Feuerwerk gefeiert, das über Sydney Gardens entfacht wurde. Die Königin war überaus erfreut gewesen.

Sie hatten auch das Bailbrook House besucht, wo Kriegswitwen und Kinder das Stricken und Annähen von Knöpfen erlernten. Violet hatte Nick während des gesamten Besuchs beobachtet, um festzustellen, welche Wirkung dies auf ihn hatte. Sein Verhalten war stoisch und distanziert gewesen. Der eisige Herzog war zurückgekehrt.

Mit Ausnahme der Nachtstunden.

Nachts kam er zu ihr in ihr Haus, wo sie beide in den

Berührungen des anderen schwelgten. Allerdings unterhielten sie sich nicht, zumindest nicht über irgendetwas Substantielles, und Violet fragte sich, ob auf lange Sicht noch eine Aussicht für sie bestünde. Das hoffte sie. Sie wollte es so sehr. Doch Nick musste einen Weg finden, die Vergangenheit loszulassen. Er behauptete, sich nicht auf sie konzentrieren zu wollen. Jedoch erkannte er nicht, wie ihn diese verzehrte.

Sie stand in der Nähe der Fenster im Pump Room und beobachtete Nick, der sich mit einem anderen Gentleman unterhielt. Am anderen Ende des Raumes wurde es plötzlich still, und Violet sah, wie die Leute die gesenkten Köpfe einander zuwandten.

Sie schritt voran und trat an einen Tisch, an dem zwei ihrer Bekannten saßen. Jemand vom Nebentisch beugte sich vor und sagte: »Prinzessin Charlotte ist gestorben.«

Sofort dachte Violet an die Königin, mit der sie in den letzten Tagen so viel Zeit verbracht hatte, und ihr Herz krampfte sich zusammen. Sie machte kehrt und ging nun zu Nick hinüber, als ein Mitglied des Gefolges der Königin an ihn herantrat.

»Die Prinzessin hat einen totgeborenen Sohn geboren und ist kurz darauf gestorben«, erklärte der Herr mit leiser Stimme, das Gesicht von kummervollen Sorgenfalten gezeichnet.

Violet konnte nicht anders, als Nick am Arm zu berühren, da sie wusste, wie ihn dies treffen musste. Er sagte kein Wort, doch seine Farbe wich teilweise aus seinem Gesicht.

»Wie tragisch«, murmelte Violet.

»Die Königin wird postwendend abreisen und zur Beerdigung nach Windsor zurückkehren.« Er blickte Nick an. »Sie müssen aufbrechen.«

Nick erwiderte den starren Blick des Mannes nicht, sondern nickte bloß langsam.

Der Gentleman entfernte sich, um die Informationen an andere weiterzugeben.

»Nick, geht es dir gut?« Violet sprach mit leiser Stimme, allerdings konnte sie die drängende Sorge, die sie um ihn hatte, nicht vollends verbergen.

Er blickte sie an, doch sie hatte das Gefühl, dass er sie überhaupt nicht sah. »Wir sehen uns später.«

Dort stand sie und fühlte sich hilflos, als sie ihm hinterher sah, wie er den Raum verließ. Später … vermutlich heute Abend würde er sie besuchen. Sie würde ihn festhalten und hoffentlich einige der Schutzwälle niederreißen, die er um sein Herz errichtet hatte. Wenn sie das nicht täte, war sie nicht sicher, wohin ihr Weg sie führen würde.

Sie liebte ihn noch immer, und in der Zeit, die sie zusammen verbracht hatten, war sie ihm aufs Neue verfallen. Nein, er war nicht mehr derselbe Mann, den sie damals kennengelernt hatte, aber sie war auch nicht mehr dieselbe Frau. Er war ein Mann, der von Tragödien gezeichnet war und eine nie erwartete, gesellschaftliche Position geerbt hatte, die er, soweit sie es beurteilen konnte, meisterhaft bewältigte. Er verdiente Glück – weit mehr als jeder andere, den sie je gekannt hat – und sie wollte diejenige sein, die es mit ihm teilte. Doch allmählich beschlichen sie Zweifel, ob dies vielleicht nicht möglich war.

Und ihr Herz drohte, noch einmal zu brechen.

~

»*V*iel besser, Euer Gnaden.« Rand begutachtete sein Werk, während Nick sich mit der Hand über den Mund fuhr und zum ersten Mal seit zwei Tagen die glatte Haut seines Gesichts spürte. Er hatte sein Haus nicht verlassen – verdammt, er war kaum aus seinem Schlafzimmer hervorgekommen. Er war zu sehr in seiner Trauer verstrickt.

Prinzessin Charlottes Tod und der ihres Sohn hatte sämtliche Emotionen aufgerührt, die er mit so viel Mühe sorgfältig begraben hatte. Es war, als seien Jacinda und Elias noch einmal gestorben.

Also war er ins Bett gekrochen und hatte sich vor der Welt versteckt … genauso, wie er es nach ihrem Tod getan hatte. Er wünschte, behaupten zu können, sich besser zu fühlen, nachdem er nun seinen Emotionen nachgegeben hatte, doch dem war nicht so. Stattdessen fühlte er sich ausgelaugt und ein wenig … leer.

»Es ist schön, Euch wieder auf den Beinen zu sehen«, bemerkte Rand und räumte sein Rasierzeug auf. »Sollen wir Eure Toilette beenden?«

Nick grunzte zur Antwort und gestattete seinem Kammerdiener, ihn vollständig anzukleiden. Sobald er fertig war, bedankte Nick sich bei Rand und verließ sein Zimmer.

Als er die Halle im Erdgeschoss erreichte, trat der Butler auf ihn zu. »Ihr habt ein weiteres Schreiben erhalten, Euer Gnaden.«

Wahrscheinlich war es von Violet. Sie hatte bereits zwei Briefe geschickt, in denen sie sich nach seinem Befinden erkundigte, und die Seiten – was ihr zur Ehre gereichte – mit geistlosem Geschwätz gefüllt, das ihn zumindest für eine Weile von seiner Traurigkeit ablenkte.

Er nahm den Brief vom Butler und angesichts der ungewohnten Handschrift runzelte er die Stirn. Beim Öffnen des Schreibens erkannte er, dass es sich um eine kurze Nachricht handelte, die, nach der Schrift und den unachtsamen Tintenspritzern zu urteilen, hastig verfasst worden war. Als er sie schnell überflog, blieb ihm beinahe das Herz stehen.

Der Brief war zwar nicht von Violet, aber es ging um sie. Sie hatte einen Unfall.

Ohne ein Wort an den Butler zu richten, stürmte Nick aus dem Haus. Er rannte die Straße entlang, ohne sich darum zu scheren, was die Leute wohl dachten. Er war so froh wie nie zuvor, ein Haus gemietet zu haben, das dem ihren so nah war.

Ihr Butler ließ ihn sofort ein. »Euer Gnaden, der Arzt ist oben bei ihr. Vielleicht möchtet Ihr im Salon warten?«

Nein, er wollte nirgends warten, außer an der Seite ihres Krankenlagers. Er fing an, auf die Treppe zuzugehen, doch dann blieb er mit einer Hand auf dem Pfosten des Treppengeländers stehen. »Was ist passiert?« In der Nachricht stand nichts darüber.

»Lady Pendleton ist zu einem Spaziergang ausgegangen – ich glaube zur Royal Crescent.« Um ihn zu sehen, dachte Nick. »Es gab einen Tumult, an dem auch eine außer Kontrolle geratene Kutsche beteiligt war. Sie ist gefallen und hat sich den Kopf gestoßen. Seitdem hat sie die Besinnung nicht wiedererlangt, fürchte ich.« Der angespannte, finstere Tonfall des Butler sagte mehr, als er mit seinen Worten je ausdrücken könnte.

Die Panik stieg, zusammen mit Galle, in Nicks Kehle auf. Man sollte meinen, er sei taub gegenüber Verlusten – er *sollte* es sein. Er wollte es sein. Die Alternative war unerträglich. Er wusste nicht, ob er das noch einmal durchmachen konnte.

Langsam stieg er die Treppe hinauf, während seine Befürchtungen in ihm tobten. Er fühlte sich kalt und zittrig, als hätte er Fieber.

Beim Erreichen ihres Zimmers bemerkte er die halb geöffnete Tür. Er konnte Stimmen darin hören, aber nicht verstehen, was sie sagten. Die Angst ließ ihn wie angewurzelt auf dem Teppich stehenbleiben.

Die Tür ging auf und ihre Zofe, Chalke, stand im Rahmen. Das runde Gesicht der Frau war blass und ihre Augen waren gerötet, als hätte sie geweint. Nick fürchtete, ihm wurde übel.

»Oh, Euer Gnaden«, sagte sie. »Kommt herein, kommt herein.« Sie trat wieder hinein und bedeutete ihm, ihr zu Violets Schlafzimmer zu folgen.

Er war angsterfüllt, was er wohl sehen und erfahren würde. Es kostete ihn einen Augenblick, doch er ging hinein. Sein Blick fiel sofort auf Violet, die in ihrem Bett lag – das Bett, in dem sie einander so viel Freude bereitet hatten. Sie war so bleich, dass sie eigentlich ein bisschen grau war. Eine tödliche Blässe könnte manch einer sagen. Nick brach eiskalter Schweiß im Nacken aus und seine Handflächen wurden ganz klamm.

»Dr. Paulson, das ist Seine Gnaden, der Herzog von Kilve. Er ist, ähm, ein Freund von Lady Pendleton.«

Der Arzt, mit scharfen blauen Augen und einem langen Gesicht, war vielleicht ein paar Jahre älter als Nick. Er schien gut gerüstet, um schlechte Nachrichten zu überbringen. Er verneigte sich vor Nick. »Euer Gnaden. Lady Pendleton hat eine ernsthafte Verletzung erlitten. Da ist eine beachtliche Beule auf ihrem Schädel und sie hat die Besinnung noch nicht wiedererlangt. Es gibt, unglücklicherweise, nichts, was ich derzeit tun könnte. Wir müssen beten, dass sie das Bewusstsein bald wiedererlangt.«

Beten? Genau das hatte der Arzt ihm geraten, als Elias nicht genügend Nahrung zu sich nahm, um zu gedeihen. Er war bei seiner Geburt klein und zart gewesen und während der Wochen seiner Existenz auf Erden dahingeschwunden. Nick hatte das Beten bereits vor langer Zeit aufgegeben.

»Es muss etwas geben, was Sie tun können, um ihr zu helfen.« Es war keine Frage. Nick wollte den Mann am Revers seiner Jacke packen und ihn solange schütteln, bis er sie wieder gesund machte. Doch das würde nichts helfen. Das war Nicks Fluch.

»Ich habe Mrs. Chalke aufgetragen, einige Kräuter aufzugießen und sie hier neben dem Bett verdampfen zu lassen.

»Mrs. Spindle ist gerade damit beschäftigt«, erklärte die Zofe mit ernster Stimme.

»Das Aroma kann helfen, Lady Pendleton aufzuwecken. Abgesehen davon, werden wir abwarten müssen, was passiert. Mrs. Chalke wird nach mir schicken, sobald sie erwacht.«

»Sie gehen?« Nick starrte den Mann an.

Der Arzt erschrak und sein Körper zuckte zusammen. »Im Augenblick. Aber ich werde auf der Stelle zurückkehren, wenn Sie mich brauchen.«

Nick drehte sich zum Bett um und entließ den Mann, ehe er noch etwas tat, was er später bedauern würde.

Chalke führte den Arzt hinaus, doch einen Augenblick später war sie zurückgekehrt und trat neben Nick an das Bett. »Sie sieht so friedlich aus, oder?«

Ihre Gesichtszüge befanden sich in einem Stadium der Ruhe und ihre Wimpern zeichneten sich dunkel gegen die Blässe der Wangen ab. Der Ansatz ihres Nachhemds war gerade so über der Bettdecke sichtbar.

»Sie haben Sie umgezogen.« Er sagte nicht, was er dachte – *wie lange haben Sie gewartet, bis Sie mir eine Nachricht geschickt haben?* Es war egal. Er war nur froh, dass sie ihm eine Nachricht geschickt hatte. Aber andererseits waren auch alle in ihrem Haushalt über ihre Affäre im Bilde. War es sonst noch irgendjemand? »Ich bin froh, dass Sie nach mir geschickt haben. Allerdings ist es besser, wenn wir unsere … Beziehung nicht bekannt machen. Aus Gründen der Schicklichkeit.«

»Natürlich, Euer Gnaden.«

Um ihren Ruf zu wahren, sollte er nun gehen. Und doch war er dazu nicht imstande. Nicht, solange sie dort unbeweglich lag.

Oh Gott. Was, wenn sie nie wieder erwachen würde? Das Zittern, das seinen Körper auf dem Weg hierher erschüttert hatte, kehrte zurück.

Chalke schien dies zu bemerken. »Ich werde Euch etwas Whiskey holen. Bleibt bei ihr sitzen. Es wird ihr gut tun, zu wissen, dass Ihr hier seid.«

Er sah die Zofe scharf an. »Glauben Sie, dass sie es weiß?«

Die ältere Frau nickte mit aufeinandergepressten Lippen. Sie schien sich in ihrer Überzeugung sicher. »Das weiß ich. Sie hat Euch sehr, sehr gern, wisst Ihr.«

Ja, das wusste er. Und er hatte sie ebenfalls gern. Verdammt, er hatte sie viel zu gern.

Nachdem Chalke gegangen war, zog er einen Stuhl aus der Zimmerecke heran und stellte ihn neben das Bett. Er sank auf das Kissen und berührte ihr Gesicht. Es war glatt und kühl. Da war ein bisschen Farbe, aber nicht viel. Sie sah nicht so leblos aus, wie Jacinda gewirkt hatte.

Chalke brachte ihm den Whiskey und während sie für eine Weile blieb, plauderte sie darüber, wie sie in Violets Dienste getreten ist, als diese nach Bath umgezogen war.

»Sie waren nicht bei ihr, als sie verheiratet war?«, fragte er und war für die Ablenkung durch das Geplauder dankbar, aber auch neugierig.

»Nein. Sie hatte eine Zofe, die ihr Ehemann eingestellt hatte, und offenbar mochte ihre Ladyschaft sie nicht. Sie ist hier nach Bath gezogen, um neu anzufangen – mit neuem Personal und einfach allem neu.«

Er konnte verstehen, warum sie das hatte tun wollen. Sie hatte eine Ehe ertragen, die sie nie gewollt hatte, und war nicht einmal in der Lage gewesen, das Beste daraus zu machen.

»Ihr kennt ihre Ladyschaft schon sehr lange?«, fragte Chalke leise und ihr wissender Blick drückte deutlich aus, dass sie ihrer beider Geschichte kannte.

Er antwortete nicht, da es keine Frage war. Stattdessen stellte er sich Violet vor, wie sie damals war, mit ihren strahlenden Augen, die Wangen in der Mittagssonne gerötet, als sie durch den Park spaziert sind. Plötzlich dachte er an ihre Eltern. »Haben Sie ihren Eltern eine Nachricht geschickt?«

Chalke schürzte die Lippen. »Ich habe gewartet, um zu sehen, ob sie aufwacht. Sie sehen sich nicht allzu häufig. Ich habe sie nur einmal kennengelernt.«

Auch das überraschte ihn nicht. Aber es stimmte ihn traurig. Was würde er nicht darum geben, wenn seine Eltern noch am Leben und gesund wären. Dennoch war es nicht so, als könnte sie das Verhalten der Caulfields lenken. Er fragte sich, was sie von seiner Anwesenheit halten würden. Wahrscheinlich wären sie erfreut. Schließlich war er trotz allem jetzt ein Herzog.

»Sie sollten auch eine Nachricht an Hannah Linford schicken.« Obwohl Violet ihre Eltern vielleicht nicht hier haben wollte, würde sie ihre engste Freundin um sich haben wollen. Simon fiel ihm ein. Er hatte noch immer nichts von ihm gehört und Nicks Nachricht an ihn war zu dem Haus in der Royal Crescent zurückgeschickt worden.

»Oh ja, das sollte ich. Ich werde gehen und das sofort erledigen. Hier, gebt mir das.« Sie nahm sein geleertes Glas. »Würdet Ihr gern an Mrs. Linford schreiben?«

Er schüttelte den Kopf.

Die Zofe tätschelte ihm die Schulter und erschreckte ihn mit dem körperlichen Kontakt. »Ihr werdet gut auf sie aufpassen.«

Allein mit Violet, beobachtete er, wie sie schlief. Schlief sie? War es das, was passierte, wenn man sich den Kopf verletzte? Er beugte sich über das Bett und fühlte zaghaft nach der Beule, die sie sich zugezogen hatte. Meine Güte, sie besaß die Größe eines Gänseeis. Erschüttert setzte er sich auf seinen Stuhl zurück und verharrte für wer weiß wie lange unbeweglich dort.

Schon lange Zeit zuvor hatte er die Krawatte gelöst und

seine Weste aufgeknöpft. Er überlegte gerade, die Stiefel auszuziehen, als sie zuckte.

Sofort in Alarmbereitschaft schnellte er zur Stuhlkante vor. »Violet?«

Ihre Augenlider flatterten und ihr Körper bäumte sich auf. Erbrochenes floss ihr aus dem Mund und durchweichte ihre Vorderseite. Sie keuchte, kämpfte um Atem.

Er sprang auf und mit den Händen unter ihren Nacken gelegt, hob er sie hoch. »Chalke! Helfen Sie mir!«

Er setzte seine Hilferufe fort, bis die Zofe und der Butler sowie ein weiteres Mitglied ihrer Dienerschaft in das Zimmer gerannt kamen.

»Oh, meine Güte«, hauchte Chalke fassungslos.

Violet zitterte in seinen Armen und ein weiterer Krampf rüttelte ihren Körper durch. Sie würgte noch mehr ihres Mageninhalts hervor.

Der Butler schoss zur anderen Seite des Zimmers und kehrte mit einer leeren Waschschüssel zurück. Er hielt sie ihr unter den Mund, während Nick versuchte, sie aufzurichten.

Sie sog die Luft ein und ihr Atem ging laut und harsch. Alle warteten gespannt, ob sie sich noch einmal übergeben würde, doch nach einigen Minuten schien die Krise vorbei zu sein. Nichtsdestotrotz zitterte sie weiter, als die anderen sich daranmachten, ihr Bett abzuziehen. Der Butler nahm die beschmutzten Bettlaken fort und überließ es den beiden Frauen, Violet das Nachthemd zu wechseln.

Währenddessen flüsterte Nick ihr beruhigende Worte zu und streichelte ihr über den Rücken. Er wusste nicht, was er sonst tun sollte. Er wünschte sich, ihr sagen zu können, sich noch nie so hilflos gefühlt zu haben. Doch er hatte sich schon so gefühlt. Viele Male. Gott, er hasste dieses Gefühl der absoluten Machtlosigkeit.

Irgendjemand brachte Wasser und sie hoben Violet auf die andere Bettseite, damit Chalke sie säubern konnte. Dann flocht die Zofe ihr das Haar abseits der Beule. Nick hob Violet in seine Arme, damit die anderen die Bettwäsche vollständig wechseln konnten und hielt sie eng an seine Brust, während die Dienstboten schnell und effizient arbeiteten.

Ungern bettete er sie wieder zurück, doch er war froh, dass sie sich wieder beruhigt hatte. Sogar ihr Zittern hatte aufgehört. Sobald sie Violet wieder im Bett hatten, verließen die Dienstboten das Zimmer, um das Bettzeug zu waschen und sich wieder herzurichten.

Warum war sie nicht aufgewacht? Es schien, dass so etwas – ihr Körper hatte eine heftige Reaktion gezeigt – sie zwingen sollte, wieder zu Bewusstsein zu gelangen.

Doch sie war in den gleichen Zustand zurückgefallen wie vorher. Still. Beinahe leblos.

Er ging im Zimmer auf und ab und sehnte sich plötzlich danach, irgendwo anders zu sein, außer hier.

Als Chalke zurückkehrte, ging er zu einer Runde in den Garten hinaus. Er war nicht sicher, wie lange er fort war, aber er machte im unteren Salon halt, um ein weiteres Glas Whiskey zu trinken, ehe er wieder nach oben ging.

Er wurde von einem vertrauten Gestank empfangen. »Sie hat sich wieder erbrochen?«, fragte er.

»Leider ja«, antwortete Chalke besorgt. »Ich habe nach dem Arzt geschickt.«

Sie säuberten sie in gleicher Manier, doch als Nick sie dieses Mal hielt, öffnete sie die Augen für einen kurzen Moment. Sie wirkten glänzend wie Glas und sie konnten sich scheinbar nicht auf ihn konzentrieren. Eine Pupille war schwarz und riesengroß, während die andere winzig wie ein Stecknadelkopf war.

»Violet?« Als sie nicht antwortete oder reagierte, versuchte er es noch einmal. »Violet, kannst du mich hören?«

Ihre Augenlider flatterten kurz, ehe sie sich wieder schlossen. Sie erschlaffte in seinen Armen, und seine Frustration machte sich in einem lauten Knurren Luft, das er einfach nicht zurückhalten konnte.

Er legte sie wieder in das nun saubere Bett zurück und ließ sie von Chalke zudecken.

»Versucht, Euch nicht zu sorgen, Euer Gnaden«, riet Chalke, was eher lächerlich war.

Wie konnte er nicht besorgt sein?

Der Arzt kehrte zurück, doch abermals hatte er nichts Wertvolles zu sagen oder beizutragen. Nick wollte ihn aus dem Fenster stoßen. Das Erbrechen konnte ein gutes Zeichen sein, denn ihr Körper arbeitete, um die Vergiftung loszuwerden, die sich möglicherweise ereignet hatte. Diese Theorie klang für Nick lächerlich. Wie zum Teufel konnte man eine Vergiftung erleiden, wenn man sich den Kopf anschlug? Der Arzt hatte ihm in aller Ruhe – und ziemlich herablassend - auseinandergesetzt, dass sich vielleicht Flüssigkeit in der Beule befand, die sie möglicherweise vergiften würde. Nick hatte den Mann einfach angestarrt und sich vorgestellt, wie er durch die Luft segelte, wenn er ihn auf den Fußboden schleuderte.

Nachdem die Sonne untergegangen war, versuchte Chalke, Nick zum Essen zu bewegen, aber er weigerte sich, wie auch schon bei allen anderen Gelegenheiten zuvor, als sie dies vorgeschlagen hatte.

Spät in der Nacht schlief er auf der anderen Seite von Violets Bett ein und wachte beim geringsten Geräusch auf. Sie rührte sich ein paar Mal, erbrach sich glücklicherweise nicht mehr, aber sie konnte sich weder konzentrieren oder reagieren noch auf andere Weise zeigen, dass sie bei Bewusstsein war.

Am Morgen war Nicks Hoffnung so gut wie verloren.

Dann wachte sie endlich auf.

Allerdings war es nur für eine sehr kurze Zeit, und sie bat bloß um Wasser. Chalke flößte ihr die Flüssigkeit ein, während ihr die Tränen über das Gesicht rannen. Violet schlief sofort wieder ein, und Chalke wandte sich mit hoffnungsvollem Blick zu Nick. »Das muss ein gutes Zeichen sein.«

»Oder es könnte gar nichts bedeuten«, gab Nick kalt zurück.

Chalkes Gesichtszüge fielen in sich zusammen, aber sie nickte. »Ihr solltet nach Hause gehen und schlafen.«

»Ich kann nicht schlafen.« Er hatte es versucht.

»Dann zieht Euch um.«

Das sollte er wahrscheinlich tun.

Chalke schien sein Zögern zu spüren. »Ihr werdet nicht weit weg sein. Wir schicken nach Euch, wenn sie aufwacht. Aber Ihr habt sie gesehen – es passiert nicht viel.«

Nein, das tat es nicht.

Niedergeschlagen und erschöpft verließ Nick das Haus. Gestern hatte er spät am Abend eine Nachricht geschickt, in der er erklärte, nicht nach Hause zu kommen. Da das Personal zum Haus gehörte, kannte er sie nicht und sie stellten ihm keine Fragen. Rand war über Nicks Erscheinungsbild jedoch reichlich besorgt.

Sein Kammerdiener nahm Nicks in Unordnung geratene Kleidung in Empfang. »Geht es Euch gut, Euer Gnaden?«

»Ich brauche ein Bad. Und etwas zu essen.« Er war nicht besonders hungrig, aber dass sein Körper Nahrung brauchte, wusste er.

»Umgehend.« Er trug den Dienstboten auf, den Badezuber zu füllen und half Nick beim Entkleiden. »Ich habe für London gepackt. Möchtet Ihr immer noch morgen früh abreisen?«

Verdammter Mist.

Er hatte vergessen, dass er der Beerdigung der Prinzessin beiwohnen musste. Konnte er sie versäumen?

Nein. Die Königin erwartete seine Anwesenheit. Wenn

Violet seine Ehefrau wäre, könnte er sich entschuldigen lassen …

Aber das war sie nicht.

Ehefrau. In seinen Gedanken wagte er es nicht, sie in dieser Eigenschaft zu sehen. Und warum nicht?

Aus genau dem Anlass, der sich in diesem Moment abspielte. Wenn er sie zur Ehefrau nehmen würde, wäre er offen und verletzlich. Das konnte er nicht tun.

»Euer Gnaden?« Rand schaute ihn erwartungsvoll an.

»Ja, wir werden morgen abreisen.« Er musste es tun. Man brüskierte die Königin nicht.

Und wenn er Violet verließ, wäre er möglicherweise in der Lage, klar zu denken. Denn derzeit war er wie festgeknotet, sein Verstand vor Angst und Verzweiflung vollkommen verzerrt. Dies hatte er schon einmal durchgemacht, und er wusste, wohin es führte.

Er weigerte sich, ein weiteres Mal dort zu landen.

CHAPTER 16

*V*ier Tage später ritt Nick durch den Hyde Park, während der Novemberwind ihm beißend durch die Kleider fuhr. Er spürte gar nichts. Seit seiner Abreise aus Bath hatte er nichts mehr gespürt.

Am Abend vor seiner Abfahrt hatte er Violet besucht. Der Arzt war gerade gegangen, und Nick war froh, ihn verpasst zu haben. Chalke berichtete, der Mann hätte noch immer nichts zur Verbesserung ihres Zustands angeregt. Mehr als frustriert hatte Nick bei seiner Ankunft in London einen versierten Arzt gefunden und ihn großzügig dafür entlohnt, Violet in Bath zu behandeln.

Am Morgen hatte er in der Post einen aktuellen Bericht erhalten: Violet kam regelmäßig zu Bewusstsein, doch sie war zu erschöpft, um außer Essen und Trinken etwas anderes zu tun, ehe sie wieder einschlief.

Nick musste zugeben, die Hoffnung auf ihre Genesung verloren zu haben. Entweder das oder er musste sich einreden, dass es ihm gleich war. Dies war zu vertraut, zu qualvoll. Er würde lieber ohne sie im Alleingang weiterleben, als ihren Verlust zu riskieren.

Es stellte sich die Frage, wie er weitermachen sollte. In der Zeit, die sie vor kurzem gemeinsam verbracht hatten, war sie ein Teil seines Lebens geworden. Es gefiel ihm, jemanden zum Reden zu haben, jemanden, auf den er sich freute. Er wollte nicht wieder der einsame, eisige Herzog werden. Nun ja, zumindest nicht einsam. Es war ihm bestimmt, hinter seiner eisigen Mauer zu leben. Er konnte sich keine andere Möglichkeit vorstellen.

Er überlegte, ob er wie Simon fliehen sollte. Vielleicht könnten sie zusammen die Inseln bereisen.

Von seinen Gedanken verzehrt sah er den anderen Reiter, kurz bevor er ihm – ihr – direkt in den Weg ritt. Im letzten Moment wurde ihm bewusst, dass der Reiter in einem Damensattel saß.

»Euer Gnaden?«

Verschwommen erkannte er die Stimme wieder und nachdem er Oberon beruhigt hatte, sah er zu ihr hinüber. »Miss Kingman.«

Die zierliche Brünette lächelte. »Ja. Es freut mich, dass Sie sich an mich erinnern.«

»Wie könnte ich Sie vergessen? Sie waren eine charmante Präsenz auf der Hausparty. Ich habe unseren Rundgang durch die Kathedrale sehr genossen.«

Überraschung flackerte in ihren Augen auf und er fragte sich, was er getan hatte.

Sie schien seine Verwirrung zu spüren und ließ ein heiteres Lachen erklingen. »Ich hatte nicht bemerkt, dass es Ihnen gefallen hatte. Das stimmt mich recht glücklich.«

Richtig, denn er war im Eiltempo aus der Kathedrale gestürmt, um Simon zu folgen. Außerdem hatte er sich während der Party größtenteils wie ein Dummkopf verhalten. Verdammt, er hatte sich jahrelang wie ein Dummkopf benommen. Und plötzlich hatte er seine Fähigkeit wiedererlangt, freundlich zu sein.

Dank Violet. Das musste er ihr zugutehalten.

Es wurde ihm eng in der Brust und er verbannte sie aus seinen Gedanken. »Was führt Sie nach London?«, fragte er.

»Wir leben hauptsächlich hier.« Miss Kingman blickte auf seine schwarze Armbinde. »Werden Sie zur Beerdigung nach Windsor gehen?«

Das war in wenigen Tagen. »Ja, deshalb bin ich hergekommen.«

Sie nickte, und er rechnete damit, eine gewisse Traurigkeit in ihrem Blick zu erkennen, oder eine Bemerkung zu der Tragödie von ihr zu hören. Stattdessen sagte sie: »Wenigstens hat sie keine Schmerzen mehr.«

Ihr Verhalten war so nüchtern, so ... emotionslos, dass es ihn erschütterte. In den vergangenen Tagen hatte ihn der üble Geruch der Melancholie überwältigt, der jeden Winkel Londons durchdrang. Dieser Schatten eines Leichentuchs hatte gedroht, ihn für die Dauer seines Aufenthalts an sein Bett zu fesseln.

Miss Kingmans Pragmatismus war eine willkommene Atempause.

»Ja, das ist ein Segen«, entgegnete er.

»Aber es ist beängstigend, nicht wahr?«, fragte sie gelassen, ohne den geringsten Anflug von Besorgnis in ihrer Frage. »Ein Kind zu gebären, meine ich. Ich bin nicht sicher, ob ich es versuchen will.« Ihr Körper erschauderte zart.

»Ihr Mann wird sich das von Ihnen wünschen, davon bin ich überzeugt.«

Kurz schürzte sie die Lippen und stieß die Luft aus. »Ja, ich bin sicher, das wird er.«

»Ich würde das nicht tun.« Er überraschte sich selbst mit seinen Worten. »Ich habe meine erste Frau im Kindbett verloren. Und das Kind später.«

»Das habe ich gehört.« Auch hier verzichtete sie, auf die

Tragik der Begebenheit einzugehen. »Aber was ist mit Ihrem Titel? Sie brauchen einen Erben.«

Er zuckte die Achseln. »Ich war nicht zum Erben bestimmt – der Titel ist mir nach einer Reihe unglücklicher Ereignisse zugefallen. Er entschied, dies ohne jede Tragik zu erklären, da es ihr recht gut zu gefallen schien, die Emotionen aus ihrem Gespräch herauszuhalten. »Es gibt andere, an die er weitergegeben wird.«

»Nun, dann verstehe ich, warum Sie einer Heirat nicht geneigt zu sein scheinen«, sagte sie lächelnd. »Wie wundervoll.«

»Wundervoll?« Er fühlte sich von ihren Bemerkungen verwirrt. »Sie klingen, als seien Sie nicht für die Ehe. Verzeihen Sie mir, dass ich das sage, aber auf der Hausparty hatte ich den deutlichen Eindruck, dass Sie auf dem Heiratsmarkt sind.«

»Laut meinem Vater, ja. Er hofft, dass er mich mit einem großartigen Titel, wie dem Ihren zusammenbringen kann.«

Genau das hatte Sir Barnard jedes Mal ganz klar ausgedrückt, wenn er mit Nick auf der Hausparty ins Gespräch gekommen war. »Er will nur das Beste für Sie, glaube ich.«

Sie stieß ein wenig damenhaftes Schnauben aus, das ihm eine Seite von ihr offenbarte, die er auf der Party nicht kennengelernt hatte. »Er wünscht sich, was seine gesellschaftliche Stellung verbessert. Wenn ihm wirklich etwas daran läge, was ich will, würde er mich meinen eigenen Mann wählen lassen. Oder auch nicht.«

Ja, er musste zu dem Schluss kommen, dass sie definitiv nicht für eine Ehe war. »Sie wollen nicht heiraten.«

Sie blickte zu ihrem Knecht zurück, der einige Meter hinter ihr Posten bezogen hatte. »Ich wollte nicht so mitteilsam sein. Bitte verzeihen Sie mir.«

»Es gibt nichts zu verzeihen. Ich bewundere unverblümte Offenheit.« Das war unter anderen Dingen etwas, was er an

Violet liebte. Als sie sich zum ersten Mal begegnet waren, hatte sie nicht die Rolle einer errötenden jungen Dame gespielt, die sich einen Freier zu gewinnen erhoffte. Sie war ehrlich und offenherzig gewesen. Er drängte die Erinnerung an sie aus seinen Gedanken.

»Danke, Euer Gnaden.« Sie tätschelte ihrem Pferd den Hals. Es war ein schönes Tier, und soweit er es beurteilen konnte, besaß sie einen ausgezeichneten Sitz.

»Es tut mir schrecklich leid, dass ich beinahe mit Ihnen zusammengestoßen wäre«, entschuldigte er sich.

»Sie sind mir nicht sehr nahe gekommen. Jedenfalls bin ich versiert genug und wäre Ihnen notfalls ausgewichen. Ich mag sportliche Aktivitäten. Abgesehen vom Schwimmen. Obwohl ich es vielleicht lernen sollte, falls ich wieder einmal aus einem Boot falle. Zum Glück hatte ich einen Ritter – besser einen Herzog – der mich gerettet hat.«

»Es war mir ein Vergnügen. Ich mag das Wasser, insbesondere das Angeln.«

»Ich liebe es zu angeln. Aber natürlich war das den Damen auf der Party nicht erlaubt.«

Sie angelte gern? »Haben Sie schon einmal im Meer geangelt?« Als sie den Kopf schüttelte, erklärte er: »Ich lebe an der Küste. Das ist sehr erfrischend. Das Angeln in den Wellen ist etwas anders.«

»Das würde ich eines Tages gern einmal ausprobieren.« Wieder blickte sie über die Schulter. »Ich sollte nach Hause zurückkehren. Es war mir ein Vergnügen, Sie zu treffen, Euer Gnaden.«

»Das war es für mich ebenfalls.«

»Hoffentlich kreuzen sich unsere Wege erneut, während Sie in der Stadt sind.« Sie senkte den Kopf und trieb ihr Pferd in den Galopp.

Als er sie davonreiten sah, mit dem Stallknecht im Gefolge, stellte er fest, dass er sich leichter fühlte wie schon seit Tagen nicht mehr. Miss Kingman war eine willkommene Insel der Gelassenheit im Chaos seines Lebens. Er bewunderte ihr unaufdringliches Auftreten und ihre Offenheit. Es war schade, dass sie nicht heiraten wollte, denn sie wäre wirklich eine ausgezeichnete Ehefrau. Sie würde eine charmante Gastgeberin sein, und anspruchslos. Außerdem bestand ohne Kinder kein Anlass zu Furcht, sie zu verlieren. Ihm war sofort klar, dass sie genau die Art von Ehefrau war, die, wie er Simon erklärt hatte, seinen Wünschen entsprach.

Aber stimmte das auch noch, nachdem er Violet wiedergefunden hatte, und nach dem, was sie geteilt hatten?

Zum Teufel, ja. Seit ihrem Unfall stimmte das sogar noch mehr. Er war nicht mehr der Mann, der er vor acht Jahren war, egal wie sehr er versuchte, die magische Zeit, die er damals mit ihr verbracht hatte, wieder zum Leben zu erwecken.

Verdammt! Sie wird sich Hoffnungen gemacht haben, obwohl sie jeden Tag so genommen hatten, wie er kam. Er war wütend auf sich, nach Bath gereist zu sein und sie dem Herzschmerz auszusetzen. Sie hatte etwas Besseres verdient. Sie verdiente Glück und Licht und Wärme – Dinge, die er ihr nicht geben konnte. Vielleicht war es an der Zeit, sie von der Vergangenheit zu erlösen, und sie von den Fesseln an ein Ungeheuer wie ihm zu befreien.

~

»Sicherlich kann ich einen Spaziergang im Garten unternehmen«, beharrte Violet.

Ihre Mutter, die blassen Lippen zu einem dünnen Strich zusammengepresst, starrte sie an. »Der Arzt hat dir noch eine Woche Ruhe verordnet.«

Sie hatte nun bereits zehn Tage im Bett gelegen. Zumindest hatte man ihr das gesagt. An die Zeit bis vor fünf Tagen hatte sie nicht viel in Erinnerung behalten. Offenbar war sie auf dem Bürgersteig gestürzt und daraufhin ziemlich krank geworden. Sie hatte unter lähmenden Kopfschmerzen gelitten, den Kopf kaum vom Kissen heben können und einen ganz verschwommenen Blick gehabt. Heute sah sie zum ersten Mal nicht mehr alles doppelt.

Sie blinzelte ihre Mutter an und war froh, sie jetzt nicht mehr zweimal zu sehen, denn eine war wirklich mehr als genug. »Dann sollte ich wenigstens im Zimmer umhergehen können.«

Ihre Mutter jammerte. »Du bist eine schreckliche Patientin.«

Violet wollte ihr vorschlagen, dass sie doch gehen sollte, aber sie hielt den Mund. Stattdessen warf sie Chalke einen Blick zu, die ihr ein mitfühlendes Lächeln schenkte. Die Kammerzofe hatte sich mehrmals dafür entschuldigt, ihre Eltern über Violets Verletzung informiert zu haben.

Wenigstens würde Hannah bald eintreffen. Sie wäre schon früher gekommen, aber eines ihrer Kinder war erkrankt.

Wenn doch nur Nick zurückkehren würde. Doch er hatte der Beerdigung der Prinzessin beiwohnen müssen. Violet lenkte den Blick zu ihrer Mutter zurück. »Welchen Tag haben wir heute?«

»Mittwoch, den neunzehnten.« Sie trat an das Fenster, wo sie einen Sessel stehen hatte, in dem sie saß und Stickarbeiten anfertigte. Ununterbrochen.

»Findet die Beerdigung heute statt?«, fragte Violet. Sie hatten ein paar Mal darüber gesprochen, doch sie konnte sich nicht recht daran erinnern.

»Ja«, antwortete ihre Mutter. »In Windsor. Jetzt, da es dir besser geht, freue ich mich darauf, alles über deine Zeit mit der Königin zu erfahren. Wie schön, dass du sie kennengelernt hast.« Ihre Mutter hatte dieses Thema mehrfach zur

Sprache gebracht. »Wenn sie das nächste Mal in der Stadt ist, lädst du mich vielleicht auf einen Besuch ein.«

Die Implikation war unmissverständlich – warum hatte Violet nicht ihre Mutter in ihren Einfluss miteinbezogen? Möglicherweise, weil sie die Gesellschaft ihrer Mutter und ihr Betragen als selbstsüchtig erachtete. Ihre Eltern hatten hart daran gearbeitet, einen Bräutigam mit einem Titel zu beschaffen – hauptsächlich, damit *sie selbst* in den Genuss der damit verbundenen Vorteile kamen. Als Clifford gestorben war, hatten sie sich weitaus betrübter als Violet gezeigt.

»Ich denke, es ist Zeit für das Mittagessen«, erklärte Chalke, während sie an die Seite des Bettes eilte und Violets Bettzeug unnötigerweise zurecht zog. »Dann ist es wohl das Beste, wenn Lady Pendleton sich ausruht.«

»Ich könnte selbst einen Spaziergang gebrauchen«, erklärte Violets Mutter und blickte in den Garten hinab. Sie lächelte ihre Tochter an. »Ich werde *für* dich spazieren gehen, wie wäre das?«

»Das ist perfekt, danke.« Violet widerstand dem Drang, die Augen zu verdrehen.

Nachdem ihre Mutter gegangen war, tätschelte Chalke Violet den Arm. »Hoffentlich bleibt sie nicht mehr lange. Jetzt, da es Euch besser geht, plant Euer Vater, glaube ich, abzureisen.«

Das war auch gut so. Er konnte es kaum erwarten, zu dem Wurf von Welpen zurückzukehren, den seine Lieblingshündin gerade zur Welt gebracht hatte. Violet konnte nicht wirklich sagen, ob er sich freute, sie zu sehen oder nicht. Ihre Mutter hatte zumindest Besorgnis und Fürsorge bewiesen, und sehr zu Violets Ärgernis war sie ihr beim Essen und Anziehen zur Hand gegangen. Sie hasste es, Hilfe von ihr anzunehmen, so unsinnig das auch war.

»Hat Nick sich nicht gemeldet?«, erkundigte Violet sich bei Chalke.

Die Kammerzofe schüttelte den Kopf. »Noch nicht, aber macht Euch keine Sorgen. Der Arzt, den er geschickt hat, verfasst gerade einen Brief, um ihn über Eure positiven Fortschritte zu informieren. Ihr werdet bald von ihm hören, da bin ich sicher.«

Violet konnte sich nur vorstellen, wie verzweifelt er sein musste. Er war nach dem Tod der Prinzessin bereits am Boden zerstört gewesen, und Chalke hatte ihr von seinen Qualen nach Violets Verletzung berichtet. Es missfiel ihr ganz und gar, dass er allein auf der Beerdigung war und sie wünschte sich, an seiner Seite sein zu können, um ihm Unterstützung zu bieten. Und Liebe.

»Von wem hören?« Ihre Mutter kam zurück ins Zimmer gerauscht. »Ich habe meine Stickerei vergessen.« Ohne sie ging sie nirgendwo hin.

»Niemand, nur ein Freund«, antwortete Violet. Sie wollte ihrer Mutter nichts von ihm erzählen, denn vor acht Jahren hatte diese ihr Glück mit ihm ruiniert. Eine kleine Stimme im Hinterkopf flüsterte ihr zu, dass die Reaktion ihrer Mutter durchaus lohnend sein könnte, wenn sie erfahren würde, dass der Mann, dem sie die Heirat mit ihrer Tochter verweigert hatte, nun ein Herzog war.

Ihre Mutter hob ihre Stickerei auf und trat an die Seite des Bettes. »Er muss ein guter Freund sein, wenn du auf Nachricht von ihm hoffst.« Ihre kaffeebraunen Augen leuchteten interessiert auf. »Darf ich zu hoffen wagen, dass du planst, wieder zu heiraten?«

Sie hatte es nicht geplant, aber sie musste zugeben, sich Hoffnungen gemacht zu haben. Bei Nick war sie sich jedoch nicht sicher. Sie wollte ihn, liebte ihn, doch sie fürchtete, dass er sich in einem Netz verfangen hatte, das aus den vergangenen Tragödien gesponnen war.

»Derzeit nicht.« Violett lenkte den Blick in Chalkes Richtung.

»Er muss jemand Bedeutendes sein, wenn er einen Arzt geschickt hat, um dich zu behandeln. Vielleicht werde ich *ihn* einfach fragen.« Mit anderen Worten ausgedrückt, würde sie auf die eine oder andere Weise ohnehin herausfinden, wer »Er« war.

Violet beschloss, auf die Stimme in ihrem schmerzenden Hinterkopf zu hören. »Es ist der Herzog von Kilve. Wir sind eigentlich schon seit einiger Zeit miteinander bekannt. Wir haben uns vor acht Jahren hier in Bath kennengelernt.«

Ihre Mutter sah entsetzt drein, ihre Augen weiteten sich und sie führte die flatternde Hand an die Brust. »Du hast vor acht Jahren einen Herzog kennengelernt? Wie haben wir davon nichts erfahren? Meine Schwester hätte es mir erzählt.«

Violets Tante *hätte* es ihr gesagt, *wenn* er ein Herzog gewesen wäre. »Sein Name war Nicholas Bateman. Damals war er noch kein Herzog.«

Ihre Mutter riss die Augen sogar noch weiter auf – bis zu einem Punkt, an dem Violet befürchtete, dass sie ihr aus dem Kopf fallen würden. »Das ... Oh. Wie wundervoll, dass er jetzt ein Herzog ist und ihr wieder zueinander gefunden habt.« Sie wirkte nicht im Geringsten verlegen. Aber hatte Violet das wirklich erwartet? Sie war zufrieden, zumindest einen Schock festgestellt zu haben.

Dennoch konnte sie nicht widerstehen, sie ein wenig zu sticheln. »Stell dir vor, ich hätte ihn heiraten dürfen. Ich wäre eine Herzogin.«

Die runzlige Haut um den Mund ihre Mutter zuckte. »Vielleicht wirst du es ja noch.«

»Du solltest nicht darauf zählen, Mutter«, erklärte Violet. »Der Herzog und ich sind Freunde, mehr nicht.« Sie hielt den Blick von Chalkes abgewandt, damit diese nicht die Wahrheit preisgab. Sie und Nick waren mehr als Freunde, aber wie viel mehr? Und für wie lange?

»Es ist nicht so, dass du und Vater ihn zur Heirat überreden könntet.« Denn sie hatten Clifford – einen Viscount, mit einem Bedarf an finanziellen Mitteln – praktisch bestochen, sie zu heiraten. »Er braucht nichts.« Abgesehen von der Fähigkeit, die Vergangenheit hinter sich zu lassen und nach einer glücklichen Zukunft zu streben. Die Frage war, ob er sich dafür zu sehr verändert hatte und zu stark mit der Bürde der Verluste belastet war.

»Vermutlich nicht.« Nachdenklich legte ihre Mutter die Stirn in Falten. »Hat er nicht einen dieser Spitznamen?« Sie hob den Blick an die Decke, als ob die Antwort in der gemeißelten Stuckverzierung zu finden wäre. Sie schüttelte den Kopf. »Nun gut, ich werde mich erinnern. Guten Appetit und ruhe wohl, Liebes.« Erneut verließ sie das Zimmer und Violet sank entspannt in die Kissen.

»Wie geht es Eurem Kopf?«, fragte Chalke besorgt.

»Er schmerzt wieder.«

Chalke starrte auf die Türöffnung, durch die Violets Mutter gerade gegangen war. »Ja, das kann ich mir vorstellen. Ich werde etwas Suppe bringen und Weidenrindentee gegen Eure Kopfschmerzen. Wenn Ihr möchtet, kann ich Euch dann vorlesen, bis Ihr eingeschlafen seid.«

Violet rückte sich im Bett zurecht, das sich mehr und mehr wie eine Gefängniszelle anfühlte. Sie wünschte, Nick nachreisen zu können, um ihm das Licht zu sein, das er jetzt sicher brauchte. Würde er sie gewähren lassen?

CHAPTER 17

Für den Tag nach der Beerdigung der Prinzessin hatte Nick seine Rückkehr nach Bath in Erwägung gezogen. Doch die vorherrschende Aura der Trauer hatte sich in sein Herz und seinen Verstand gedrängt, was ihn emotional in die dunkle Zeit zurückwarf, die er nach dem Verlust von Jacinda und Elias durchlitten hatte. Infolgedessen blieb er den ganzen Tag in seinem Zimmer, und am darauffolgenden Tag wagte er sich gerade einmal bis in sein Arbeitszimmer im Erdgeschoss.

Er hatte eine kurze Nachricht von Violets Arzt erhalten, der ihm mitteilte, dass es ihr zwar besser ging, aber die Fortschritte nur allmählich vorankamen. Seine Erleichterung war nicht groß genug, dass es ihn wieder nach Bath gezogen hätte. Er war zu taub. Und er hatte Angst. Die Gefahr, Violet in seinem gegenwärtigen Zustand der Verzweiflung zu verlieren, lähmte ihn. Er hatte gegen die Schatten der Vergangenheit gekämpft und kämpfte nun gegen die Finsternis der Gegenwart. Gerade als er beschlossen hatte, wieder zu leben, wirklich zu leben, hatte die Katastrophe zugeschlagen und ihn daran erinnert, dass er verflucht war.

Er wollte sich wieder beschützt fühlen, selbst wenn es bedeutete, allein zu sein. Im Lauf der letzten fünf Jahre, und insbesondere der letzten drei, hatte er eine Strategie gefunden, mit deren Hilfe er seine Trauer und seinen Verlust bewältigte. Violets Nähe zuzulassen hatte ihn erneut für diesen Schmerz geöffnet. So sehr er sie auch mochte, so sehr er sie auch liebte – und das tat er –, wollte er nicht verletzbar sein. Sein Herz könnte es nicht ertragen, wenn sie ihm genommen würde, und deshalb war es das Beste, wenn er sich hinter seine Eiswand zurückzog.

Er streifte die Handschuhe über und begab sich in die Halle, wo sein Butler in der Nähe der Tür wartete.

»Ich werde ausreiten.«

Bexham, Nicks Londoner Butler, ein fast sechzig Jahre alter, gebieterischer Mann, streckte die Hand nach der Tür aus. »Es ist gut, Euch wieder als Euer altes Selbst zu sehen, Euer Gnaden.«

Nick wusste nicht mehr, wie sein normales Selbst aussah oder sich anfühlte. Violet hatte ihn erinnert, dass er Nicholas Bateman war, und dennoch war er mehr denn je der eisige Herzog.

Nach einem belebenden Ritt im Hyde Park fühlte sich Nick etwas besser. Er suchte sich einen Weg zurück zum Tor und traf, wie schon am Tag vor der Beerdigung, auf Miss Kingman.

Sie parierte ihr Pferd abseits des Weges, und er dirigierte sein Pferd so, dass es neben ihrem zum Stehen kam. »Guten Tag, Euer Gnaden. Ich habe verzweifelt versucht, Sie hier wiederzutreffen. Ich hatte schon befürchtet, dass Sie London nach der Beerdigung verlassen hätten.«

Das hatte er tun wollen, doch stattdessen hat er sich verkrochen. »Ich war beschäftigt.«

Wenn sie in seinem Tonfall irgendeinen Ärger heraushörte – wobei er sich nicht vorstellen konnte, wie sie das schaffen sollte – zeigte sie es nicht. Sogar wenn er den Ansatz einer Emotion preisgegeben hätte, hatte er das Gefühl, dass sie es ignorieren würde. Ihre Unterhaltung hatte keinerlei Tiefe oder große Bedeutung. Sie plauderten über das Angeln, das Meer und die schreckliche Verzweiflung ihrer Eltern, sie mit einem bedeutenden Mann zu verheiraten.

»Hoffentlich haben Sie die Zeitung nicht gelesen«, sagte sie und gab damit zum ersten Mal eine gewisse Andeutung auf etwas preis, auf ... Angst, nach ihrem verkrampften Kiefer und dem sorgenvollen Glitzern in ihren Augen zu urteilen.

»Nein.« Er hatte zu seiner Stimmung passend *Hamlet* gelesen und anschließend einen grauenhaften Roman, den zweifellos Rand neben sein Bett gelegt hatte. Ganz sicher hatte er die Lektüre von Bexham bekommen, der amüsanterweise eine kleine Bibliothek mit solchen Werken besaß.

»Ah, nun. Es ist ein wenig ... Spekulation über Sie und mich im Umlauf. Unser Rendezvous hier im Park ist bemerkt worden.«

Als Erstes fielen ihm ihre Eltern ein und ihr Wunsch, sie in höhere Kreise verheiratet zu sehen. »Ich bin sicher, dass Ihr Vater begeistert ist.«

»Durchaus.« Ihr kurzes Lächeln war sowohl selbstironisch als auch mit Gereiztheit unterlegt. »Ich habe ihm zu erklären versucht, dass wir kaum bekannt sind. Ich entschuldige mich für die ungewollte Aufmerksamkeit.«

Und dennoch waren sie hier und trafen sich erneut in aller Öffentlichkeit.

»Noch nie war es mir wichtig, was die Leute über mich redeten oder dachten«, antwortete Nick. »Vermutlich passiert so etwas, wenn man in der Erwartung aufwächst, ein Leben in Anonymität zu führen, um sich dann im Mittelunkt der Gesellschaft wiederzufinden.«

»Mir ist das auch egal«, erklärte sie und reckte das Kinn. »Sehr zum Leidwesen meiner Eltern. Aber ich hatte das

Gefühl, Sie warnen zu müssen, und deshalb habe ich die letzten Tage nach Ihnen Ausschau gehalten – meine Eltern organisieren für die nächste Woche eine Dinnerparty und sie haben vor, Sie dazu einzuladen. Ich würde Ihnen raten, London zu verlassen, ehe sie Sie in eine Falle locken können.« Sie brachte diesen Rat in einem Tonfall von außerordentlicher Ernsthaftigkeit vor.

Er lachte über ihre düstere Warnung. »Würden ihre Eltern versuchen, mich auf skandalöse Weise in einer Pastorenfalle zu schnappen?«

Sie stieß die Luft aus. »Ich wünschte, ich könnte darüber lachen und Ihnen versichern, dass das nie geschehen wird. Meine Befürchtung ist allerdings, dass meine Eltern sich auf jedes erforderliche Niveau herabwürdigen würden, das sie für notwendig erachten, um eines Herzogs habhaft zu werden, und vor allem, wenn ihnen klar wird, dass am Gerücht in der Zeitung nichts Wahres dran ist.«

Er fühlte, wie sein Mitgefühl für sie in ihm erwachte – das war eine Emotion, die ihn nicht störte, und besonders deshalb nicht, weil sie seinen eigenen Schmerz linderte. »Wie schrecklich für Sie, dass Sie so leben müssen. Sie haben nicht etwa daran gedacht, wegzulaufen, vermute ich?«

Kurz zog sie Augenbrauen hoch. »Das habe ich tatsächlich. Leider ist mein Geldbeutel nicht üppig genug, um länger als ein paar Tage auf Reisen zu überstehen. Und wo sollte ich hingehen?«

Er dachte ernsthaft über ihre Frage nach, aber bevor er antworten konnte, bemerkte sie: »Wenn ich allein fliehen würde, wäre ich ruiniert, egal wohin ich ginge.«

»Wenn Sie in Gesellschaft eines Gentleman wären, den Sie gern heiraten würden, wäre das kein schlechter Plan.«

Jetzt lachte sie. »Ich kenne keinen solchen Gentleman, abgesehen von Ihnen, fürchte ich.« Sie ernüchterte, und die Röte erblühte auf ihren Wangen. »Ich wollte nicht vorschla-

gen, dass wir gemeinsam weglaufen sollten. Ich wollte nur
sagen, dass ich Sie mag, und Sie scheinen mich zu mögen –
wegen *meiner selbst*, und nicht wegen meines Vermögens oder
meiner Schönheit.« Sie verzog die Lippen vor Widerwillen,
und wandte den Blick ab.

Er kam näher an sie heran und sprach leise. »Ich mag Sie
wirklich.« Er hatte ihr sagen wollen, dass sie einen Gentleman finden würde, mit dem sie sich wohlfühlt, und den sie
vielleicht sogar lieben könnte. Doch dann fiel ihm ihre
Gleichgültigkeit für solche Dinge, insbesondere der Ehe, ein.
Genauso, wie ihn diese Sachen nicht interessierten – oder er
sie nicht wollte.

Sie straffte die Schultern und sah ihm in die Augen.
»Anstatt wegzulaufen, habe ich mir überlegt, dass ich lieber
jemanden finden sollte, den ich heiraten kann, jemanden,
der mich so akzeptiert, wie ich bin, und der mich nicht als
irgendeinen hübschen Preis betrachtet, den es zu gewinnen
gilt. Ich wollte Sie wirklich nicht ... in die *Falle locken*, aber
ich denke, dass wir uns gegenseitig helfen können.«

Er nahm an, ihre Absicht zu kennen, aber er musste sich
versichern. »Inwiefern?«

»Sie brauchen eine Frau, nehme ich an, da Sie einen Titel
haben, und ich würde einen Ehemann wie Sie bevorzugen.
Ihr untadeliges Betragen und Ihr Ausdruck äußerster Gelassenheit ist sehr ansprechend.«

Nick verschluckte ein Lachen. »Noch nie bin ich so
beschrieben worden.« Er vermutete allerdings, dass es passte.

Neugierig hob sie auf eine elegante Weise die Augenbrauen. »Habe ich Sie falsch eingeschätzt?«

Früher wäre sie damit einem Irrglauben unterlegen, aber
sie hatte den Mann, der er jetzt war, ziemlich gut erfasst.
Allerdings hatte er sich in den letzten Tagen erbärmlich
benommen – er hatte eine Beziehung mit Violet zugelassen,
auf die er sich mit der Absicht auf Linderung seines eigenen

Schmerzes und seiner eigenen Reue niemals hätte einlassen dürfen. Der Selbsthass verätzte ihm die Kehle wie Säure.

»Nein«, würgte er seine Antwort hervor.

Erleichtert entspannte sie die Schultern. »Wäre eine solche Vereinigung für Sie von Interesse?«, fragte sie leise.

Endlich erspähte er einen Ausweg, wie er vorankommen und einen vollständigen Bruch mit seiner Vergangenheit vollziehen konnte. Er konnte Violet freisetzen, damit sie eine offene und glückliche Liebe finden konnte, die ihr jeden weiteren Tag ihres Lebens Freude bereiten würde.

Nick musste Miss Kingman gegenüber vollkommen offen sein, nun, da er seine Grenzen kannte. »Ich wäre kein Bilderbuch-Ehemann. Sie können von mir nicht erwarten, dass ich mich verliebe. Ich werde sogar darauf bestehen, solche Gefühle aus unserer Verbindung herauszuhalten.« Er *musste* es tun. Wenn er Liebe wollte, wenn er dieses Risiko eingehen *wollte*, würde er auf der Stelle zurück nach Bath, zu Violet, eilen. Allerdings wäre sie nicht glücklich. Sie hatte ihm deutlich gemacht, den alten Nick von einst zu lieben, nicht den frigiden Mann, zu dem er geworden war.

»Sie wollen eine eisige Herzogin«, fasste sie perfekt zusammen. »Das gefällt mir eigentlich. Tatsächlich würde ich es vorziehen, keine Kinder zu bekommen, aber ich verstehe, dass Sie einen Erben brauchen. Ich würde nur darum bitten, dass wir warten.«

Sie war genau der Typ Frau, den er brauchte. »Ich *sollte* einen Erben zeugen, aber wie ich bereits sagte, habe ich männliche Verwandte in der Erbfolge. Ich habe keinen Einwand gegen Ihre Bedingungen.« Seine Brust wurde ihm eng und drohte, ihn zu ersticken. Er kämpfte darum, tief durchzuatmen.

»Und ich erkläre mich mit den Ihren einverstanden.« Sie legte den Kopf ein wenig schief und flüsterte: »Haben wir gerade einen Ehevertrag ausgehandelt?«

Sein Körper spannte sich an – sein Geist trug eine Schlacht mit seinem Herzen aus. »Ich glaube, das haben wir.«

»Mein Vater wird es nicht glauben.«

Nicks Herz hämmerte und er fragte sich, ob Miss Kingman es hören konnte. Natürlich nicht. So laut es ihm auch schien, war die Stimme in seinem Kopf ebenso ohrenbetäubend und beharrte darauf, dass dies die richtige, die *logische* Entscheidung war. »Das wird er, wenn ich es ihm persönlich sage«, entgegnete Nick. »Sollen wir jetzt gleich gehen?« Dann wäre sein Herz nicht mehr imstande, etwas an seiner Meinung zu ändern, nicht ohne einen Skandal zu verursachen.

»Wenn Sie es wünschen.«

»Ich bin mit allem einverstanden, so wie Sie es bevorzugen.«

Sie formte die Lippen zu einem Bogen. »Wird es so sein? Werden wir unerträglich höflich und respektvoll zueinander sein?«

»Wäre das schlecht?«, fragte er nachdenklich. Sie schüttelte den Kopf und darauf antwortete er: »Das glaube ich auch nicht. Zeigen Sie mir den Weg, wenn Sie wollen.« Er bedeutete ihr, ihm vorauszureiten und sie trieb ihr Pferd auf dem Weg zum Tor zu einen Trab.

Sein Herz zog sich in einem heftigen, raschen Krampf zusammen, als ihm aufging, was er getan hatte. Miss Kingman *war*, was er brauchte – eine eisige Herzogin, wie sie gerade gesagt hatte – selbst wenn Violet diejenige war, nach der er sich verzehrte.

Ja, er begehrte sie, aber er war nicht der Mann, den *sie* wollte. Er war versehrt und verängstigt, und sie hat so viel mehr verdient. Um ihrer beider Wohl musste er gehen. Sie sollte eine glückliche Zukunft erleben dürfen, und die konnte er ihr nicht bieten.

Allein aus diesem Grund würde er sie freigeben.

~

*D*ie vergangenen fünf Tage hatten sich als ein einziger Rausch gesellschaftlicher Ereignisse erwiesen, die allesamt der Anstachelung der Aufregung über ein bevorstehendes Ereignis dienten, die als die Hochzeit des Jahrzehnts angepriesen wurde – wenn man Lady Kingman Glauben schenken wollte. Für Nick war all das eine Tortur, da er in der Nacht, nachdem er in eine Heirat mit Miss Kingman eingewilligt hatte, in kaltem Schweiß gebadet erwacht war. Er fürchtete, einen schrecklichen Fehler begangen zu haben, und er hatte die dazwischenliegenden Tage damit zugebracht, sich abwechselnd krank zu fühlen und zu trinken – möglicherweise zu viel.

Heute würde er seinen zukünftigen Schwiegereltern erklären, dass es keine Bälle, Zusammenkünfte, Dinnerpartys oder Morgenempfänge mehr geben würde. Die Hochzeit sollte in drei Wochen stattfinden und bis dahin wollte Nick für sich bleiben.

»Was zum Teufel hast du getan?« Simons gebrüllte Frage ging seinem Eintreten in Nicks Arbeitszimmer voraus.

Bexham folgte ihm auf den Fersen, das Gesicht vor lauter Bestürzung verkniffen. »Es tut mir leid, Euer Gnaden, er wollte mir nicht gestatten, ihn anzukündigen.«

»Wer braucht eine Ankündigung, wenn er seine Anwesenheit für ganz London deutlich hörbar brüllend kundgetan hat?« Nick winkte seinen Butler hinaus. »Es ist in Ordnung.«

Simon baute sich vor Nicks Schreibtisch auf und starrte auf ihn hinab. »Erkläre dich!« Sein Kiefer war angespannt, und die Zähne hinter den vor Zorn blutleeren Lippen fest aufeinandergepresst.

Nick lehnte sich in seinem Stuhl zurück und legte die Hände auf die Armelehnen. »Du beziehst dich auf meine Verlobung, nehme ich an?«

»Verdammt, mit Diana Kingman! Hast du den Verstand verloren?«

Das war eine ebenso prägnante wie genaue Beurteilung, wie sie Nick nicht besser hätte vornehmen können. »Ja.«

»Erkläre dich!«, wiederholte Simon, ehe er sich auf einen Stuhl setzte.

Wie könnte er das tun, ohne seine Schwäche, seine totale Dummheit zu offenbaren? »Ich bin nach Bath gereist, um mich mit Violet zu versöhnen, aber es hat nicht funktioniert. Miss Kingman hat eine Heirat vorgeschlagen und ich habe angenommen.« Wie ein absoluter Volltrottel.

Simon stand auf und stelzte zur gegenüberliegenden Seite des Zimmers. »Wenn ich immer noch Schnaps trinken würde, würde ich eine ganze Flasche Whisky in mich hineinkippen«, murmelte er, aber Nick hörte ihn dennoch. Simon drehte sich um – der Zorn war aus seinem Gesicht verschwunden und durch Kummer ersetzt. »Wenn du es mit Violet versucht hast und es wirklich nicht funktionierte, dann habe ich keine Hoffnung mehr. Ich hätte mein letztes Pfund darauf gewettet, dass eure Liebe in den Sternen geschrieben stand.«

Nick erhob sich und kam um seinen Schreibtisch herum. Er lehnte sich gegen Kante. »Du bist ein hoffnungsloser Romantiker.«

»Schuldig.« Er trat ein paar Schritte auf Nick zu. »Was ist in Bath passiert?«

Nick umfasste die Schreibtischkante zu beiden Seiten seiner Oberschenkel. Er wollte nicht darüber reden. »Was passiert ist, ist nicht wirklich wichtig.«

Simon kniff die Augen leicht zusammen. »Ich werde Violet danach fragen, wenn ich sie besuche.«

*Verdammte*r Mist. »Du wirst sie besuchen?«

»Ich hatte es vor, ja, und jetzt halte ich es wegen deiner

Blödheit für lebenswichtig. Vermutlich wird sie am Boden zerstört sein.«

Am Boden zerstört. Nick zuckte zusammen, und schmerzhaft verknotete sich sein Inneres, und das war das Mindeste, was verdiente. Sofort nachdem er von seinem Gespräch mit Dianas Vater nach Hause zurückgekehrt war, hatte er ihr einen Brief geschrieben. Und sie hatte nicht geantwortet. Also ja, sie war wahrscheinlich am Boden zerstört. Oder wütend. Möglicherweise auch beides.

»Du nimmst nicht an, dass sie diejenige war, welche die Beziehung abgebrochen hat?«

Wieder sah Simon ihn an. »Ich würde mein letztes Pfund wetten, dass sie so etwas nie tun würde. Sie liebt dich seit acht Jahren und hat mit den quälenden Gewissensbissen aufgrund ihres Fehlers leben müssen. Niemals hätte sie dir noch einmal weh getan.« Er musterte Nick kurz. »Wenn du überhaupt verletzt werden kannst. Du *bist* der verdammte eisige Herzog.«

Die vertraute Übelkeit der vergangen Tage stieg in Nicks Verdauungsapparat auf. »Das ist für niemanden eine Offenbarung.«

»Für mich schon. Und für Violet, nehme ich an. Wir kennen dein wahres Ich, und wissen, wer zu sein du fähig bist.«

»Wer ich *einst* war. Dieser Mensch ist mit Maurice gestorben. Und noch einmal mit Onkel Gil. Und dann abermals mit Jacinda und erneut mit Elias. Schließlich mit ...« Durch die Qual spannte sich sein Körper unbewusst an. »Egal.«

Simon ging auf ihn zu, die Brauen düster gewölbt und Augen zusammengezogen. »Mit wem ist er gestorben?«

Er würde es sowieso herausfinden, wenn er nach Bath ging. »Violet.« Nick räusperte sich und befreite sich damit von dem belegten Gefühl in seiner Kehle. »Sie hatte einen

Unfall erlitten. Sie war eine Zeit lang bewusstlos und krank. Ich musste sie verlassen, um der Beerdigung der Prinzessin beizuwohnen ...«

»Du hast sie *verlassen*?«

»Es geht ihr jetzt gut.« Der Arzt war vor einigen Tagen nach London zurückgekehrt und hatte Nick Bericht erstattet. Violet war noch geschwächt, aber sie erholte sich.

Simon starrte ihn ungläubig an und fuhr sich mit einer Hand durchs Haar, das damit nach oben abstand. »Das ist unvorstellbar.« Er wartete kaum auf Nicks Kopfnicken, bevor er weiter tobte. »Wie hast du entschieden, dass ihr nicht zusammenpassen würdet? *Wenn* du es wirklich versucht hättest, wie du gesagt hast, dann kann ich einfach nicht glauben, dass das stimmt.« Er bewegte sich nahe genug an Nick heran, um ihm mit dem Finger gegen die Brust zu stoßen, was er auch tat. »Was zum Teufel hast du *getan*?«

Die Emotion, die Nick seit Violets Unfall nur schwer in sich zu vergraben vermochte, brach aus ihm heraus. Er schubste Simon und ließ ihn rückwärts stolpern. »Ich war ein Feigling! Sie war verletzt – ernstlich – und ich hatte Angst, sie würde sterben. Das *kann* ich *nicht* noch einmal durchmachen.«

»Weil du sie liebst.«

»Verzweifelt.« Der Schmerz war so überwältigend, dass er sich vornüberbeugte und tief Luft holte, um sein Gleichgewicht wiederherzustellen. »So verzweifelt«, flüsterte er gebrochen.

Simon legte einen Arm um seine Schultern, und führte ihn zu einem Sessel mit hoher Rückenlehne, der nahe am Kamin stand.

Nick sank auf das Polster, den Kopf gebeugt, während ihm die Tränen aus den Augen liefen, und auf den Teppich tropften. Das Gefühl der Feuchtigkeit auf seinem Gesicht war so fremd, und dennoch fühlte es sich so verdammt *gut* an.

Simon stand an seiner Seite, die Hand tröstend auf Nicks Schulter gelegt. Nach ein paar Minuten hüstelte Simon. »Ich verstehe deine Furcht – wirklich. Aber warum du um alles in der Welt gedacht hast, dass eine Heirat mit Miss Kingman eine akzeptable Lösung ist, entzieht sich meinem Verständnis. Du hast alles vermasselt.«

Ja, das hatte er. Die vergangenen fünf Tage hatte er damit zugebracht, sich selbst zu quälen, doch ihm war keine Lösung eingefallen, um das zu ändern.

Nick fuhr sich mit einer Hand über das Gesicht und ließ den Kopf nach hinten gegen die Sessellehne sinken. Den Blick starr zur Decke gerichtet gab er sich der Qual hin, denn er begriff – wenn auch zu spät – dass der Verlust, den zu vermeiden er so bemüht war, ihn ohnehin ereilt hatte. Er war ein Narr zu glauben, seine Gefühle kontrollieren zu können.

»Violet wird mich nicht wollen. Sie liebt den Mann, der ich vor acht Jahren war und nicht diese Hülle, die ich jetzt bin.«

»Du bist keine Hülle.« Simon ließ den Kopf von einer Seite zur anderen pendeln und dachte noch einmal nach. »Vielleicht bist du ein *bisschen* wie eine Hülle, aber ich glaube, du wirst die Lücken wieder ausfüllen. Es mag eine Weile dauern, aber es gibt niemanden, der besser geeignet ist, dir dabei zu helfen, als Violet.«

Nick sah seinen Freund an. »Was, wenn sie nicht will?«

»Dann wirst du in einem bedauernswertem Zustand sein, und ich werde dir helfen, die Scherben aufzusammeln. Aber sie *wird* wollen. Sie liebt dich. Und du liebst sie.« Simon straffte die Schultern. »Bleibt nur noch die Sache mit Miss Kingman. Gestatte mir, das zu regeln.«

Nick beäugte ihn argwöhnisch. »Wie? Sie hat nicht verdient, ruiniert zu werden.«

Simons Nasenlöcher weiteten sich. »Weil ich sie ruinieren werde? Vermutlich bin ich genau *dafür* bekannt.«

Nick fuhr zusammen und seine Schultern zuckten. »Das war eine schlechte Wortwahl. Dafür bist du *nicht* bekannt.«

»Ich bin nicht für das Ruinieren junger Frauen bekannt, aber warum sollte ich meine Verderbtheit nicht ausdehnen?« Simon zuckte die Achseln, als ob sein Ruf überhaupt keine Rolle spielte.

»Das ist keine lustige Angelegenheit, Simon. Wenn ich einen Rückzieher mache, wird das ein schlechtes Licht auf Miss Kingman werfen.«

»Ich kann mir vorstellen, dass ihre Eltern außer sich sein werden«, entgegnete Simon.

Zweifelsohne. Und in Anbetracht dessen, was Nick über ihre Umstände wusste, würden ihr nun noch weniger Möglichkeiten offenstehen als vor ihrer Rettung durch ihn. Nick sah Simon stirnrunzelnd an. »Sie könnten versuchen, sie zu etwas Schrecklichem zu zwingen. Sie wird wohl fliehen wollen, kann ich mir vorstellen.«

»Überlass die Sache mir«, bot Simon an. Seine Augen glitzerten vor Entschlossenheit, und er drückte Nick die Schulter, bevor er ihn losließ. »Jetzt sag mir, was du in Bezug auf Violet unternehmen wirst. Darf ich dir vorschlagen, unverzüglich nach Bath zu reisen, damit du ihr sagen kannst, was für ein dämlicher Hund du gewesen bist und sie um Verzeihung bittest?«

Nick setzte sich kerzengerade in seinem Stuhl auf, als ihm eine Mischung aus Vorfreude und Grauen tosend durch die Adern pulsierte. »Ich habe die Sache ziemlich hässlich verpatzt. Sie wird mich vielleicht nicht wollen.«

»Möglicherweise nicht. Wirst du das Risiko auf dich nehmen?«

Die Erinnerung an die durchlittenen Qualen über seine Verluste bäumte sich in seinem Verstand auf, doch als er sie beiseiteschob, stieß er stattdessen auf das Glück, das er gemeinsam mit Violet erlebt hatte. »Auf jeden Fall.«

Simons Lippen formten sich zu einem zufriedenen Lächeln. »Geh. Vertrau mir, ich werde mich um Miss Kingman kümmern.«

Es gab niemanden, dem Nick mehr vertraut hätte. Abgesehen von Violet, und er hatte erbärmlich versagt, das tatsächlich zu tun. Er hätte ihr sagen sollen, was er fühlte, und er hätte sich verdammt noch mal nicht in London verkriechen sollen. »Danke. Ich bin mir nicht sicher, ob ich einen Freund wie dich verdient habe.«

»Ich habe dir vor langer Zeit gesagt, dass wir einander verdienen«, gab Simon trocken zurück. Er lenkte seine Schritte zur Tür, sah aber noch einmal zu Nick zurück, bevor er ging. »Richte Violet meine Liebe aus.«

Nick nickte und behielt den Blick noch lange auf das Feuer gerichtet, nachdem Simon den Raum verlassen hatte. Ja, er würde Violet Simons Liebe bestellen, allerdings erst, nachdem er ihr seine eigene angeboten hatte. Er konnte nur hoffen, dass sie sie wollte.

CHAPTER 18

»𝒲ie fühlt Ihr Euch?«, erkundigte Chalke sich, als Violet aus dem Garten hereinkam. Es war sogar für die erste Dezemberwoche ziemlich kalt, und sie fragte sich, ob es vielleicht schneien würde.

»Mir geht es gut, danke.« Sie freute sich auf den Tag, an dem niemand mehr ihr diese Frage stellte, doch ihr war bewusst, dass es bis dahin wahrscheinlich noch ein weiter Weg war. Sie war heute auf die zusätzliche Fürsorge von Chalke und des übrigen Personals gefasst gewesen, da es ihr erster Tag allein war.

Nach einem zweiwöchigem Aufenthalt war Hannah gestern wieder nach Hause gefahren, und glücklicherweise war Violets Mutter bereits kurz nach Hannahs Ankunft abgereist. Leider hatte sie hoch und heilig gelobt, wiederzukommen und Violet zu Weihnachten bis zum Dreikönigstag »nach Hause« zu holen. Violet überlegte immer noch, wie sie solch einem Grauen entkommen könnte.

Chalke nahm Violet den dicken wollenen Umhang von den Schultern. «Wollt Ihr ein Nickerchen machen? Das könnte ein guter Einfall sein.«

Violet rieb die Hände aneinander und trat an den Kamin, um sich zu wärmen.

»Oh! Ich denke, Ihr braucht einen Grog. Ja, das wäre genau das Richtige." Chalkes Augen strahlten, als sie mit der Zunge schnalzte und sich schnell entfernte.

Selbst wenn Violet keinen Grog wollte, würde das nichts ändern, denn Chalke würde ihn trotzdem bringen. Wie es der Zufall wollte, *stand ihr der Sinn* allerdings nach einem Grog. Am liebsten mit einem Extraschuss Alkohol, um den quälenden Schmerz des Verrats zu betäuben.

Mit geschlossenen Augen hielt sie die Handflächen an das wärmende Feuer. Sie kannte den Brief inzwischen auswendig, den Nick ihr geschickt hatte, um ihr seine Verlobung mit Diana mitzuteilen.

Liebe Violet,

Mit großem Bedauern teile ich Dir mit, dass wir nicht zusammenpassen. Ich kann nicht zu meinen Jugendtagen zurückkehren. Wie Du weißt, habe ich mich viel zu sehr verändert.

Meine Verlobung mit Miss Diana Kingman wird morgen bekanntgegeben. Ich wollte Dir niemals Schmerzen bereiten. Du hast verdient, glücklich zu sein, und auch unbelastet von der Vergangenheit. Ich hoffe, Du wirst einsehen, dass es für uns beide das Beste ist.

Es erfüllt mich mit großer Freude, zu wissen, dass es Dir gut geht und Du wohlauf bist. Ich habe für Deine Genesung gebetet und bin dankbar, dass meine Gebete endlich erhört wurden.

Ich werde immer liebevoll an Dich denken. Gute Besserung.

Nick

Sie hatte den Brief in Gedanken wohl einhundertmal

seziert. Wahrscheinlich war er der Annahme, sie würde sich erholen, weil er beschlossen hatte, sie zu verlassen. Oder er hatte – wie Hannah beharrte – die Gelegenheit zur Rache ergriffen, um ihr heimzuzahlen, was sie ihm vor acht Jahren angetan hatte. In ihren zornigsten Augenblicken stimmte Violet ihr zu. Doch sie wusste es besser.

Er war verängstigt. Sie hatte erlebt, wie sehr ihn der Tod der Prinzessin getroffen hatte und konnte sich nur vorstellen, wie ihr eigener Unfall und ihr beinahes Ableben ihm wahrscheinlich den Rest gegeben hatten. Er hatte das Einzige getan, wozu er imstande war – er hatte die Flucht ergriffen. Törichterweise war sie in dem Glauben gewesen, dass er zu ihr zurückkehren würde. Stattdessen war er weitergezogen.

Zu erklären, dass sie nicht zusammenpassten, war eine Sache, aber Diana zu heiraten? Er liebte sie nicht – dessen war Violet sich sicher. Und sie hatte den Verdacht, dass er sich gerade deshalb für sie entschieden hatte.

Sie schlug die Augen auf und verengte ihren Blick in die Flammen. Nichts von alldem spielte jetzt noch eine Rolle. Sie konnte die Geschehnisse in ihren Gedanken nachspielen und auf ein klareres Verständnis hoffen, doch das Ergebnis würde immer gleich bleiben. Nick war fort, und er war nirgends, wohin sie ihm folgen könnte.

Selbst wenn er keine Ehe schließen würde, musste sie ihn gehen lassen. Denn in einer Sache hatte er recht: Sie verdiente, glücklich und unbelastet zu sein, und deshalb musste sie sich von der Schuld befreien, die sie in den vergangenen acht Jahren gefesselt hatte.

Es bedeutete auch, die Liebe entwirren zu müssen, die in ihrem Herzen wohnte. Ihr war bewusst, dass dies einige Zeit beanspruchen würde.

Laute Männerstimmen drangen aus der Eingangshalle in den Morgensalon, wo sie vor dem Feuer stand. Sie runzelte die Stirn und schwenkte zur Tür herum, durch die Chalke gerade eben gegangen war.

»Euer Gnaden, Ihr müsst Euch von mir ankündigen lassen!« Lavery klang ziemlich aufgeregt.

Violett erstarrte angesichts des Eintreffens eines unangekündigten Besuchers.

Euer Gnaden.

Ihr Verstand hätte eigentlich schalten sollen, aber sie hatte niemals damit gerechnet, ihn wiederzusehen, und schon gar nicht in ihrem Haus.

Nick stand knapp über der Türschwelle, den Hut in der Hand und die Schultern feucht vom Schnee, der rasch auf der dunklen Wolle schmolz.

Ihr verräterisches Herz machte bei seinem Anblick einen Satz, doch sie bemühte sich nach besten Kräften, ihm nachzueifern und sich in eine eisige Viscountess zu verwandeln. »Du hättest dich wirklich von Lavery ankündigen lassen sollen. Das wäre höflich.«

»Wir sind uns wohl beide einig, dass ich über die Höflichkeit hinaus bin«, entgegnete er mit einem Zucken.

»Ziemlich darüber hinaus, ja.«

Lavery harrte mit zornesroten Ohren in der Nähe der Tür. »Soll ich ihn hinausbegleiten, Mylady?« Er sah sie an, bevor er ein »Bitte?« hinzufügte.

»Ja, ich denke, das wäre das Beste.« Sie bedachte Nick mit ihrem frostigsten Blick. »Ich glaube, in deinem Brief hat alles gestanden, was gesagt werden musste.«

»Nein, das hat es nicht.«

»Kommt, *Euer Gnaden*!« Lavery spie den Ehrentitel wie Gift aus, das er auf der Zunge hatte.

Nick hielt eine Hand hoch. »Einen Moment.«

Violet baute sich zu voller Größe auf und legte ihren hochmütigsten Tonfall in die folgenden Worte. »Sprich nicht auf diese Weise mit Lavery! Du wirst gehen! Und zwar *sofort*!«

Sie gestattete ihrem Zorn, sich in das letzte Wort zu stehlen, und ihre Stimme schwoll an, während sie die herabhängenden Hände zu Fäusten ballte.

Der gute Lavery packte Nick am Arm und zerrte ihn zurück.

»Ich werde nicht heiraten.« Nick sprudelte die Worte hervor, als er rückwärts aus dem Zimmer stolperte. »Ich wollte, dass du das weißt. Wenn es eine irgendeine Möglichkeit gibt ...«

Violet trat steifen Schrittes vor und fauchte ihn an. »Ich weiß nicht, was du zu sagen beabsichtigst, und ich will es auch nicht wissen. Ich habe zu viel meines Lebens an dich verschwendet und weigere mich, dir noch eine einzige Minute zuzugestehen. Verschwinde!«

Lavery versetzte ihm einen überraschend bösartigen Ruck, woraufhin Nick ins Taumeln geriet. Violet zuckte erschreckt zusammen und beinahe hätte sie gefragt, ob es ihm gut ginge. Letztendlich hielt sie allerdings den Mund und sah zu, wie Nick herumfuhr und sich, mit Lavery dicht auf den Fersen, entfernte. Sie ging den beiden nach – langsam, und genoss dieses Schauspiel auf eine perverse Weise.

Sobald die Tür geschlossen war, schwenkte Lavery herum und kam auf sie zu, während er am Saum seines Fracks zerrte, um sein Erscheinungsbild in Ordnung zu bringen. »Ich bin ein bisschen enttäuscht, dass ich ihn nicht zur Tür hinauswerfen konnte.«

Mit großen Augen kam Chalke in die Halle geeilt. »Habe ich Seine Gnaden gehört?«

»Ja. Er ist gekommen, um mir mitzuteilen, dass er nicht heiraten wird.«

Lavery näselte. »Als ob Euch das interessiert.«

Violett unterdrückte ein Lächeln. Ihr Personal wusste viel zu viel über ihr Leben, doch das war ihre eigene Schuld. Mangels einer Familie hatte sie Beziehungen zu ihnen aufgebaut, die wahrscheinlich zu vertraut waren. Das kümmerte sie allerdings nicht. Sie hatte die Regeln befolgt und man sah ja, was es ihr eingebracht hatte. Eine unglückliche Ehe.

»Genau richtig«, stellte Chalke mit einem entschlossenen Nicken fest. Sie beäugte Violet. »Ich fürchte, ich bin wohl wegen des Tumults nach oben gerannt und habe Ihren Grog in der Küche stehen gelassen. Ich gehe ihn schnell holen.«

Violet zog sich in den Morgensalon zurück, wo sie ihren Grog noch stärker genoss, als sie erwartet hatte. Die Gelegenheit, Nick nicht nur wiederzusehen, sondern ihm zudem persönlich auf seinen Brief zu antworten, stimmte sie recht zufrieden.

Und doch grübelte sie bereits über die Konsequenzen seiner Worte nach. Er würde nicht heiraten. Er war gekommen, um ihr das zu sagen. War das etwa ein Hinweis auf seine Bereitschaft, sich versöhnen zu wollen? Das erschien wie die logische Schlussfolgerung, doch in Bezug auf Nick hatte sie die Logik aufgegeben. Für einen aus Eis bestehenden Mann war er ein Sklave seiner Emotionen.

Sie nippte an ihrem Getränk und wieder sagte sie sich, dass nichts davon eine Rolle spielte. Es änderte nichts. Trotz allem musste sie ohne ihn vorwärts kommen.

Nachdem sie ihren Grog ausgetrunken hatte und sie sich ausreichend warm fühlte, erhob sie sich, um nach einem Buch im Bücherregal zu suchen. Lavery trat ein, die Lippen zu einem halben Grinsen verzogen. »Er hat auf der anderen Straßenseite Stellung bezogen und beobachtet das Haus wie ein Hund in Erwartung seines Abendessens.«

Violet wirbelte herum und blicke aus dem Fenster in den Hintergarten. Schnee wirbelte in der Luft. Es sah nicht so aus, als würde er liegenbleiben, aber es war dennoch sehr kalt. Sie ging an Lavery vorbei in den vorderen Salon, um sich selbst zu überzeugen.

Dort stand er mit verschränkten Armen und dem Hut

tief in die Stirn gezogen. Schneeflocken bestäubten seine Schultern und senkten sich auf seinen Hut herab. Ihm musste eiskalt sein.

Gut.

Und trotzdem fühlte sie sich immer unzufriedener, je länger sie dort stand. »Er kann nicht ewig dort draußen bleiben.«

»Ihr wollt ihn doch nicht wieder hereinbitten, oder?« Lavery klang, als würde er es in dieser Frage auf einen Kampf mit ihr anlegen.

»Nein, aber ich will auch nicht zusehen, wie er zu Tode erfriert.« Sie wandte sich an den Butler. »Würden Sie hinausgehen und ihn bitten, zu gehen? Erklären Sie ihm, dass er nichts anderes erreichen wird, als sich eine Erkältung zuzuziehen.«

»Es wäre mir ein Vergnügen.« Lavery zog sich warm an und trat in den dunkel werdenden Nachmittag hinaus.

Violet sah vom Fenster aus zu, wie die beiden Männer sich unterhielten. Der Austausch dauerte nicht lange, und bald war Lavery wieder im Haus, wo er Hut und Mantel ablegte.

Sie ging in die Eingangshalle, um ihn zu fragen: »Was ist passiert?«

»Er weigert sich zu gehen, bis es dunkel ist. Außerdem behauptet er, morgen und jeden Tag danach wiederzukommen, bis Ihr zustimmt, ihn zu empfangen.«

Um Himmels willen. Sie wollte nicht, dass er sich selbst krank machte. »Sie sagten ihm, dass es sinnlos ist?«

»Ich sagte ihm, er könne jeden Tag bis zum Ende aller Zeiten wiederkommen, und Ihr würdet ihn dennoch nicht empfangen.« Lavery schüttelte den Kopf. »Er *lächelte* tatsächlich und erklärte, die Chance zu nutzen, Euch zumindest kommen und gehen zu sehen, und wenn das alles sei, was er haben könne, dann würde er sich damit begnügen.«

Ein lauter Seufzer ließ sie beide herumfahren. Chalke war in die Eingangshalle zurückgekehrt. Ihr Blick war ganz verklärt, die Lippen zu einem halben Lächeln geteilt. »Das ist so romantisch.«

Lavery höhnte. »Es ist verrückt, das ist es.«

Violet musste eingestehen, dass es romantisch war. Und es war dem Nick so ähnlich, den sie gekannt hatte. Steckte er immer noch dort in diesem Mann?

Natürlich tat er das. Er war eigentlich nur unter seiner Angst und seiner Trauer begraben – und seiner Unfähigkeit, damit umzugehen.

»Werdet Ihr ihn einlassen?«, fragte Chalke.

Für einen kurzen Moment dachte Violet darüber nach. »Nein.« Sie war sich nicht sicher, ob sie wirklich glaubte, dass er jeden Tag für alle Ewigkeit wiederkehren würde, aber sie entschied, dass es vielleicht Spaß machen könnte, das herauszufinden.

Drei Tage später kam sie zu dem Schluss, dass er nirgendwo hingehen würde. In der ersten Nacht hatte es ein paar Zentimeter geschneit und darauf war die Temperatur gefallen. Der Kälte und dem Schnee trotzend, der um seine Stiefel stob, hatte Nick zwei volle Tage gegenüber dem Haus zusammengekauert ausgeharrt. Gestern hatte er eine um die Schultern gewickelte Decke getragen, und Lavery berichtete, dass ihm jemand etwas zu trinken gebracht hatte. Etwas Heißes, sagte er, so wie Nick den Becher umfasste und dicht an sein Gesicht gehalten hatte.

Am Fenster ihres Salons stehend beschloss Violet, dass sie dieser Farce ein Ende machen müsse. Sie drehte sich zu Chalke um, die vor wenigen Augenblicken in das Zimmer gekommen war. »Bringen Sie mir meinen Umhang, meinen Hut und meine Handschuhe.«

Chalke runzelte sorgenvoll die Stirn und rang die Hände.

»Ihr dürft nicht nach draußen gehen. Das kann nicht gut für Euch sein.«

»Ich war nicht erkrankt. Ich hatte mich am Kopf verletzt.«

Mit vollkommen überraschtem Gesicht kam Lavery in den Salon. »Ihr könnt nicht mit ihm sprechen wollen?«

»Ich denke, das muss ich, oder etwa nicht? Ich werde nicht die Verantwortung dafür tragen, dass er sich erkältet. Und ehrlich gesagt fürchte ich, dass die Nachbarn sich bald beschweren könnten.«

Chalke starrte sie verwirrt an. »Über einen Herzog, der vor ihrem Haus steht?«

Das klang ziemlich absurd.

»Mrs. Blevins hat vorhin versucht, ihn hereinzubitten«, bemerkte Lavery.

Violett zuckte zusammen. Mrs. Blevins lebte ein paar Häuser weiter mit ihren fünf kleinen Hunden und einer unbestimmten Anzahl von Katzen. Sie liebte Besucher über alles und war man einmal im Haus, saß man dort stundenlang fest, weil sie nur selten zu reden aufhörte. »Oh je, dann muss ich ihn zumindest vor ihr warnen.«

Entgegen ihrem eigenen Urteil packte Chalke Violet fest in warme Kleidung ein. Bevor sie ihre Herrin allerdings nach draußen ließ, musste Violet ihr versprechen, innerhalb von zehn Minuten zurückzukehren.

Nachdem sie ihr geschworen hatte, dass sie nur *fünf* Minuten wegbleiben würde, trat Violet ins Freie und verlor in dem beißenden Wind beinahe ihren Hut. Die Hand auf den Kopf gepresst, damit das Accessoire nicht davonflog, schritt sie die Treppe hinunter. Noch ehe sie den Bürgersteig erreichte, stand Nick vor ihr.

»Du solltest nicht hier draußen sein«, sagte er.

Unter ihren zusammengezogenen Augenbrauen sah sie zu ihm auf. »War es nicht deine Absicht, mich hinauszulocken?«

»Nein, ich hatte gehofft, dass du mich hereinbitten würdest.«

»Ich dachte, es könnte vielleicht nett sein, nach draußen zu gehen.« Nun, da sie hier im Wind stand, musste sie eingestehen, dass es ein kein guter Einfall war. Sie blinzelte zu ihm auf. »Ich kann nicht glauben, dass du das für zweieinhalb Tage ertragen hast.«

»Ich würde das für immer auf mich nehmen, wenn es bedeutet, dich sehen zu können.«

»Nur um mich zu *sehen*?«

Er blickte sie eingehend an. »Ich nehme, was ich bekommen kann.«

»Warum heiratest du Diana nicht?«

»Weil ich dich liebe.«

Die Worte, nach deren Klang sie sich so lange schmerzlich gesehnt hatte, verursachten ihr weiche Knie und ein Engegefühl in der Brust. Sie presste die Lippen zusammen und funkelte ihn an. »Das ist dir vor deinem Heiratsantrag nicht bewusst gewesen?«

Sein Blick wurde schüchtern. »Ich habe es … ich habe es immer gewusst, egal wie sehr ich dagegen anzukämpfen versuchte.«

Violet verschränkte die Arme vor der Brust und schlang sie gegen die Kälte fest um sich. »Hast du das die ganze Zeit getan? Dagegen angekämpft?«

»Unter anderem. Wie Simon treffend sagte, war ich ein dämlicher Hund.« Er verzog die Lippen zu einem zaghaften, schiefen Lächeln.

Überrascht von seinem Sinn für Humor sah sie ihn mit hochgezogenen Augenbrauen an. »Ich wusste, dass ich Simon mag.«

»Es tut mir nur leid, dass es ihn gebraucht hat, um mich endlich zur Vernunft zu bringen. Du warst sehr geduldig mit mir, und ich war … ich war ein Feigling.«

Er *war* ein Feigling, aber sie verstand, warum. »Ich bin auch ein Feigling gewesen. Ich habe es vorgezogen, in der Vergangenheit zu leben, in der einzigen Zeit, in der ich wirklich glücklich war.«

Das Lächeln, mit dem er ihr darauf antwortete, war sanft und strahlend. »Das ist keine Feigheit. Das ist Selbstschutz – und eine weit bessere Lösung, als einen Wall aus Eis um sich herum zu errichten.« Sein Gesichtsausdruck wurde finster und sie spannte sich an. »Ich weiß, dass ich jetzt anders bin. Ich glaube nicht, je wieder der Nick sein zu können, in den du dich verliebt hattest. Kannst du mich so annehmen, wie ich bin?«

Er klang so unsicher … und so ängstlich, dass die altvertrauten Risse in ihrem Herzen erbebten. »Nein, du bist nicht mehr derselbe Nick, aber ich liebe dich jetzt noch mehr als damals.«

»Nach dem, was ich dir zugemutet habe?« Er klang, als wolle er sich selbst züchtigen, und genau das hatte er ihrer Vermutung nach in gewisser Weise auch getan.

»Das ist erstaunlich, ja«, entgegnete sie ironisch. Zaghaft berührte sie ihn und strich ihm über seinem Herzen über den Mantel. »Wir beide sind auf unsere eigene Art und Weise mit Verlust fertig geworden. Nicht, dass mein Verlust jemals mit deinem vergleichbar wäre.«

Er starrte ihr in die Augen, und jede Emotion, die sie je in ihm hatte erkennen wollen, lag nackt in den Tiefen seines Blickes. »Wir haben beide große Verluste erlitten, aber vor allem haben wir Zeit verloren. Ich möchte lieber keinen weiteren Moment verlieren.«

»Ich muss jedoch die Sache mit Diana verstehen. Geht es ihr gut?«

»Ich bin mir dessen sicher. Obwohl ihre Eltern ein anderes Thema sind, über das wir später sprechen können. Oder nie. Was auch immer du entscheidest.« Sein Lächeln kehrte zurück. »Dass du um ihr Wohlergehen besorgt bist, unterstreicht nur, was für eine wunderbare Frau du bist.«

»Ich muss trotzdem noch … Wie kann ich wissen, dass du nicht wieder in Panik gerätst und davonläufst?«

»Ich kann dir versprechen, dass ich wieder in Panik geraten *werde*, besonders wenn du ein Kind bekommst. Aber ich werde nicht wieder weglaufen. Zumindest nicht vor dir. Ich bin jetzt in eine Richtung ausgerichtet, Violet … in deine.«

Trotz der Kälte wallte es heiß in ihr auf. Bis ihr Gehirn die ersten Worte verarbeitete, die er über Kinder gesagt hatte. Sie zog die Hand von seiner Brust zurück. »Nick, ich kann dir keine Kinder schenken«, widersprach sie leise und schlug den Blick nieder.

Er umfasste sie an den Schultern und veranlasste sie, wieder zu ihm aufzuschauen. »Vielleicht nicht. Oder vielleicht doch. Ich werde so oder so glücklich sein.«

»Oh, Nick.« Sie erhob sich auf die Zehenspitzen und küsste ihn, aber es war kurz. In der Sekunde, in der seine eisige Nase die ihre berührte, schnappte sie nach Luft. »Du *musst* ins Haus kommen.«

Er grinste. »Ich dachte schon, du würdest mich nie bitten.«

Sie drehte sich um und fing an, die Stufen hinaufzugehen. Als sie eingetreten waren, warf Lavery ihm einen verärgerten Blick zu, während Chalke strahlend lächelte. Sie nahmen jeweils Nicks und Violets Mantel in Empfang und ließen sie allein in der Halle zurück.

Nick nahm Violets Hand. »Vielen Dank, dass du mich aus der Kälte geholt hast.«

»Heißt das, du bist nicht länger der eisige Herzog?«

»Glaubst du, wir könnten die Leute überzeugen, dass ich der feurige Herzog bin?«

Sie lachte. »Hast du vor, tobend auf die Leute loszugehen?«

Er zuckte mit den Achseln. »Das könnte ich versuchen. Ehrlich gesagt ist es egal, wie die anderen mich nennen – nur bei dir ist es das nicht.«

Sie verflocht die Finger mit seinen. »Und was wäre dir lieber?«

»Freund, Liebhaber, Ehemann?« Er sah sie fragend an.

»Wenn das ein Heiratsantrag sein soll, dann musst du dich schon mehr anstrengen.« Sie hob ihrer beider Hände und presste sie an ihre Brust, als sie näher an ihn heranrückte. »Bist du sicher, dieses Risiko eingehen zu wollen? Alles Mögliche könnte uns passieren – uns beiden. Es gibt keine Garantien. Das weißt du doch, oder?«

Er liebkoste ihr Gesicht und sah ihr lächelnd in die Augen. »Es gibt tatsächlich eine: Ich werde dich bis ans Ende aller Zeiten lieben.«

Sie sank gegen ihn, und schloss die Arme um seinen Nacken. »Nun denn, wie könnte ich mich weigern?«

EPILOGUE

August 1818

»Ihr habt einen Sohn, Euer Gnaden!«
Nick, der vor dem Schlafzimmer auf und ab ging, in dem Violet während der vergangen neun Stunden in den Wehen lag, sank gegen die Wand.

»Ich hole den Whiskey«, murmelte Rand, ehe er Nick die Hand auf die Schulter legte. »Herzlichen Glückwunsch.« Er konnte sich nicht beherrschen und musste lächeln, als er praktisch losrannte, um die gute Nachricht zu überbringen. Der gesamte Haushalt hatte den Atem angehalten. Niemand hatte das letzte Mal erwähnt, als auf Kilve Hall ein Kind geboren wurde, und doch wusste er, dass sie alle daran dachten. Wie könnten sie auch nicht? Wie konnte *er* das nicht tun?

»Kann ich hineingehen?« Nick bemühte sich, die Ängstlichkeit in seinem Tonfall zu verbergen, doch er war sich über das klägliche Scheitern seines Versuchs sicher. Dem Arzt war

Nicks Zustand durchaus bewusst – Violet hatte dem armen
Mann das Versprechen abgerungen, Nick über jeden Schritt
ihrer Entwicklung zu informieren. Sie hatten sogar ausgehandelt, dass Nick während ihrer Tortur anwesend war, aber
nachdem er sie sechs Stunden lang hatte leiden sehen, war er
nicht mehr imstande, einen weiteren Moment zu ertragen.

Er *war* wirklich ein Feigling.

»Ja, kommen Sie doch herein«, drängte der Arzt. Er
öffnete die Tür und bedeutete Nick, ihm voranzugehen.

Die Hebamme war gerade dabei, Violet zu säubern,
während die breit grinsende Chalke das Baby hielt.

»Oh, Euer Gnaden, er ist einfach wunderschön.«

Nick hatte keinen Zweifel daran. Letzten Endes war er
Violets Sohn. Und Nick konnte es kaum erwarten, ihn zu
halten. Zuerst musste er sich aber versichern, dass es ihr gut
ging.

Mit bleiernen Schritten trat er neben das Bett. Sie drehte
ihm den Kopf zu und lächelte ihn schwach an.

Nick ließ den Kopf herumfahren und warf einen scharfen
Blich zurück auf den Arzt hinter ihm. »Was ist los? Sie ist
blass. Sie sieht aus, als könne sie kaum die Lippen zu einem
Lächeln heben.«

Der Mann trat neben Nick an das Bett. »Sie ist erschöpft,
Euer Gnaden, was zu erwarten war.«

Zaghaft schüttelte Violet den Kopf in seine Richtung.
»Wirklich Nick, ich würde gern erleben, wie du aussehen
würdest, nach dem, was ich durchgemacht habe.«

Höchstwahrscheinlich wäre er ohnmächtig. Er blickte
zum Arzt hinüber. »Geht es ihr gut?«

»Ausgezeichnet. Das war eine der unkompliziertesten
Geburten, die ich je betreut habe. Und ich schätzte die gute
Unterstützung von Mrs. Gowdy hier.« Er nickte der
Hebamme zu.

Violet hatte sich sowohl einen Arzt als auch eine

Hebamme gewünscht, und Nick hatte zugestimmt. Warum nur einen Geburtshelfer haben, wenn zwei besser waren?

»Wo ist Maurice?«, fragte Violet und benutzte diesen Namen – den seines Bruders, natürlich –, den sie ausgewählt hatten, falls sie einen Sohn bekommen würden.

Er hatte einen Sohn.

Der kleine Kerl war erstaunlich ruhig. Letztes Mal ... Daran sollte er nicht denken. Letztes Mal hatte Elias ununterbrochen geschrien – bis er zu schwach dafür gewesen war.

»Ich bin hier fast fertig, Euer Gnaden«, erklärte die Hebamme. »Vielleicht möchte Seine Gnaden seinen Sohn halten?«

Bevor Nick antworten konnte, legte Chalke ihm das Baby in die Arme. Er war bereits so anders als Nick erwartet hatte. Sein Kopf war mit einem feinen blonden Flaum bedeckt, und seine Augen waren von einem dunklen Indigo. Maurice starrte ihn mit offener Neugier an, als ob er abschätzte, ob Nick seine Erwartungen erfüllen würde.

»Habe ich die Musterung bestanden?«, fragte Nick leise. Sanft fuhr er Maurice mit dem Finger über die Stirn. Der Junge verzog das Gesicht, und Nick glaubte, er würde weinen, aber das tat er nicht. Nick sah zwischen dem Arzt und der Hebamme hin und her. »Warum weint er nicht? Sollte er nicht weinen?«

»Zuerst hat er das getan«, antwortete die Hebamme und deckte Violets Beine zu, ehe sie vom Bett zurücktrat. »Ich habe mich bereits um viele Babys gekümmert, die am Anfang nicht viel geweint haben. Macht Euch keine Sorgen. Er wird in einer Weile hungrig werden und dann wird er vermutlich laut genug schreien, um die Dachsparren über uns zum Einstürzen zu bringen.« Sie lachte.

Die Hebamme erwies sich als hervorragende Vorhersagerin, denn keine zehn Minuten später begann Maurice zu weinen und hörte nicht auf, bis er sich an Violets Brust festkrallte. Voller Verwunderung sah Nick zu und konnte kaum glauben, wie sein Schicksal sich gewandelt hatte.

Später, als Maurice in der Wiege neben dem Bett schlief und Violet döste, streckte Nick sich neben ihr aus. Müde, aber glücklich schloss er die Augen. Beim Gefühl der Hand seiner Frau an seiner eigenen, schlug er die Augen auf und drehte sich um.

Die Angst packte ihn. »Geht es dir gut?«

Sie zog die Mundwinkel nach oben und tätschelte seine Brust. »Es geht mir gut. Ist er nicht erstaunlich?«

»So perfekt wie du.« Nick küsste sie auf die Stirn.

Sie schnaubte. »Es gibt kein Perfekt, und ich möchte das auch nicht – kannst du dir vorstellen, zu versuchen, diese Erwartung aufrechtzuerhalten? Allerdings glaube ich an Wunder.« Sie betrachtete Maurice mit einem ehrfürchtigen Blick. »Ich kann immer noch nicht glauben, dass wir das zustande gebracht haben. Ich habe dir gesagt, es ist unmöglich.«

»Das hast du, als ich um deine Hand angehalten habe. Und wie es das Schicksal so will, warst du bereits schwanger.«

Sie warf ihm einen wissenden Blick zu. »Ich würde weiter darauf beharren, dass wir das meinem Unfall zu verdanken haben.«

»Ich kenne deine Theorie – diese ganze Ruhe hat das Baby irgendwie in dir ›haften‹ lassen, aber ich lasse nicht zu, dass du dir den Kopf stößt, wenn wir uns das nächste Mal ein Kind wünschen.«

Sie kicherte leise. »Ich brauche mir nicht den Kopf zu stoßen. Ich muss nur viel im Bett bleiben. Ich kann mir nicht vorstellen, dass dich das stört.« Sie warf ihm einen verführerischen Blick zu.

»Bei Gott nein, aber es ist viel zu früh, um an so etwas zu denken.«

Resigniert seufzte sie auf. »Ja, aber du sollst wissen, dass ich mich darauf freue.« Sie kniff die Augen pointiert zusammen.

Er küsste sie noch einmal und dieses Mal auf den Mund, wobei er die Lippen auf ihren verweilen ließ. »Ich danke dir, mir solch eine Freude bereitet zu haben, die ich mir nie hätte vorstellen können. Ich weiß, es war nicht einfach – *ich bin nicht einfach.*«

»Nein, aber ich liebe dich trotzdem. Unser Glück ist umso süßer, *weil* es nicht einfach war.«

»Du bist so eine weise Frau. Danke, dass du durchgehalten und an das geglaubt hast, was wir geteilt haben, und daran, dass wir es wiederfinden konnten.«

»Ich bin mir nicht sicher, ob wir es gefunden haben«, entgegnete sie. »Ich glaube, wir haben etwas Neues geschaffen.« Sie sah zu ihrem schlafenden Sohn hinüber, ehe sie Nick eine Hand um den Nacken legte. »Was wir jetzt haben, ist wundervoll in all seiner herrlichen Unvollkommenheit.«

Vielen Dank, dass Sie Der eisige Herzog gelesen haben. Ich hoffe, es hat Ihnen gefallen! **Besorgen Sie sich Der ruinierte Herzog, wenn Sie herausfinden wollen, was mit Diana und Simon passiert!**

Möchten Sie erfahren, wann mein nächstes Buch verfügbar ist? Sie können sich für meinen Deutscher Newsletter anmelden, mir auf Amazon.de folgen und meine Facebook-Seite liken. Alle Newsletter-Abonnenten erhalten exklusive Bonus-Geschichten, die sonst nirgends erhältlich sind, unter anderem auch die einleitende Vorgeschichte zur Buchreihe *Der Phönix Club*.

Rezensionen helfen anderen, Bücher zu finden, die für sie geeignet sind. Ich schätze alle Bewertungen, ob positiv oder negativ. Ich hoffe, dass Sie erwägen werden, eine Bewertung bei Ihrem bevorzugten der Seite Ihres bevorzugten Internet-Netzwerkes abzugeben.

Ich mag meine Leser so sehr. Danke!

Sind Sie an weiterer Regency-Romantik interessiert? Schauen Sie sich meine anderen historischen Serien an:

Die Unberührbaren: Die Prätendenten
In der faszinierenden Welt der Unberührbaren spielend, handelt die Saga von einem Geschwistertrio, die sich darin auszeichnen, sich als jemand auszugeben, der sie nicht sind. Werden ein unerschrockene Bow Street Ermittler, ein niedergeschmetterter Viscount und eine desillusionierte Dame der feinen Gesellschaft es schaffen, ihre Geheimnisse zu lüften?

Regeln für Halunken
Als eine junge Lady ruiniert wird, schwören ihre Freundinnen, dass keine von ihnen sich jemals wieder von einem Herzensbrecher umgarnen lässt. Sie werden dem Charme eines jeden Gentleman widerstehen, selbst – und vor allem – wenn dies bedeutet, sich damit den Ruf zu erwerben, unmöglich zu erobern zu sein. Es braucht schon außergewöhnliche Herzensbrecher, um ihre Regeln zu brechen ..._

Der Phönix Club
Die exklusivste Einladung der feinen Gesellschaft ...

Willkommen im Phönix Club, in dem Londons

waghalsigste, anrüchigste und intriganteste Ladys und Gentlemen Skandale, Erlösung und eine zweite Chance finden.

Die Bräute von Marrywell

Kommen Sie nach Marrywell, im schönen England, denn hier findet schon seit Hunderten von Jahren alljährlich das Maifest zur Partnerfindung statt, bei dem hoffnungsvolle Romantiker zusammenkommen. Die Herzöge und Halunken des Regency-Zeitalters begegnen hier temperamentvollen und bezaubernden Ladys, die ihnen ihre Herzen stehlen könnten.

Chroniken der Ehestiftung

Der Pfad der wahren Liebe verläuft niemals geradlinig. Manchmal ist eine Hausparty zur Ehestiftung vonnöten. Wenn Paare sich auf einer Hausparty kennenlernen, ereignen sich provokative Flirts, heimliche Rendezvous und Verliebtheit im Überfluss.

Ruchlose Geheimnisse und Skandale

Sechs unglaubliche Geschichten, die sich in den glamourösen Ballsälen Londons und den herrlichen Landschaften Englands abspielen.

Die Liebe ist überall

Herzerwärmende Nacherzählungen klassischer Weihnachtsgeschichten im Regency-Stil, die in einem gemütlichen Dorf spielen und von drei Geschwistern und dem besten Geschenk von allen handeln: der Liebe.

Der Club der verruchten Herzöge

Sechs Bücher, geschrieben von meiner besten Freundin, der New York Times Bestseller-Autorin Erica Ridley, und mir.

Lernen Sie die unvergesslichen Männer von Londons berüchtigtster Taverne, dem Verruchten Herzog, kennen. Verführerisch attraktiv, mit Charme und Witz im Überfluss, wird eine Nacht mit diesen Wüstlingen und Filous nie genug sein ...

Lords und die Liebe

Für alle, die nach einem Ehemann oder einer Ehefrau Ausschau halten, gibt es keine bessere Zeit und keinen besseren Ort, als das jährliche Maifest im englischen Marrywell, um die wahre Liebe zu finden. Prinzen und arme Leute verlieben sich gleichermaßen, und manchmal auch in die Person, bei der sie dies am wenigsten erwarten ...

Ungehörig: Das Mündel des Earls

Leidenschaftlich: Eine zweite Chance für das Eheglück

Intolerabel: Die Schwester des besten Freundes

Unschicklich: Eine Vernunftehe

Unmöglich: Eine Schöne und ein Scheusal im Liebesglück

Unwiderstehlich: Eine Scheinehe mit dem Spion

Untadelig: Eine geheime, verbotene Affäre

Unersättlich: Der geläuterte Lebemann und die unwillige
Debütantin

Regeln für Halunken

Falls der Herzog es wagt

Frohsinn für den mürrischen Baron

Wenn der Viscount lockt

Wie es dem Grafen beliebt

Bis der Wüstling kapituliert

Chroniken der Ehestiftung

Unerwartetes Weihnachtsglück

Der verstockte Herzog

Ein Earl als Junggeselle

Der ausgerissene Viscount

Die unechte Witwe

Die Bräute von Marrywell

Ein Herzog wird verzaubert

Erbin dringend gebraucht

Die Heiratsvermittlerin und der Marquess

Die Liebe ist überall

ÜBER DIE AUTORIN

Darcy Burke ist die USA Today Bestsellerautorin für sexy, emotionale, historische und zeitgenössische Romantik. Darcy schrieb ihr erstes Buch im Alter von 11 Jahren – mit einem Happy End – über einen männlichen Schwan, der von der Magie abhängig war, und einen weiblichen Schwan, der ihn liebte, mit nicht sehr gelungenen Illustrationen. Schließen Sie sich ihr an newsletter!

Darcy, die in Oregon an der Westküste der Vereinigten Staaten geboren wurde, lebt am Rande des Wine Country mit ihrem auf der Gitarre spielenden Ehemann und ihren beiden ausgelassenen Kindern, die das Schreiben geerbt zu haben scheinen. Sie sind eine nach Katzen verrückte Familie mit zwei bengalischen Katzen, einer kleinen, familienfreundlichen Katze, die nach einer Frucht benannt ist, und einer älteren, geretteten Maine Coon, die der Meister der Kühle und der fünf-Uhr-morgens-Serenade ist. In ihrer ›Freizeit‹ ist Darcy eine regelmäßige ehrenamtliche Mitarbeiterin, die in einem 12-stufigen Programm eingeschrieben ist, in dem man lernt, ›Nein‹ zu sagen, aber sie muss immer wieder von vorne anfangen. Ihre Lieblingsplätze sind Disneyland und das Labor Day Wochenende in The Gorge. Besuchen Sie Darcy online unter https://www.darcyburke.de.

facebook.com/darcyburkefans
instagram.com/darcyburkeauthor
pinterest.com/darcyburkewrites
goodreads.com/darcyburke

IMPRESSUM

Deutsche Erstausgabe von:
Darcy E. Burke Publishing
Zealous Quill Press
13500 SW Pacific Hwy., Ste. 58-419
Tigard, OR, 97223
USA

ISBN: 9781637261538

www.darcyburke.de

www.ingramcontent.com/pod-product-compliance
Lightning Source LLC
Chambersburg PA
CBHW050522110726
47899CB00005B/1558